WOLFGANG HOHLBEINS
SCHATTENCHRONIK

Band 1

WOLFGANG HOHLBEINS
SCHATTENCHRONIK

HRSG. ALISHA BIONDA & MICHAEL BORLIK

Der ewig dunkle Traum

BLITZ

Redaktion: Jörg Kaegelmann
Cover Artwork: Mark Freier
Illustration: Pat Hachfeld
Lektorat: TTT, Mallorca
Satz: M. Freier, München
Druck und Bindung: Drogowiec, Polen

www.BLITZ-Verlag.de
ISBN 3-89840-351-3

Inhalt

Inhalt

Vorwort

Morbide? – Ja!
Kurios? – Was für eine Frage!
Schaurig? – Zweifelsohne!
Geschichten des Grauens vereinen sich mit dem Außergewöhnlichen in diesem Kurzgeschichtenband. Subtiler Horror, Welten feinsten, psychischen Grauens und ein Spritzer Blut. All dies finden Sie in dieser Sammlung außergewöhnlicher Erzählungen.

Diese Anthologie vereint Geschichten um Wesen der Nacht, wie sie nicht unterschiedlicher sein könnten. Wesen, die vom Blut ihrer Opfer leben, ebenso von ihren Seelen und von ihrem Verstand.

Gewürzt mit Essays, die unterschiedliche Blickwinkel auf die Wesen der Nacht und ihre Mythen erlauben. Jene Wesen und Mythen, die die Menschen immer wieder faszinieren und in ihren Bann ziehen.
Ein Buch, das Sie nicht so schnell vergessen werden!

Die Herausgeber

Markus Heitz

Ein besonderer Geschmack

„Wäre das was für uns?“ Er nahm die oberste Zeitschrift vom Stapel und warf sie ihr über den Frühstückstisch hinweg zu. „Ich habe die Stelle markiert.“

Elaine fing sie geschickt auf, ihr Bademantel verrutschte dabei und gab ihm den Blick auf die rechte Brust frei. Ihr Fleisch war perfekt, ihr ganzer Leib makellos wie seiner, attraktiv und voller sexueller Ausstrahlung. Wenn sie beide unterwegs waren, drehten sich Männer und Frauen nach ihnen um. Sukkubus und Inkubus.

Sie achtete nicht auf die Blöße, dafür kannten sie sich zu gut. Ihre schlanken Finger mit den spitz zulaufenden Fingernägeln blätterten in dem in Schwarz gehaltenen Magazin, das sich „Unwelt“ nannte, bis sie auf die Striche stieß.

„Eine Internetadresse?“ fragte sie ihn und warf eine lange, schwarze Strähne zurück.

„Sie könnten es sein. Der Vater der Kleinen erwähnte einen Namen, der ähnlich klang.“

Ihre hellgrauen Augen überflogen die knappen Zeilen. „Hast du nachgeschaut?“

„Du bist unsere Technikerin.“

Elaine biß noch einmal in ihr Brötchen, nahm die Tasse und verschwand in ihrem Zimmer. Das Piepen verriet, daß sie den PC einschaltete.

Er verstand sich nicht sonderlich auf diese Dinge. Er bevorzugte die gute, alte Recherche, um an Informationen zu gelangen. Kneipen, Hinterhöfe, Jugendtreffs, Nachtclubs, Pennerheime, Nachbarn, das waren seine Quellen, nicht die Anonymität der abstrakten, ihm unverständlichen Elektronikparallelwelt. Sie dagegen klickte und hackte. Ihr Internet-Alias lautete „Datadevil“.

Derzeit suchten sie eine Siebzehnjährige. Magdalena hieß

sie. Trotz oder vielleicht wegen ihres Namens hatte sie ihre Vorliebe für eine Teufelssekte entdeckt. Ihr Vater tolerierte das nicht, sie brannte durch, er wurde unglücklich und wollte sie zurück. Das kostete ihn 20.000 Euro.

Sein hübsches Gesicht spiegelte sich auf der Edelstahlkaffeekanne, die dunkelblauen Augen waren unergründlich, geheimnisvoll. Frauen versanken in ihnen und verloren alle Zurückhaltung. Er sah wie immer blendend aus.

Die Tür des Schlafzimmers öffnete sich. Eine verschlafene Brünette kam heraus, ihre Kleider saßen unordentlich an ihr. Nachtgeruch wehte aus dem Raum zum Frühstückstisch: Parfüm, Schweiß und frische Laken. Sie ging zur Toilette. Er hörte, wie ihr Urin in die Schüssel plätscherte, die Spülung rauschte, und sie erschien in der Küche.

„Morgen“, grüßte sie. „Darf ich?“ Sie deutete auf den Kaffee.

„Klar“, erlaubte er ihr. „Bedien dich. Hat dir die Nacht mit uns gefallen, Myriam?“

„Marianne“, verbesserte die Brünette müde und fuhr sich mit der Hand durchs Gesicht. „Sie war anstrengend, aber geil.“

„Sie hat dich zwei Jahre deines Lebens gekostet“, lächelte er sie mit seinen perfekten Zähnen an, „da mußten wir dir was bieten, Marianne. Du gabst uns neues Leben.“

„Sicher“, lächelte sie schwach und glaubte ihm kein Wort.

Er stand auf, nur ein Handtuch um die Lenden geschlungen. Seine Hand fuhr über die Haare, er drückte ihren Kopf nach hinten und gab ihr einen leidenschaftlichen Kuß.

Sie erwiderte die Zärtlichkeit, stöhnte dabei erregt auf, ohne daß sie es wollte, und schon trennten sich ihre Lippen wieder.

„Wenn du gefrühstückt hast, gehst du bitte. Elaine und ich müssen arbeiten.“

Die Brünette nickte, sie wirkte enttäuscht. „Sicher.“

Er ging Kaffee schlürfend ins Computerzimmer, wo sie vor

den drei großen TFT-Bildschirmen saß, drei Fenster ins Netz gleichzeitig geöffnet. Der Anblick erinnerte ihn jedesmal an eine moderne Art von Schrein, der Ersatz für ein Triptychon, vor dem die Menschen früher in den Kirchen knieten und beteten. Die Gewohnheiten und Heiligen änderten sich. Der Mauszeiger huschte hin und her, sie wühlte im Cyberspace und schürfte nach wertvollen Informationen.

„Es scheinen welche von ihnen zu sein", murmelte sie abwesend, die Augen auf die Monitore geheftet. „Ich habe ihren Server geknackt. Treffpunkt ist heute nacht, 23 Uhr, in der alten Klosterruine in Wörschweiler."

„Oh, bitte. Entweihter heiliger Boden", lachte er auf. „Ob sie denken, daß es auf diese Weise besser funktioniert?" Er berührte sanft ihre weiße Schulter, beugte sich nach vorne und zog den Bademantel zur Seite, um ihren makellosen Hals zu liebkosen. „Wir werden jedenfalls dort sein."

„Nicht jetzt, Gedeon." Sie drückte ihn weg. „Hast du alles, was du brauchst?"

„Nein. Ich muß noch einen Molotowcocktail anfertigen." Er richtete sich grinsend auf. „Schau, ob du noch mehr über sie herausfindest, während ich die Zutaten besorge. Schick ihnen unsere Mail."

Im Schlafzimmer zog er sich seine Arbeitsklamotten an: eine einfache schwarze Lederhose, weißes Latex-T-Shirt, Schulterhalfter mit der abgesägten Schrotflinte, darüber den halblangen, weiten Gehrock aus dunklem Synthetiknappa. Der Dolch mit der unterarmlangen und gravierten Klinge kam in die Spezialhalterung unter der linken Achsel.

Er nahm die Klinge heraus, betrachtete sie im Morgenlicht, das durch die Ritzen des Rolladens schimmerte. Eine besondere Waffe, unheilig und heilig zugleich. Sie vereinte Gegensätze in sich, schuldbeladen, doch ausgestattet mit der reinsten Kraft, die er sich vorstellen konnte. Mit ihr tötete er alles, Gut und Böse, nichts hielt ihr stand.

Die Brünette war verschwunden, mit ihr ging die Erinnerung an ihren Namen. Es war ihm gleichgültig, wie sie hießen. Sie blieben bei aller Schönheit austauschbar, beliebig. Wegwerfprodukte. Elaine wollte sie.

Im Vorbeigehen nahm er sich den Fünfliterkanister aus dunklem Plastik im Flur und verließ die Wohnung, stieg die zehn Stockwerke hinab und trat aus dem Hochhaus, in dem sie seit drei Wochen wohnten. Es lag in der Nähe der Uniklinik, war billig und anonym. Darauf hatte er Wert gelegt.

Mit ihrem dunkelgrünen Geländewagen fuhr er in die St. Michael-Kirche. Das große Portal war verschlossen, also suchte er den Seiteneingang und brach ihn auf. Er hatte keine Zeit zu warten, bis ein Priester sich bequemte, für ihn zu öffnen.

Im Inneren herrschte trockene, olibanum-schwere Kühle. Der Sommer gelangte niemals hinter die dicken Sandsteinmauern.

Er begann, jeden Tropfen Weihwasser in seinem Behälter zu sammeln; in der Sakristei fand er ein weiteres Kunststoffgefäß, auf das jemand mit Filzstift „Taufwasser" geschrieben hatte. Auch das schüttete er um. Danach leerte er den Tabernakel, gab die Hostien und den gewandelten Wein in das Gefäß, wo sich die Zutaten durch sein kräftiges Schütteln zu einer hellrosa, gesegneten Flüssigkeit mit aufgequollenen Bröckchen mischten. Der Molotowcocktail war zubereitet.

Zufrieden setzte er sich in die erste Bankreihe. Seine dunkelblauen Augen betrachteten die leuchtenden Heiligendarstellungen, die Sonne verlieh ihnen kräftige Farben und machte sie lebendig. Gütig schauten sie auf ihn herab, segneten ihn mit ihren Glasfingern und hießen gut, was er tat. Er mochte ihren Anblick.

„Du hast gestohlen", sagte eine Stimme hinter ihm, ihr Klang hallte in dem hohen Raum nach.

Gedeon erschrak nicht, denn es gab nichts, vor dem er sich fürchtete. „Es ist für eine gute Sache."

„Nein, sie ist nicht gut. Sie macht es schlimmer."

Er löste sich jetzt erst von Paulus, Petrus und Hieronymus, drehte sich um und schaute den Priester an, der hinter ihm im Gang stand. „Wenn es ginge, würde ich sagen, geh zum Teufel."

Der Mann in der schwarzen Soutane lächelte. „Nein, es geht nicht. Du weißt, ein anderer schickt mich."

„Es geht ihn nichts an."

„Doch, es geht ihn etwas an. Ich soll mir dir reden."

„Es ist zwecklos. Sag ihm, ich rette einem Mädchen das Leben, eine unschuldige Seele wird vor der Verdammnis bewahrt, und ihr Vater bezahlt mir 20.000 Euro. Ich befreie sie aus den Händen des Bösen", lachte er dunkel. „Der, welcher dich schickt, müßte glücklich sein."

„Das findet er sicherlich gut. Aber dein generelles Tun macht ihn unruhig. Du störst das Gleichgewicht und hebst die Ordnung aus den Fugen."

„Nervös?" Er schwieg, schaute zu Hieronymus, der ihm zuzublinzeln schien. Der Heilige war auf seiner Seite.

„Hätte ich nicht gedacht. Dabei hat er am wenigsten Grund dazu. Er ist sicher vor uns." Gedeon lächelte den Priester an. „Wie auch immer." Er stand auf und trat auf die polierten Marmorplatten des Mittelganges.

Der Geistliche versperrte ihm den Weg. „Bedenke die Folgen!"

„Sie sind mir gleichgültig."

„Dann darf ich dich nicht gehen lassen."

„Versuche es, Priester. Du wärst nicht der erste, der an mir scheitert."

Sie standen sich gegenüber, keiner der beiden regte sich. Peter, Paulus und Hieronymus hielten den Atem an, die Glasgesichter schauten ängstlich und drohten zu springen.

Plötzlich begann der Geistliche von innen heraus zu leuchten, das Strahlen seiner Liebe wurde immer heller und bereitete Gedeon Schmerzen.

Halb blind riß er den Dolch heraus und schlitzte den Mann vom Nabel an aufwärts bis unters Kinn auf, die Helligkeit erlosch abrupt.

Die Innereien stürzten in einem Schwall Blut auf die Platten und verteilten sich. Der Priester brach auf die Knie und fiel mit dem Gesicht voraus in das, was sich einst in seinem Leib befand.

Gedeon lief zurück in die Sakristei, um seine Kleider von dem stinkenden Schmutz zu befreien, Latex und Synthetik wuschen sich einwandfrei sauber, danach verließ er die Kirche.

„Alles in Ordnung?"

Elaine nickte und preßte sich die Hand auf die Wunde in ihrem Bauch.

Gedeon fand sie bei seiner Rückkehr im Wohnzimmer auf dem Boden sitzend, umgeben von vier Toten. Unter einem zerrissenen Hemdsärmel schaute ein schlecht tätowiertes Symbol auf der gebräunten Haut hervor, das Siegel ihres Gegners.

Zwei von ihnen hatten Pistolen, die anderen beiden leichte Schnellfeuergewehre. Alle Waffen trugen Schalldämpfer. Die Exekutionen sollten so diskret wie möglich ablaufen. Aufsehen half niemandem.

Die Jäger hatten die Frau wie so viele vor ihnen unterschätzt. Eine einzige Patronenhülse lag auf dem Teppich, mehr Zeit war ihnen nicht geblieben, ehe sie ihnen die Kehlen mit den Fingernägeln und Zähnen zerfetzt hatte.

„Er schickte sie“, sagte sie und hustete Blut. Er wußte nicht, ob es ihr eigenes oder das der Männer war. Sie neigte dazu, zuviel zu trinken. „Scheiße! Sie werden besser. Früher sind sie gar nicht zum Schuß gekommen.“ Es war ihr peinlich, erwischt worden zu sein. „Scheiße.“

Er kniete vor ihr nieder, zog den geröteten Bademantel auseinander und betrachtete die Verletzung.

„Streng dich an“, beschwor er sie und streichelte sie, seine Hand glitt über die Innenseite des rechten Schenkels und kroch auf ihre rasierte Weiblichkeit zu. „Ich bringe dir heute abend die hübscheste Frau der Stadt“, versprach er flüsternd.

Es wirkte. Das fingerdicke Loch neben ihrem Nabel schloß sich langsam, aber beständig. Er küßte sie zur Belohnung und sprang auf.

„Ich mache mich auf die Suche.“ Gedeon schaute auf seine Uhr. „In drei Stunden bin ich zurück, bis dahin solltest du aufgeräumt haben.“

Elaine lächelte schwach und bedeutete ihm mit einer Geste zu gehen, während sie sich in die Höhe stemmte und ins Bad wankte, um die Säure in die Badewanne zu gießen. Sie hatten immer Säure dabei. Von den Menschen, die er ihnen sandte, würde nichts übrigbleiben.

Das Mädchen, das er ihr brachte, hieß Sabrina, war süße achtzehn Jahre alt, bildhübsch und hatte so viel Spaß bei der gemeinsamen Sache, daß sie fürchteten, ihre Schreierei alarmierte die Nachbarn. Elaine bekam gar nicht genug von ihr, Gedeon mußte fast gar nichts tun.

Als die Brünette nach drei Stunden erschöpft einschlief und sechs ihrer Lebensjahre an sie gegeben hatte, packten sie ihre Koffer, luden das Gepäck in den Geländewagen und brachen auf.

Sie fuhren aus Homburg in Richtung Wörschweiler, bogen vor dem alten Schulhaus auf den Parkplatz und warteten.

„Übrigens, er hat einen geschickt."

„Schon wieder?" Sie schwieg und fischte sich eine Zigarette aus der halbleeren Packung. „Wo?"

„Heute, in der Kirche, als ich die Hostien und das Weihwasser stahl." Er nahm seinen Dolch, perforierte die Plastikwand des Kanisters und klebte die Löcher mit dunkelbraunem Panzertape ab, ohne daß ein Tropfen verloren ging. Es ging nie etwas verloren, dafür hatte er die Vorbereitung zu oft getroffen.

„Und?"

Er zuckte mit den Achseln. „Nichts Neues. Doch!" Er grinste. „Er ist unruhig."

Elaine zündete sich die Kippe an und setzte die Sonnenbrille auf. „Ein gutes Zeichen. Wir scheinen voran zu kommen." Sie stieß den Rauch gegen den Wagenhimmel. „Ich habe ihnen die E-Mail geschickt und sie im Chat heiß gemacht."

„Sie werden es ausprobieren?"

„Ganz sicher." Sie beobachtete einen Spaziergänger, der mit seinem Hund den Bürgersteig entlanglief und argwöhnisch zum Geländewagen schaute. Fremde Fahrzeuge fielen in dem kleinen Ort sofort auf. Sie lächelte ihm zu und hob ihr T-Shirt, um ihn auf ihre schwarze Unterwäsche blicken zu lassen. Der Mann ging eilends weiter, zerrte den hechelnden, würgenden Hund hinter sich her.

„Laß das!“ wies Gedeon sie an. „Er wird sonst die Bullen holen.“

Sie schwiegen erneut.

„Was ist, wenn es heute wieder nicht funktioniert?“

„Versuchen wir es erneut. Du siehst doch, daß sie mit ihren Beschwörungen nicht aufhören wollen. Umso besser für uns, oder?“

„Aber es dauert so lange. Er ist uns schon einmal entwischt.“ Sie schaute niedergeschlagen und zog am Filter, der Tabak knisterte und verbrannte.

Er fuhr über ihre schwarzen, langen Haare. „Ich weiß“, wisperte er, „ich weiß, mein finsterer Engel. Aber wir bekommen ihn. Ganz sicher.“

Um 22 Uhr hielt es Elaine nicht mehr aus und griff die Sporttasche. Er nahm den Kanister, sie verließen ihren Wagen und gingen die restliche Strecke bergauf zu Fuß. Sobald sie außer Sichtweite der Häuser waren, öffnete die Schwarzhaarige die Tasche, reichte ihm eines der erbeuteten Schnellfeuergewehre, nahm sich das zweite und teilte die Magazine auf. Die Tasche blieb hinter einem Busch liegen.

Die Anhöhe mit der idyllisch gelegenen Klosterruine lag verlassen vor ihnen, in aller Ruhe suchten sie sich ein gutes Versteck, aus dem sie alles beobachten konnten, was in den eingestürzten Mauern an dem Sommerabend geschehen würde.

Es roch nach Wald, Moos und alten Steinen. Mücken schwirrten durch die warme Luft, suchten Opfer für ihren Durst und näherten sich dem Paar, um sofort vor ihm zu flüchten. In diese Haut wollten sie nicht stechen, das Blut brächte ihnen den Tod.

Gegen 22.30 Uhr erschien ein junger Mann in schwarzer Kleidung, er schwitzte furchtbar, weil er einen schweren Seesack schleppte. Die Insekten stürzten sich freudig summend auf ihn. Kurz darauf kamen vier weitere Menschen dazu, zwei Männer und zwei Frauen, die ihm halfen, rote Friedhofskerzen in Pentagrammform aufzubauen.

Einer von ihnen begann, kabbalistische Symbole mit Kreide auf die mittelalterlichen Grabplatten der Mönche zu malen. Eine dunkelblonde Frau versuchte, die Anordnung zu verändern, sie stritten sich kurz. Schließlich setzte sich der „Hohepriester“ durch und zwang den Maler dazu, die Zeichen der Frau zu zeichnen.

„Sie haben deiner E-Mail geglaubt“, flüsterte er Elaine ins Ohr und küßte sie auf die Wange. „Du bist gut.“

„Ich weiß“, erwiderte sie und überprüfte den Sitz des Magazins. „Sei still, sonst entdecken sie uns noch und flüchten. Ich will nicht länger warten.“

Es trafen immer mehr Schwarzgekleidete auf dem Klosterberg ein. Sie brachten ein gefesseltes Mädchen an, über dessen Kopf sie einen Jutesack gezogen hatten.

„Das ist sie“, raunte er.

„Sie hat einen Sack über dem Kopf, wie willst du das wissen?“

„Warte es ab.“

Die Männer und Frauen, von denen keiner älter als 25 Jahre war, entkleideten sich, auch ihre Gefangene zogen sie bis auf den Sack aus.

Gedeon entdeckte die Tätowierung auf ihrem Rücken: ein dunkelblauer Schmetterling mit einem schwarzen Totenkopf auf den Flügeln.

„Sie ist es. Ihr Vater erzählte mir von dem Motiv.“

Der Hohepriester des „Unheiligen Ordens Satanas'“ – und da mußte sich Elaine beherrschen, um nicht laut loszulachen – begann mit seinen Beschwörungen, während seine Helfer die Gefesselte auf die Grabplatten legten und ihre Beine spreizten.

Aber der Hohepriester hielt sich nicht an die Regie. Anstatt sie im Namen des Höllenfürsten zu nehmen, wie es vorgesehen war, machte er einen Schritt auf die Helfer zu, der Dolch blitzte golden im Schein der Kerzen auf und zerschnitt die Halsader des überraschten Mannes.

Zwei weitere Helfer sprangen herbei und hielten den Verblutenden fest, sie zwangen ihn dorthin, wo das gefesselte Mädchen lag, stießen sie achtlos zur Seite und drückten ihn auf den Stein. Sein Schreien wurde durch einen Knebel erstickt.

Gedeon roch das süße Blut, das in rhythmischer Folge aus der Stichwunde spritzte und das Grab samt der Symbole tränkte, der Hohepriester nahm seine Invokation auf.

Elaine schnalzte zufrieden mit der Zunge.

Die aufgemalten Zeichen wurden schwarz, ein Beben lief durch den Klosterberg, schüttelte die alten Ruinen durch. Mauern wankten, Steine rollten, stürzten zu Boden. Der Hohepriester geriet ins Stocken, mit dem Erfolg seines Rituals schien er nicht gerechnet zu haben. Das war das alte Problem mit den Sterblichen und Hobbysatanisten.

„Verdammt! Nicht aufhören", knurrte Gedeon ungeduldig. Elaine zappelte neben ihm und hielt sich bereit, aufzuspringen.

Der Priester sprach das einzige noch fehlende Wort, dann geschah es. Ein Torbogen aus rötlicher Finsternis entstand innerhalb eines einzigen Lidschlages und reckte sich empor. Er sah aus wie ein schwarzer Fleck in der Realität, ein Durchgang zum Ende der Welt. Die Ränder waren in Bewegung, wellten sich und strahlten eine enorme Hitze aus.

Der Hohepriester wich zurück, aber den gierigen Tentakeln, die aus der Öffnung schnellten und ihn packten, entging er dadurch nicht, schreiend verschwand er in der Schwärze. Die andere Seite kannte keine Dankbarkeit.

„Los!“ befahl Elaine und richtete sich auf, als ein Hubschrauber unvermittelt über ihnen schwebte, der Suchscheinwerfer durchschnitt mit scharfem, bläulichen Strahl das schummrige Licht auf dem Hügel und badete die Sektenmitglieder in kaltem Licht.

Ihre nackten Körper sahen leichenblaß aus. Sie legten die Arme vor die Gesichter, um sich vor dem Wind und dem Scheinwerfer zu schützen. Die Mystik der Nacht verflog, die Wirklichkeit kehrte gleißend hell zurück und brach unbarmherzig über sie herein. Die Kerzen erloschen, wurden umgeworfen, flüssiges Wachs ergoß sich über die Steine und auf den Boden.

Doch das geöffnete Portal zeigte sich eisern, trotzte den menschlichen Gesetzen, führte Rationalität und Physik durch seine bloße Anwesenheit ad absurdum.

„Polizei!“ hallte eine Lautsprecherstimme durch die Nacht. „Bleiben Sie stehen!“

Es knackte um sie herum im Unterholz, als Beamte eines Spezialeinsatzkommandos von drei Seiten auf die Ruine zustürmten. Die Sekte war verraten worden.

Elaine blieb von den Vorgängen unbeeindruckt, sie hatte nur ein Ziel vor Augen. Sie feuerte auf den nächsten Gepanzerten, der sie aufhalten wollte, und schickte ihn mit präzisen Treffern in den Hals zu Boden.

Fluchend nahm Gedeon den präparierten Kanister und folgte ihr, rücksichtslos um sich schießend. Er zwang den Hubschrauber durch seine Salven zum Abdrehen, danach tötete er zwei weitere Polizisten, die das Feuer auf ihn eröffnet und ihn mehrfach getroffen hatten. Er spürte die Einschläge im Körper, störte sich jedoch nicht weiter daran. Die wenigen Kugeln überstand er. Er ließ das Gewehr fallen, der Dolch sprang ihm von selbst in die Hand.

Der Durchlaß rückte näher, aber er wurde auch kleiner. Die andere Seite spürte, daß es hier für sie nichts mehr zu holen gab und sich Gefahr näherte. Große Gefahr. Die Schattenfangarme zuckten noch rasch hervor und rissen vier der verstörten Teufelsanbeter mit sich, dann schloß sich das Tor weiter.

Elaine schrie vor Enttäuschung und Wut auf. „Wirf!" verlangte sie, und Gedeon warf, das Klebeband blieb in seiner Rechten.

Der zerlöcherte Behälter mit dem Weihwasser, dem Wein und den aufgeweichten Hostien flog durch die Luft, beschrieb einen Bogen und verschwand in der Dunkelheit. Die Schwärze löste sich umgehend auf, verwischte wie flüssige Tinte, bis sie verschwunden war.

Stille kehrte auf den Klosterberg zurück. Nur das Wimmern des gefesselten Mädchens und das Stöhnen der verwundeten oder sterbenden Polizisten störte den Frieden. In der Ferne knatterten die Rotoren des vertriebenen Hubschraubers. „Scheiße!" schrie sie ihre Frustration heraus, und der Klang ihrer Stimme ließ alles Grün um sie herum ersterben. Sie warf das Sturmgewehr von sich. „Beinahe! Beinahe!" flüsterte sie voller Haß.

Gedeon atmete tief ein. Seine Enttäuschung war noch viel größer als ihre, weil er sich bereits zurück an dem Ort geglaubt hatte, an dem ihr Gegner auf seinen Todesstoß wartete. Doch den beiden Jägern sollte die Rache heute zumindest verwehrt bleiben.

Er betrachtete den Dolch, dem man die Besonderheit nicht ansah. Die Waffe war einst eine Speerspitze gewesen, aber nicht irgendeine. Sie stach in die Seite Jesus von Nazareth und weihte sich selbst mit dem heiligen Blut des Unschuldigsten aller Unschuldigen. Sie verletzte den Heiland, lud schwerste

Schuld auf sich und wurde dennoch gesegnet. Eine furchtbare Waffe.

Er machte sie nach ihrer Verbannung ausfindig und trachtete seitdem zusammen mit Elaine danach, zu ihrem einstigen Herrn zurückzukehren und ihn samt den anderen Geistern für das, was sie ihnen angetan hatten, zu vernichten.

Gedeon wußte, daß es möglich war. Er kannte die Schwächen von Andras, dem großen Marquis der Hölle, den unhimmlischen Engel, den Zwietrachtbringer, den Großfürsten der Unterwelt in Gestalt eines Engels mit dem Kopf eines Waldkauzes. Er hatte Elaine und ihn gelehrt, Feinde für ihn zu töten, er hatte sie Zwietracht und Haß gelehrt, und er hatte sie zu den obersten Feldherren seiner dreiundsechzig Legionen gemacht. Aber sie wurden verstoßen, eines Großteils ihrer Kräfte beraubt, auf die Erde geschleudert. Wegen einer Nichtigkeit. Vagares, Asmoday, Samigina, Vassago und alle anderen hatten zugeschaut, ohne etwas zu sagen. Dafür mußten die Feuer der Hölle verlöschen.

Gedeon berührte die Klinge ehrfürchtig, wie er es so oft zuvor getan hatte, bevor er sie verstaute. Ein Stich damit ins Herz des Marquis genügte. Er besaß den Schlüssel zur Vernichtung des Übels, und dennoch gelang es ihnen beiden nicht, aus eigener Kraft an die Orte zurückzukehren, wo sie einst lebten und sich wohl fühlten. Sie konnten die Tore zu den Ebenen nicht mehr aufstoßen, dazu benötigten sie die einfältigen Menschen, denen sie die passenden Formeln König Salomons zuspielten.

Es funktionierte gut. Haures, ein Herzog der unhimmlischen Engel, ein hoher General der Unterwelt mit abscheulichem Gesicht und entzündeten Augen, existierte nicht mehr. Marax, ein Graf unter den unhimmlischen Engeln, der große Bulle mit dem Menschengesicht, starb durch die heilige Schneide, vor der ihn seine dreißig Legionen von Dienstgeistern mit ihrer großen Weisheit nicht schützen konnten. Der Geist mit dem Körper eines Löwen und dem Eselskopf, Valefor, der Freund des Stehlens, verging ebenso wie der überhebliche Agares, der angeblich ein gefallener Engel gewesen sein sollte. Der Herzog der unhimmlischen Engel, der Dämon des Mutes, der Großherzog des östlichen Teils der Unterwelt hatte sich in Nichts aufgelöst, als das getrocknete Blut Christi auf dem Dolch in sein Herz getrieben wurde.

Nach ihren Morden kehrten sie durch die Portale in die Welt der Menschen zurück, sammelten Kräfte und verbargen sich dort bis zu ihren nächsten Anschlägen, denn auf der Erde war die Macht der Fürsten der Finsternis geringer. Sie mußten sich ihrer irdischen Diener bedienen, um Elaine und Gedeon zu fassen, was ihnen bisher nicht gelang.

Ihr rasendes Wirken in der Hölle machte selbst Gott auf sie aufmerksam, „unruhig“ hatte der Priester gesagt. Er mochte es nicht, daß sie mit dem Blut seines Sohnes ihr Armageddon ausübten, das Heiligste auf diese Weise beschmutzten und das Gleichgewicht zwischen Licht und Schatten gefährdeten.

Seitdem jagte man sie. Verkleidete Engel und maskierte Dämonenknechte versuchten, sie an ihrer gerechten Rache zu hindern.

Sie töteten die Verfolger ohne Unterschied. Sie wollten Vergeltung und scherten sich nicht um das Blut des Heilands, nicht um den Ausgleich von Gut und Böse, und schon gar nicht um das, was nach ihrem Feldzug kommen würde. Wäre die Hölle leer, blieb mehr Platz für sie.

„Wir gehen, Elaine“, sagte er sanft zu dem Wesen, das vor Hunderten von Jahren die Gestalt einer Frau angenommen hatte. „Die Polizei kommt mit neuen Leuten. Ich habe keine Lust auf eine ausufernde Schießerei.“ Seine Wunden verheilten immer mehr, bald wäre sein Körper wieder makellos, attraktiv, anziehend für beiderlei Geschlecht.

Sie faßte sich. „Ich wußte es“, raunte sie verzweifelt, ihre schwarzen Tränen benetzten die Erde und verbrannten sie. „Wir scheitern an Andras. Er sieht uns zu und lacht. Es wird niemals gelingen. Wir sind dazu verurteilt, für immer hinter ihm herzujagen...“

„Nein! Nein, sind wir nicht!“ unterbrach er sie und nahm sie beruhigend in den Arm. „Wir bekommen ihn wie die anderen. Wir bringen ihm den Haß zurück, den er uns beibrachte. Die Rache ist unser.“

Sie küßten sich innig, er begehrte seine Schwester, wie er sie immer begehrte, doch er beherrschte sich. Es blieb keine Zeit, sich auf dem Waldboden zu lieben.

Er warf sich das gefesselte Mädchen über die Schulter, Elaine raffte die Kleider zusammen, dann rannten sie von der Ruine weg, die andere Seite des Hanges hinab.

Zurück blieben einige verwirrte Teufelsanbeter, deren Glaube zum schrecklichen Wissen geworden war und ihnen den Wahnsinn gebracht hatte.

„Sie sind weg“, erstattete ihm ein mit Helm und Sturmhaube bis zur Unkenntlichkeit vermummter SEK-Beamter Bericht. „Ein Mann und eine Frau, wir haben ihre Spuren in der Nähe des Bauernhofes verloren. Sie haben den Wagen des Landwirtes gestohlen. Die Fahndung läuft.“

Er nickte, der gepanzerte Polizist ging und kehrte zu seinen Kollegen zurück.

„Schöne Sauerei“, meinte Kommissar Wendlandt, ein Mann um die vierzig Jahre und von unauffälligem Äußeren, neben ihm und deutete auf den verbluteten Nackten. „Noch einer von denen und drei von unseren Leuten, alles wegen eines abstrusen Mystizismus. Wie bescheuert muß man sein, um an den Teufel zu glauben, Schmidt?“

Der gutaussehende Kriminalhauptkommissar wandte sich seinem Kollegen zu, der mit ihm seit kurzem in der Sonderkommission Hel arbeitete. Für seine höchstens dreißig Jahre hatte er es weit gebracht. Maßanzug, Glanzkarriere, uneinholbar. Manchen war er unheimlich, die dunkelblauen Augen durchdrangen alles und jeden.

„Jedenfalls sollte man kein Atheist sein. Glauben Sie denn an Gott?“

Wendlandt zögerte. „Schon. Aber nicht den Kinderkram vom alten Mann mit Bart.“

„Eben. Denken Sie, daß der Teufel einen Pferdefuß, einen Schwanz und Hörner hat?“

„Äh... nein?!“

„Gehen Sie gelegentlich in die Kirche, beten und so?“

„Ja.“

„Und? Denken Sie, daß Sie von Gott gehört werden?“

„Schon...“

Schmidt hatte ein Siegeslächeln auf den Lippen, seine kleine Beweisführung war abgeschlossen. „Warum sollten die Teufelsjünger dann annehmen, deren Gebete würden vom Bösen nicht erhört?“ Sein Handy klingelte. Er bekam die Mitteilung, daß die Wohnung der beiden Verdächtigen untersucht worden und man in der Badewanne verdächtige Spuren gefunden habe. Säure und organische Reste. Die Frau, die sie im Bett fanden, litt unter akuter Erschöpfung, hatte aber mit der Sache wohl nichts zu tun. Er sagte es Wendlandt.

„Tja, dann können wir davon ausgehen, daß es unser Teufelspärchen ist. Sie haben schon wieder zugeschlagen. Verdammt, beinahe hätten wir sie gehabt“, ärgerte sich der Kommissar. „Es konnte ja keiner ahnen, daß sie ein beschissenes Waffenarsenal dabei hatten. Der Opa mit dem Hund hätte besser hinschauen können, ehe er die Kollegen alarmierte.“ Er sah zu, wie ein toter SEK-Beamter abtransportiert wurde, die Lippen wurden zu dünnen Strichen. „Ich schwöre, daß ich sie eigenhändig abknallen werde, wenn wir sie haben.“

„Zu Ihrem eigenen Schutz habe ich das eben nicht gehört.“

Schmidt wies ihn an, die verhafteten Teufelsanbeter medizinisch versorgen zu lassen und sie zwecks Gutachten einem Psychiater vorzuführen. Ein gutes Verhör käme mit den brabbelnden Gestalten sicherlich nicht so schnell zustande. Er besah sich den Tatort noch einmal. Ganz genau. Das aufgemalte Siegel auf den Grabsteinen kannte er genau. Es gehörte Andras, der sich mit seinem Herrn derzeit recht gut verstand. Die Angst verband sie.

Beweismittel 217 und 218 erregten seine Aufmerksamkeit: Blutspuren. Er kniete sich davor und betrachtete sie. Die Spritzer waren dunkler als normal, beinahe schwarz.

Er vergewisserte sich, daß ihn niemand beobachtete, dann tauchte er den Finger in die gerinnende Flüssigkeit, leckte die Kuppe ab und schloß genießerisch die Augen.

Ein besonderer Geschmack verbreitete sich auf seiner Zunge. Heiß, süß, vollmundig, voller Kraft und Sex, mit Nuancen von bitterer Wut und unstillbarem Haß.

‚Gedeon', lächelte er still. Er befand sich endlich auf der richtigen Fährte.

Eddie M. Angerhuber

Das Nachtbuch

Für E.A.P. und T.L.

Wieder eine jener endlosen, sinnlosen, inhaltslosen Stunden. Was würde ich dafür geben, wenn ihre Kette endlich abreißen wollte, aber ich fürchte, daß man mir diesen Gefallen nicht tun wird.

Für mich gibt es keine Erlösung.

In undurchdringlichem Dunkel knie ich vor dem Katheder, auf dem das schwarze Buch liegt, und taste mit den Fingerspitzen über seine Seiten. Meine Fingerspitzen müssen mir hier die Augen ersetzen, denn kein Lichtstrahl fällt in meine Behausung.

Behausung? Dieser Raum gleicht eher einer Zelle als einer Wohnung. Keine Möbel befinden sich darin außer dem Pult, dessen Oberfläche von zahllosen Berührungen geglättet ist und abgerundete Formen angenommen hat, und der grob behauenen Kiste auf dem Boden. Hat die Zeit die Kanten des Katheders abgeschliffen, oder waren es Zehntausende von Kinderhänden, die auf diese Schulbank gebannt ihre frühen Jahre fristeten?

Ah, die Phantasie schlägt Haken und bildet sonderbare Labyrinthe, wenn sie zuviel Muße und keinerlei äußerliche Eindrücke hat, um sich abzulenken.

Die Finsternis schluckt nicht nur alles Licht, sondern auch die leisen Töne, die ich von mir gebe. Das Schleifen meines Gewandes ist nur noch ein Flüstern in der schwarzen Tiefe des Raums, der um mich herum seine Grenzen verloren hat und sich ins Unendliche auszudehnen scheint. Sonderbare Echos hallen in meinem Kopf – unirdisch, wie Gesänge oder ferne, unverständliche Gebete. Aber sie haben keine Stimme, um sich bemerkbar zu machen.

Anfangs habe ich auf den Knien vor der Tür gelegen, mir die Fingernägel an ihrem Holz abgebrochen und gefleht, daß er mir die Freiheit wiederschenken solle. Bitte, bitte, laß mich hinaus, ich kann es hier nicht mehr aushalten! Ich kann das Eingesperrtsein und die Leere nicht ertragen, die mich umgibt und mein Inneres ausfüllt. Ich bin wie eine hohle Frucht, in der die Würmer eine Kammer geschaffen haben, deren Ausdehnung widersinnige Größen erreicht hat; nur das Echo meines Weinens ist hier zu hören. Und selbst das schon lange nicht mehr.

Auch wenn die Tränen nicht wirklich versiegen können, unterbricht sich ihr Strom doch nach einer Weile, wenn selbst die Trauer jeden Sinn verloren und zur bloßen Charade verkommen ist.

Du wirst niemals mehr das Licht des Tages erblicken, flüstert das Nachtbuch. Diesen Titel habe ich ihm gegeben, da mir sein wahrer Titel unbekannt ist. Die ersten seiner Seiten tragen krude Kritzeleien, die ich in Ermangelung äußerlicher Beleuchtung blind dorthin geschrieben habe. Ich weiß nicht mehr, was ich geschrieben habe, doch können diese Zeichen eigentlich nur eine Bedeutung haben: laß mich hinaus – hinaus – hinaus. Nimm mir die Kette ab, die mich an diesen groben Holzklotz in der Mitte des Zimmers fesselt, öffne die Fenster, laß mich wieder freie Luft atmen!

Aber vor der Tür antwortet mir nur sein leises Lachen, oder zur Abwechslung ein leises Schluchzen. Ich weiß manchmal nicht, ob er lacht oder weint, so sehr gleichen sich die Töne, die seine dem Sprechen entwöhnte Kehle erzeugt.

Vielleicht erinnert auch er sich an die Tage, die vor dieser zeitlosen Zeit der Erniedrigung waren. Ja, ich bin mir sogar sicher, er erinnert sich. Warum sollte er mich sonst festhalten? Er könnte mich gehen lassen, wenn er sich nicht erinnern würde. Er könnte aufhören, mich zu quälen.

Einmal alle vierundzwanzig Stunden höre ich seinen Schritt vor der Tür innehalten, und ich lausche angestrengt, bis das

Klirren des Schlüssels die angespannten Membranen meiner Trommelfelle trifft. Ich erkenne sein zerstreutes Tasten und Fingern. Ich weiß, daß er Mühe hat, das Schloß zu finden – wie jeden Tag. Seine Augen sind schwach, und seine Hände zittern. Auch wenn seine Silhouette im Gegenlicht, das zu grell für meine Augen durch die jetzt offene Tür fällt, gesichtslos scheint, erinnere ich mich doch an seine Züge und weiß, daß sein Gesicht sich im Lauf der Jahre mit Runzeln bedeckt hat, daß Bitterkeit und Lethargie tiefe, zynische Falten um seinen Mund herum gegraben haben. Wie hast du dich verändert, mein Geliebter.

Ich weiß, daß ich mich gar nicht verändert habe. Auch wenn du es mir nicht jede Nacht aufs Neue sagen würdest, ich kann die Stagnation meiner Körperzyklen fühlen. In meiner Brust herrscht die Stille des Todes; das Zucken und Stampfen des Fleisches ist längst verstummt. Nicht einmal du kannst dir vorstellen, alter Freund, wie sich diese Stille anhört. Nicht einmal du weißt, wie es ist, wenn man eigentlich längst Futter für die Würmer sein sollte und statt dessen immer noch aufrecht steht.

Nachdem du die Kette gelöst hast, die mein Fußgelenk an den Holzklotz in der Mitte meines Zimmers fesselt, hebst du den Kerzenleuchter und leuchtest mir ins Gesicht. Meine Augen schmerzen.

„Komm, Adelaide. Wir wollen zu Abend essen."

Meine Hand auf die deine gestützt, folge ich dir die langen, widerhallenden Flure unseres Domizils hinunter. Dies ist ein altes Haus, und das zyklopische Steingemäuer, das seine Wände und Böden bildet, ist vom Zahn der Zeit und den Füßen unendlich vieler Ratten und Mäuse zerfressen, die durch seine Gänge gehuscht sind. Prächtige purpurrote Gobelins mit Goldstickerei wehen an den Wänden in einem ewigen Luftzug, der durch einen künstlichen Windhauch erzeugt wird, den dein morbider Geist ersonnen hat, um dieses Haus deiner düsteren Stimmung anzugleichen.

In der Ferne der mondlosen, grenzenlosen Nacht höre ich die klagenden Töne der Tiere, die wie wir beide an ihrer Existenz leiden.

Zu leben, das heißt zu leiden. Alle Wesen tragen den Stempel der Verderbnis und des Todes vom Zeitpunkt ihrer Geburt an. Allen Wesen ist der Same des Wurms mit in die Wiege gelegt, die nach Ablauf ihrer Zeit zum Grab wird... nur mich scheint die Zeit vergessen zu haben. Wenn diese Stunden doch enden könnten.

Meine Haare sind im Lauf der Zeit so lang gewachsen, daß sie wie eine ebenholzfarbene Schleppe, mit Silber durchsponnen, auf dem Boden hinter mir hergleiten. Mein weißes Kleid ist im Lauf der Jahre grau geworden und brüchig wie ein Leichenhemd. Es war das Kleid, das ich an jenem Tag trug... an jenem Tag vor vielen Jahren.

Dieses Datum steht unauslöschlich in meinen Geist gegraben; es ist die leidvollste Erinnerung, die ich in mir hege wie eine schwarze Rose mit Dornen, die sich in das Fleisch meines Herzens gegraben haben und mich mit ihrer unablässigen Zärtlichkeit quälen.

Zu leben, das heißt zu leiden; dies las ich in den Seiten des Nachtbuches, die keine Zeichen tragen, die leeren Seiten eines Folianten, der vielleicht einst dazu dienen sollte, meine Geschichte in sich aufzunehmen... aber ich habe vergessen, wie es ist zu schreiben; wenn ich auch nicht vergessen kann, wie es ist zu lesen und zu träumen.

Denn seltsame Töne habe ich gehört in der ewigen Nacht, die meine Klause erfüllt, wo nie ein Lichtstrahl durch die zugenagelten Fenster hereindringt, wo die Zeit stillzustehen scheint und nicht einmal die Ratten sich die Mühe machen, mich zu besuchen. Ich habe ihnen nichts zu bieten.

Die Dinge, die ich im Lauf der Zeit auf den unbeschriebenen Seiten des Nachtbuches entdeckt habe, bestätigen mich in meiner Auffassung von der Welt im allgemeinen und dem Leben im besonderen.

Ein ewiger Winter, so steht dort geschrieben, soll die Erde bedecken und all das miserable Leben von ihr löschen, das sich windet und kriecht und unter Schmerzen gebiert und stirbt, nur um neue Generationen von Schleim, Blut und Knochen hervorzubringen. Ewiger Winter, der die Antithese zum jährlich wiederkehrenden Frühling bildet – die Gnade der Endlichkeit. Und endlich soll Vergessen über alle Dinge kommen, die auch nur am kürzesten Aufenthalt auf dieser Welt zu leiden haben.

Denn eine ewige Folter stellt der Aufenthalt hienieden dar, der zerfressen ist vom Aussatz der Krankheit, der Fäulnis und der allmählichen Zersetzung, die in dem Augenblick beginnt, wenn das Leben aus dem Mutterleib kriecht.

Am Anfang bin ich verzweifelt an den Dingen, die ich im Nachtbuch las: denn sie erschienen mir grausam, unmenschlich und zynisch über alles Maß. Aber je länger ich (von dir, Lieber, glaube nicht, daß ich das vergessen hätte) dazu verurteilt war, in dieser finsteren Kammer zu vegetieren, desto eingängiger erschienen mir seine würdevollen Phrasen – desto mehr gingen seine gemessenen Stanzen in mein eigenes Fleisch und Blut über. Und ich wurde schließlich eins mit dem Nachtbuch.

Die Dinge, die ich auf seinen unbeschriebenen Seiten las, stehen jetzt mit flammenden Zeichen auf die Wände meines Herzens geschrieben – wenn das auch das einzige Feuer ist, das ich in meiner kalten Nachtwelt fühle.

„Bitte, Adelaide“, sagt er zu mir und öffnet die Tür zur Linken, um mir den Vortritt zu lassen wie ein Herr einer Dame. Und während ich hindurchschreite, beobachte ich sein Gesicht aus dem Augenwinkel und frage mich, woher dieser Wahnsinn kam, der ihn jetzt dazu verdammt, mich zu ewigem Warten im Dunkeln zu verdammen.

Die lange Tafel vor dem riesigen Kamin mit den steinernen Greifen ist gedeckt. Wie jeden Abend hat er gelbe Bienenwachskerzen aufgesteckt, und drei venezianische Glasschalen quellen über vor Rosen. Er erinnert sich, daß ich Rosen von allen Blumen immer am liebsten hatte – früher. Woher sollte er auch wissen, daß ich in der ewigen Nacht meiner Zelle eine Zuneigung zu weißen Lilien gefaßt habe, die ich früher nicht leiden mochte? Warum ich sie nicht leiden mochte? Weil sie mich stets an das Grab erinnerten. Das Grab, das so viele Schrecken für mich bereitzuhalten schien – weitaus mehr, als es wirklich besitzt.

Denn eigentlich ist nur das Grab frei von Schrecken, als einziges von allen Dingen, die jedem Lebewesen auf Erden bevorstehen mögen. Denn das Grab ist von allen Dingen das einzig verläßliche und unverrückbare, das jedem Wesen gleichermaßen vorherbestimmt ist. Nur das Grab allein lügt nicht.

Selbst die Liebe – glaubt mir! – ist nicht frei von Schrecken. Sie ist in Wirklichkeit sogar einer der größten Schrecken, eine der schlimmsten Prüfungen, denen wir unterworfen werden. Aber erst spät habe ich das herausgefunden, erst jetzt, da ich weiß, daß allein seine Besitzgier und seine Unfähigkeit, mich loszulassen, ihn dazu verurteilt, mich in meinem jammervollen Stadium zu belassen. Nur sein Egoismus und seine als Zuneigung getarnte Anhänglichkeit, die in Wahrheit nichts weiter ist als mangelnde Kraft, sein Schicksal allein zu tragen und die Sinnlosigkeit des Lebens zu akzeptieren. Schon so lange täuscht er sich mit der Idee, ich könne ihm dabei helfen. Ich, von allen geschundenen Wesen auf Erden ausgerechnet ich! Ich bin nicht einmal dazu in der Lage, mir selbst zu helfen.

Aber vielleicht, so meditiere ich, während ich über die Länge der Tafel hinweg sein ausgezehrtes und von Exzessen verwüstetes Gesicht mustere, vielleicht wird sich das eines Tages ändern.

O ja, ich bin mir dessen sogar gewiß, wenn ich näher darüber nachdenke. Ich muß mich nur an den Gedanken gewöhnen, das ist alles.

Er ist mir fremd geworden im Lauf der Zeit, aber ich fühle seinen winzigen Abglanz in einem Winkel meines Innern. Einen winzigen Abglanz nur, wie der Schimmer einer einzelnen Kerze im Gewölbe einer Kathedrale.

Rosen bedecken den Tisch, an dessen Ende Allan sein Gesicht in den Händen vergräbt. Ich habe ihm keine Vorwürfe gemacht, er macht sie sich selbst. Ich täusche mich nicht darüber hinweg, daß auch er leidet – mehr vielleicht sogar als ich.

Aber meine Augen haben schon lang die Fähigkeit zur Milde verloren, und ich betrachte ihn nur schweigend, während ich mit den Händen die geschnitzten Löwenköpfe streichle, die die Lehnen meines Sessels zieren.

„Du weißt doch“, sagt er schließlich, als er sich wieder gefangen hat. „Du weißt doch, daß ich dir nie Böses wollte – nicht wahr, du weißt es, Liebste? Sage es mir, rede endlich. Sitz doch nicht nur so da und starre mich nicht länger an mit diesen vorwurfsvollen Augen!“

Nein, Allan – ich habe dir keinen Vorwurf gemacht. Du machst ihn dir selbst. Du weißt, daß es nicht recht ist, was du tust, aber ich weiß, daß du nicht anders handeln kannst.

Er tritt hinter mich und schenkt mir aus einem großen Krug ein, als wäre er mein Diener. Wir haben schon lang keine wirklichen Diener mehr. Der rote Wein gluckert in mein hohes Kristallglas und bricht das Licht der Kerzen mit seinem spröden Gefunkel und wirft einen unscharfen blutfarbenen Fleck auf das weiße Tafellinnen.

„Trink, Adelaide! Stoß mit mir an! Auf diese Nacht – auf alle Nächte, die noch folgen mögen."

Oh, Allan. Warum täuschst du dich so sehr über deine eigenen Empfindungen hinweg? Wenn du mir gegenüber schon nicht ehrlich sein kannst, kannst du nicht wenigstens versuchen, zu dir selbst ehrlich zu sein? Aber ich weiß, du kannst nicht anders handeln. Wie alle lebenden Geschöpfe wirst auch du beherrscht von Wünschen, Begierden und Trieben, die stärker sind als du. Die Flüssigkeit in meinem Glas ist kalt und sauer, sie zieht mir den Mund zusammen. Ich mag diese flüssige Fäulnis nicht länger trinken, ich stelle das Glas beiseite, mich ekelt vor seinem Inhalt.

„Trink doch", nötigt er mich.

„Ich will diesen Wein nicht mehr trinken, Allan", sage ich. „Ich trinke ihn seit Jahren Abend für Abend, er schmeckt mir nicht mehr."

„Oh, Adelaide."

Mit seinem stumpfen Blick hängt er wie stets an meinem Mund, wenn ich spreche. Ich weiß, daß ihn meine Zähne faszinieren. Seit... jenem Tag, als es damals geschah, hat ihn eine morbide Faszination für meine Zähne ergriffen. Vielleicht, weil mein Zahnfleisch so geschrumpft ist, daß sie jetzt länger erscheinen... vielleicht, weil der jahrelange Mangel an fester Nahrung sie so scharf und spitz hat werden lassen.

„Was hast du heute in deinem Buch gelesen?" fragt er schließlich.

„Nur eines: daß kein Licht mehr meine Augen füllen soll, und daß sie schwarz geworden sind, um der Nacht ganz anzugehören.“ Und als ich meinen Blick hebe, um ihm in die Augen zu schauen, sehe ich, wie er vor mir zurückzuckt.

„Tatsächlich“, murmelt er. Verwirrt fährt er sich mit der Hand über die Stirn, auf der sich fiebrige Schweißtropfen auszubreiten beginnen. Es ist wohl Zeit für eine neue Dosis seiner Droge, ohne die er sein Dasein nicht ertragen könnte. Tu dir keinen Zwang an, Bruder. Trink nur. Ich verachte dich nicht – nicht mehr, als die Toten die Lebenden verachten. Ich hasse dich nicht, ich will nur nicht mehr warten. Ebenso wie ich damals nicht mehr warten wollte.

„Wird alles wahr, was du in deinem Buch liest?“ fragt er.

„Bis jetzt ist nichts davon wahr geworden“, sage ich. „Denn ich lese darin nur das, was eigentlich schon längst wahr sein sollte, was jedes Geschöpf auf dieser Welt wissen sollte, denn jedes Geschöpf trägt sein eigenes Nachtbuch in sich.“

Ich sehe, daß ihn meine Worte mit Grauen erfüllen, aber auch wenn ich es hasse, ihn leiden zu sehen, so kann ich doch nicht anders, als die Wahrheit zu sagen. Und die Wahrheit ist, daß er es ist, der die Schuld an meiner Situation trägt. Ich kann nicht umhin, es ihm zu sagen. Aber natürlich verstehe ich auch, daß er protestieren muß.

„Nein, nein! Du verwechselst da etwas. Weißt du nicht mehr, daß du es warst, die den dunklen Fremden suchte, obwohl ich dir davon abgeraten habe? Ich habe nie gewollt, daß du zu ihm gehst.“

Der dunkle Fremde, ja. Ich wußte, daß das kommen würde. Und es ist wahr, was Allan sagt. Ich war es, die den dunklen Fremden aufsuchte, nachdem wir diesen letzten aller Bälle in unserem Haus gaben. Keiner wußte, woher der dunkle Fremde kam oder wer ihn eingeladen hatte. Er war plötzlich da, er tauchte auf unter der Reihe von Lampions, die wir in die Äste der Bäume gehängt hatten und die wie eine Perlenschnur aus flackernden Lichtpunkten die Dunkelheit durchschnitten, schwache Leuchtbojen auf dem schimmernden Tuch der Unendlichkeit. Er war ganz plötzlich da, er trat aus der Nacht auf uns zu und grüßte uns höflich. Man sah, daß er ein Gentleman war; und wir fanden keine Worte, um ihm das Bleiben zu verbieten. Wir duldeten ihn, oder besser gesagt: du hast ihn geduldet, denn mir war seine Gegenwart gar nicht unangenehm. Ich tanzte mit ihm immer häufiger bis zum Morgengrauen. Als der Tag gerade anbrach, waren wir die letzten, die sich noch im Ballsaal drehten.

Seltsamerweise verspürte ich in seiner Nähe gar keine Müdigkeit – ganz anders als sonst, denn meine Krankheit hätte mich schon vor Stunden ermüden lassen müssen. Mein Taschentuch war in jener Nacht jedoch rein geblieben, nicht der winzigste Blutfleck verunzierte sein Weiß.

Ja, ich erinnere mich noch gut daran, wie es war, in den Armen des dunklen Fremden zu liegen. Wie seine schwarzen Augen sich in die meinen bohrten – wie Dolche, doch war ihr Stich eher süß als schmerzhaft. Und so schwelgte ich noch in der Verzückung, die sein süßer Stich mir zugefügt hatte, als du in das Zimmer kamst und uns so sahst.

Natürlich, ich weiß, du konntest nicht anders, als den dunklen Fremden des Hauses zu verweisen. Jeder hätte so gehandelt wie du.

Aber später, als ich begann, mich zu verändern – da hätte dir klar sein müssen, was geschehen war, und du hättest davon Abstand nehmen müssen, mich zu deiner Gefangenen zu machen und mich durch diese abscheuliche Kette um mein Fußgelenk zu demütigen. Spätestens als mein Husten aufhörte und ich keine Müdigkeit mehr kannte, aber auch als das Sonnenlicht meinen Augen weh zu tun begann und ich mich hinter die zugezogenen Vorhänge meines Schlafzimmers flüchtete, hättest du wissen müssen, was zu tun war.

Der dunkle Fremde hatte seine Spur auf meiner Haut hinterlassen wie ein Schandmal, das mich von allen meinen Mitmenschen unterschied.

Ich war nicht mehr die Adelaide, die du von frühester Kindheit an gekannt hattest.

Du hättest es wissen müssen, Allan.

Jetzt ist es zu spät für Reue.

Als er mich zurückbringt in meinen Kerker, füge ich mich, wie ich es immer getan habe. Ich lasse mir die Kette um den Fuß legen, ich steige in die rohe Kiste, die in der Mitte meines Zimmers auf mich wartet. Ich lausche darauf, daß er den Deckel schließt und mich die doppelt negative Nacht in der Kiste im düsteren Zimmer umfängt. Dort ist die Stille so vollkommen und tief, daß ich das Flüstern des Nachtbuchs auf dem Katheder bis in meine Kiste hören kann – und ich weiß, was heute auf seinen Seiten geschrieben stehen wird. Ich kann jeden seiner Buchstaben hören. Leise Stimmen steigen in meinem Innern auf; sie klingen wie Gesänge oder ferne, fast unhörbare Anrufungen.

Und im dunkelsten Dunkel lese ich das Buch ohne Worte: Einstmals bricht der ewige Winter über deine Seele herein, und dein Hunger nach Befreiung wird das Mitleid überwiegen, das du für ihn empfindest. Dann wirst du nicht länger Hühnerblut trinken. Du wirst nach dem einen, dem wahren Blut gieren... denn es gibt nichts Süßeres als das Blut eines Bruders, dessen Herz seit Jahren von der Hoffnungslosigkeit unerwiderter Zuneigung vergiftet wurde.

Und im dunkelsten Dunkel lies das Wort: dann werden sich alle Fenster und Schlösser öffnen vor dir, und das Licht der aufgehenden Sonne wird das Tafelsilber auf deinem Tisch vergolden und dich in einer Fontäne der Wärme baden, wie du sie nie zuvor gespürt hast und nie wieder spüren wirst.

Denn für die Angehörigen deiner Art ist der Sonnenaufgang wie das Feuer vom Herrn – und in seinem Schein sollst du die einzige Wahrheit erkennen, die in das Buch deines Fleisches geschrieben wurde.

Mark Freier

Das Höllenwunder

„Lauf! Lauf um dein verdammtes Leben! Du bist keiner von ihnen. Du bist anders als sie! Es sind Menschenfresser. Alle. Sie alle miteinander sind blutrünstige Menschenfresser."

Selbst im Nachhinein kann ich es nicht erklären, aber es war mir unmöglich auszumachen, woher die unheimliche Stimme kam, die mir diese bedrohlichen Worte zurief. Die undurchdringliche Dunkelheit, die alles in sich aufsaugt, das pechschwarze Nichts, das mich zu verschlucken drohte, hatte meine Sinne nun endgültig verwirrt. Konnte diese Warnung aus dem Innersten meiner selbst gekommen sein? War es meine eigene, innere Stimme, die Stimme meiner Seele gewesen, die mich zum Fortlaufen antrieb?

Dieser Gedanke wurde von gellenden Lauten jäh durchbrochen und mir wurde die drohende Gefahr schlagartig bewußt – sollten mich die schrecklichen Bestien, die mich verfolgten und hetzten, tatsächlich einholen, so bei Gott! – der Tod hätte mir wohl eine süße Gnade bedeutet.

Es war eindeutig zu vernehmen, die gierige Meute kam näher – und dann endlich rannte ich los; mit aller Entschlossenheit, dem zu entgehen, das mir das Fleisch vom lebendigen Leib zu reißen drohte, tiefer hinein in das zähe beklemmende Schwarz, das alles in sich verschlang.

Doch mein Entrinnen war durch den gnadenlos felsigen Untergrund, auf dem ich flüchten mußte, eine schier unlösbare Herausforderung. Immer wieder stieß ich an große kantige Felstrümmer, und da ich meine Hand vor Augen nicht sehen konnte, mußte ich sensibel darauf achten, jede größere Unebenheit im Boden sofort zu erfassen, um sie mit dem gesamten Körper auszugleichen. Meine Güte, was hätte ich in diesem gottverfluchten Augenblick für eine kleine tragbare Lampe getan. Ich hätte wohl mit Freuden meinen rechten Arm dafür gegeben, denn ein verstauchter Knöchel hätte mir in dieser Situation unweigerlich alle Schrecken der höllischen Verdammnis offenbart...

Eine unerträgliche Begleiterscheinung drängte sich nun mehr und mehr in den Vordergrund dieser entsetzlich höllischen Flucht. In unbeständigen Intervallen zuckten immer wieder undeutliche und beängstigende Bildfetzen, wie kleine bösartige Blitze, vor meinem inneren Auge auf, um sich dann hartnäckig und verbissen bis in mein tiefstes Bewußtsein hineinzufressen.

Während ich keuchend und nach Atem ringend um mein Leben rannte, versuchte ich krampfhaft, diese immer wieder aufs neue hartnäckig zuschlagenden Bildfetzen, die mir stroboskopartig durch mein Hirn schossen, zu verdrängen. Dagegen anzukämpfen, machte mich schier wahnsinnig und raubte mir zusätzlich enorme Energien.

Minute um Minute konnte ich deutlicher hören, wie die Ungeheuer näherkamen. Und das konnte nur eins bedeuten: Ich war zu langsam!

Völlig blind, von grenzenloser Panik gepeitscht, versuchte ich nun noch schneller durch das unwegsame und mir unbekannte Gelände, weiter durch die grenzenlose Finsternis zu entkommen.

Und da geschah, was geschehen mußte: ich stürzte mit meinem rechten Bein in einen schmalen tiefen Spalt. Knochen splitterten. Ein höllischer, stechender Schmerz bohrte sich augenblicklich durch mein Gehirn und ich konnte den quälenden Aufschrei meiner Pein nicht unterdrücken.

Kochendes Blut pochte wie Blei in meinen Venen, und das Gefühl, mein Schädel würde jeden Moment in tausend Teile zerbersten, raubte mir fast die Besinnung.

War das mein Ende? Ich kauerte auf dem steinigen Boden

und lauerte angespannt in alle Richtungen. Es war nicht das leiseste Geräusch zu hören. Ringsherum war Totenstille eingekehrt. Doch diese unheimliche Stille hielt nur für einen kurzen Augenblick an – dann schoß mir lautstark das Rauschen meines Blutes in die Ohren. Das rasende Schlagen meines Herzens wurde nun so kräftig und wild wie Trommelfeuer, so daß ich wahrlich fürchtete, es könne mich verraten. Ich fühlte, wie der Wahnwitz in mir aufstieg und ein dreckiges Grinsen meine Mundwinkel verzerrte...

Da erinnerte ich mich, daß ich nach dem schmerzvollen Aufschrei ein schwaches Echo meiner Stimme vernommen hatte – wie in einem Gebirge oder einer Höhle –, einer gewaltigen, stockfinsteren Höhle. Ich hatte den Eindruck, der Laut war aus Hunderten Meter Entfernung reflektiert worden. Doch ohne einen zweiten Gedanken daran zu verschwenden, konzentrierte ich mich wieder auf meine Flucht. Ich bemühte mich so gut es ging, nun auf allen Vieren weiterzukriechen. So konnte ich mein Gewicht auch auf die Arme verteilen. Die Schmerzen waren ungeheuer und ich spürte, daß ich mir bei dem Sturz in die Erdspalte auch eine etwa zwei Handbreit lange Fleischwunde am Schienbein zugezogen hatte. Als mir das bewußt wurde, fürchtete ich um den letzten Funken Verstand, der mir noch geblieben war.

Da erblickte ich in unbestimmter Entfernung plötzlich ein eigenartiges dunkelrotes Flimmern, ein Lodern und Wallen. Ich kann es schwer beschreiben. Dieses tiefe Rot in der Ferne wirkte auf meine überreizten Sinne wie ein brodelndes Loch, das bösartig alles in sich aufzusaugen schien; und wieder schossen diese markverzehrenden Bilder durch mich hindurch. Erbarmungslos. Wie aus dem Nichts. Ich wußte weder, aus welcher dunklen Nische meines Unterbewußtseins sie hervorgekrochen kamen, noch was sie zu bedeuten hatten. Blut!

Immer wieder ergoß sich dieser scheußliche, dicke dunkle Saft vor meinem inneren Auge. Schwarzes Blut, das spritzte und an weißen sauberen Wänden langsam herunterrann. Und kaum daß diese Bilder meinen Verstand mit Grauen erfüllten, da überkam mich die grässliche Gewißheit, daß sich in meiner Seele ein unauslöschbares Massaker abspielte. Es schmerzte. Ich schlug meine blutverschmierten Hände vor dem verdreckten, schweißgebadeten Gesicht zusammen und begann bitterlich zu weinen. Ich versuchte, die Fassung wieder zu erlangen, und versetzte mir mit der flachen Hand mehrere feste Schläge ins Gesicht, um die verhaßten Bilder zu verscheuchen. Das dichte Geflecht des Grauens wurde zerrissen. Ich erhob mich wieder und begann, trotz der großen Schmerzen blindlings weiterzulaufen.

Ich hatte mein Leben noch nicht völlig aufgegeben. Ich biß krampfhaft die Zähne zusammen. Animalische Kräfte, die im Verborgenen eines jeden Lebewesens ruhen, sowohl die körperlichen als auch die geistigen, haben mich zum Weiterlaufen getrieben. Die Sinnlosigkeit, die mich vor wenigen Sekunden noch einzuholen drohte, war gewichen, und insgeheim hoffte ich immer noch darauf, aus diesem grauenvollen Angsttraum endlich zu erwachen...

Was hatte dieses geheimnisvolle rote Glimmen dort drüben zu bedeuten? Konnte ich in dessen Nähe irgend etwas Aufschlußreiches entdecken? Vielleicht konnte ich sogar in Erfahrung bringen, wo ich war. Aber ich fürchtete die Antwort bereits zu kennen: in einem leibhaftig gewordenen Alptraum, aus dem es kein Erwachen gab!

Da hörte ich das röchelnde Gewisper, Gestöhn und Geheul der brutalen Bestien wieder. Die furchteinflößenden Laute waren zwar noch nicht klar auszumachen, doch weit konnten sie nicht mehr sein.

Und dann begannen die Monster noch lauter und toller zu brüllen. Sie schrien und kreischten unzusammenhängend durcheinander, wie eine rasende Horde bestialischer Jäger, die ihre blutige Beute in die letzte tödliche Enge treibt.

Hätte ich nur etwas sehen können! Diese unendliche, alle Hoffnungen in sich erstickende Finsternis brachte mich mehr und mehr an den Rand des Wahnsinns. Ich riß meine Augen weit auf und starrte wie ein Blinder durch das unerschöpfliche Dunkel.

Jetzt mußte ich mich von meinem Inneren leiten lassen, einfach instinktiv handeln und auf Glück hoffen.

„Oh Gott, steh mir bei!" Ich versuchte auf dem schnellsten Wege hinüber zu dem roten, lodernden Loch zu gelangen. Es war der einzige Anhaltspunkt in diesem irrsinnigen Alptraum. Vielleicht war es ja sogar, so wünschte ich verzweifelt, der Weg hinaus, und ein winziger Hoffnungsfunke loderte kurz in mir auf.

„Nein! Nicht! Lauf weiter! Du mußt immer weiter laufen! Immer weiter."

Wieder diese undefinierbare Stimme, und völlig außer mir schrie ich lauthals zurück: „Meine Güte, wo bin ich? Was soll das alles? Hilfe!!!... Hiiilfe!"

Ich bekam keine Antwort. Die Stimme blieb stumm. Doch das Getöse der tausend Teufel, die mir im Nacken saßen, wurde immer lauter und deutlicher. Da überfiel mich eine derartige Beklemmung, die mir bis zu diesem Zeitpunkt, trotz allem was ich bereits durchlitten hatte, noch fremd geblieben war. Der kälteste Schauer, den je ein menschliches Wesen am eigenen Leib erfahren hat, überkam mich in diesem Moment der Verzweiflung. Dieser bittere Schauer fraß sich bis tief in mein Innerstes, und ein eisiger todeshauchender Frost legte sich bedrohlich über mein teures Seelenheil. Das Gefühl, ersticken zu müssen, übermannte mich – als ob ein unsichtbares Etwas mit seinen gewaltigen Pranken mir die Lunge abdrücken würde. Aber es war meine Seele, die da unerbittlich zugeschnürt wurde. Meine Brust brannte jetzt heiß wie Feuer, mein Blut kochte, und an meinem ganzen Körper verkrampften sich die Muskeln, daß es schmerzte. Speichel lief in Strömen aus meinem Mund, während ich so hastig nach Luft schnappte, als bedeutete jeder Atemzug neues Leben für mich. Mein Magen rebellierte – er schien sich um sich selbst zu drehen. Doch durch gezieltes Atmen aus dem Bauch heraus gelang es mir, diese Unruhe etwas zu besänftigen, gerade so, daß ich mich nicht übergeben mußte.

Was sollte ich jetzt tun? Was hatte die Stimme gemeint? Mir blieb keine Zeit, lange zu überlegen, und so gut ich noch konnte, quälte ich mich weiter fort, nur weg von meinen todbringenden Verfolgern. Was ich jetzt brauchte, war ein Wunder.

Und dann auf einmal ein glasklarer Gedanke: oh, mein Gott, mein Gott! Irgend etwas klammert sich erbarmungslos an mein linkes Bein!...

Es war mein letzter Gedanke. Die letzte echte menschliche Empfindung, die ich hatte, bevor ich hier, viele Wochen nach diesem unbeschreiblichen Erlebnis, in einem kleinen armseligen Hospital bei Santiago, im Norden der Dominikanischen Republik, wieder zu Bewußtsein kam. Ja, ich bin am Leben. Sofern man dieses körperliche Dasein und meine geistige Existenz noch als Leben bezeichnen möchte. Diese Wesen haben mir Arme und Beine abgenagt und die Überreste meines Körpers, meinen verstümmelten Brustkorb und mein Haupt großzügig verschont. Ja, es ist ein Wunder geschehen...

... ich bin am Leben!

Erinnerungen an mein früheres Leben sind völlig ausgelöscht. Woher ich kam und wer meine Eltern sind – ich weiß es nicht...

Ich weiß nicht, wer ich bin und unter welchem Namen ich vielleicht getauft wurde.

Hier im Hospital haben sie mir einen Namen gegeben, der übersetzt soviel wie „der große Torso“ heißt.

Sie haben mir gesagt, eingeborene Kinder fanden mich am Rande eines elenden Dorfes an der Grenze zu Haiti, am Fuße eines kleinen stinkenden Flusses. Das nenne ich Glück...

Und vor meinem inneren Auge sehe ich unaufhörlich das viele Blut. Dunkles, sämiges Schlachtblut, das bestialisch herumspritzt und in schwarzroten Bahnen von weiß gekachelten Wänden einer gottverlassenen Anstalt herabfließt...

Alisha Bionda

Seelenpfand

Er wußte nicht mehr, wann ihm zum ersten Mal bewußt wurde, daß sie ihn aussaugte. Sich seiner Energie bediente. Nein, nicht im herkömmlichen Sinne. Wie Vampire es sonst zu tun pflegten. Es war kein Aderlaß. Kein Aussaugen. Es war subtiler. Ohne Wunden und Narben zu hinterlassen. Nicht sicht-, aber fühlbar. Sie bediente sich seiner Liebe. Schlimmer noch: seiner Seele.

Er wehrte sich dagegen.

Doch er wußte, es war hoffnungslos.

Sie saß ihm im Blut. Im Körper. Und seinem Denken und Handeln. War allgegenwärtig. Rund um die Uhr. Den Tag. Die Woche. Das Jahr. Sein Leben. Er stand mit ihr auf und ging mit ihr zu Bett. Nicht körperlich. Imaginär. Auch wenn sie weit entfernt war, in ihrem warmen Land, war sie um ihn. In ihm. Lenkte sie ihn. Wie eine Marionettenspielerin, die an den Fäden zog. Den Fäden seines Lebens. Seines Ichs. Alles, was ihn ausmachte. Und er war ihr hilflos ausgeliefert. Weil er die Gefahr zwar erkannte, sich ihr aber nicht entziehen konnte. Sich gar bewußt hinein begab. Weil es ihn immer wieder hintrieb. Zu ihr. In ihre Nähe. In sie hinein. Tief in sie hinein. Weil er sie brauchte. Mehr als jemals ein Wesen zuvor. Ohne sie fühlte er Schmerz.

Phantomschmerz.

Dabei hatte er sie von sich gewiesen. Von sich gestoßen. Ihr den Pflock in das Herz geschlagen. So lange, bis es in Stücke brach. Er wollte Ruhe vor ihr. Endlich Ruhe. Vor ihrer kraftzehrenden, fordernden Liebe. Gleichzeitig sehnte er sich auch nach ihr. Ihrem Lachen. Ihrer Heiterkeit. Zärtlichkeit. Ihrer stolzen, zurückhaltenden Erotik, die sie nur wenigen schenkte.

Sie war anders als die Frauen, denen er bisher begegnet war. Ordnete sich nicht unter. Forderte viel, gab aber auch mindestens ebenso viel zurück. Ihre Zärtlichkeit war voller Süße. Süße, die süchtig machte. Ihn süchtig machte. Und je verzweifelter er sich dagegen wehrte, desto mehr sehnte er sich nach ihr. Desto heftiger litt er Entzug. Desto gieriger wurde er nach ihr.

Nie fühlte er sich widersprüchlicher.

Nie ausgelieferter.

Hilfloser.

Verängstigter.

Wütender.

Auf sie. Und auf sich. Besonders auf sich. Daß er es soweit hatte kommen lassen. Daß er sich ihr auslieferte. Und sich ihr nicht widersetzte. Ihr nicht die Nahrung, die sie am Leben erhielt, entzog: seine Seele.

Doch nicht nur er stand in ihrem Bann. Wenn sie den Raum betrat, zog sie die Blicke der Männer auf sich. Magnetisch – ohne es sonderlich zur Kenntnis zu nehmen. Oder es darauf anzulegen. So wie andere Frauen, die stundenlang vor dem Spiegel standen. Sie verzichtete auf jegliches Make-up. War eine zeitlose Naturschönheit. Trug ihre helle, perlmuttfarbene Haut in dunkle Kleidung gehüllt. Das Bestechende waren ihre Augen. Samtig dunkel unter geschwungenen Brauen, vermochten sie es, in Erregung versetzt, plötzlich grünlich zu schimmern. Ihre Lippen waren sanft geschwungen. Rosig durchblutet. Ließen in ihrem leicht verruchten Lächeln den Blick auf strahlend weiße Zähne frei.

Sie war nicht darauf aus, zu wirken. Sie war einfach da. Mit einer Präsenz, die beinahe schmerzte. Emotional und sexuell. Er war zwar immer triebhaft gewesen. Aber nicht so. Nicht in dieser Intensität. Allein ihr Gang war eine Versuchung. Wiegend, weich im Schritt. Aufreizend, mit einer Prise Unschuld. Wie ein Pantherweibchen, das sich seinem Opfer näherte. Aber das war nicht alles. Er wußte noch, was in ihm vorging, als er zum ersten Mal ihre Stimme hörte. Sanft, erotisch und dennoch bestimmt. Tagelang lief er herum. Orientierungslos und unmotiviert. Wie von einem Virus befallen. Einem lähmenden Virus, der ihn gleichzeitig, wie in Fieberschüben aufpeitschte. Er konnte an nichts anderes denken, als an sie. An ihre Stimme und an die Träume und Wünsche, die sie in ihm wachrief. Er mußte sie wiederhören. Sie wiedersehen. Er wollte sie besitzen! Sie unterwerfen. Zu seinem Geschöpf machen. Kein anderer durfte sie haben. Nur er, er, er!

Er war krank.

Er kannte sie nicht einmal. Dennoch wußte er: er wollte sie. Ganz und gar. Wollte sich nicht mit ihrem Körper begnügen. Er wollte viel mehr. Ihre Seele.

Warum, fragte er sich erschrocken. Wollte er sich noch einmal beweisen? Und warum dann mit ihr? Sie war nicht sein Frauentyp. Eher der, den er bisher immer sorgsam gemieden hatte. Sie war die gefährliche Mischung, die eine Bedrohung für ihn darstellte. Für die besondere Verletzbarkeit seiner Seele. Sie war der Frauentyp, mit dem er nicht umzugehen gewohnt war. Weich und feminin. Aber auch hart und fordernd zugleich. Anschmiegsam wie eine Katze. Aber man durfte ihr niemals den Rücken zukehren. Sie war wie ein stiller See, mit brodelnder Glut auf dem Grund. Die Gefahr, die herabzog. Ins dunkle Tal. Ins finstere Land. Sie war uneinschätzbar in ihrem Tun. Ihrem Sein. Ein weiblicher Jekyll und Hyde. Sie war jener Frauentyp, der Mißtrauen in ihm weckte. Ihm, der ohnehin als Skeptiker geboren war. Im besonderen Maße. Dadurch war er gezeichnet. War extrem leicht kränkbar und nachtragend. Und sie war genau der Typ Frau, der diese Dünnhäutigkeit seiner Seele heraufbeschwor. Sie war alles, was ihn sonst abschreckte. Ihn jetzt aber unaufhaltsam anzog. Denn sie vereinte alles, was ihn an einer Frau reizte. Sie war Freundin, Geliebte, Muse, Trostspenderin, Abenteurerin, Verführerin und vieles mehr.

Er war verunsichert.

Alarmiert.

Sensibilisiert.

War keines klaren Gedankens fähig.

Dabei war er ein Mann besten Alters. Hatte die Fünfzig überschritten und blickte auf mehrere gescheiterte Beziehungen zurück. Er hatte sich geschworen, nie wieder zu lieben. Sich nie mehr zu binden. Zu öffnen. Eine Frau an sein Inneres, seine Seele heranzulassen. Seine Haare waren dadurch frühzeitig ergraut. Mit ihnen seine Seele. Er war zynisch geworden. Selbstgerecht. Empfindlich. Um sich zu schützen, versteckte er sich hinter seinen selbst auferlegten Regeln. Die er umklammerte wie einen Schutzschild. Die es anderen unmöglich machten, sich ihm auf Dauer zu nähern. Gar längere Zeit mit ihm auszukommen. Er nahm es in Kauf. War lieber allein, aber dadurch auch einsam. Hinter seinen dicken Verliesmauern. Seine Stimme erklang stets befehlsgewohnt. Ebenso war sein Geist. Er war der festen Überzeugung, daß nur seine Sichtweisen richtig waren. Für sich. Und andere. Bevor er verletzt wurde, verletzte er. Ungnädig und rücksichtslos. Er war – wie sie – ein Zwitterwesen. Auch seine Liebe glich einem tödlichen Akt. Er konnte zärtlich sein, aber auch mit arroganter Härte verwunden und töten. Seine Seele sprach zwei Sprachen. Die des Liebenden und die des Richters. Und er fällte seine Schuldsprüche schnell und unbarmherzig.

Doch sie konnte er damit nicht schrecken.

Sie trat ihm entgegen.

Furchtlos. Mit offenem Herzen und Augen. Sie nahm ihn wahr. Wie ihn noch keine Frau wahrgenommen hatte. Und erkannte seine Ängste. Die verworrenen Wege seiner Seele. Mit all ihren Schlupfwinkeln, in die er sich immer wieder zurückzog. Wie ein verletztes Tier, das seine Wunden leckte. Er verstand es nicht, daß die ständige Nähe eines anderen auch heilsam sein konnte. Keine Gefahr darstellte. Er hatte sein Herz und seine Seele bisher nur auf begrenzte Zeit hingegeben. Wie eine Leihgabe, hatte er sie stets zurückgenommen, wenn Gefahr drohte. War somit nie das Risiko des Sich-Auslieferns eingegangen.

Bis er sie traf.

Das änderte alles.

Sie leuchtete nur für ihn. Aus sich heraus. In ihn hinein. Mit einer Energie, die ihn wie ein Magnet aus seiner Dunkelheit zog. Er öffnete seine Seele. Nur um in ihrer Nähe zu sein. Selbst wenn sie weit entfernt in ihrem Land war, schrieb er ihr Briefe. Tausende. Von seinen Gefühlen. In nie gewählten Worten. Daß er nie so empfunden habe. So tief. So ehrlich. So einzigartig. Daß er nicht wisse, was mit ihm los sei. Daß er allenfalls als Pubertierender so gefühlt habe. Mit Schmetterlingen im Bauch, die schwarz wurden, wenn ihn die Angst erfaßte, sie zu verlieren. Er verriet ihr, daß er zu nichts anderem mehr fähig war. Das er nur so dasaß und an sie dachte. Sich ständig fragte, was sie wohl gerade mache. In dem Augenblick.

Wenn er ihr im Dunkel der Nacht seine Stimme schickte, spürte er Gier in sich. Gier und Lust. Sie war nicht eindimensional. Nicht zweidimensional. Sie war dreidimensional. Floß über Grenzen. Verband sie. Vereinte sie. Bevor sich ihre Körper vereinigten. Er wollte sich an ihr satt hören. Satt sehen. Satt trinken. Satt lieben.

Doch zum ersten Mal flackerte die Urangst in ihm auf.

Sich zu verlieren.

An sie. In ihr. In dem Gefühl für sie. Er hatte Angst, seine innere Mitte zu verlieren. Denn eines wußte er bereits: wenn er sich nun wieder in den geheimsten Schlupfwinkel seiner Seele zurückziehen würde – wie er es Jahrzehnte seit seiner Kindheit tat – würde er sich nicht mehr sicher fühlen. Nicht mehr geborgen. Selbst dort würde er nicht mehr allein sein. Sich nicht mehr gehören. Auch dorthin würde sie ihm folgen.

Immer.

Bis in alle Ewigkeit.

Noch etwas bereitete ihm Furcht. Sie war nicht kontrollierbar. Würde ihn selbst über die Grenzen hinaus im Auge behalten. Ihn nicht loslassen. Man konnte sie nicht abschütteln. Kein Pflock, keine Silberkugel, kein Weihwasser konnte sie stoppen. Sie war die Königin der Unsterblichkeit. Einmal von ihr infiziert, lebte man mit ihrer Schattengestalt. Und gab ihr dadurch Leben.

Unabänderbar.

Du wirst mich nie verlieren, schrieb er ihr einmal. Mit seinem (Herz-)Blut. Unterzeichnete damit seine ganz persönliche Frohn. Denn er würde auch sie nie verlieren. Auch wenn er es wollte. Selbst wenn ihn ihre vereinnahmende Last drückte. Besonders ihn, der emotional nicht belastbar war.

All das war ihm bewußt.

Und dennoch lieferte er sich wissentlich aus. In der Hoffnung, sie würde behutsam mit seiner Seele umgehen. Sie mit ihrer Energie füllen und ihn mit sich ziehen. Ins Licht. Ins Leben. Heraus aus dem engen Kreis. Dem Kreis seiner Ängste und Selbstzweifel. Seiner streng gesteckten Regeln, die ihn selbst mehr einengten, als er es sich eingestehen wollte.

Sie kam. Nahm ihn an die Hand. So selbstverständlich, als

habe sie ihr Leben lang nur auf ihn gewartet. Wie zwei Bluts-, nein Seelenzwillinge, die sich endlich nach langer Lebensreise fanden. Ihren lang ersehnten Hafen anliefen.

Als sie sich das erste Mal liebten, hörten sie beide die Musik, nach der ihre Seelen tanzten. Sie hofften, sie möge nie verklingen. Er hörte noch immer ihre geflüsterten Worte. „Du hörst dich wunderschön an." Mit einer Stimme, die vor Zärtlichkeit bebte und sahnig an ihm abtropfte. Er wollte das immer hören. Dieses Beben. Dieses Timbre. Dieses leise Flüstern. Einem wispernden Windhauch gleich, der über seine fiebrige Haut strich. Und diese Worte. Die nur ihm galten. Ihm gelten durften. Wie ihre Hände, die seinen Körper liebkosten, als wäre er eine Kostbarkeit.

Er wollte sie haben.

Ganz und gar.

Ertrug nicht den Gedanken, andere Männer um sie zu wissen. Die Vorstellung, daß sie auch andere lieben könne, streicheln, küssen oder ihnen Seelennähe schenken könne, machte ihn rasend. Es stachelte seine Wut an. Auf sie. Weil sie der Auslöser seiner Urängste war. Auf sich. Weil er es zuließ. Es geschehen ließ. Sogar mehr wollte. Von ihr. In ihr. Mehr. Immer mehr. Doch er konnte mit ihrem Tempo nicht Schritt halten. Ihrer Gier nach ihm, auf ihn, die er selbst entfacht hatte. Sie laugte ihn aus. Ermüdete ihn. Er kam sich plötzlich alt – sehr alt – vor. Und war müde. Sehnte sich nach endlosem Schlaf. Dem endlosen Schlaf, der ihm schon zu lange verwehrt geblieben war. Besonders seit sie in sein Leben getreten war.

Er schwankte.

Wollte sich ihrer entledigen.

Dieser süßen Sucht, die ihn Monate berauscht hatte. Ihn erotisiert und verjüngt hatte. Diese Energiequelle, die er angezapft und an der er sich schadlos gehalten hatte.

Sie war nun zu viel.

War wie ein Multiplikator. Im Glück wie im Leid.

Er wollte den sauberen, scharfen Schnitt. Ohne Narkose. Nahm das heftige Nachbluten in Kauf. Nahm es bei ihr in Kauf. Es war ihre Seele, die Schaden nehmen würde. Nehmen sollte. Dieses Mal, bevor... bevor es seine träfe.

Er fand keine Worte mehr. Wollte sich abwenden. Sie schutzlos zurücklassen. So dachte er. Er meinte sie zu kennen. War erleichterte sich dieser Sucht entledigt zu haben. Es würde vorbei sein. Endlich vorbei. Die Ruhe seiner einsamen Nächte hätte ihn wieder.

Doch das war ein Trugschluß, den er nicht sah. Weil er den wahren Ursprung ihrer Seele nicht kannte. Nie gekannt hatte.

Sie wußte nicht mehr, wann ihr zum ersten Mal bewußt wurde, daß er sie aussaugte. Sich ihrer Energie bediente. Nein, nicht im herkömmlichen Sinne. Wie Vampire es sonst zu tun pflegten. Es war kein Aderlaß. Kein Aussaugen. Es war subtiler. Ohne Wunden und Narben zu hinterlassen. Nicht sicht-, aber fühlbar. Er bediente sich ihrer Liebe. Schlimmer noch: ihrer Seele.

Sie wehrte sich dagegen.

Doch sie wußte, es war hoffnungslos.

Er saß ihr im Blut. Im Körper. Und ihrem Denken und Handeln. War allgegenwärtig. Rund um die Uhr. Den Tag. Die Woche. Das Jahr. Ihr Leben. Sie stand mit ihm auf und ging mit ihm zu Bett. Nicht körperlich. Imaginär. Auch wenn er weit entfernt war, in seinem kalten Land, war er um sie. In ihr. Lenkte er sie. Wie ein Marionettenspieler, der an den Fäden zog. Den Fäden ihres Lebens. Ihres Ichs. Alles, was sie ausmachte. Und sie war ihm hilflos ausgeliefert. Weil sie die Gefahr zwar erkannte, sich ihr aber nicht entziehen konnte. Sich gar bewußt hineinbegab. Weil es sie immer wieder hintrieb. Zu ihm. In seine Nähe. In ihn hinein. Tief in ihn hinein. Weil sie ihn brauchte. Mehr als jemals ein Wesen zuvor. Ohne ihn fühlte sie Schmerz.

Phantomschmerz.

Er war nicht der Typ Mann, der ihren Blick auf sich zog. Sie fühlte sich eher von jüngeren Männer angezogen. Männer, deren frisches Blut wild in den Adern pulsierte. Die nicht wie mumifizierte Greise liebten. Sondern ungezügelt und nicht endend. Exzessiv. Bis an die Grenzen. Das Gefühl des „Ich lebe" auslösend. Er war das genaue Gegenteil. Sie wäre an ihm vorbeigelaufen. In einem anderen Leben. Aber in diesem waren sie füreinander bestimmt. Auch wenn alles gegen sie sprach. Allen voran er selbst. Er war der Typ, der sie immer geängstigt hatte. War der Inbegriff ihrer weiblichen Ängste. Dominant. Männlich. Bestimmend. Und dennoch sensitiv. Manchmal. Wenn er es wollte und ihm einen Nutzen brachte. Das war das Gefährliche an ihm. Er war uneinschätzbar. Sie sah es. Vom ersten Moment an. Doch auch sein Charisma. Die Ruhe, die er ausstrahlte. Jene trügerische Ruhe, die er bei Tage betrachtet nicht in sich trug. Das sah sie an den Malen seiner Finger, die er ständig selbst traktierte. Hände verrieten alles. Sie waren die Visitenkarten der Menschen. So wie Augen – die Fenster der Seele. Seine waren schwarz. Wie Kohlenstücke. Mal schimmerten sie warm wie flüssiges Pech. Mal hart und kalt wie Granit.

Sie spürte die Furcht tief in sich, verletzt zu werden. Wie sie nie zuvor verletzt worden war. Sie ahnte, daß nur er dazu in der Lage war. Ihre Seele sprach warnend auf sie ein. Sich ihm nicht hinzugeben. Nicht unfrei zu werden. Doch als sie seine Stimme zum ersten Mal hörte, schlug sie die Warnung in den Wind. Diese Stimme schoß wie ein Stromschlag durch ihre Adern. Brachte ihr Blut zum Kochen. Sie war süchtig danach, noch bevor der erste Satz verklang. Dieser dunkle rauh-erotische Ton verhallte. Fortan waren die Tage für sie verloren. Nur nachts schickte er ihr diese Stimme. Nur dann lebte auch sie. Durch ihn. Durch sie. Denn sie erklang nur für sie. Im Dunkel der Nacht. Abgeschieden und nur für sie vernehmbar. Sie war erotisiert. Konnte ihre Lust auf ihn kaum niederkämpfen. Aber auch die Gier auf das Leben, die er erstmals wieder in ihr entfachte. Plötzlich hatte der Tod seinen Reiz für sie verloren. Sie wollte leben, leben, leben. Durch ihn. Mit ihm.

Sie stammelte Dinge, die ihre Lippen niemals freigelassen hatten. Die Worte flossen aus ihrem Herzen. Aus ihrer Seele. Er forderte viel von ihr. Sich zu ändern. Zu häuten. Um ihm zu gefallen. Sie tat es. So schnell, daß es schmerzte. Dort wo sich ihr altes Leben nicht lösen wollte. Sie wollte so sein, wie er sie sich wünschte. Und war glücklich, daß er sie brauchte. Wenn er zärtlich zu ihr war, gehörte ihr die Welt. Gehörte ihnen die Welt. Wurde sie grenzenlos. Wenn er ihr sagte, daß er sie liebte, erklang Musik, die ihre Seelen zusammen summten. Wie der Wind an den Klippen des Meeres, von denen sie sich stürzen würde, wenn er sie jemals verließe. Doch er hatte ihr geschworen, daß das nie geschehen würde. Ihr damit seine Seele verpfändet. Auch wenn es ihm nicht bewußt war.

Doch auch sie gehörte längst ihm.

Sie war sanfter, demütiger, als bei jedem anderen Mann. Ihr Herz zerbarst fast vor Zärtlichkeit. Nur für ihn. Selbst wenn sie in Ungnade bei ihm fiel, liebte sie ihn. Mit einer Flamme, die nie erlöschen würde. Sie bettelte um seine Liebe, die er ihr immer zögerlicher, immer widerwilliger schenkte. Ohne ihn fühlte sie sich durstig. War unruhig. Schlaflos. Seelenlos. Ohne seine Nähe. Ohne das kehlige Stöhnen an ihrem Ohr. Seine Lippen an ihrem Hals. Seine Zähne in dem schwellenden Fleisch ihrer Brüste.

Er war mehr.

So viel mehr als alle anderen Männer zuvor.

Und doch so viel weniger.

Sie wußten nicht mehr, wann ihnen zum ersten Mal bewußt wurde, daß sie sich aussaugten. Sich ihrer Energie bedienten. Nein, nicht im herkömmlichen Sinne. Wie Vampire es sonst zu tun pflegten. Es war kein Aderlaß. Kein Aussaugen. Es war subtiler. Ohne Wunden und Narben zu hinterlassen. Nicht sicht-, aber fühlbar. Sie bedienten sich ihrer Liebe. Schlimmer noch: ihrer Seelen.

Sie wehrten sich dagegen.

Doch sie wußten, es war hoffnungslos.

Sie saßen sich im Blut. Im Körper. Und ihrem Denken und Handeln. Waren allgegenwärtig. Rund um die Uhr. Den Tag. Die Woche. Das Jahr. Ihre Leben. Sie standen miteinander auf und gingen miteinander zu Bett. Nicht körperlich. Imaginär. Auch wenn sie weit entfernt waren, jeder in seinem Land, waren sie zusammen. In dem anderen. Lenkten sich. Wie zwei Marionettenspieler, die gegenseitig an den Fäden zogen. Den Fäden ihres Lebens. Ihres Ichs. Alles, was sie ausmachte. Und sie waren sich hilflos ausgeliefert. Weil sie die Gefahr zwar erkannten, sich ihr aber nicht entziehen konnten. Sich gar bewußt hineinbegaben. Weil es sie immer wieder hintrieb. Zueinander. In die Nähe des anderen. In den anderen hinein. Tief in den anderen hinein. Weil sie sich brauchten. Mehr als jemals zwei Wesen zuvor. Ohne einander fühlten sie Schmerz.

Phantomschmerz.

Es war das Pfand, das Seelenpfand, das sie von ihm forderte. Das er nicht bereit war, ihr zu erbringen. Weil er kein Kämpfer war. Nicht so, wie er sich immer dargestellt hatte. Er war nicht der dunkle Fürst mit dem Säbel. Das omnipotente Wesen, das über sie – über alle – herrschte. Er ging immer den Weg des geringsten Widerstandes. War nicht einmal bereit, für sie zu kämpfen. Um sie zu kämpfen. Gar ihr, und somit ihnen, eine Chance zu geben. Den Versuch zu wagen, eine Brücke zu bauen. Eine Brücke, die sie gemeinsam beschreiten konnten. Denn all das bedeutete für ihn Mühe, die sie ihm nicht wert war. Nicht ahnend, daß damit sein Schicksal besiegelt war. Denn sie verachtete solche Männer. Deren Worte Gesetz, aber deren Verhalten tatenlos war. Er liebte nur mit Worten. Doch seine Seele betrog. Sie zog sich zurück, wie es ihr beliebte. So auch bei ihr. Es traf sie unvorbereitet. Ohne Vorahnung. Er entzog ihr die Lebensnahrung. Voller Kalkül. Lenkte geschickt die Schuld auf sie. Sie war die Seelenvampirin. Sie sog ihn aus. Sie stahl ihm die Energie. Raubte ihm die Kraft. Bediente sich nur. Gab nichts. All das, wofür er sich zuvor bedankt, was er gebraucht hatte, war ausgelöscht. Hatte sie nie erbracht. Hatte nie existiert. Sie war das unselige Wesen, dessen er sich entledigen wollte. Dem er den Pfahl nicht mehr in den Schoß, sondern ins Herz stoßen wollte.

Es gab für sie nichts Erbärmlicheres.

„Du bist ein Feigling", sagte sie verächtlich. „Du hast Angst, deine Gefühle zu leben. Sich für sie einzusetzen. Um sie zu kämpfen. Mein Schmerz kümmert dich nicht. Du hast nur dein eigenes Seelenheil im Auge. Aber du wirst es bereuen! Es büßen. Wirst durch das einzige Wesen, das du liebst, erfahren, was Schmerz heißt. Dein Sohn wird es dich lehren. Denn auch er wird sich eines Tages von dir abwenden, weil du versuchst, auch seine Seele zu lenken. Ihr Regeln aufzuerlegen. Sie zu knechten. Zu versklaven. So wie du es bei mir und anderen versucht hast. Er wird dich lehren, was Schmerz ist, wenn man den Menschen verliert, den man liebt. Wirklich liebt. Und du wirst hilflos danebenstehen. Innerlich ausbluten. So wie ich. Unsere Kinder begleichen immer unsere Schuld."

Er wußte, daß sie die Wahrheit sprach. Einen Fluch über ihn legte. Er vertrieb sie aus seinem Leben. Endgültig und unwiderruflich. Ohne einen letzten Blick. Eine letzte Geste. Ein Gespräch. Doch auch wenn er sich dagegen wehrte, wußte er, daß er sich damit der einzigen Chance beraubte, seine Seele zu bereichern. Ihr wieder die Nähe raubte, die sie für kurze Zeit erwärmt hatte. Sich selbst um seinen Zwilling, der nur für ihn bestimmt war. Er und sie würden fortan nur noch als Schattenwesen existieren.

Sie floß zurück in ihr Land. In das Land des Lichts. Ließ ihn zurück in seiner Tristesse. Seiner verstaubten Scheinwelt. So wie sie würde auch er zu Asche zerfallen. Doch schneller und einsamer. Immer hungrig und durstig nach ihrer Nähe. Er würde nie wieder satt werden. Bis ans Ende seiner Tage. Er hatte sein Seelenpfand längst erbracht.

Armin Rößler

Vergnügungspark

„Dracula“, sagte Adrian grinsend, deutete auf das überdimensionale Schild über den Kassen, das den legendären Blutsauger zeigte und fletschte selbst in einer schlechten Imitation die Zähne. Julie war nicht belustigt. Sie sah ihn unglücklich an. „Müssen wir wirklich hinein?“ fragte sie.

Er lachte. „Du wirst doch nicht etwa Angst haben?“ Julie sagte nichts, aber er konnte ihr das Unbehagen deutlich ansehen. „Warte es nur ab“, sagte Adrian. „Wir werden einen Heidenspaß haben.“

„Ich weiß nicht. Mir ist nicht sonderlich wohl dabei. Ich kann es nicht erklären. Vielleicht habe ich auch einfach keine Lust.“

Adrian sah sie an. Sie kannten sich zwar erst seit einer Woche, aber bisher hatte er nicht den Eindruck gehabt, daß Julie besonders ängstlich sein könnte. Ganz im Gegenteil: Sie hatte sogar sehr selbstbewußt auf ihn gewirkt. Und intelligent. Warum sollte sie sich dann von ein paar billigen Gruseleffekten einschüchtern lassen?

„Bitte“, sagte er. „Ich habe mich wirklich auf diesen Tag gefreut.“

Sie gab sich einen Ruck. „Also gut“, nickte sie ohne große Begeisterung.

Er drückte sie an sich, und sie gingen zum Eingang. Dort wies Adrian seine Tickets vor und der schwarzhaarige Alte, dessen Gesicht tiefe Falten durchzogen, nickte mit einem schiefen Grinsen. Dazu murmelte er noch einen kurzen Satz, vermutlich einen Willkommensgruß, in einer an Vokalen armen Sprache, die Adrian nicht im entferntesten bekannt vorkam.

Er nickte zurück, schob Julie durch das Drehkreuz, und schon standen sie vor der ersten Attraktion. Was eine Achterbahn, die über drei schwindelerregende Loopings verfügte, mit Vampiren zu tun haben sollte, erschloß sich ihm erst auf den zweiten Blick. Verächtlich wartete Adrian in der zu langen Schlange, bis sie endlich an der Reihe waren. Julie dagegen blickte immer wieder besorgt nach oben und zuckte bei jedem der Schreie – einer Mischung aus Begeisterung und wildem Entsetzen – kurz zusammen. Nun, sie würde es überstehen, dachte er bei sich. Zumindest versuchte sie noch nicht, ihn vom Gegenteil zu überzeugen.

Gleich zu Beginn der turbulenten Fahrt wurde Adrian der Zusammenhang mit den Vampiren klar: auch die Achterbahn ließ einem das Blut in den Adern gefrieren. Spätestens beim zweiten Looping, mit dem Kopf nach unten hängend wie eine schlafende Fledermaus in einer kalten Höhle, wünschte er sich, nicht eingestiegen zu sein. Julies Schreie wollten nicht mehr enden, und auch ihn selbst hatte die blanke Angst gepackt. Viel zu schnell und viel zu hoch über der sicheren Erde trug sie das wacklige Gefährt dahin. Dann rasten sie auf den dritten und letzten Looping zu, und Adrian fühlte, wie sich alles in ihm verkrampfte, wie sein Körper und das bißchen Verstand, das ihm noch geblieben war, angespannt darauf warteten, daß er nun entweder aus dem zerbrechlichen Wagen geschleudert oder die ganze Achterbahn unter der Wucht der Geschwindigkeit zusammenbrechen und ihn und Julie unter Tonnen schlecht verschraubter Verstrebungen für immer begraben würde.

Nichts dergleichen geschah. Der Wagen erreichte heil sein Ziel und entließ seine schweißüberströmten Insassen in eine Freiheit, die nach dem gerade Erlebten verlockender als jemals zuvor erschien. Adrian atmete tief durch, und auch Julie schien nicht nach Konversation.

„Hervorragend", murmelte er dann, als er wieder halbwegs bei sich war und sich an seine Rolle des allzeit der Situation mächtigen Beschützers erinnerte. „Das war klasse! Wollen wir gleich noch mal?“ fügte er bemüht lässig an und war froh, als sie energisch den Kopf schüttelte.

„Ich habe jetzt schon genug“, murrte sie. „Mir gefällt es hier ganz und gar nicht. Wenn wir schon unseren Tag in diesem Park vergeuden müssen, hätte ich jetzt gerne etwas Gemächlicheres.“

„Dann eben nicht“, sagte er und merkte selbst, daß er die vermeintliche Enttäuschung nur schlecht schauspielerte.

Er entdeckte die Geisterbahn, die in einem Gebäude untergebracht war, das von außen wie ein Gruselschloß aus einem alten Film wirkte. Dabei sollte es sich um ein harmloses Vergnügen handeln.

„Wie wäre es damit?“ fragte er. „Ich glaube kaum, daß die Bahn schneller als Schrittempo fährt.“

„Als ob ich noch nicht genug Todesängste ausgestanden hätte“, seufzte Julie. Aber dann folgte sie ihm doch.

Ein livrierter Lakai mit Frack und Zylinder geleitete sie in einen klapprigen Wagen, der denen der Achterbahn ähnelte. „Von Loopings bleiben wir hoffentlich verschont“, scherzte Adrian.

„Das will ich für dich hoffen“, drohte Julie. Sie starrte auf die schwere Tür, die den Eingang zur Geisterbahn versperrte. Ein Totenkopf, mit blutroter Farbe aufgemalt, grinste ihnen entgegen. Die Schienen, auf denen sich der Wagen jetzt ratternd in Bewegung setzte, endeten wie abgeschnitten vor dem Tor.

Adrian dachte schon, die Fahrt würde gleich hier wieder vorbei sein, weil sich – vielleicht durch einen technischen Fehler, vielleicht durch schlichte Schlamperei – die Tür nicht rechtzeitig öffnen ließ. Doch da schoben sich die beiden Flügel mit einem angestrengten Knarren, aber wie von Geisterhand bewegt, beiseite. Undurchdringliche Dunkelheit empfing sie. Julie rückte näher, was ihm nicht ungelegen kam. Er legte beschützend seinen Arm um sie. Die Tür schloß sich mit dem gleichen unheimlichen Geräusch wieder hinter ihrem Wagen. Abrupt ging es abwärts, und Adrian fühlte, wie sich sein irritierter Magen hob. *Nicht schon wieder*, dachte er. Doch die Geisterbahn hielt ganz andere Schrecken bereit.

Links vor ihnen blitzte ein helles Licht auf. Sobald ihre Augen nicht mehr geblendet waren, sahen sie erneut einen Totenschädel – allerdings kein Bild, sondern den echten Kopf eines Skeletts, der im Zentrum des Lichtscheins ruhte. „Wie spannend", höhnte Adrian. Doch in diesem Moment öffnete sich der Mund des Schädels, und ein durch Mark und Bein gehendes Heulen war zu hören. Julie zuckte tatsächlich erschrocken zusammen, und auch Adrian war überrascht. Trotzdem lachte er.

Eine Berührung ließ ihn verstummen. Sanft streichelte etwas über sein Haar, aber er konnte nicht sehen, was es war. Julie kreischte. Er langte nach oben und bekam tatsächlich etwas zu fassen. Seine Finger schlossen sich um einen Gegenstand, der ein extrem dünnes Seil hätte sein können, wären da nicht die feinen, kaum wahrnehmbaren Härchen gewesen, die sich in großer Zahl auf der Oberfläche des Dings befanden. Adrian fragte sich noch, um was es sich handeln konnte, da spürte er plötzlich, daß es lebte. Er fühlte ein schwaches Pulsieren, als pumpe ein angestrengtes Herz Blut durch die Bahnen eines Körpers. Dann bewegte das Ding sich. Es hob sich langsam und zog dabei Adrians Hand mit sich. Verblüfft vergaß er, seine Finger wieder zu öffnen. Erst als er schon halb aus seinem Sitz gezogen worden war, ließ er los und fiel zurück in die trügerische Sicherheit des Wagens.

„Was zur...?"

Adrian kam nicht dazu, den Satz zu beenden. Mehrere der behaarten Dinger stießen jetzt herab und schlugen nach ihm. Eines erwischte ihn an der Wange, und er verspürte sofort einen brennenden Schmerz. Verzweifelt ließ er sich tief in den Wagen sinken und zog Julie mit sich nach unten.

„Jetzt hört der Spaß aber auf!“ machte Adrian seinem Schrecken Luft, als nichts mehr geschah. „Das geht deutlich zu weit.“ Er fuhr sich mit dem Finger über die Wange und merkte, daß er leicht blutete. Das hatte mit Vergnügen nun wirklich nichts mehr tun. Er mochte überhaupt nicht daran denken, was es eigentlich gewesen war, das ihm die kleine Wunde zugefügt hatte. Dennoch drängte sich ihm das Bild einer großen, einer viel zu großen Spinne vor Augen.

„Unsinn“, sagte er laut.

Neben ihm schluchzte Julie leise. War sie auch getroffen worden?

Bevor Adrian sich um sie kümmern konnte, tauchte vor ihnen wieder ein schwacher Lichtschein auf. Sollte das schon der Ausgang sein?

Eine Fackel spendete das Licht. Das Erschreckende war aber der Mensch – *Mensch?* –, der die Fackel trug. Ein Riese, das konnten sie schon von weitem sehen, während sich der Wagen der unheimlichen Gestalt langsam, aber unaufhörlich näherte. Je geringer die Entfernung wurde, desto besser konnte Adrian Details ausmachen. Der Riese mußte deutlich über zwei Meter groß sein, vielleicht sogar fast zwei Meter fünfzig, auch wenn das unglaublich schien. Der Mann war nackt. Narben, lang und schlecht verheilt, bedeckten seinen Körper von oben bis unten. Die Proportionen stimmten nicht: seine Beine waren zu kurz, sein Oberkörper unnatürlich in die Länge gezogen, sein Gesicht wirkte völlig asymmetrisch, als sei es aus zwei verschiedenen Hälften zusammengesetzt worden. Tatsächlich verlief quer über die Nase eine der grauenhaft aussehenden Narben, die sich von der hohen Stirn herabzog und auch über den schiefen Mund und das kantige Kinn weiterführte.

Frankensteins Monster, dachte Adrian entsetzt. Julie kreischte jetzt nicht mehr – sie schrie, von wilder Panik erfüllt. Adrian schauderte. Was für ein unheimliches Geschöpf. Und es kam immer näher.

Ein Lachen erklang. Nicht aus dem Mund des Riesen, sondern von der Decke her oder hinter ihrem Rücken; genau konnte es Adrian nicht ausmachen. Aber es lief ihm bei diesem Lachen, in dem gleichzeitig Grausamkeit und Häme mitschwangen, eiskalt über den Rücken. Und das Monster kam näher.

Julie klammerte sich in blankem Entsetzen an ihn. Er spürte, daß sie zitterte. Er zitterte selbst. Keine Sekunde dachte er mehr daran, daß er sich hier zu seiner Unterhaltung befand. Der Riese hatte sie gleich erreicht.

Er stoppte wenige Zentimeter vor dem Wagen. Auch dieser hielt an. Das Monster beugte sich zu ihnen herab. Sein Gesicht verharrte direkt vor Adrians, den der faulige Atem des Riesen so weit wie noch irgend möglich zurückweichen ließ. Wieder erklang das schauerliche Lachen. Der Riese streckte seine Hand aus. Adrian sah auch hier die Narben. Entsetzt entdeckte er, daß die Finger dieser Hand völlig unterschiedlicher Natur waren. Verschieden lang, verschieden dick, sogar verschieden farbig. Von den fünfen paßte keiner zum anderen. Diese Hand schoß jetzt vor und packte ihn am Kinn. Er schrie und schloß die Augen.

Plötzlich bemerkte er, daß der Druck an seinem Kinn verschwunden war. Vorsichtig öffnete er die Augen wieder. Der Riese war spurlos verschwunden.

Adrian erholte sich nur langsam. Sein Herz raste. „Wo ist er hin?“ brachte er schließlich atemlos hervor.

Julie sagte zuerst überhaupt nichts. Kreidebleich saß sie da und zuckte mit den Schultern. „Ich will hier weg“, flüsterte sie dann.

„Verdammt!“ fluchte Adrian, ohne sie zu beachten. „Was war das?“

Er bekam keine Antwort. Der Wagen ratterte weiter langsam vor sich hin. Die Dunkelheit hatte sie wieder völlig umfangen. Ein Geräusch erklang. Es ließ Adrian erneut zusammenfahren. Waren das rasselnde Ketten? Dann verstummte das Geräusch auch schon und wurde von einem qualvollen Stöhnen abgelöst. Inzwischen war Adrian bereit zu glauben, daß es sich dabei nicht um irgendwelche Bandaufnahmen handelte, die eingespielt wurden. Seit er das Monster gesehen hatte, diesen Mann, der willkürlich aus Einzelteilen zusammengesetzt worden war, wußte er überhaupt nicht mehr, was Realität und was Illusion war.

Ein neues Licht tauchte auf. Adrian wappnete sich für den nächsten Schrecken. Doch sie hatten den Ausgang erreicht.

Adrian kam nicht dazu, sich zu beschweren. Von den Bediensteten des Parks war weit und breit nichts zu sehen. Er beruhigte sich nur langsam, hatte dann das beängstigende Erlebnis aber halbwegs verdaut. „Eigentlich“, sagte er zu Julie, „war das ja wirklich gut gemacht. Es hat richtig echt gewirkt.“

Sie schüttelte ärgerlich den Kopf. „Laß uns von hier verschwinden“, sagte sie eindringlich. „Ich bleibe hier keine Sekunde länger.“

Er zog sie weg von der Geisterbahn und ging mit ihr in Richtung eines kleines Zeltes, das ein wenig abseits stand. „Das ist doch etwas für dich“, meinte er bemüht fröhlich.

Die Wahrsagerin – zumindest verkündete ein Schild, daß sie eine sein sollte – war eine alte Frau, gekleidet in ein langes, wallendes Gewand in Schwarz. Sie trug einen spitz zulaufenden Hut auf dem Kopf und machte schon dadurch auf Adrian den Eindruck einer Scharlatanin. Doch er wollte Julie, die jetzt tatsächlich neugierig zum Zelt der Alten blickte, ihr

Vergnügen lassen. Eine kurze Verschnaufpause nach dem Gruselkabinett und der Achterbahn konnte auch ihm nicht schaden, ehe sie die nächste Aufregung in Angriff nahmen.

„Das ist die allerletzte Chance, die ich diesem verdammten Park gebe“, erklärte Julie. Adrian nickte schicksalsergeben.

Die Greisin sah aus, als sei sie die Schwester des Mannes am Eingang. Auch sie hatte dickes, fast ein wenig filziges schwarzes Haar und ein runzliges Gesicht. Gebückt, den Kopf beinahe zwischen die Schultern gekrümmt, ging sie vor Adrian und Julie in das Zelt. Das Innere war in ein düsteres Halbdunkel getaucht. Dennoch konnte Adrian allerlei Tand erkennen, der ihn in seiner Meinung bestätigte, daß die angebliche Wahrsagerin eine Hochstaplerin sein mußte. Die schwach schimmernde Kristallkugel war auf dem niedrigen Tisch im Zentrum des Zeltes nicht zu übersehen. Adrian entdeckte aber auch Amulette, auf denen kryptische Symbole prangten, unangenehm streng riechende Kräuterbündel, die kreuz und quer an den Verstrebungen hingen, uralte Bücher, die aufgeschlagen herumlagen und in vergilbten, fremdartigen Buchstaben und Zeichen verfaßt waren. Er konnte sich denken, daß der Inhalt – falls ihn überhaupt ein vernünftiger Mensch entziffern konnte – von merkwürdigen, bizarren Ritualen und Geschehnissen berichten würde, die allesamt erlogen waren.

Julie aber war offensichtlich fasziniert. Mit offenem Mund stand sie staunend da. Auf einen herrischen Wink der Alten hin streckte sie ihre Hand aus und legte sie in die der Wahrsagerin. Diese betrachtete die Linien in der Handfläche lange und eingehend. Sie verzog dabei keine Miene. Dann stieß sie einige tief aus der Kehle kommende Laute aus und sagte schließlich: „Du wirst ein langes Leben haben.“

Julie lächelte begeistert. „Jetzt du“, drängte sie.

Adrian war schon drauf und dran gewesen, dem Spuk ein Ende zu machen, doch er sah Julie an, daß sie glauben wollte, was ihr soeben prophezeit worden war. Daher konnte er nun schlecht zornig auf den Schwindel hinweisen und der Alten sagen, daß sie sich zum Teufel scheren solle. Immerhin schien sich Julie langsam mit dem Park anzufreunden. Also streckte auch er – wenn auch mit gemischten Gefühlen – der Greisin seine Hand entgegen. Sie wurde ebenso einer genauen Musterung unterzogen. Die alte Frau öffnete ihren zahnlosen Mund, wollte etwas sagen, schüttelte dann aber nachdenklich den Kopf.

„Was ist?“ wollte Adrian wissen, dessen Ärger wuchs.

Die Wahrsagerin hatte längst seine Hand losgelassen und starrte ihm nun ins Gesicht. Sah er etwas wie Bedauern in ihrem Blick? Nein, das war Unsinn.

„Du bist nicht stark genug“, krächzte die Alte schließlich. „Du willst es nicht wissen.“

Adrian war wie vor den Kopf geschlagen. Was sollte das nun wieder heißen? Was für ein makabres Spielchen wollte die Alte mit ihm treiben? Gehörte auch das zur Show des Parks? Daß selbst die Wahrsagerin den Besuchern Angst einjagte? Warum hatte dann Julie eine so positive Auskunft erhalten?

Er beschloß, daß er auf all diese Fragen keine Antworten brauchte. Er würde sich diesen Tag nicht von der alten Frau verderben lassen, sondern ihn weiterhin in vollen Zügen genießen.

„Wir gehen“, sagte er scharf und sah, daß Julie zusammenzuckte. Er packte sie bei der Hand, grober als beabsichtigt, und zog sie aus dem Zelt. Hinter sich hörte er noch ein trockenes, höhnisches Lachen, aber er kehrte nicht um. Es erschien ihm sinnlos, die Alte zur Rede zu stellen.

„Diese verrückte Alte“, sagte er und hob entschuldigend die Arme. „Es macht mich wütend, wenn mich jemand auf den

Arm nehmen will. Und dann noch mit falschem Hokuspokus. Ich hasse das."

Julie starrte ihn mit ihren großen Augen an. „Vielleicht solltest du ernstnehmen, was sie gesagt hat", meinte sie. „Auf mich hat die Frau nicht den Eindruck einer Schwindlerin gemacht."

„Ich bitte dich", lachte er. „Du weißt doch, daß ich an so etwas nicht glaube."

Adrian drückte ihr einen Kuß auf die Wange, und Julie lächelte besänftigt. Er zeigte auf ein weiteres großes, altes Haus, auf dem eine Leuchtreklame für das Spiegelkabinett warb. „Das sollte doch in Ordnung sein", murmelte er. Julie nickte. „Das erscheint selbst mir harmlos." Offensichtlich verzieh sie ihm, daß er wegen der Alten sauer geworden war. Ihre Laune schien sich zu bessern. Vielleicht wurde es doch noch ein vergnüglicher Tag.

Die Spiegel empfingen sie auf heitere Art und Weise. Adrian sah, wie sein Abbild immer weiter zusammenschrumpfte, bis ihm ein grotesker Zwerg gegenüberstand. Er hielt Julie bei der Hand, um sie nicht zu verlieren. Auch ihr Spiegelbild bot einen lustigen Anblick. Einen Schritt weiter änderte sich die Ansicht schon wieder. Beide Gestalten schienen urplötzlich in die Breite zu schießen. Sie verharrten und betrachteten ihre Doppelgänger. Julie lachte und drehte den fetten Gnomen, die ihr entgegenglotzten, eine lange Nase.

„Hier entlang", sagte Adrian lachend, doch sie schüttelte den Kopf, eine schnelle, fließende Bewegung, die von den Spiegeln in vielen bizarren Verzerrungen zurückgeworfen wurde. Julie ließ seine Hand los, machte einen Schritt in die andere Richtung und – war verschwunden.

Adrian sah nur noch sich selbst, sein eigenes Abbild, von mindestens einem Dutzend Spiegeln reflektiert. Von Julie konnte er keine Spur mehr entdecken. Wo war sie hingegangen?

Adrian rief mehrmals nach ihr, erhielt jedoch keine Antwort. Er folgte Julie, ging ihr nach, doch er fand sie nicht. Statt dessen irrte er weiter durch das Labyrinth, ließ sich immer wieder von den Illusionen in die Irre locken und fing bald an zu zweifeln, ob er den Ausgang überhaupt erreichen würde.

Er schimpfte, fluchte und rief wieder Julies Namen, doch er begegnete keiner Menschenseele. Nur sich selbst, in den merkwürdigsten Varianten, die immer wieder aus den Spiegeln starrten.

Schlußendlich hatte er den Ausgang erreicht. Er schwitzte und war gleichzeitig erleichtert, es endlich geschafft zu haben. Doch auch draußen konnte er Julie nicht entdecken. Er sprach einen Bediensteten an, einen hageren Kerl mit riesiger Nase, doch dieser grunzte nur abweisend, drehte sich weg und ließ ihn stehen. Adrian schwor sich, nie wieder einen Vergnügungspark aufzusuchen. Es reichte ihm jetzt endgültig.

Adrian nahm auf einer Bank Platz, von der er den Ausgang gut im Blickfeld hatte. Julie hätte auf ihn gewartet, wenn sie vor ihm das Labyrinth verlassen hätte. Also mußte sie noch im Gebäude sein und würde wahrscheinlich bald kommen.

Einige Zeit später wartete Adrian immer noch. Inzwischen brach die Abenddämmerung herein, und es wurde zusehends dunkler. Adrian verharrte zwar noch, war aber längst unschlüssig geworden. Was sollte er tun? Julie würde wohl nicht mehr kommen. Vielleicht war sie längst auf der Suche nach ihm. Er mußte etwas tun. Die Warterei brachte ihn nicht weiter.

Plötzlich wurde er aus seinen Gedanken gerissen. Etwas knallte mit Wucht gegen seinen Rücken, so daß er fast von der Bank gefallen wäre. Erschrocken sprang er auf und drehte sich um. Er sah zappelnde Flügel, einen kleinen, dunklen Körper – tatsächlich eine Fledermaus. Hatte sie ihn angreifen wollen?

Während er noch das am Boden liegende Tier beobachtete, wurde er auf ein lauter werdendes Geräusch aufmerksam. Er konnte es fast sofort einordnen: das Schlagen vieler Flügel. Ein ganzer Schwarm Fledermäuse flog direkt auf ihn zu. Das war kein Zufall mehr. Jetzt war sich Adrian ganz sicher, daß es die Tiere auf ihn abgesehen hatten.

Als die ersten heran waren, duckte er sich blitzschnell unter ihnen weg. Doch nicht rasch genug. Eine Kralle erwischte ihn noch am Kopf, und sofort spürte er den scharfen Schmerz. Er schlug wild mit den Armen um sich, erreichte aber nichts. Die wilde Horde umkreiste ihn, immer wieder stieß eines der Tiere auf ihn herab, schnappte nach ihm oder versuchte, die Krallen in sein Fleisch zu schlagen. Adrian gab auf und wandte sich zur Flucht. Er rannte quer durch den Park, ohne darauf zu achten, wohin sein Weg führte. Nur der Gedanke, den verrückt gewordenen Tieren zu entkommen, trieb ihn an.

Die Fledermäuse verschwanden so unvermittelt wie sie aufgetaucht waren. Plötzlich hatte sich eine unheimliche Stille über die Nacht gesenkt, und Adrian konnte kein einziges der Tiere mehr entdecken. Dafür fand er endlich Zeit, sich an dem Ort umzusehen, an den ihn seine Flucht gebracht hatte. Viel konnte er aber nicht entdecken. Dichte Wolken hingen am Himmel, nur vereinzelte Sterne erhellten das fast undurchdringliche Dunkel der Nacht. Er sah hohe Büsche und große Felsbrocken und vermutete, daß er in einer Art Garten gelandet war, der wohl noch zum Gelände gehörte. Aus einiger Entfernung drangen jetzt auch wieder Geräusche an sein Ohr. Die Schreie der Vergnügungssüchtigen, die hier ihren Spaß hatten.

Adrian stockte der Atem. Direkt vor ihm war urplötzlich eine Gestalt aufgetaucht, die er kannte. Überrascht schrie Adrian auf. Das Monster aus der Geisterbahn, zumindest der Größe nach. Langsam wich er vor dem unheimlichen Geschöpf zurück. Doch es hatte seine leblosen Augen starr auf ihn gerichtet und folgte ihm unerbittlich mit großen, raumgreifenden Schritten.

Adrian ging rückwärts, um das Monster nicht aus den Augen zu verlieren. Als er gegen etwas prallte, das er nicht sehen konnte, ließ ihn das zusammenfahren. Einer der Felsen oder...?

Seinen Lippen entglitt ein weiterer schriller Schrei. Ein zweites der unheimlichen Geschöpfe stand direkt hinter ihm und hatte eine riesige, behaarte Pranke ausgestreckt, um nach ihm zu greifen. Mit einem hastigen Sprung wich er aus. Er blickte wild um sich und sah mit Entsetzen, daß sich ihm noch weitere dieser Wesen näherten. Sie schienen aus allen Richtungen, von überall her zu kommen.

Er versuchte wegzurennen, kam aber nicht weit. Die Gestalten hatten ihn eingekreist und nirgendwo eine Lücke gelassen, durch die er hätte schlüpfen können.

Am Himmel gab eine Wolke den Mond frei, und Adrian konnte nun mehr erkennen als zuvor. Sein erster Eindruck hatte nicht getäuscht. Die Geschöpfe sahen tatsächlich alle wie das Monster in der Geisterbahn aus. Sie waren sich alle ähnlich und unterschieden sich doch in kleinen Details. Als seien sie nach demselben Vorbild gestaltet worden, in der endgültigen Ausführung dann aber mißlungen. Alle waren sie nackt. Überall sah Adrian die langen Narben, die sich mit dicken Nähten über die Leiber zogen.

„Jetzt ist es genug“, sagte er keuchend und hoffte, daß vielleicht tatsächlich der unbekannte Regisseur dieses Geschehens ein Einsehen hatte und sich seiner erbarmte. Doch schon in der

Geisterbahn hatte ihn der Gedanke geplagt, das Monster könne – aller Logik zum Trotz – echt sein, nicht nur die fantastische Arbeit eines übergeschnappten Designers. Seine Worte riefen keine Reaktion hervor und wieder schoß ihm dieser Gedanke durchs Gehirn.

„Es kann nicht sein“, murmelte er verzweifelt. „Laßt mich in Ruhe, verflucht“, schrie er dann.

Der unheimliche Kreis hatte sich dichter um Adrian gezogen. Das Licht des Mondes strahlte jetzt hell herab und gab ihm freie Sicht auf die schauerlichen Gestalten. Er wollte schon einen letzten, verzweifelten Versuch starten, doch noch auszubrechen, da weiteten sich seine Augen. Seine bange Vermutung wurde zur grausigen Gewißheit.

Adrian sah den Ring am Finger des Monsters, das ihm am nächsten stand, und er sah den Finger mit dem rotlackierten Nagel, an den der Ring gesteckt war. Er erkannte das Schmuckstück sofort. Er selbst hatte es gekauft, gestern erst. Seiner Kehle entrang sich ein Schluchzen: „Julie“, stammelte er.

Dann sah er sie überall. Dort, war das nicht eines ihrer grünen Augen? Und da, das von dem vertrauten Armband geschmückte Handgelenk? Hier, die Unterlippe des Monsters, dort das zweite Auge, da ein Ohr.

Ich werde verrückt, erkannte Adrian, *ich drehe völlig durch*. Und doch war es so: Julie war überall um ihn herum.

Er schrie seinen Zorn, seine Hilflosigkeit und seine Furcht laut heraus. Als sei das ihr Signal gewesen, fielen die riesigen Geschöpfe vereint über ihn her. Niemand hörte seine Schreie.

Frank H. Haubold

Die Stadt am Fluß

GIVE US A CREED
TO BELIEVE
A NIGHT OF LUST
GIVE US TRUST IN
THE NIGHT

James Douglas Morrison
„An American Prayer“

Ich hätte nicht herkommen dürfen.

Als sich der Nebel lichtete und den Blick auf die vertraute Silhouette der Stadt freigab, spürte Robert, wie seine Kehle trocken wurde. Vorsichtig verminderte er die Geschwindigkeit, bevor er die Brücke über die Aarnau überquerte. Der Herbstregen hatte den Fluß anschwellen lassen. Träge drängten sich die lehmfarbenen Fluten gegen die Böschungen. Im Herbst und zur Zeit der Schneeschmelze trat die Aarnau regelmäßig über die Ufer und überschwemmte die Wiesen bis hin zur Straße. Aus dem vieldiskutierten Bau eines neuen Dammes war nichts geworden...

Links der Straße lag das alte Strandbad. Einzig die Ruine des Umkleidehäuschens und das Gerippe eines Kinderkarussells erinnerten an seine vormalige Bestimmung. Auf der Liegewiese wucherten kniehoch Brennesseln und Disteln.

Es wird nie mehr sein..., zischelte der Fahrtwind, und Robert kurbelte fröstelnd die Fensterscheibe hoch.

Erst jetzt bemerkte er, daß das Unkraut auch in den angrenzenden Gärten und auf den Bürgersteigen auf dem Vormarsch war. Die meisten Häuser schienen unbewohnt zu sein, aber selbst dort, wo die Fensterscheiben noch heil waren und die Vorgärten einigermaßen gepflegt, ließ sich keine Menschenseele blicken.

„Willkommen in Meerburg!“ verkündete trotzig eine verblichene Giebelaufschrift, und Robert mußte unwillkürlich lächeln. Wind und Wetter hatten die Schrift und das Stadtwappen zu einem kläglichen Etwas verblassen lassen, das als Begrüßungsgeschenk ebenso aufmunternd wirkte wie ein Strauß verwelkter Blumen.

Die Stadt war alt geworden, alt und hinfällig.

Obwohl Robert seit Jahren nicht mehr hier gewesen war, hatte er nichts anderes erwartet. In den letzten Tagen hatte er oft von ihr geträumt, und wenn er danach stundenlang wachlag, hatte er darüber nachgedacht, was gewesen war und was hätte sein können...

Während er im Schrittempo durch die dämmrigen Vorstadtstraßen fuhr, dachte Robert an Sara. Ob sie wohl noch einmal zurückgekommen war? Er glaubte es nicht. Seit ihrem plötzlichen Verschwinden hatte niemand mehr etwas von ihr gehört. Vielleicht hatte sie gute Gründe gehabt, alle Brücken hinter sich abzubrechen, damals, vor dreißig Jahren. Was wußte er schon von ihr?

Im Grunde glaubte Robert nicht an ein Wiedersehen, was ihn jedoch nie daran gehindert hatte, sich bei jeder passenden Gelegenheit nach Sara zu erkundigen. Doch die Gelegenheiten waren mit der Zeit immer spärlicher gewordenen. Seit dem Tod seiner Großeltern war Robert nicht mehr in der Stadt gewesen. An das letzte Klassentreffen konnte er sich kaum noch erinnern, allenfalls daran, daß er fürchterlich betrunken gewesen war. Zuletzt waren sogar die Briefe von Klassenkameraden und Bekannten ausgeblieben, die noch in Meerburg lebten. Dabei hatte Robert stets geantwortet, nicht nur aus Höflichkeit, sondern weil er das Band zu seiner Heimatstadt nicht abreißen lassen wollte.

Natürlich war es ohne weiteres möglich, daß der ein oder

andere weggezogen war oder das Interesse an dem Kontakt verloren hatte. Daß dieses Schweigen nun schon so lange andauerte, war dennoch beunruhigend. Manchmal hatte Robert mit dem Gedanken gespielt, jemanden anzurufen, aber weil es ihm zu aufdringlich erschien war, hatte er wieder Abstand davon genommen.

Vielleicht ist ihnen etwas zugestoßen, dachte er und fragte sich, ob ihr Schweigen mit der Stadt zu tun hatte, mit dieser alten Stadt am Fluß, in der er aufgewachsen war...

Am Nachmittag hatte Robert einige Orte in der Umgebung besucht. Über seine Motive war er sich selbst nicht im klaren. Wollte er wirklich nur alte Erinnerungen auffrischen? Oder ging es ihm eher um einen Aufschub, eine letzte Möglichkeit der Besinnung?

Er war zum Thomasfelsen hinaufgestiegen, auf dessen Gipfel ein großes, schmuckloses Kreuz an einen Dichter der Befreiungskriege erinnerte. Frisch auf, mein Volk, die Flammenzeichen rauchen...

Der Thomasfelsen war früher ein beliebtes Ausflugsziel gewesen, doch Robert war auf seinem Weg einzig einer alten Frau begegnet, die ihm mißtrauisch hinterhergeschaut hatte. Auf dem Gipfel hatte er sich trotz eines flauen Gefühls im Magen bis zu jener Klippe vorgewagt, von der sich der Ritter Thomas der Sage nach auf der Flucht vor seinen Verfolgern hinab in die Aarnau gestürzt hatte. Einen Augenblick lang war das Schwindelgefühl übermächtig gewesen, und Robert hatte gegen die Versuchung ankämpfen müssen, sich einfach fallen zu lassen...

Der Besuch am alten Steinbruch verlief ebenfalls enttäuschend. Der Badesee existierte nicht mehr. Robert wußte zwar, daß ihn die Russen in den Achtzigern als Panzerwaschplatz benutzt hatten, nicht aber, daß man hinterher das Wasser abgepumpt und das Gelände sich selbst überlassen hatte. Dort, wo sich früher die hellen Felswände auf der Oberfläche des Sees gespiegelt hatten, verrottete jetzt eine alte Seitenwagenmaschine im kniehohen Unkraut. Von diesem Steilufer waren damals die Jungen zwölf Meter tief ins Wasser gesprungen, belohnt vom Kreischen und den bewundernden Blicken der Mädchen. Wie lange war das jetzt her? Robert mochte nicht darüber nachdenken.

Auch den „Mückentempel" hatte er besucht, einen Aussichtspavillon aus der Gründerzeit, der seinen Namen den stechlustigen Plagegeistern verdankte, die allabendlich im Spätsommer von den sumpfigen Wiesen des Braunbachtales aufstiegen. Einmal war er nach der Tanzstunde mit Sara hiergewesen, aber zu mehr als zu einem Kuß und einer flüchtigen Umarmung war es nicht gekommen. Die Mücken waren Sieger geblieben und das Liebespaar, das die Bank des Pavillons bereits mit Beschlag belegt hatte. Er hatte das Mädchen nach Hause gebracht und sich damit getröstet, daß der Sommer noch lang war und ihnen alle Zeit der Welt blieb. Doch es hatte keine zweite Chance gegeben. Es gab nie eine zweite Chance...

Jetzt schien es hier keine Mücken mehr zu geben und erst recht keine Liebespaare, die von der romantischen Abgeschiedenheit des Ortes angelockt wurden. Aufmerksam hatte Robert die Inschriften studiert, die Generationen von Meerburgern in die hölzernen Bohlen geritzt hatten, aber keine gefunden, die jüngeren Datums war. Sitzfläche und Lehnen der Bänke im Inneren des Pavillons waren mit einer klebrigen Staubschicht bedeckt, die bestätigte, was Robert längst wußte: Hier kam niemand mehr her.

Der Friedhof. Beinahe unbewußt ließ Robert den Wagen ausrollen und hielt unmittelbar vor der Zufahrt. Er stieg aus und tauchte in den Schatten der riesigen, alten Bäume ein. Es roch nach Erde und feuchtem Laub. Die Torflügel waren mit einer rostigen Kette und einem Vorhängeschloß gesichert, doch die Fußgängerpforte war unverschlossen. Quietschend öffnete sich die schmale Gittertür, und nach wenigen Schritten stand Robert vor dem Portal der Andachtshalle. Zeit und Witterung hatten den Marmorsäulen ebensowenig anhaben können wie den Granitquadern der Hallenwände, und für Sekunden fühlte Robert die gleiche ehrfürchtige Scheu, die er als Kind an diesem Ort empfunden hatte.

Er ging weiter und lauschte dem Rauschen des Windes in den Baumkronen. Das Gefühl der Verunsicherung, der Furcht vor einer noch namen- und gestaltlosen Gefahr, das der Anblick der Stadt in ihm ausgelöst hatte, wurde schwächer und verging.

Dieser Ort war sich selbst genug. Er forderte weder Aufmerksamkeit noch Mitgefühl. Die Namen und Ziffern auf den Grabsteinen mochten den Lebenden wichtig gewesen sein, für die Toten waren sie ohne Bedeutung. Sie warteten auf nichts, hofften auf nichts und fürchteten nichts mehr. Es war nicht wichtig, wie lange sie gelebt hatten oder wie sie gestorben waren. Sie hatten es längst vergessen, so wie er es vergessen würde...

Nachdenklich schritt er die kiesbedeckten Wege entlang und blieb hin und wieder stehen, um die Aufschriften der Grabsteine zu entziffern. Und plötzlich wußte er, weshalb er hier haltgemacht hatte: Er suchte ihre Namen.

Daß seine Suche erfolglos blieb, erstaunte ihn ebensowenig wie die Tatsache, daß er kaum Gräber fand, die in den letzten Jahren angelegt worden waren. Die Bewohner der Stadt waren nicht gestorben, sondern weggegangen. Irgendwohin.

Robert fror plötzlich. Er schlug den Kragen seines Mantels

hoch und ging zurück zum Auto. Als er den Zündschlüssel drehte, fürchtete er einen Augenblick lang, daß der Wagen nicht anspringen würde. Daß er nie wieder anspringen würde...

Doch zum Glück hatte er sich getäuscht. Gutmütig grummelnd sprang der Motor an, und der warme Schimmer der Leuchtanzeigen beruhigte ihn ein wenig.

Obwohl es rasch dunkel wurde, brannte nirgendwo Licht. Robert kurbelte das Seitenfenster herunter und lauschte in der Hoffnung, irgendwo Stimmen zu hören oder die Schritte eines verspäteten Passanten, den er nach dem Weg zur nächsten Pension fragen konnte. Doch es blieb still.

Erst jetzt bemerkte er, daß das Autoradio verstummt war. Hatte er es selbst abgeschaltet? Nein, die Senderanzeige leuchtete, doch als er den Ton lauter drehte, drang nichts als gleichförmiges Rauschen aus den Lautsprechern der Stereoanlage.

Merkwürdig. Robert drückte die Stationstasten der Reihe nach durch, doch das Rauschen blieb. Wahrscheinlich ist die Antenne nicht in Ordnung, versuchte er sich zu beruhigen, konnte aber nicht verhindern, daß sich ein flaues Gefühl in seiner Magengrube einnistete.

Er schaltete das Radio ab und öffnete das Handschuhfach. Unter der Parkkarte lag der Zettel mit einigen Adressen, die er in seinen Unterlagen gefunden hatte.

„Michael Fischer“, stand ganz oben auf der Liste, „Winklerstraße 13“. Er kannte Mischa schon von der Grundschule. Später, in den frühen Siebzigern, waren sie gemeinsam durch die Tanzsäle der näheren Umgebung gezogen – eine alkoholselige Zeit voller Abenteuer, an die sich Robert gern zurückerinnerte. Er war sich beinahe sicher, daß Mischa sich über seinen Besuch freuen würde. Wenn er überhaupt noch dort wohnte...

Einen Versuch ist es allemal wert, entschied Robert nach einem Blick auf die Uhr. Es ist ja noch nicht einmal acht. Einfach die Mozartstraße hoch zum Bahnhof und dann am Krankenhaus vorbei in Richtung Markt.

Fast ein wenig stolz auf seine Ortskenntnis chauffierte er den Wagen durch die menschenleeren Straßen und registrierte nur beiläufig, daß die Straßenbeleuchtung nicht funktionierte und selbst der Bahnhofsvorplatz in völliger Dunkelheit lag.

17... 15... 13... Robert erriet die Hausnummern eher, als daß er sie lesen konnte. *Hier muß es sein.* Er nahm die Taschenlampe aus dem Handschuhfach und stieg aus.

Das Haus lag einige Meter zurückgesetzt hinter einem schmalen Vorgarten. Durch die Stäbe des Zaunes wucherten die Triebe einer mannshohen Hecke. Das Gartentor stand halb offen. Kein noch so schwacher Lichtschimmer drang aus den Fenstern der dreistöckigen Villa, die schweigend wie ein seit Jahrzehnten verlassener Herrensitz vor ihm lag.

Es hatte keinen Sinn. Robert wußte, daß er niemanden antreffen würde, dennoch ging er weiter. Der Kies knirschte unnatürlich laut unter seinen Sohlen, und als er die Stufen zum Eingang hinaufstieg, fühlte er sich wie ein ungebetener Eindringling.

Es gab keine Klingel, nur einen altertümlichen Klopfer, dessen Griff vom Gebrauch der Jahrzehnte glattgescheuert war. Obwohl Robert das Gewicht nur ein paar Zentimeter angehoben hatte, fuhr er unwillkürlich zusammen, als der Schlag die nächtliche Stille durchbrach. Das Geräusch mußte im ganzen Viertel zu hören sein.

Mit klopfendem Herzen wartete er auf eine Reaktion, doch im Haus blieb alles still. Der Lichtkegel seiner Taschenlampe verharrte auf einem mit Grünspan überzogenen Messingschild: „Michael Fischer – Import/Export“.

Wenigstens war es das richtige Haus.

Die Vorstellung, daß sein Kumpel Mischa „Rocky“ Fischer im Geschäftsanzug hinter einem Schreibtisch thronte und Verträge unterschrieb, reizte zum Lächeln.

Doch das Bild verschwand und wich der Befürchtung, daß er Rocky und die anderen vielleicht nie wiedersehen würde. Sie waren verschwunden, einfach weggegangen, ohne eine Spur zurückzulassen.

„Kommt raus, verdammt noch mal!“ hörte sich Robert plötzlich rufen, während er den Klopfer wieder und wieder gegen das Türblatt niedersausen ließ. Eine Salve krachender Schläge erfüllte die Nacht und ließ die Fensterscheiben ringsum erzittern.

Egal, dachte er schwer atmend, als der Ausbruch vorüber war, hier wohnt sowieso keiner mehr.

Doch er hatte sich getäuscht.

Irgendwo hinter ihm wurde ein Fenster geöffnet und eine Männerstimme rief: „Ruhe, da unten! Was soll denn das?“

Beschämt wie ein Schuljunge, der bei etwas Verbotenem ertappt worden ist, schaltete Robert die Taschenlampe aus. Er hatte keine Mühe, herauszufinden, woher der Ruf gekommen war. Nur in einem einzigen Fenster auf der gegenüberliegenden Straßenseite brannte Licht. Vor dem hellen Hintergrund zeichneten sich deutlich die Umrisse einer menschlichen Gestalt ab.

„Da drüben wohnt niemand mehr!“ Der Mann am Fenster schien darauf zu warten, daß der Störenfried seiner Wege ging. Eilig lief Robert zurück zur Straße, um mit dem Fremden ins Gespräch zu kommen.

„Entschuldigen Sie!“ rief er in Richtung des gelben Lichtvierecks. „Können Sie mir vielleicht sagen, wo die Leute hingezogen sind?“ Seine Stimme vibrierte vor Aufregung.

„Nein!“ entgegnete der Mann am Fenster schroff. „Kommen Sie nicht näher! Ich habe eine Waffe!“

Das Fenster schlug zu, und das Licht erlosch.

Willkommen in Meerburg, dachte Robert mit einem Anflug von Sarkasmus, der Kerl bringt es fertig und schießt tatsächlich. Wahrscheinlich steht er jetzt hinter der Gardine und beobachtet mich.

Er hatte große Lust, dem Fremden ein paar Grobheiten an den Kopf zu werfen, aber das machte angesichts der Umstände wenig Sinn. So begnügte er sich mit einer abfälligen Geste, drehte sich um und ging langsam zurück zum Wagen.

Im Auto roch es nach Öl und den letzten Duftmolekülen des ausgetrockneten Lufterfrischers. Die vertraute Umgebung beruhigte Robert ein wenig und half ihm, sich über seine weiteren Schritte klarzuwerden.

Natürlich konnte er sein Vorhaben aufgeben und heimfahren. Das war die einfachste und vermutlich auch vernünftigste Alternative. Aber wollte er das wirklich? Ohne herausgefunden zu haben, was hier vorgefallen war? Irgendwo mußten sie doch hingegangen sein, Mischa, Tarzan und all die anderen...

Unsinn! widersprach der pragmatischere Teil seines Bewußtseins. Im Grunde sind sie dir doch gleichgültig. Sie haben dir dreißig Jahre lang nicht besonders gefehlt, also mach dir nichts vor.

Und Sara? wandte Robert halbherzig ein, obwohl er die Antwort kannte. Sie ließ nicht lange auf sich warten: Mach dich nicht lächerlich, Sara ist schon dreißig Jahre nicht mehr hier gewesen. In Wirklichkeit kannst du nur nicht verwinden, daß sie dich sitzengelassen hat. Sie hat dich damals nicht gebraucht, und sie braucht dich heute nicht. Es ist vorbei! Du wirst demnächst fünfzig, hast du das vergessen?

Robert hatte es nicht vergessen, auch wenn das Alter für ihn nur eine untergeordnete Rolle spielte. Im Grunde war er sogar stolz darauf, nie erwachsen geworden zu sein. In den letzten Wochen hatte er oft an Sara gedacht. In seiner Erinnerung würden sie immer zusammengehören, die Stadt am Fluß und das Mädchen, das er geliebt hatte. Wo sollte er sie finden, wenn nicht hier? Er mußte weitersuchen, auch wenn die Aussicht auf Erfolg noch so gering war...

Das Geräusch des Anlassers durchbrach die nächtliche Stille. Der Motor sprang sofort an. Erleichtert lehnte sich Robert zurück und fuhr langsam durch die dunklen, feucht glänzenden Straßen in Richtung Markt.

Der Marktplatz schien der einzige Ort in der Stadt zu sein, der noch einen Hauch von Normalität ausstrahlte. Die Straßenbeleuchtung brannte, und die Rolandsfigur über dem Marktbrunnen reckte sich trotzig im Licht der Halogenscheinwerfer. Auf dem Parkplatz standen Autos – wenn auch weit weniger als früher –, und das Leuchtzifferblatt der Rathausuhr zeigte die korrekte Zeit an.

Doch Roberts Suche nach einer Übernachtungsmöglichkeit blieb erfolglos. Die Fenster des „Weißen Rosses“ waren mit Spanplatten zugenagelt, und an der Eingangstür zum „Wiener Hof“ begrüßte ihn ein altersfleckiges Pappschild: „Vorübergehend geschlossen“. Weitere Hotels in Zentrumsnähe fielen Robert nicht ein; die Stadt am Fluß war zu unbedeutend, um Touristen anzuziehen.

Enttäuscht ging Robert zurück zum Parkplatz. Möglicherweise blieb ihm nichts anderes übrig, als im Auto zu übernachten. Die Aussicht war alles andere als verlockend. Mittlerweile war es empfindlich kühl geworden, und der Wagen hatte keine Standheizung. Hoffentlich lag die alte Wolldecke noch im Kofferraum...

Ein Geräusch ließ Robert innehalten. Nein, kein einzelnes Geräusch, eher das verstohlene Echo einer Vielzahl von Lauten: Trappeln, Keuchen, Winseln, Knurren und Schnaufen. Noch konnte Robert nichts erkennen, aber es kam unzweifelhaft näher. Rasch.

Nur Augenblicke später brach das Rudel aus einer Seitengasse hervor: Hunde, große, kleine, dunkle, weiße, gefleckte. Langbeinige Doggen, gefolgt von Schäferhunden, Boxern, Mischlingen und sogar Pudeln, eine Prozession, deren Anblick ebenso unheimlich war, wie er zum Lachen reizte. Über die Zahl der Tiere konnte Robert nur Vermutungen anstellen. Vermutungen, die sofort gegenstandslos wurden, als ein Teil des Rudels plötzlich die Richtung wechselte und auf ihn zustürmte.

Verdammt! Mit fahrigen Bewegungen nestelte Robert am Türschloß, öffnete und ließ sich auf den Fahrersitz fallen. Nur Augenblicke, nachdem er die Tür zugeschlagen hatte, sprang das erste Tier auf die Motorhaube. Wütend preßte der Pitbull die Schnauze gegen die Windschutzscheibe und entblößte seine Fangzähne. Die anderen Hunde hatten den Wagen mittlerweile eingekreist. Die größeren stemmten sich knurrend und geifernd mit den Vorderpfoten gegen die Scheiben, während die kleineren wie wild umhersprangen und bellten.

„Spring an“, flüsterte Robert lautlos, als er den Zündschlüssel drehte. Seine Bitte wurde erhört. Erleichtert gab er Gas und ließ die Kupplung frei. Der Wagen schoß nach vorn, schleuderte zwei große Hunde zur Seite und überrollte eines der kleineren Tiere. Robert glaubte, Knochen brechen zu hören, aber vielleicht bildete er sich das Geräusch auch nur ein. Der Pitbull verlor das Gleichgewicht und schlitterte über den Kotflügel hinab auf die Straße. Rasend vor Wut stürmte das Rudel hinter dem Auto her und gab erst auf, als die Tachometernadel auf siebzig Stundenkilometer geklettert war.

Der Hund bleibt mir im Sturme treu..., deklamierte Robert in Gedanken, war sich allerdings nicht ganz sicher, das dem Anlaß entsprechende Zitat gewählt zu haben. Der Schrecken saß ihm noch immer in den Gliedern. Obwohl die Gefahr glücklich überstanden schien, zitterten ihm die Knie und der Puls hämmerte dumpf in seinen Schläfen.

Kurz vor dem Ortsausgangsschild zwang sich Robert, den Fuß vom Gas zu nehmen. Er wollte in der Stadt bleiben, aber das Problem der Unterkunft wurde allmählich drängend. Es mußte nicht unbedingt ein Hotelzimmer sein, wohl aber ein Ort, der nicht von übellaunigen Straßenkötern heimgesucht werden konnte. Wahrscheinlich blieb ihm keine andere Wahl, als es in einer Gartenanlage zu versuchen – am besten in einer Gegend, die er von früher her kannte.

Robert wendete und fuhr zurück auf den Stadtring. An der Talstraße bog er rechts ab und hatte einige Minuten später die Hammertalsiedlung erreicht. Vorbei an der ehemaligen Arztpraxis und einer stillgelegten Zigarrenfabrik führte die Vorstadtstraße direkt zu dem leerstehenden Eckhaus, in dem seine Großeltern bis zu ihrem Tode gewohnt hatten.

Obwohl es stockdunkel war und die Fahrtunterbrechung keinerlei Sinn machte, ließ Robert den Wagen vor der Einfahrt ausrollen und stieg aus. Der Bau aus der Gründerzeit war seit Jahrzehnten nicht renoviert worden und sah selbst im matten Schein der Taschenlampe erbarmungswürdig aus. Der Putz war großflächig abgeblättert, auf dem nackten Mauerwerk glitzerten weiße Salpeterkrusten. Die Fenster des Erdgeschosses waren mit Brettern vernagelt, die übrigen Fensterscheiben nur noch in Resten vorhanden. Die Tür zum Geräteschuppen stand offen. Jemand hatte das Schloß aufgebrochen. Der Boden war mit Müll und Unrat bedeckt. Es stank nach Urin. Angewidert wandte sich Robert ab und lief weiter zum Hintereingang. Die

Tür war verschlossen. Kratzspuren im Holz deuteten darauf hin, daß man versucht hatte, sie aufzubrechen. Es war eine alte, sehr stabile Tür. Robert konnte sich noch an das Geräusch erinnern, mit dem sie ins Schloß fiel. Er besaß keinen Haustürschlüssel. Als seine Großeltern noch lebten, hatte die Tür tagsüber immer offengestanden, weil es keinen elektrischen Türöffner gab. Späte Besucher mußten klingeln und warten, bis man ihnen öffnete.

Der Lichtkegel der Taschenlampe wanderte über verbeulte Briefkästen hinauf zum Klingelbrett, auf dem noch immer die vertrauten Namen standen.

Einem Impuls folgend drückte Robert auf den untersten der drei Knöpfe und fuhr erschrocken zusammen, als das schrille Geräusch einer elektrischen Klingel die Stille durchbrach.

Wie war das möglich? Wohnte tatsächlich noch jemand hier, oder hatte man einfach nur vergessen, den Strom abzustellen?

Angespannt, beinahe ängstlich lauschte Robert, und dann hörte er es: jemand öffnete eine Tür. Obwohl er seit Jahren nicht mehr hier gewesen war, wußte Robert sofort, welche Tür das war, und zu welcher Wohnung sie gehörte. Das leichte, kaum vernehmbare Klirren eines Schlüsselbundes bestätigte seine Vermutung ebenso wie die schlurfenden Schritte auf der Treppe, die langsam, aber unaufhaltsam näherkamen.

Roberts Erstarrung wich im gleichen Augenblick, in dem ihm bewußt wurde, daß ihm seine Sinne einen Streich spielten. Das Haus stand seit Jahren leer. Es konnte niemand auf der Treppe sein. Niemand, der sein Klingeln gehört hatte und sich eben anschickte, die Haustür aufzuschließen. „Niemand." Robert flüsterte das Wort wie ein Beschwörung. Die schlurfenden Schritte wurden leiser und verstummten schließlich ganz. Das Haus, in dem er seine Kindheit verbracht hatte, lag dunkel und still vor ihm. Nur der Wind rauschte in den Wipfeln der Bäume, und irgendwo bellte ein Hund den wolkenverhangenen Nachthimmel an.

Achselzuckend wandte sich Robert ab und wäre um ein Haar gestürzt. Seine Knie schienen den Kontakt zum Rest seines Körpers verloren zu haben. Erst nach einigen unsicheren Schritten kehrte das Gefühl zurück.

Ich habe mich getäuscht, wiederholte Robert in Gedanken, als er zum Auto zurückgekehrt und eingestiegen war. Es war nur der Schreck wegen dieser verdammten Klingel...

Er hatte zwar vorgehabt, sich in der nahegelegenen Gartenkolonie ein Nachtquartier zu suchen, doch dazu fehlte ihm jetzt der Mut. Seine Nerven waren zum Zerreißen gespannt. Das Gefühl der Bedrohung hatte sich mit dem Einbruch der Dunkelheit verstärkt. Irgend etwas verbarg sich dort draußen, dessen war sich Robert beinahe sicher, obwohl er nach wie vor keine Vorstellung hatte, wie dieses Etwas aussah. Er wußte nur, daß er ihm aus dem Wege gehen mußte, und deshalb würde er das Auto heute nacht nicht mehr verlassen...

Hier konnte er allerdings nicht bleiben. Wenn es in dieser Stadt verwilderte Hunde gab, dann gab es vielleicht auch verwilderte Menschen, die möglicherweise schon auf ihn aufmerksam geworden waren. Besser, er blieb in Bewegung.

Robert griff nach dem Zündschlüssel und ließ den Motor an. Die Scheinwerfer flammten auf, und er hörte ein lautes Knistern, dessen Ursprung ihm erst klar wurde, als die Musik mit ohrenbetäubender Lautstärke über ihn hereinbrach.

„I am the god of hell fire, and I bring you – fire!“ rief oder vielmehr brüllte Arthur Brown aus sechs Lautsprechern, und die jäh einsetzende Begleitung von Schlagzeug und Elektronenorgel verwandelte die Fahrerkabine von einem Augenblick auf den anderen in ein von pulsierenden Rhythmen erfülltes Tollhaus.

„Was soll das denn...?“ knurrte Robert, nachdem er zu seiner Erleichterung festgestellt hatte, daß der Motor nicht explodiert war, und griff zum Lautstärkeregler. Der Knopf ließ sich ohne weiteres nach links drehen, aber das war auch schon alles.

„You gonna burn, burn, burn, burn... ha, ha, ha, ha...“, kreischte der Feuergott, während sich die Akkorde überschlugen und irres Gelächter die Wagenscheiben vibrieren ließ. Robert mochte das Lied. Es war so ziemlich das Verrückteste, das damals, Ende der Sechziger, im Radio gespielt worden war. Aber mittlerweile war er keine fünfzehn mehr, und deshalb mochte er es nicht in dieser Lautstärke.

„Geh aus, du Mistding!“ fluchte er und betätigte der Reihe nach sämtliche Knöpfe des Autoradios einschließlich des Ausschalters. Nichts geschah, außer daß sich Arthur Brown sturmrauschend verabschiedete und das Feld den zunächst einschmeichelnden, dann aber rasch anschwellenden Orgelklängen von „Je t‘aime“ überließ.

Entnervt trat Robert auf die Bremse und zog den Zündschlüssel ab.

„Je t’aime moi non plus“, keuchte Jane Birkin in Rummelplatzlautstärke, während Robert mit offenem Mund auf das blinkende Display des Autoradios starrte. „HALLO ROBERT“, flimmerte es in roten Leuchtbuchstaben, „ICH HABE EIN“, die Anzeige wechselte erneut, „GESCHENK!“

Robert war in seinem Leben ziemlich oft betrunken gewesen, hatte gewisse Erfahrungen mit Drogen und neigte zu Alpträumen. Einige dieser Ausflüge waren unerfreulich gewesen, aber er hatte nie ernsthaft fürchten müssen, den Verstand zu verlieren.

Bis jetzt.

Die Lautstärke der Musik hätte er unter Umständen noch einem Defekt zuschreiben und somit akzeptieren können, nicht aber die Tatsache, daß ein Autoradio vom Typ „Bose-Symphonie“ seinen Vornamen kannte und ihm ein Geschenk versprach...

Aufwachen! befahl sein Bewußtsein nach einer Schaltpause, und Robert kniff sich schmerzhaft in den Oberschenkel. Er träumte nicht.

„ES WARTET“, behauptete die Senderanzeige.

Wer wartet und wo? Roberts Neugier war offensichtlich stärker als das Mißtrauen gegenüber den Wahrnehmungen seiner Sinne. Doch die Antwort war alles andere als präzise.

„VOR DEM TUNNEL!“ verkündete das Display nach einer angemessenen Pause und erlosch wenig später. Die Musik verstummte allerdings nicht, im Gegenteil, die stampfenden Rhythmen von Jaggers „Paint it black“ lösten die Birkinsche Stöhnorgie ab und zerstörten damit Roberts Hoffnungen, möglicherweise doch einer Sinnestäuschung anheim gefallen zu sein.

„Also gut“, murmelte er schließlich entnervt, „ich wollte ja sowieso los.“ Robert wußte nicht genau, welcher Tunnel gemeint war, nahm aber an, daß es sich um den Fußgängertunnel am Bahnhof handelte.

Er trat das Gaspedal durch und gab die Kupplung frei, der Wagen machte einen kleinen Satz und jagte mit quietschenden Reifen zurück in Richtung Stadtring. Vielleicht täuschte er sich, oder seine Ohren hatten sich mittlerweile an den Lärmpegel gewöhnt, in jedem Fall hatte Robert den Eindruck, daß die Musik ein wenig leiser wurde. Ein paar hundert Meter weiter war kein Zweifel mehr möglich: Im gleichen Maße, wie er sich seinem Ziel näherte, nahm die Lautstärke im Wagen ab.

Unmöglich, behauptete eine ärgerlich klingende Stimme in seinem Kopf. Das Radio ist einfach kaputt, und den Rest bildest du dir ein.

Robert war anderer Auffassung. Er hatte keinerlei Vorstellung, womit er es zu tun hatte, aber er ahnte, daß es über Möglichkeiten verfügte, die über die Kontrolle seines Autoradios hinausgingen. Und er war sich beinahe sicher, daß es mehr über ihn wußte, als ihm lieb sein konnte.

„Oh, won‘t you come with me“, ertönte in diesem Augenblick die Stimme von Doug Ingles aus den Lautsprechern, „and take my hand. Oh, won‘t you come with me, and walk this la-a-a-and.“

Dieses Land, dachte Robert, während er den Wagen durch die dunklen Straßen in Richtung Zentrum steuerte, oder meinst du dein Land...

Merkwürdigerweise gelang es ihm, die Gedanken an das zu verdrängen, was ihn am Ziel seiner Fahrt erwartete. Statt dessen beschäftigte ihn die Frage, ob der unsichtbare Programmdirektor die Single- oder die fast zwanzig Minuten lange LP-Version von „In A Gadda Da Vida“ für ihn ausgesucht hatte. Er mochte das Lied, obwohl er nicht sicher war, ob er es um seiner selbst willen mochte oder wegen der Erinnerungen, die er damit verband. Als das Gitarrensolo einsetzte, wählte Robert halb unbewußt eine Abzweigung, die abseits des direkten Weges zum Bahnhof führte. Er hatte das Stück sicherlich hundertmal und öfter gehört, aber das war vor dreißig Jahren gewesen. Aus irgend einem Grund hielt er es für wichtig, es bis zum Schluß zu hören, wenigstens dieses eine Mal noch...

Die Route, die er halb unbewußt gewählt hatte, führte am Sportplatz vorbei durch ein Waldstück zum Gelände der alten Färberei. Es war stockdunkel, und die Straße wurde zunehmend schlechter. Schon bald hatte Robert alle Mühe, wenigstens den größeren Schlaglöchern auszuweichen. Er schaltete in den zweiten Gang zurück und steuerte den Wagen im Zickzackkurs über die holprige Fahrbahn.

Dumm-dumm-dumm-dumm-du-du-dumm-dumm-dumm..., das Schlagzeugsolo ließ Roberts Trommelfelle vibrieren, während Stoßdämpfer und Federung Schwerstarbeit verrichteten. Früher war die Straße besser gewesen, aber vielleicht bildete er sich das auch nur ein. Schließlich hatte er damals noch nicht einmal ein Moped besessen. Und die Gründe, weshalb er sich so gut in dieser Gegend auskannte, hatten absolut nichts mit der Beschaffenheit der Fahrbahn zu tun...

Die Anhalterin hätte Robert beinahe übersehen. Sein Blick war so auf die Unebenheiten der Straße fixiert, daß er das am Straßenrand winkende Mädchen erst im letzten Augenblick bemerkte.

Erschrocken riß er das Lenkrad herum und trat das Bremspedal durch. Mit blockierten Rädern rutschte der Wagen noch etwas weiter und kam dann zum Stehen. Farbige Warnsymbole leuchteten auf und signalisierten, daß er den Motor abgewürgt hatte. Die Musik verstummte abrupt.

Robert bemerkte nichts davon.

„Sara", flüsterte er und starrte die Anhalterin wie ein Gespenst an.

Das Mädchen schien weniger beeindruckt zu sein. Es stieg wie selbstverständlich ein und ließ sich mit einem lässigen „Hallo, Robin" auf den Beifahrersitz fallen. „Nimmst du mich mit?"

„Robin", wie lange war das jetzt her? Trotz seiner Verwirrung war sich Robert darüber im klaren, daß das Mädchen neben ihm nicht Sara sein konnte. Sara Francetti war 1970 sechzehn Jahre alt gewesen und mußte jetzt um die fünfzig sein. Außerdem war sie im Herbst des gleichen Jahres aus der

Stadt verschwunden, und niemand hatte seither wieder etwas von ihr gehört. Sie hatten nicht zueinander gepaßt, der schmächtige Junge und das langhaarige, braungebrannte Mädchen, nach dem sich nicht nur die jüngeren Männer auf der Straße umdrehten. Sara hatte besessen, was Robert fehlte: Selbstbewußtsein und Schlagfertigkeit, und so war es ihm fast wie ein Wunder erschienen, daß sie auf seine Annäherungsversuche überhaupt reagiert hatte. Sie waren hin und wieder im Kino gewesen, und später hatten sie zusammen die Tanzstunde besucht. Sara wohnte ziemlich weit außerhalb und hatte nichts dagegen, daß er sie danach nach Hause begleitete. Viel war dabei nicht passiert, und das war zweifellos Roberts Schuld gewesen. Vielleicht wäre alles anders gekommen, wenn er damals nicht so verdammt naiv gewesen wäre...

„Na klar!" erwiderte er mit einer Bestimmtheit, die ihn beinahe noch mehr irritierte als die Tatsache, daß das Mädchen seiner Sara aufs Haar glich.

Das Radio blieb stumm, als Robert den Motor anließ. Vorsichtig gab er die Kupplung frei, konnte aber nicht verhindern, daß der Wagen weiter von Schlagloch zu Schlagloch schaukelte und die Insassen dabei kräftig durchschüttelte.

Das Mädchen lachte.

Sie ist es, dachte er, es ist ihr Lachen, ihr Haar und ihre Art, sich zu bewegen. Saras Rock war ein wenig nach oben gerutscht und gab den Blick auf den hellen Slip frei. Robert bemühte sich, nicht hinzusehen und sich auf die Straße zu konzentrieren, aber es war bereits zu spät. Ihm blieb nur die Hoffnung, daß die Dunkelheit seine Erektion verbarg.

„Es ist nicht mehr weit", erklärte das Mädchen wie beiläufig, „du wirst dich ja noch erinnern."

Natürlich konnte sich Robert erinnern. Er konnte sich sogar

sehr genau erinnern. Was versäumte Gelegenheiten anbetraf, besaß er ein ausgesprochen präzises Gedächtnis...

Sie mußten noch durch den Straßentunnel, und dann begann auch schon das kleine Wäldchen, an das sich die Werkswohnungen der ehemaligen Färberei anschlossen. Dort hatte Sara gewohnt.

Dort wohnt Sara, korrigierte er sich nach einem verstohlenen Blick zur Seite. Das helle Stück Stoff war immer noch zu erkennen.

„Hast du keine Musik?“ fragte Sara.

„Doch“, erwiderte Robert ein wenig zu schnell und schaltete auf CD um. Erstaunlicherweise reagierte das Gerät prompt; nur Augenblicke später drangen die ersten Akkorde von „Light my fire“ aus den Lautsprechern.

„Doors“, stellte das Mädchen erfreut fest. „Stark.“

Robert sagte nichts. Er lauschte der Musik und suchte hin und wieder Saras Blick, als müsse er sich versichern, daß sie noch da war.

Der Straßentunnel. Die schwarzen Granitwände schienen das Licht der Scheinwerfer förmlich aufzusaugen. Oder war etwas mit der Lichtmaschine? Nein, dann würde auch das Radio nicht mehr funktionieren.

Dennoch schien die Dunkelheit von allen Seiten gegen das Fahrzeug vorzurücken. Robert bremste den Wagen vorsichtig ab. Er mußte langsamer fahren, wenn er nicht riskieren wollte, mit einem unvermuteten Hindernis zu kollidieren.

„Er ist tot, nicht wahr?“

Robert fuhr zusammen. Meinte sie wirklich Jim Morrison?

Es war zu dunkel, um Saras Gesichtsausdruck zu erkennen. Aber eigentlich hatte sich die Frage nicht wie ein Scherz angehört.

„Ja, seit ’71.“

„Schade“, sagte das Mädchen traurig.

Hast du das nicht gewußt? dachte Robert, sprach die Frage aber nicht aus. Die Antwort würde weitere Fragen aufwerfen, Fragen, denen er so lange wie möglich auszuweichen gedachte...

„Try now we can only lose“, sang der tote Jim Morrison, „and our love become a funeral pyre.“

Robert trat auf die Bremse und ließ den Wagen ausrollen.

„He, was soll das“, beschwerte sich Sara. „Wir sind noch nicht da.“ Ihre Stimme klang allerdings alles andere als besorgt, im Gegenteil, sie trug jetzt wieder jenen leicht ironischen Unterton, an den sich Robert nur zu gut erinnern konnte. Er war sicher, daß sie die Situation genoß.

Robert griff nach vorn und schaltete die Scheinwerfer aus. Jetzt waren sie allein – eingeschlossen in einer Höhle, in der die Armaturenbeleuchtung die Glut der Feuerstelle ersetzte.

„Du hast dich verändert“, sagte das Mädchen. Es klang beinahe anerkennend.

„Ja“, sagte er. Sonst nichts. Damals hatte er viel geredet, zu viel. Nicht, weil er etwas Falsches gesagt hatte, sondern weil Worte nur selten dazu taugen, Gefühle auszudrücken.

„Come on baby, light my fire“, sang Jim, und Ray Manzarek griff noch einmal mit beiden Händen in die Tasten, „Try to set the night on fire...“

Robert wartete. Seine Augen hatten sich mittlerweile an die Dunkelheit gewöhnt, und so konnte er die winzigen roten Fünkchen sehen, die in den Augen des Mädchens tanzten.

Die Orgeltöne verklangen, und er wartete noch immer.

„Du weißt es“, sagte Sara ernst. Ihr Gesicht war jetzt ganz nahe, und einen Augenblick lang hatte Robert den Eindruck, daß es nicht nur der Widerschein der roten Armaturenbeleuchtung war, der in den Augen des Mädchens schimmerte.

Ja, dachte er. Aber jetzt bist du hier. Nichts anderes zählt.

Die Worte gefielen ihm, doch bevor er sie aussprechen konnte, spürte er Saras Lippen auf seinem Mund. Ihr Kuß war nicht mehr als ein Abtasten, ein noch unsicheres Suchen nach Vertrautem, und als sich ihre Lippen lösten, verspürte Robert einen Anflug von Enttäuschung.

Sie wird weggehen, wie damals...

„Wir haben Zeit“, sagte das Mädchen. Ihre Hand strich sanft über seine Wange, eine flüchtige Berührung, die er sich vielleicht auch nur eingebildet hatte. „Hast du mich wirklich vermißt?“

Die Unsicherheit in Saras Stimme beschämte ihn, ohne daß er sich über die Ursache klarzuwerden vermochte. Schließlich hatte sie ihn verlassen und nicht umgekehrt. Und dann war sie einfach weggegangen, ohne Abschied...

Aber das war nicht die Antwort, auf die das Mädchen wartete.

Robert zögerte. Er konnte „Ja“ sagen, ohne bewußt zu lügen. Aber war es deshalb die Wahrheit? War es wirklich die Sara von damals, an die er sich erinnerte, oder ein Wunschbild, das kaum noch etwas mit der realen Person zu tun hatte? Er wußte es nicht.

„Du bist weggegangen“, sagte er trotzig.

„War es schlimm?“ Wieder eine Berührung, diesmal etwas länger, daß er die Wärme ihrer Hand spüren konnte.

„Ja“, sagte Robert. „Am Anfang wollte ich es nicht glauben. Weh tat es erst später, als ich begriffen hatte...“

„Begriffen... was?“

Warum fragte sie das?

„Daß es vorbei war“, erwiderte er stockend, „daß nichts von dem, worauf ich gehofft hatte, sein würde. Ich war allein, und es war kalt.“

Er lauschte dem Klang seiner Worte nach, und plötzlich begriff er, daß Sara aus einem ganz bestimmten Grund gefragt hatte, daß sie ihm helfen wollte, eine Entscheidung zu treffen.

„Ja, das kenne ich", sagte das Mädchen leise. „Der einzig ehrliche Nachruf: ‚Er war allein, und ihm war kalt.' Scheiße." Saras Stimme zitterte kaum, aber Robert konnte das Glitzern in ihren Augen sehen.

„Ja, Scheiße." Robert lächelte hilflos.

„Komm, wir fahren!" Das Mädchen schien plötzlich seine gute Laune zurückgefunden zu haben – einer von Saras abrupten Stimmungswechseln, vor denen sich Robert immer ein wenig gefürchtet hatte. „Sehr weit ist ja nicht mehr, und du willst mich ja wohl nicht in einem Auto verführen. Denk an dein Alter!"

„He, sag das nicht noch mal!" empörte sich Robert und wischte sich mit einer verstohlenen Bewegung eine Träne aus dem Augenwinkel. Der Motor sprang an, und die Lichtkegel der Scheinwerfer trieben die Schatten zurück in die Nacht. „Wo fahren wir überhaupt hin?"

„Zu mir natürlich", versetzte Sara und drückte ihm einen flüchtigen Kuß auf die Wange. „Meine Eltern sind auf Tournee, und wir haben sturmfrei."

In dieser Stadt sind eine Menge Leute auf Tournee, dachte Robert. Vielleicht haben sie auch ein Geschenk bekommen und dann den Weg nach Hause vergessen...

„Okay", sagte er laut und hoffte, daß sein Grinsen nicht allzu albern ausfiel. „Dann nichts wie los."

Dann ließ er den Motor aufheulen und gab die Kupplung so rasch frei, daß die Beschleunigung sie in die Sitze preßte, während der Wagen mit quietschenden Reifen ins Dunkel raste.

„He, nicht so schnell", kicherte Sara, und es war nicht ganz klar, ob sie den Kavaliersstart meinte oder Roberts rechte

Hand, die jetzt auf dem weißen Stoffdreieck lag, das seine Blicke immer wieder magisch angezogen hatte. „Früher warst du geduldiger."

Sie schüttelte in gespielter Entrüstung den Kopf, und nur ein sehr aufmerksamer Betrachter hätte das düstere Rot bemerkt, das einen Augenblick lang durch ihre Augen schimmerte.

„Take it easy, baby", sangen die Doors, während Robert den Wagen mit halsbrecherischer Geschwindigkeit auf die dunkle Häuserzeile zusteuerte, die das Fabrikgelände vom Fluß trennte, „take it as it comes." Genau das hatte er vor.

„Ist es hier?" erkundigte er sich ein wenig irritiert, als sie zwei Minuten später mit blockierten Rädern vor dem ersten der acht Reihenhäuser zum Stehen kamen. Es war das erste Gebäude in der Stadt, in dem er Licht sah.

„Natürlich, wo sonst?" entgegnete Sara fröhlich. Dabei preßte sie wie zufällig Roberts Hand gegen ihren Schoß. Etwas verspätet fiel er in ihr Lachen ein.

Die Häuser der ehemaligen Werkssiedlung wirkten ebenso verwahrlost wie die baufälligen Lagerhallen auf der anderen Straßenseite. Die ehemals roten Klinkersteine waren von einer dunklen Rußschicht bedeckt, die meisten Scheiben zerschlagen. Vor dem düsteren Hintergrund wirkte das vordere Haus noch strahlender. Auf den Fensterbrettern standen Kerzen in allen möglichen Größen und Stärken. Ihre Flammen spiegelten sich in den Scheiben, die wie frisch geputzt glänzten. An den Decken hingen Kronleuchter und tauchten die Räume in helles, warmes Licht.

In seiner Lichterpracht wirkte das kleine Reihenhaus so einladend gemütlich wie die naiven Darstellungen auf manchen Weihnachtskalendern. Die Tür stand weit offen, als wartete es nur darauf, daß sie endlich eintraten und es sich bequem machten.

Es war ein besonderes Haus, das wußte Robert. Wahrscheinlich würde es sich schon bei Tagesanbruch kaum noch von seiner trostlosen Umgebung unterscheiden. Aber das spielte keine Rolle, morgen früh würden sie nicht mehr hier sein. Ob er das Tageslicht wohl vermissen würde?

Before you slip into unconsciouness
I'd like to have another kiss
Another flushing chance at bliss
Another kiss, another kiss,

sang James Douglas Morrison, der wie das Mädchen neben ihm nie auch nur einen einzigen Tag älter werden würde. Sara Francetti war einen anderen Weg gegangen, und jetzt war es an der Zeit, ihr zu folgen...

„WILLKOMMEN DAHEIM", blinkte die Senderanzeige. Die Stadt hatte ihn keinen Augenblick lang aus den Augen verloren. Dann wechselte die Aufschrift noch einmal: „VIEL GLÜCK!" Robert schaltete das Gerät nicht aus, als er ausstieg. Glück konnte man schließlich immer brauchen...

„Na, komm schon, Robin", lächelte Sara und berührte wie zufällig seinen Schoß.

„Ich glaube, dagegen sollten wir schleunigst etwas unternehmen." Das Mädchen sah mit einem vielsagenden Lächeln an ihm herunter, dann prusteten sie beinahe gleichzeitig heraus und liefen Hand in Hand auf das lichterglänzende Haus zu.

—Dominik Irtenkauf & Javier Hurtado—

Trauerflug aus dem Süden

Bauer Hannes überquerte nur ungern das Moor. In letzter Zeit häuften sich kuriose Vorkommnisse.

Stets wenn er an einem alten, verdorrten Baumstumpf vorbeikam, raschelten die Zweige ungewöhnlich heftig. Doch er spürte keinen Luftzug. Auch vermengten sich in die drückende Luft des Nachsommers wispernde Worte. Worte, die aber kein Platt waren, das Bauer Hannes noch verstand. Er gehörte zum alten Eisen. Jahrhundertelang lagen die Felder vor seiner Familie: es wurde gesät und geerntet. Gepflügt und geschnitten. Und dies in immer gleicher Weise. Eine ständige Wiederkehr der Zeiten. Wer hier in diesem Landstrich lebte, der wußte, daß er Teil eines ewigen Kreislaufs war. Daß er nicht einfach Produkt einer Naturlaune war.

Hannes übernahm schon in frühem Alter den Hof seines Vaters, der wie so viele andere der Einheimischen wegstarb. Vor der Blüte seines Lebens, da sich das Leben hier in der Dürre nicht einfach ausnahm.

In den letzten Wochen jedoch zwangen sich fremde Flüstereien durch die Ähren. Niemand der Bauern konnte sagen, woher sie stammten. Der Dorflehrer zuckte nur mit den Achseln und meinte noch, sie als Landwirte müßten doch wohl am besten wissen, was sich in ihren Früchten verbarg.

Sie aber bestanden darauf, dieses Wispern sei von einem ihnen Unbekannten verursacht, und sie sähen sich durch das lebenslange Wirtschaften und Mähen außerstande, das undeutliche Murmeln einzuordnen.

Als eines Tages jedoch eines ihrer Schafe verlorenging, brausten sie vor des Lehrers Haus auf. Lautstark forderten sie nach seinem Rat. Er solle endlich dieser Teufelei ein Ende bereiten.

Ob denn das arme Schaf, das nun verschwunden, nicht eine eindeutige Sprache spräche. Daß es hier nicht mit rechten Dingen zugehe.

Der Lehrer trat vor seine Tür, hörte geduldig die erregten Stimmen und willigte letztlich in eine von ihm geleitete Untersuchung ein. Zur Unterstützung erbat er sich noch den Polizeiwachtmeister Huber, der im Dorfe hinreichend für seine berüchtigten Wurstorgien bekannt war. Abgesehen von seiner doch übertriebenen Zuneigung zu deftiger Hausmannskost war er jedoch die liebe Seele in Person und unterstützte die Bauern, wo er nur konnte. Aufgrund der lang anhaltenden Ruhe vor Verbrechen aller Art hatte er in der Zwischenzeit massig Fett angesetzt und galt bei eventuell auftretenden Verfolgungsjagden oder Spezialeinsätzen im Unterholz so gesehen eher als Hindernis. Nichtsdestoweniger schickte er sich nun an, seine schon verstaubte Garnitur zu polieren und sich für die Exkursion zu Felde bereit zu machen.

Unter großem Tamtam also spazierten der ehrenwerte Herr Lehrer und der beleibte Herr Huber aus dem Dörfchen. Lange noch säumten Lümmel ihren Weg, die sich in Vorsehung dieses Tages mit Holzknüppeln bewaffnet hatten. Als jedoch Huber nach der Hälfte des Weges mit seiner verrosteten Pistole umherfuchtelte und sie eindringlich davor warnte, den Offiziellen, also dem Lehrer und ihm, in die Quere zu kommen, verstreuten sich die Lausebengel in alle Winde. Huber hoffte, sie alle fänden den Weg nach Hause schnell zurück.

Nun war Huber ein Mensch, der nicht gerne schweigend übers Land ging, so daß er bald versuchte, den Dorflehrer in ein bewegtes Gespräch zu verwickeln. Diesem wiederum war dies gar nicht recht und er suchte, sich durch die unterschiedlichsten Ausflüchte oder Tatsachen der Konversation zu entziehen. Es sollte ihm jedoch nicht gelingen.

„Herr Lehrer, das geht doch hier schon lange nicht mehr mit rechten Dingen zu. Diese verräterische Ruhe – der schon ewig dahinsäuselnde Wind durch die Felder. Kein Wunder, daß sich nun nach dieser Öde alle Ereignisse überstürzen.

Und vor allem: Was sollen wir als gebildete Menschen denn überhaupt von diesem Baum halten? Ein Baum, der sprechen soll. Haben Sie schon mal von solch einer Blödheit gehört?"

„Nun, nun. Gemach, gemach, Herr Dorfpolizist. Sie wollen sich doch nicht vorschnell ein Urteil bilden. Das überlassen wir doch lieber dem einfachen Bauersvolk. An uns ist es jedoch gelegen, das Unbekannte mit forschem Blick zu entdecken und zum Stillstand zu bringen.

Oft schon habe ich in meinen Büchern von ähnlichen Vorkommnissen gelesen. In der Welt treibt ein Böses sein Unwesen. Es läßt nicht locker, bis es auch die letzten Menschen und Landstriche ergriffen hat."

„Entschuldigen Sie, aber an dieser Stelle muß ich Sie kurz unterbrechen!" Ein mißmutiger Blick traf den Herrn Huber. „Ja, da fällt mir aber doch gerade ein, daß Sie lange Zeit in der großen Stadt lebten und dort sicherlich auch über einige Bosheiten gestolpert sind."

„Nun, mein werter Herr Huber, das kann man gar nicht miteinander vergleichen. In der Stadt findet man wohl Spielhöllen, Freudenhäuser und dergleichen, aber hier auf dem Lande breitet sich ein Archaisches aus. Etwas, dessen Kraft ungebrochen seit dem Altertum fortlebt. Zwischen Häuserschluchten und Laternenpfählen ist es ihm zu grell. Zudem mag man dem alltäglichen Wahnsinn in der Stadt häufiger begegnen... und ein Wahnsinniger mehr oder weniger fällt überhaupt nicht auf. So müssen sich die grauen Unwesen entscheiden, ob sie lieber unentdeckt bleiben möchten und im Verborgenen hausen. Oder aber ob sie, wenn sie denn auftauchen, einen ganzen Landstrich in Schrecken versetzen möchten."

Der Polizist wischte sich immer intensiver die Stirn ab, seufzte auffällig laut und schwieg nun, da der Lehrer geendet hatte. Man konnte ihm die Schweißperlen auf der Stirn nicht absprechen. Verschreckte Augen gesellten sich noch hinzu.

Sie beschritten den restlichen Weg über die steinerne Landstraße schweigend. Huber schaute immer mal wieder ängstlich über seine Schulter, wobei der Lehrer Hensing auf seine Füße starrte und schwer vor sich hin brütete.

Nach drei Stunden kamen sie auf offenes Feld. Es regte sich nun am späten Nachmittag kein Lüftchen. Der Anblick der in Frucht stehenden Äcker beruhigte sie doch ungemein. Beide genossen den Spaziergang, die kleine Ablenkung, bevor sie sich dem Grauen von Angesicht zu Angesicht stellen mußten.

Hensing hatte von den Bauern eine ungefähre Wegbeschreibung erhalten. Er argwöhnte jedoch, daß sie sich seit gut einer halben Stunde im Kreis drehten. Oder, wenn nicht unbedingt im Kreis, so doch derart ungeschickt, daß sie besagten Baum nicht auffinden konnten.

Neben einzelnen Baumgrüppchen wuchsen hier auch Sträucher. Sträucher jedoch, die nicht nur den weiteren Weg behinderten, sondern auch jede Orientierung unmöglich machten. Eine Stelle glich der anderen.

Die Wegbeschreibung war längst veraltet, so kam es Hensing mittlerweile vor. Die Bauern pflügten schon lange nicht mehr die Felder in dieser Gegend. Zu unsicher schien es ihnen, von fremden Zungen über die Ohren geschleckt zu werden. Wie konnte man konzentriert die Feldarbeit verrichten, wenn man stets befürchtete, ein Unwesen schliche sich von hinten an sie heran? Brannte die Sonne besonders heiß auf die überreifen Goldähren, so war das Gemüt der Bauern bereits arg strapaziert.

Während sie aber einst vor längerer Zeit den Roggen weideten, strichen schwer verständliche Laute zu ihnen herüber. Leicht wogten die Ähren neben ihnen wie durch Luft geknickt, doch blies kein Wind. Sie waren sehr in das Mähen vertieft, so daß sie anfangs nicht auf die Bewegung achteten.

La caricia de los gélidos vientos
bajo el saturnino velo de la noche eterna.
¡La promesa fresca de la carne tierna
alegra ya la áspera corteza de los muertos!

Ábrase el cofre inminente de la perpetuidad,
la oscuridad,
letargo de los vivos y aullido de los muertos:
el silencio.

Fremd, unklar, unheimlich. So schien dieser Hauch zu sein. Was nur konnte sich hinter ihm verbergen? Man betete nicht mehr die alten Götter an, auch der Wind und das Wasser wanderten in die Hände der Bauern. Sie selbst teilten die Samen und den Dünger aus. Und nach Zeitverstrich erfreuten sie sich der Frucht, die ihnen ihr Hektar schenkte. Sie liebten ihr Land und sorgten sich zu jeder Jahreszeit um sein Wohlbefinden.

Jetzt aber, da Hensing und Huber das Land überquerten und auf ihrem Streifzug jedes Unkraut besonders aufmerksam musterten, ob sich nicht auch in einer kleinen Distel ein Glied des Unwesens verberge, da lagen die Felder brach. Verwilderter Roggen und Hafer verstreut in alle Himmelsrichtungen. Kein Mensch sah mehr nach der im Herbst ausgestreuten Saat.

„Was, Herr Dorflehrer, kann nur solch eine Verwitterung verursachen? Was nur bläst unser Leben in einem Zug fort? Wer nur, wer nur kann das sein?“

„Ich habe da meine Vermutungen. Zunächst noch undeutlich, doch werden wir, davon gehe ich aus, noch weitere Hinweise finden. Nun weiß ich auch, warum die Lagebeschreibungen der Bauern so ungenau sind und wir schon seit geraumer Zeit umherirren. Sie scheinen es gar nicht bemerkt zu haben, so entgeistert, wie Sie durch die Gegend spazieren.“

Huber ignorierte den Vorwurf und setzte hinzu: „Wir sollten uns von jetzt an auf unseren gesunden Menschenverstand verlassen. Selbstverständlich auch auf meinen verläßlichen Hans, der mir schon oftmals unliebsame Wesen vom Hals hielt. Wenn ich Ihnen auch grob erscheine. Das hat alles seine Berechtigung. Was es auch ist, daß unsere Grundlage zerstört. Es wird sterben müssen, so wahr wie ich hier stehe.“

„Warten wir es ab!“

Es setzte die Krallen auf eine Esche. Das lang geformte Gesicht musterte die Nacht. Mit feinen Ohren hörte es in die Weite hinaus. Ob sich ein Laut regte, ein unvorsichtiger Mensch den Fuß über Unterholz knacken ließ. Erst nach Dunkelheitseinbruch regte es sich und durchstreifte die Gegend nach neuen Opfern.

Bevor es jeweils seine Flügel spannte, stieß es einen lauten Krächzer aus. Dies warnte seine Artgenossen, daß es nun die Luft für sich in Anspruch nahm. Weithin seinen Blick sandte, um seinem Herrn und Meister zu dienen.

Er jedoch hockte voller Unfrieden im Baum, aus welchem er nicht entkam. Zur Überbrückung des langen Transportweges hatte er sich, da er aus den Fehlern seiner Vorgänger lernte, in diesem Baum versteckt. In der Eile der Vorbereitungen übersah er jedoch, daß dieser schon bewohnt war. Es war eine Espe im Frühjahr.

Er war schon wieder unterwegs. Überflog viele Siedlungen, lockte mit seinem gellenden Schrei viele Menschen an die Fenster. Während sie ihm nachstarrten, entwich er ihren Blicken und kehrte erneut zurück, nachdem sie schon längst das Fenster verlassen, es aber aufgrund der schwülen Aprilnacht offen gelassen hatten. Er schlüpfte hinein und nahm, geleitet von einem anderen Willen, das kostbarste Stück mit sich: einen kleinen Ring oder eine Brosche mit Diamantbeschlag.

Und am nächsten Morgen war die Aufregung groß, da der Diebstahl recht bald bei Tageslicht bemerkt wurde. Man wußte nicht, wohin es gekommen sei und vor allem, wie der feige Dieb sich hatte einschleichen können. Die Stücke waren stets fest in einer Truhe verschlossen, doch mit ungebührlicher Kraft schien er es entwendet zu haben.

Seltsamerweise zog ein Vogel immer wieder knapp am Fenster seine Bahnen. So lange, bis sich einer der Hausbewohner an die verblichene Aprilnacht erinnerte und man den Verdacht aussprach, ob denn nicht auch Vögel vornehmlich zum Diebstahl in der Lage wären. Ob dies wahr sei, müßte man überprüfen.

So zogen sich die Männer des Hauses schnell an und folgten dem Vogel, der kurioserweise nicht eher seine Bahnen vor dem Fenster im sechsten Stock abbrach, bis die Männer die Haustür durchschritten und das Treppenhaus hinuntergeeilt waren.

Er hielt sich nahe am Boden. Sie konnten ihn noch lange leicht verfolgen, da er stets sichtbar über den Dächern und zwischen den Bäumen auftauchte. Langsam verließen sie die Siedlung und kamen aufs Land. Es war früh am Morgen, und die Bauern befanden sich noch beim Vieh im Stall. Der Rabe, der sie – so schien's – absichtlich führte, ließ sich auf einem verwilderten Baum nieder. Zunächst dachten sie den Raben schon aus den Augen verloren zu haben, da sie ihn aufgrund der dichten Baumkrone nicht entdecken konnten. Er aber stieß einen neuen Krächzer von sich und sie schreckten auf.

Noch hielt sie ihr Instinkt davon ab, unter den Baum zu treten, den Raben mit einer improvisierten Steinschleuder zu erlegen und emporzuklettern, um das Diebesgut zu sichern. Der Baum schien irgendwie aus seiner Art zu schlagen. Entweder wuchs der Stamm krumm oder aber es wucherte Moos und Geflecht über seine Rinde. Dicke Kerben ließen auf ein hohes Alter schließen. Doch entsannen sich die Städter, daß in diesen Ländereien erst vor einem halben Jahr neue Sprößlinge gesetzt wurden. Kaum konnte sich ein so knörriger Stamm zwischengemogelt haben...

Es war kühl geworden, ein Nebel zog auf. Dieser sammelte sich um den Stamm, kurios genug. Von oben, nun im Dunst verschwunden, höhnte der Rabe den vergeblichen Blicken der beiden. Sie konnten nämlich in der Tat nichts mehr sehen. Vorsichtig trippelten sie voran, weiches Moos unter ihren Füßen. Da es in der vergangenen Nacht und auch den Tag über feucht gewesen war, mußten sie darauf achten, nicht auszurutschen. Sie kamen nur langsam voran.

Der Rabe höhnte ihnen immer noch. Da brauste einer von den beiden nach vorne. Bald schon wurde er vom Wurzelwerk gestoppt, das einen breiten Kreis um den Stamm beschrieb.

Noch im Fall bemerkte er im Winkel eine Veränderung am Baum. Die Rinde wandelte zu Grau. Haarbüschel spürte er nun, da er direkt über einer Wurzel zu liegen kam. Grauhaar, wie von einem uralten Woiwoden.

Sein Gefährte schien geflüchtet zu sein. Jedenfalls kam er ihm nicht zur Hilfe. Andererseits verdichtete sich der Nebel in den letzten paar Minuten immens, so sehr, daß er die Schwaden ungläubig anstierte. Er konnte nicht mal mehr seine eigene Hand vor Augen sehen.

Asciendo en el pilar descomunal
que separa los cielos de la Tierra,
que derrama el nectar en la arena,
gotas tintas, las semillas de cristal.

Cada retorcida y calcarea estaca:
una vida turbada que en mi muerte resucita.
Cada yema en mi corteza es una llaga
reventada. Purulento emblema de mi casta.

Alimentadme con vuestra nauseabunda esencia,
que sólo la depravación revoca la tristeza,
y, por ende, recupera la pureza.

„Was? Was war das? Ich verstehe nicht! Was? Was soll das bedeuten?“

Es kam keine Antwort. Statt dessen griffen stramme Hände nach seinem Oberkörper. Er wollte sich wehren, strampelte wie wild. Doch packten ihn die Äste und zogen ihn mit sich. Er schrie aus Leibeskräften. Das Moos war feucht und so wurde er mühelos darüber hinweggezogen, bis er an ein Loch im Stamm kam. Wie, wozu das Loch? Hat er dieses je gesehen, als er oben auf dem Wanderpfad jedes zweite Wochenende einher kam?

Die Äste, sie umklammerten ihn nach wie vor. Kein Traum! Sie packten ihn ins Loch, ins Loch. Zuckten noch zuletzt seine Adern, von Raubtierzähnen zerbissen. Zuvor noch: ein Schrei!

Sein Gefährte stockte. Ein Schrei, von ihm doch. Von ihm. Ihm ist in diesem undurchdringlichen Nebel etwas zugestoßen. Er muß ihn herausholen, doch wie?

Oder sollte er doch flüchten? Hilfe aus der Siedlung holen, mit vereinten Kräften dem Unkraut beikommen? Den stolzen Stamm fällen und aus ihm Feuerholz schlagen? So erhielten wenigstens die Menschen noch Nutzen aus diesem schädlichen Wüterich. Ja, dies käme sowohl seinem Gefährten im Nebel, den bedürftigen Menschen auf der Straße als auch ihm zugute.

Wie aber konnte man so dämlich sein, bei Gefahr jeden Schritt zu überlegen? Dies ging jedoch außerhalb der Zeit vor, im Kopf folgte ein Gedanke auf den weiteren. Nur wenige Sekunden benötigte er für die Schlußfolgerung.

Was aber brachte diese Zeit, wenn ein Herrscher über Leben und Tod unbeirrt seit Äonen seinen Weg fortsetzte?

¡A mí venid también vosotros!
Sois asímismo en mi abolengo bienvenidos,
a crecer a través de las edades y los siglos.
¡Probad el lujo que la eternidad viene a ofreceros!

¡Compenetrad y sed parte de mi corte!
Corte de mi pecho, corte de mis venas.
¡Dinastía corrupta por la astuta doncella,
traición ruin y humana, sólo digna de la muerte!

Und so verschwand auch dieser Mensch. Er ward fürderhin nicht mehr gesehen...

Seitdem die beiden Männer vermißt wurden (dies geschah vor über einem Jahr), wurden noch in vielen anderen Häusern und Dörfern als auch Städten Kostbarkeiten entwendet. Als nun die Anzahl der vermißten Personen stieg, rochen Kriminalräte ein organisiertes Verbrechen. Warum aber fand man die Leichen nicht und weshalb sah kein Zeuge, wie die besagten Vermißten gewaltsam aus ihrem Haus oder auf der Straße verschleppt wurden?

Schließlich fragten sich die Herren Kommissare, was das entwendete Schaf des Bauern mit den verschwundenen Personen zu tun haben konnte.

Hensing fand sich inmitten dieser Getreidewüste nicht mehr zurecht. Speiübel war's ihm bei der anstrengenden Suche geworden. Dabei wußte er nicht, ob durch Hubers dämliche Äußerungen und Ratschläge oder aber durch die vergebliche Prüfung der Umgebung.

Es war schon Abend – und für die Übernachtung hatten ihm die Bauern eine Koge empfohlen. Die Koge des Bauern Hanhegsen. Stroh und ein wenig frisches Wasser, dazu noch Brotschnitten mit Schinken belegt hatten sie des Nachmittags für die zwei reisenden Helden bereitgestellt.

Schon lange konnte er sich nicht mehr an solch ein gutes Abendmahl erinnern. Der Hunger trieb ihn dazu, in Überhast alles in sich hineinzustopfen. Huber rümpfte ein paarmal die

Nase. Hensing dachte schon, der Dorfpolizist fühle sich von seinem eigenen tierischen Gebaren angewidert. Doch ergoß sich kurz danach feuchter Nasenschleim auf Hubers Taschentuch.

„Gesundheit!" wünschte er seinem Begleiter. Während der langen Stunden, in welchen sie nach dem Baum fahndeten, sprachen sie kaum Worte. Wie eine Erholung schien ihnen das eisige Schweigen. Oft beging man gerade im lebhaften Gespräch eine Unachtsamkeit. Und schon hätten sie den Wurzelstrunk übersehen.

Aus diesem Grunde schwiegen sie. Die einzigen Laute, die sie von sich gaben, fußten auf dem Schmerz, den die dornenbestückten Büsche und Sträucher ihnen zufügten. Auch manche der Bäume streckten ihre Äste weit von sich. Als ob sie die wagemutigen Zwei fangen wollten, niederstrecken gar.

Wie froh waren die beiden, als sie wieder auf offenes Feld kamen und nur noch kurzer Weg sie von der Koge des Bauern Hanhegsen trennte.

Draußen zog dichter Nebel auf. Man konnte ihn deutlich um die Koge schleichen sehen, sofern man einen kurzen Blick aus dem Fenster wagte. Huber hatte inzwischen eine Petroleumlampe entfacht und war in die Zeitung vertieft, die er noch in aller Eile aus dem Dorf mitgenommen hatte.

Hensing prüfte die Tür, die kaum noch ihren Zweck erfüllen konnte, da das Holz schon mürb war und Hanhegsen anscheinend keinen gesonderten Wert auf den Erhalt legte. Er galt im Dorf sowieso als ein liederlicher Mensch, der es nicht versäumte, durch Lärm auf sich aufmerksam zu machen. Oft schon zettelte er aus niederen Motiven einen Streit an. Er war kein guter Mensch.

Wenigstens gab die Koge Schutz und Wärme vor der nächtlichen Kälte. Zumindest konnten sie sich für die heutige Nacht hier einrichten und morgen schon wieder beizeiten die Suche fortsetzen. Dabei hoffte Hensing auf eine schnelle Lösung des Falles. Sein Arbeitszimmer war ihm von allen möglichen Orten doch der liebste.

„Ungewöhnlich still hier, nicht wahr?“ Huber konnte nicht länger an sich halten.

„Nun, was erwarten Sie, Huber? Wir sind hier auf dem Lande.“

„Ach so, stimmt. Ja – doch hört man nicht einmal das Nagen eines Mäuschens, das Flattern eines Vogels oder den Wolf heulen. Sie alle schweigen. Weshalb nur?“

„Huber, werden Sie jetzt ja nicht abergläubisch! Woher wollen Sie denn wissen, welche für uns verborgenen Gründe für eine Nacht wie die heutige sorgen? Beruhigen Sie sich erst mal. Wir trinken jetzt noch ein wenig Rum aus Ihrem Flachmann und legen uns dann zu Bett. Morgen werden wir wieder alle Kraft brauchen.“

„Hm, ja. Gut, da wollt...“ Huber brach ab. Er erhob sich vom Boden und schritt zum kleinen Fenster, das den Blick auf das Wäldchen freigab, das hinter der Hütte anfing. Er glaubte, etwas gesehen zu haben.

Hensing folgte seinen Handbewegungen und äugte verschärft in das dichte Unterholz. Gestrüpp – sonst nichts. Doch: auch Nebel zog sich an den Stämmen empor. Verdammt!, so konnte man erst recht ins Dunkle raten, was sich im Holz abspielte. Die Bewohner des Waldes, selbst die Nachtaktiven, verhielten sich mucksmäuschenstill, wobei aber ein unregelmäßiges Knacken zu hören war. Klar!, in der Nacht dehnte sich das Holz aus. Aber halt! Das Holz vor ihnen war doch nicht in Tischen und Betten verwerkelt, es lebte noch. Konnte sich auch solches ausdehnen und zusammenziehen?

¡Incautos, incrédulos, insignificantes!
Dirijid, arread, salvad vuestras ovejas,
corred y bramad, obedeced como ellas
al punzante aullido incorporeo de los aires.

Aliento de los ausentes,
eter licuefacto de postreros suspiros,
invisible espíritu de invencible indicio:
La raiz de las serpientes.

Huber war kreidebleich. Hensing faßte sich schnell und zog den Dorfpolizisten hinter sich her. Der Ausgang war am entgegen gesetzten Ende der Hütte, und so mußten sie erst mal durch unzählige Sträucher hindurch, um auf die Seite zu gelangen, auf der die fremde Stimme gewispert hatte.

Der Körper, zu dem die Stimme gehörte, müßte direkt vor dem Fenster gestanden haben. Sie fanden keinen. Nach einigem Zögern von seiten Hubers stiegen sie tiefer in den Wald. Man hörte sie beide mit den Zähnen klappern. Es wehte jedoch nur ein laues Lüftchen.

Hensing hatte die Petroleumlampe mitgenommen und leuchtete den Weg vor ihnen aus. Mal schwenkte er die Lampe nach links, dann wieder nach rechts. Sie wollten keinem Messer in die Quere laufen. Keiner von ihnen kannte die Richtung, die sie mehr instinktiv denn bewußt einschlugen. Getrieben von dem Willen, den Unhold dingfest zu machen, eilten sie – so gut es eben in dieser Wildnis ging – dem Geflüster nach, daß sich immer mal wieder an sie herantrug. Es schienen Fetzen von vorhin zu sein. Einem zeitversetzten Echo gleich wiederholten sich gewisse Teile.

Aliento de los ausentes...
...
La raiz de las serpientes.

„Nein! Nein! Nein!" Huber schrie wie von Teufeln gestochen. Hensing eilte zu ihm hin und stieß ihm einige Male unsanft in die Rippen und ermahnte ihn, zur Besinnung zu gelangen. Huber schlug manisch mit seinem linken Fuß aus. Zack – zack – zack.

Blut tropfte von Hubers Schuhen. Nun eilte sich Hensing, auf dessen Füße zu starren, die noch vor ein paar Minuten wild auf etwas eingeschlagen hatten. Im schwankenden Lichtschein der Petroleumlampe erkannte er weiches, weißes Fell. Das Schaf!, fuhr es ihm durch die Gedanken, das Schaf der Bauern. Das arme Geschöpf, das aus dem schützenden Pferch entwendet wurde und nun hier blutend vor ihm lag. Huber hatte sich inzwischen wieder beruhigt, murmelte aber noch lange Zeit unzusammenhängende Laute vor sich hin.

Hoffentlich waren noch einige Anzeichen zu finden, die Aufschluß über den Tathergang und den Weg des Täters verschafften.

Hensing beugte sich gerade über das Schaf und durchstöberte seine Eingeweide, als sich ein Rabe keck auf den Schafskopf setzte. Der Rabe pickte auf diesem solange herum, bis er die Gestalt eines Bockskopfes annahm. Huber eilte herbei und zog bereits seine Dienstpistole. Hensing konnte ihn gerade noch davon abhalten. Huber erwiderte diesen Eingriff mit einem verächtlichen Blick. Zugleich zitterte er aber am ganzen Leib, er schien völlig erschöpft. Hensing aber winkte mit seiner Hand auf die Büsche, die ein wenig weiter hinten standen. Vor ihnen versammelte sich seit ein paar Minuten eine beachtliche Schar von Nachtvögeln. Sie ließen keinen Krächzer von sich. Die beiden Männer verharrten in dieser Stille.

Mit einem Mal erhoben sich die Raben und Krähen; sie kreisten einige Runden über dem Schaf und drehten schließlich ab. Hensing und Huber waren sich inzwischen ihrer Sinne wieder so gegenwärtig, daß sie die Verfolgung aufnahmen, auch wenn sie nicht wußten, wohin sie diese Vogelschar führen sollte.

Zuweilen schreckte auch ein Fuchs oder ein Häschen auf, die sich schnell ins Unterholz zurückzogen. Keines der Tiere stieß einen Schrei der Verwunderung aus, obwohl Hensing und Huber mit aller Gewalt durch die Waldungen brachen. Sie wollten keinesfalls mögliche Figuren der Übeltat aus den Augen verlieren – und so seltsam das klingen mag, die Nachtvögel waren mitunter die größten Verdächtigen im Moment. In ihren Augen blitzte vorhin, als ihr Kumpan dem Schaf das Angesicht deformierte, ein lüsternes Verlangen nach Tod. Sie konnten durchaus den Schrecken über die Felder und Dörfer gebracht haben, da ihre Schreie, die in sternenklaren Nächten oft vernommen wurden, menschliche, selbstverständlich grause, Züge annehmen konnten. Sie waren überall und doch nirgends.

Hensing und Huber verfolgten angestrengt ihren Flug. Bald wußten sie auch nicht mehr, wohin sie eilten. Ihre Gedanken fixierten sie ausschließlich auf die Klärung dieses Geheimnisses. Wer stand hinter all den Verlusten? Wer zog aus dem Versteck alle Fäden?

„Dort vorne! Ich sehe die Raben, sie lassen sich auf einen knörrigen Baum nieder. Mein Gott, wie lange muß dieser da schon stehen?“

„Huber, ziehen Sie Ihre Pistole. Sicher ist sicher. Wir dürfen jetzt nichts überstürzen. Ich argwöhne, daß dieser Baum mehr mit der Sache zu tun hat, als es den Anschein hat. Sprach nicht Bauer Hannes von einem besonders alten, verwachsenen Baum? Von einem Baum also, den er noch nie gesehen hatte und dessen Art er auch nicht bestimmen konnte. Das muß er sein, nach dem wir schon so lange Ausschau hielten. Doch ist mir im Augenblick nicht klar, welche Rolle er in diesen Vorfällen zu spielen hat.“

Langsam nur schritten sie näher. Sie zitterten: Hensing war es kalt, Huber klapperte mit den Zähnen. Sie kamen den verwitterten Bäumen immer näher, deren Form nicht unterschiedlicher hätte sein können. Einige besaßen nur kurze Äste, dafür aber geschlungene Gestalt. Andere wiederum schossen gerade wie Pfeiler in die Höhe, ihre Äste schienen ungewöhnlich lang. Huber hob zum Sprechen an, bekam aber nur Stöhnen heraus. „Ich gehe nicht weiter! Ich habe Angst, furchtbaren Schrecken – vor diesen Stämmen. Schauen Sie doch nur, schauen Sie, wie sie sich bewegen. Ja, ja, Sie sagen, es sei der Wind. Der Wind, der durch die Äste und Wipfel streicht und auch die stärksten Stümpfe schwanken macht. Ich aber vertraue auf mein Gefühl, das mich nicht foppt. Ich weiß ganz sicher, daß sie uns Böses wollen.“

„Huber, nicht schon wieder! Reißen Sie sich gefälligst zusammen! Haben Sie schon vergessen, was wir zu erledigen haben? Mann! Denken Sie doch nur mal an den Ruhm, der Sie fortan begleiten wird, sollten wir hier zu einem Ende kommen. Sie könnten bald schon ins städtische Kommissariat befördert werden. Na, wäre das nichts für Sie?“

Huber schaute unschlüssig auf den Boden, stampfte kurz mit den Füßen auf, beschrieb enge Bahnen in den lehmigen Boden. „Ach, ich weiß nicht. Ich... ich... traue der ganzen Sache nicht. Es ist so... so... so fremd, unwirklich hier alles.“

„Warten Sie, Huber, ich werde vorgehen. Nein, bleiben Sie ruhig hier erstmal stehen. Versprechen Sie mir aber, daß Sie mir augenblicklich folgen werden, sollte mir nichts geschehen. Versprechen Sie mir das? Hören Sie? He, Huber!“

Er rang sich unter großen Mühen ein Ja ab, halb verschluckte er es.

Währenddessen begab sich der Lehrer in die Baumgruppe, streifte oftmals mit seinem Hemd an Ästen vorbei, die teils spitze Dornen trugen. Er achtete nicht auf die kleinen Abschürfungen und bahnte sich seinen Weg zum mächtigen Stamm in der Mitte, auf welchem stets noch die Raben und Krähen saßen. Vereinzelt krächzten sie wieder. Ihr Wehklagen, so kam es ihm vor, erreichte ihn kaum. Noch schnitten zu viele Bäume den Weg zum Rabenhorst ab.

Huber sah inzwischen ein, daß er sich wohl töricht benommen hatte. Hensing arbeitete sich ohne größere Probleme zum Wurzelstrunk voran. Bisher, und es waren schon einige Minuten vergangen, war ihm nichts zugestoßen. Huber aber stand immer noch auf seinen schweren Beinen. Er als Dorfpolizist sollte sich wohl kaum als Feigling hinter die Schlachtlinie zurückziehen, so machte er sich auf, Hensing einzuholen. Schnaubend bahnte er sich einen Weg durchs Gestrüpp. Er vermied es weiterhin, die Bäume allzu genau in Augenschein zu nehmen. Einmal konnte er es sich aber nicht verkneifen und er meinte, unter der Rinde ein kaum wahrnehmbares

Augenpaar mit zugehöriger Nase und Mund wahrzunehmen. Irritiert schüttelte er seinen Kopf. Doch ließ ihn dieser Eindruck nicht los, und er entnahm seiner Tasche ein kleines Messer, mit dem er nun in den Stamm ritzte. Er wich zurück, denn im Bruchteil nur einer Sekunde verfärbte sich die Haut der Espe und es sickerte Sirupöses zum Reisig hinab. Instinktiv strich er darüber und führte die gallertartige Flüssigkeit an seine Nase, um den beruhigenden Geruch von Harz tief einzuatmen. Erschrocken wich er zurück – an seinen Händen klebte etwas Anderes.

Er schrie nach vorne. Hörte gar nicht mehr auf zu schreien, doch Hensing hörte ihn nicht mehr. Er war mittlerweile am Wurzelstrunk angekommen und strich über die seltsam glatte, blasse Haut der Weide. Gegen oben hin nahm sie an Alter zu. Starke Furchen schnitten in ihr Fleisch. Die Weide strahlte trotz ihrer gebeugten Gestalt Erhabenheit aus. Ein Alter, von dem Menschen nur träumen konnten. Sie mußte in sich genügend Platz für eine Räuberbande gewähren, die von Nacht zu Nacht umherzog, um Unheil zu stiften. Sie mutete ihm zwar ungewöhnlich an, doch konnte er beim besten Willen keine Unregelmäßigkeit entdecken: Ein kleines Loch zum Beispiel, das einem Menschen Zugang zu einem Unterschlupf geben könnte.

Las alas, hijos míos, de la noche mórbida
cobijan ya os en su impávido sosiego.
Los prosélitos nocturnos de los cielos
iniciaron ya os en la perpetua cofradía.

Escuchad crujir a vuestros hermanos,
saludo desde el eje de sus almas.
Señas os hacen sus serpeantes ramas
ondoneando los graznidos de mis manos.

Descubrid el entusiasmo de la indolencia
estado de vigilia omnipresente
vegetativo sopor indiferente,
embelesamiento absoluto de consciencia.

Erneut das Flüstern, dieses Wispern. Er mußte nun ganz nah sein. Er verstand kein Wort. War es doch nur der Wind, der nun im Spätherbst so furchtbar durch die Sträucher rauschte?

Hensing kletterte über die breiten Wurzeln auf die Rückseite des Baumes. Eher stolperte er auf die Rückseite. Er hatte den schütteren Espenschleier beinahe erreicht, da stürzte er kopfüber auf eine besonders starke Wurzel. Grausiges Lachen erschallte aus dem Inneren der Weide. Durch den heftigen Sturz vorerst gelähmt, stierte er in Richtung des Lachens. Seine gesamte Aufmerksamkeit richtete er auf den Ursprung des Hohngelächters, so daß er seine Petroleumlampe vergaß, die mittlerweile seine Leinenhose ankokelte. Sie war entzwei gesprungen und das Öl verbreitete nun eine wohlige Wärme. Sprich: es schürte ein kleines Feuer, das rasch um sich griff. Das Holz selbst brannte nicht, da es aufgrund der Kälte recht feucht war. Der Boden jedoch war von Reisig und abgestorbenen Gräsern reichlich bedeckt. Hensing lag inmitten dieser Flammenwut und bevor er sich aufrichten konnte, was ihm sicherlich schwer gefallen wäre, erfaßten die ersten gierigen Zungen sein frisches Fleisch. Das Blut, das ihm während der vielen Stunden im Frost abgekühlt war, fing nun an zu kochen. Er selbst wurde mit Haut und Haaren von den Flammen verschlungen...

Saturad mi petreo corazón con vuestro ardor,
que yo en gratitud recompensareos con mi amor:

Aliento de los ausentes,
eter licuefacto de postreros suspiros,
invisible espíritu de invencible indicio:
La raiz de las serpientes.

Ábrase el cofre inminente de la perpetuidad,
la oscuridad,
letargo de los vivos y aullido de los muertos:
el silencio.

Poeme von Javier Hurtado
Übersetzung der lyrischen Passagen

Das Streicheln der eiskalten Winde
unter dem saturninen Schleier der ewigen Nacht.
Das frische Versprechen des zarten Fleisches
erfreut schon des Toten rauhe Kruste!

Öffne sich die drohende Truhe der Unendlichkeit,
die Dunkelheit,
Lethargie der Lebenden und Heulen der Toten:
das Schweigen.

†

Erhebe mich in der ungeheuren Säule,
die den Himmel von der Erde trennt,
die den Saft auf den Sand vergießt,
rote Tropfen, die Samen aus Kristall.

Jeder krumme und kalkartige Pfahl,
ein bestürztes Leben in meinem Tod wiedergeboren.

Jede Knospe auf meiner Kruste, ein zerplatztes
Geschwür. Eiterndes Zeichen meines Geschlechts.

Ernähret mich mit eurer ekelerregenden Essenz,
denn nur die Verderbnis beseitigt die Trauer,
und stellt schließlich die Reinheit wieder her.

†

Kommet auch ihr zu mir.
Mein Stamm nimmt auch euch gerne auf,
von Zeitalter zu Zeitalter wachsen.
Kostet, was die Ewigkeit Süßes euch bringt!

Tretet hinein und seid Teil meines Hofes!
Hof meiner Brust, Schnitt meiner Adern.
Verdorbene Dynastie durch die listige Magd,
das Grauen menschlichen Betrugs, nur des Todes würdig!

†

Unbedacht, ungläubig, unbedeutend!
Führet, rettet und treibet an eure Schafe,
laufet und brüllet, gehorchet so wie sie auch,
das stechende, formlose Heulen der Winde.

Hauch der Abwesenden,
verflüssigter Äther letztendlicher Seufzer,
unsichtbarer Geist vom Indiz unbesiegbar.
Die Wurzel der Schlangen.

†

Die Flügel, meine Kinder, der finsteren Nacht
decken euch schon in ihrer stillen Ruhe.
Die nächtlichen Diener des Himmels
haben euch in die ewige Zunft eingeführt.

Höret das Knacken eurer Geschwister,
Gruß aus der Achse ihrer Seelen.
Ihre krummen Zweige winken euch zu
und wehen das Krachen meiner Hände.

Entdecket die Lust der Unempfindlichkeit,
Zustand des allgegenwärtigen Wachseins,
vegetativer gleichgültiger Schlaf,
unbedingtes Entzücken des Bewußtseins.

†

Sättiget mein Herz aus Stein mit eurer Glut,
denn, in Dankbarkeit, meine Liebe geb‘ ich euch:

Hauch der Abwesenden,
verflüssigter Äther letztendlicher Seufzer,
unsichtbarer Geist vom Indiz unbesiegbar:
Die Wurzel der Schlangen.

Öffne sich die drohende Truhe der Unendlichkeit,
die Dunkelheit,
Lethargie der Lebenden und Heulen der Toten:
das Schweigen.

Wolfgang Hohlbein

Schattenchronik - der ewig dunkle Traum

Dunkelheit hatte sich über die Welt gesenkt. Aber es war nicht einfach nur Dunkelheit, sondern eine Düsternis, die Schatten gebar. Wogende, verzerrte Schatten, die hundertfingrigen verkrüppelten Händen gleich vom Himmel herabgriffen, über den moosbewachsenen Boden tasteten und die Kälte einer Nacht mit sich brachten, die niemals einen Tag gesehen hatte, aus keinem Abend geboren war und mit keinem Morgen sterben würde.

Wo diese Schatten den Boden berührten, verdorrte das Leben, während sie sich selbst immer mehr und mehr zu Gestalten zu formen versuchten. Verkrüppelten, grotesken... Dingern, die aus etwas zu bestehen schienen, das tiefer war als Dunkelheit, leerer als die Abwesenheit von allem, und dennoch von etwas erfüllt, vor dem die Hölle selbst zurückgeschreckt wäre.

Etwas schien sie daran zu hindern, endgültig Form anzunehmen. Die... Schemen ballten sich immer wieder zusammen, versuchten Gestalt und Wahrhaftigkeit zu erlangen und zerflossen wieder, manchmal träge und langsam, als hätten die lenkenden Mächte, die hinter diesem Wahrhaftigwerden standen, ganz plötzlich das Interesse an ihrem Tun verloren, dann wieder hastig, abrupt, wie von unvorstellbaren Gewalten auseinandergerissen, die ihr Entstehen um jeden Preis verhindern wollten. Vielleicht tobte hinter der täuschenden Maske aus Dunkelheit und Stille eine Schlacht zwischen den Urkräften der Schöpfung, zwischen Chaos und Ordnung, Dunkelheit und Licht.

Vielleicht war es auch nur eine Laune des Zufalls.

Irgendwann obsiegten die Schatten.

Sie gewannen nicht immer. Längst nicht immer. Im immerwährenden Krieg zwischen Dunkelheit und Licht gab es keinen Sieger; keinen Sieger und keinen Besiegten, keine endgültige Niederlage und keinen endgültigen Sieg. Mal gewann die eine

Seite, mal die andere, und vielleicht war es das Wesen dieses Kampfes, daß er niemals endete. Vielleicht durfte er nicht enden.

Heute jedenfalls gewannen die Schatten.

Und sie waren hungrig. Sehr hungrig.

Es war Zeit, auf die Jagd zu gehen.

Dilaras Hände zitterten, als sie die Seite des in steinhartes Leder gebundenen Folianten umblätterte. Der typische Geruch vergilbter Seiten und alten Buchbinderleims stieg ihr in die Nase, die unverkennbare Ausdünstung eines uralten, von Zerfall und Schimmelpilzen bedrohten Buches, aber da war auch noch etwas anderes, Schlimmeres. Der Geruch nach Moder, Fäulnis – und Tod. Ihr Herz begann laut und hart zu schlagen, als ihr Blick auf die Zeichnung der mißgestalteten, schattenhaften Gestalt fiel, die die linke Seite des Buches einnahm. Fast ganz verborgen durch einen dunklen Umhang, der dennoch nicht die angespannte, fast raubtierhafte Haltung verbergen konnte, mit der sich die düstere Gestalt über etwas beugte, das ein Mensch, aber auch ein Tier sein konnte; vielleicht auch keines von beidem. Irgend etwas Schreckliches passierte dort, etwas, das zu begreifen einen normalen Menschen an die Pforten des Wahnsinns führen konnte, etwas, das gleichermaßen nicht von dieser Welt war, wie es doch nur zu präsent war in den düsteren Gassen Londons rund um den Hyde Park...

Antediluvian.

Der Name des Urahnen des Geschlechts der Nosferati stand in großen Lettern unter dem Bild, aber es hätte nicht seiner Erwähnung bedurft, damit sie wußte, über wen sich die Schattenchronik an dieser Stelle ausließ. Diese Chronik mit dem geflügelten Fledermauswesen auf dem Einband, die es ihr schon immer angetan hatte, seit dem ersten Mal, seitdem sie von ihr gehört hatte; deren bloße Erwähnung ihr einen eisigen Schauder über den Rücken gejagt hatte. Vielleicht nicht nur, weil sie die Geschichte der Nosferati und den des Clans der Verdammten wiedergab, sondern auch, weil Dilara ganz tief in sich gespürt hatte, daß sie etwas mit ihr selbst zu tun gehabt hatte.

Ein Blitz zerriß das schummrige Halbdunkel, und gleich darauf ertönte ein so lauter Knall, daß die Fensterscheiben und die Kristalleuchter klirrten. Das Kerzenlicht züngelte wild auf und wurde dann geradezu zur Seite gerissen, flackerte, wie von einem scharfen Luftzug gepackt...

...und dann spürte auch Dilara die eiskalte Luft, die an ihrem Nacken vorbeistrich; als wäre etwas unsichtbar und lautlos dicht hinter ihr vorbeigegangen. Dilara widerstand der Versuchung, sich herumzudrehen. Sie wußte, daß sie nichts sehen würde, und sie wäre sich selbst albern vorgekommen, wie ein kleines Kind vor einem Schatten zu erschrecken.

Dennoch wußte sie, daß da etwas war; genau so wie gestern abend, als sie in der Kälte der Nacht allein unterwegs gewesen war, einer Nacht, die wirklich kalt gewesen war, viel zu grimmig für diese Jahreszeit, naß und regnerisch und von jenem typischen Gefühl kurz bevorstehenden Nebels erfüllt, wie es ihn außer in London an keinem anderen Ort der Welt gibt; und das eigentlich auch nicht zu beschreiben ist, wenn man es nicht kannte und selbst erlebt hatte.

Dilara kannte diese Stadt. Sie war in ihr geboren und aufgewachsen, jeder Fußbreit Boden war ihr vertraut, zumindest in diesem Teil der Stadt, und sie liebte den Nebel. Fast jeder, den sie kannte, verabscheute den Londoner Nebel, fürchtete das typische naßkalte Wetter dieser Jahreszeit oder fand es bestenfalls lästig, doch Dilara mochte ihn. Vielleicht war mögen auch nicht das richtige Wort.

Dilara verabscheute die Kälte und die feuchte Dunkelheit ebenso wie jeder andere. Die Schatten und die unheimlichen Gebilde, zu denen sich der Nebel manchmal zusammenzuballen schien: bizarre Gestalten, riesige, vielfingrige Hände, verzerrte Fratzen oder unheimlich verzerrte Gesichter, Gestalten, Bilder und... Dinge... Fast als wäre es nicht die willkürliche Macht des Zufalls, sondern eine bewußte, lenkende Kraft, die hinter diesem Nebel lauerte und ihn steuerte. Das alles machte ihr Angst, und dennoch erfüllte es sie zugleich mit einer morbiden Faszination, die vielleicht nicht stärker als ihre Furcht war, aber auch keinen Deut schwächer. Manchmal hatte sie das Gefühl, das Geheimnis kennen zu müssen, tief in sich zu wissen, was in den Schatten lebte, was die Geschichten bedeuteten, die der Wind flüsterte und der Nebel zu schreiben versuchte.

Hinter ihr klapperte etwas.

Vielleicht nur ein loser Fensterladen, mit dem der Wind spielte, ein Stück Unrat, das jemand achtlos weggeworfen hatte, irgend etwas ebenso Belang- wie Harmloses sicherlich. Dilara widerstand der Versuchung, sich herumzudrehen und die graue Dunkelheit hinter sich mit Blicken abzusuchen. Wäre dort etwas gewesen (ein Verfolger vielleicht?), was hätte es schon genutzt, ihn zu sehen? Sie war vollkommen allein. Jetzt, zwei Stunden vor Mitternacht und damit zu einer Zeit, in der die meisten Pubs geschlossen hatten, und die meisten Zecher schon betrunken nach Hause gewankt waren, waren die Straßen hier, in der unmittelbaren Umgebung des Hyde Parks, wie leergefegt. Niemand wäre da, um ihr zu helfen. Und sie kannte auch diese Gegend und die Leute, die hier lebten, gut genug, um zu wissen, daß niemand herauskäme, um nachzusehen, wenn er das Schreien einer Frau auf der Straße hörte.

Und wenn tatsächlich niemand hinter ihr war, wenn sie nur Schatten und zitternde Nebelgestalten sah, wäre es nur noch schlimmer, denn sie wußte, daß sie sich dann nur mit den Gespenstern und Schrecken konfrontiert sähe, die ihre eigene Phantasie geboren hatte, und wer sollte ihr dagegen helfen?

Dilara beschleunigte ihre Schritte ein wenig und versuchte, ein Lächeln auf ihre Lippen zu zwingen, was aber kläglich mißlang. Ihr Herz klopfte. Das Klappern wiederholte sich nicht, doch ihre Phantasie, einmal in Schwung geraten, überschlug sich nun geradezu in dem Bemühen, sich selbst mit den absurdesten Schreckensvisionen immer wieder zu übertrumpfen.

Da war etwas.

Jemand.

Antediluvian...

Der Name entstand so klar hinter ihrer Stirn, als hätte ihn ihr jemand ins Ohr geflüstert. Es war ein Wort, das sie noch nie zuvor gehört hatte, und doch wußte sie plötzlich, daß es ein Name war, mit derselben, keinen Zweifel zulassenden Sicherheit, mit der sie wußte, was dieser Name bedeutete, ja, selbst das dazugehörige Gesicht für einen Moment vor sich zu sehen glaubte.

Das Bild zerrann, als sie danach zu greifen versuchte, wie ein Spiegelbild auf klarem Wasser, das zerbricht, wenn man versucht, es zu berühren, aber es blieb eine sonderbar faszinierende Beunruhigung zurück; als wäre sie von etwas gestreift worden, das gefährlich und verlockend zugleich war. Antediluvian... Was für ein seltsamer, beunruhigender Name.

Mit einer Anstrengung, die fast ihre gesamte Willenskraft kostete, schüttelte Dilara auch diesen Gedanken ab, beschleunigte ihre Schritte noch einmal und bog schließlich in die schmale Gasse ein, an deren Ende sie das ROSE INN wußte, wo Charles auf sie wartete. Ihr Herz klopfte mit jedem Schritt, den sie sich ihrem Ziel näherte, ein wenig heftiger, aber Dilara versuchte vergeblich, sich einzureden, daß der Grund dafür nur Charles war, und das, was er ihr sagen würde...

Ein neuerlicher, noch lauterer und noch näherer Donnerschlag erschütterte das Haus, ließ die Fensterscheiben erbeben und das Feuer im Kamin flackern, aber der Laut riß Dilara auch wieder zurück in die Wirklichkeit und verjagte die grauen Gespenster, die ihre Phantasie geboren hatte.

Wenn es ihre Phantasie gewesen war.

Dilara war nicht sicher. Ihre Hände, die das Buch hielten, waren verkrampft und schmerzten von seinem Gewicht, und sie sah, daß sie es so fest gehalten hatte, daß sich ihre Fingernägel tief in das uralte Pergament der Seiten gegraben und winzige halbmondförmige Narben darin hinterlassen hatten.

Was geschah mit ihr?

Sie setzte sich gerade im Bett auf, ließ das Buch sinken – ohne daß ihre Hände es gänzlich losließen, es war, als könne sie das gar nicht – und stellte mit einem überraschten Stirnrunzeln fest, wie weit die Kerzen in dem silbernen Leuchter bereits heruntergebrannt waren. Der Traum (wenn es denn ein Traum gewesen war) schien nur Augenblicke gedauert zu haben, und doch mußte eine Stunde oder mehr vergangen sein.

Dieselbe Zeit, die sie für den Weg zum ROSE INN und zurück gebraucht hatte, gestern, als sie zu Charles gegangen war, um mit ihm zu reden und sich von ihm einladen zu lassen, auf ein romantisches Abendessen, wo er ihr eine überraschende Eröffnung zu machen hatte.

Jedenfalls war es das, was er plante.

Dilara unterdrückte ein Lächeln, als sie die schlanke Gestalt im Eingang des ROSE INN stehen sah, und gemahnte sich in Gedanken zur Ordnung. Antediluvian war vergessen, ebenso wie die kindischen Gedanken, die sie gerade über den Nebel gehabt hatte, und die Dinge, die darin lebten. Jetzt freute sie sich nur noch auf das bevorstehende Treffen mit Charles, und die überraschende Neuigkeit, die er für sie hatte.

Dilara kannte sie bereits, und wäre Charles nicht nur charmant, gutaussehend, vermögend und sehr großherzig gewesen (alles Eigenschaften, die sie über die Maßen an ihm schätzte), sondern dabei auch nur ein ganz kleines bißchen weniger naiv, dann hätte er sich denken können, daß ein Geheimnis, das man vor den Ohren der Dienerschaft ausplauderte, nicht mehr lange ein Geheimnis bleiben würde. Mittlerweile pfiffen es die Spatzen von den Dächern, daß Charles eine beachtliche Erbschaft angetreten hatte und nun, da er auch finanziell auf eigenen Füßen stand und nicht mehr auf die Großzügigkeit seiner Verwandtschaft angewiesen war, endlich den Mut gefaßt hatte, um ihre Hand anhalten zu wollen. Vermutlich, dachte Dilara voller gutmütigem Spott, war er der einzige, der sich tatsächlich einbildete, daß sie nicht wußte, welcher Art die überraschende Eröffnung war, die er ihr an diesem Abend machen wollte.

Aber sie nahm sich vor, sich zu beherrschen und ihm den Spaß nicht zu verderben.

Dilara hob die Hand und winkte, und die schlanke Gestalt unter dem Eingang des ROSE INN, aus dem der fortgeschrittenen Tageszeit und aller Sperrstunden zum Trotz noch immer der Lärm der Zechenden drang, hob die Hand und erwiderte die Bewegung.

Etwas stimmte an dieser Geste nicht.

Dilara stockte für einen Moment mitten im Schritt. Ihr Herz begann zu hämmern. Etwas an der Bewegung war... falsch gewesen. Sie war zu abrupt, gezwungen, wie die Bewegung einer Marionette, an deren Fäden ein ungeduldiger Spieler zerrt. Da war etwas hinter ihm, ein Schatten, aber zugleich auch mehr... wie der Schatten eines Schattens.

Dilara schüttelte den Gedanken ab und ging schneller weiter, und der unheimliche Schemen war verschwunden. Nein, nicht verschwunden, denn wie konnte etwas verschwinden, was niemals dagewesen war. Dilara schalt sich in Gedanken eine Närrin und beschleunigte ihre Schritte noch mehr. Ihre Nerven spielten ihr einen bösen Streich, das war alles.

Charles trat mit einem raschen Schritt aus dem Windschatten des Eingangs heraus und wurde dadurch von einem bloßen tiefenlosen Umriß wieder zu etwas Lebendigem. Dilara atmete insgeheim auf; die gestaltlose Furcht, die sich ihrer auf dem Weg hierher bemächtigt hatte, war keineswegs fort gewesen. Sie hatte sich eingebildet, sie in den Winkel ihres Bewußtseins, der für Albernheiten und Unsinniges zuständig war, verdrängt, und somit besiegt zu haben, aber das stimmte nicht. Nur mit Mühe konnte sie den Impuls unterdrücken, sich abermals herumzudrehen und die dunkel daliegende Straße hinter sich mit Blicken abzusuchen, und es kostete sie noch mehr Mühe, das Lächeln zu erwidern, mit dem Charles ihr entgegentrat.

„Dilara", sagte Charles noch einmal. „Du bist spät. Ich bin so froh, dich zu sehen."

Wenn man bedachte, weshalb er sie – noch dazu zu einer so ungewöhnlichen Stunde – hierher bestellt hatte, dann war das eine sehr ungewöhnliche Begrüßung, fand Dilara. Aber sie kannte schließlich auch den Grund dafür. Sie kannten sich jetzt seit gut zwei Jahren, und er hatte von Anfang an keinen Zweifel daran gelassen, daß seine Interessen an ihr weit über eine bloße Bekanntschaft hinausgingen. Gleich am Anfang ihrer beginnenden Freundschaft schon hatte er sich mehr als einmal darüber ausgelassen, wie wenig ihm ihre Gewohnheit gefiel, spät abends oder gar nachts diese ausgedehnten Spaziergänge rund um das Gebiet des Hyde Parks zu machen. Irgendwann war es darüber zum ersten (und bisher einzigen) Streit zwischen ihnen gekommen, und Charles hatte sie daraufhin nie wieder auf dieses Thema angesprochen. Dennoch war ihr klar, daß ihm die Vorstellung mißfiel, eine junge, schutzlose Frau wie sie und noch dazu allein und nach Einbruch der Dunkelheit in dieser verrufenen Gegend unterwegs zu wissen.

„Das kann ich verstehen", antwortete Dilara, wobei sie sich Mühe gab, einen leicht spöttischen Unterton in ihre Worte zu legen; zum einen, damit er gar nicht erst auf die Idee kam, sie erneut auf ihre (wie er es nannte) schlechte Angewohnheit anzusprechen, zum anderen aber auch, um das Zittern zu überspielen, daß die noch längst nicht überwundene Furcht in ihre Worte zwang. „Ich meine: Immerhin haben wir uns eine kleine Ewigkeit lang nicht mehr gesehen. Wie lange war es doch gleich – einen Tag... oder gar anderthalb?"

Charles legte den Kopf schräg und lächelte verlegen, aber der Ausdruck kaum noch verhohlener Sorge in seinen Augen nahm eher noch zu, und dann konnte Dilara gerade noch ein erschrockenes Zusammenzucken unterdrücken, als sie sah, wie sein Blick die Straße hinter ihr absuchte, auf jene ganz bestimmte Art, als hätte er etwas gesehen, wäre aber nicht ganz sicher. Er sagte jedoch nichts Entsprechendes, sondern trat plötzlich einen weiteren Schritt auf sie zu, streckte die Hand nach ihrem Arm aus und verbeugte sich tief, um ihr einen übertriebenen, geschauspielerten Handkuß zu geben.

Dilara war überrascht, aber auch amüsiert. Bei aller Zuneigung, die Charles für sie empfand und aus der er auch nie einen Hehl gemacht hatte, berührte er sie doch äußerst selten, und in all den Monaten war das Intimste, was es jemals zwischen ihnen gegeben hatte, ein scheuer Kuß auf die Wange gewesen, den sie ihm abgenötigt hatte, nicht umgekehrt. Wenn er sich jetzt zu so etwas hinreißen ließ, dann mußte er sich in geradezu euphorischer Stimmung befinden. Aber warum auch nicht?, dachte Dilara. Immerhin wußte sie ja, warum er sie hierher bestellt hatte.

„Mylady", begann er umständlich und mit einem breiten, fast jungenhaften Grinsen, das seinem Auftritt sowohl den übertriebenen Ernst nehmen als auch seine Nervosität überspielen sollte – keines von beidem gelang –, trat er wieder einen halben Schritt zurück und ließ erst dann und fast erschrocken ihre Hand los. „Sie sehen im Moment den vielleicht glücklichsten Menschen der Welt vor sich."

„So?" erwiderte Dilara, die immer größere Mühe hatte, das spöttische Funkeln in ihren Augen zu unterdrücken. „Und warum ist das so, wenn ich fragen darf, Sir Charles?"

„Weil ich noch eine Überraschung für dich habe, Dilara", sagte er augenzwinkernd. „Aber nun frage mich nicht, welche. Wenn ich es dir verraten würde, wäre es ja keine Überraschung mehr, nicht wahr?"

Dilara setzte zu einer Antwort an, doch in diesem Moment... bewegte sich etwas hinter Charles. Etwas, das gar nicht da war. Es war nur ein Huschen; eine Bewegung jener Art, die man nur aus den Augenwinkeln heraus wahrnimmt und die stets und auf der Stelle verschwunden ist, wenn man versucht, sie mit Blicken zu fixieren. Die spöttische Antwort, die Dilara auf der Zunge gelegen hatte, war fort. Ihr Herz begann wild zu hämmern.

„Was hast du?" fragte Charles besorgt. Offensichtlich hatte sie sich nicht annähernd so gut in der Gewalt gehabt, wie sie gehofft hatte, und ihr Erschrecken war ihm nicht verborgen geblieben.

„Nichts", antwortete Dilara hastig. Sie schüttelte den Kopf, um ihre Behauptung zu unterstreichen, doch sie konnte auf Charles' Gesicht lesen, daß sie damit eher das genaue Gegenteil erreichte.

„Ich... ich dachte, ich hätte etwas... gesehen", murmelte sie.

„Gesehen?" Charles drehte sich herum und suchte die heruntergekommene Fassade hinter sich mit Blicken ab, dann, ein wenig länger und deutlich aufmerksamer, die geschlossene Tür des ROSE INN, bevor er sich wieder zu ihr umwandte und fragte: „Was?"

„Ich sagte doch, nichts", beharrte Dilara. „Ich muß mich getäuscht haben."

„Ja, vermutlich", Charles' Blick sagte etwas anderes, was ihn aber nicht daran hinderte, noch einen Moment und in nun unüberhörbar tadelndem Ton hinzuzufügen: „Ich kann dir auch versichern, daß hier nichts ist. Ich hätte es gesehen. Immerhin stehe ich seit einer guten Stunde hier und warte auf dich."

„Eine Stunde?" entfuhr es Dilara.

„Eine Stunde", bestätigte Charles. Ihr zweifelnder Blick entging ihm nicht. Er schien etwas sagen zu wollen, griff aber dann statt dessen unter seinen Mantel und zog eine Taschenuhr hervor, die an einer langen, goldenen Kette hing. Übertrieben umständlich klappte er den Deckel auf und kniff die Augen zusammen, um in der schwachen Beleuchtung die Ziffern ablesen zu können.

„Sogar ein gutes Stück mehr als eine Stunde", verbesserte er sich. „Ich habe tatsächlich schon angefangen, mir Sorgen zu machen. Ich weiß, daß du es nicht gerne hörst, aber du solltest wirklich nicht immer diese einsamen Spaziergänge machen, schon gar nicht in einer Gegend wie dieser."

„Immerhin hast du mich hierher bestellt", erinnerte Dilara. „Ich pflege nicht in Etablissements derart zweifelhaften Rufes zu verkehren, mein Lieber."

Charles ließ den Deckel seiner Taschenuhr mit einem Laut zuschnappen, der wie ein entfernter Pistolenschuß klang. Er sagte nichts, aber für einen Moment blitzte es zornig in seinen

Augen auf, und Dilara bedauerte ihre Worte zutiefst. Sie hatte ihn gekränkt, was nicht in ihrer Absicht gelegen hatte, und ihre Bemerkung war noch dazu überaus unfair gewesen. Charles pflegte dann und wann im ROSE INN auf sie zu warten, das war wahr; aber es war ganz und gar nicht die Art von Lokal, in der er normalerweise verkehrte. Er hatte sich einfach in sein Schicksal gefügt und diese Adresse als Treffpunkt ausgewählt, weil sie auf dem Weg lag, den sie bei ihren täglichen Spaziergängen zu nehmen pflegte.

„Entschuldige“, murmelte sie. Ihr schlechtes Gewissen meldete sich stärker denn je. Sie wollte ihm nun wirklich nicht diesen Abend verderben.

„Schon gut“, antwortete Charles. „Ich bin es, der sich entschuldigen muß. Ich habe mich im Ton vergriffen; verzeih.“ Er räusperte sich, steckte die Uhr weg und straffte sichtbar die Schultern. Die Schatten hinter ihm bewegten sich wieder. „Aber wir wollen uns doch den schönen Abend nicht verderben lassen, nicht wahr? Ich hoffe, du hast ein wenig Zeit mitgebracht? Ich habe dir schließlich noch eine Überraschung versprochen.“

Um meine Hand anzuhalten, ich weiß, dachte Dilara. Sie sah ihn nur ruhig an und hütete sich, auch nur mit einem einzigen Wort zu antworten, schon aus Furcht, ihr könnte eine entsprechende Bemerkung entschlüpfen, aber Charles wirkte trotzdem einen ganz kurzen Moment irritiert. Hatte er irgend etwas von ihren wirklichen Gefühlen in ihrem Gesicht gelesen?, fragte sich Dilara beunruhigt. Dann aber wurde ihr klar, daß es wahrscheinlich viel mehr ihr Anblick war, der ihn so verwirrte. Sie konnte selbst spüren, wie blaß sie geworden war, und ihre Hände zitterten plötzlich so stark, daß sie sie in den dünnen weißen Spitzenhandschuhen zu Fäusten ballte, damit Charles es nicht sah.

Eine Stunde? Der Weg von ihrem Haus hierher dauerte nur einen Bruchteil dieser Zeit, selbst wenn sie langsam ging, und sie war ganz bewußt sehr frühzeitig losgegangen und hatte auch nicht getrödelt, denn sie hatte Charles an diesem besonderen Abend gewiß nicht warten lassen wollen; oder ihm gar einen Grund liefern, sich tatsächlich Sorgen um sie zu machen.

Wo aber war sie in dieser einen Stunde gewesen?

Sie wußte es nicht.

Irgend etwas wollte in ihrem Gedächtnis Gestalt annehmen, etwas, das mit Begriffen wie Düsternis, Kälte, dem Gefühl einer unendlichen Leere und einer noch viel unendlicheren Sehnsucht und eines gewaltigen, unstillbaren Verlangens zu tun hatte, doch die Erinnerung verschwand, bevor sie auch nur zu einem Schemen werden konnte, so wie die tanzenden Nebelschleier, die sich immer wieder genau dann verdichteten, wenn man glaubte, die dahinter verborgene Gestalt erkennen zu können.

„Ja", sagte sie ungelenk. „Ich frage mich auch schon den ganzen Tag, was es wohl sein mag." Demonstrativ und mit übertriebenen Bewegungen sah sie sich um. „Du hast doch am Ende nicht etwa deine Meinung über diese Gegend geändert und hier eine Überraschung für mich vorbereitet?"

„Keineswegs, meine Liebe", antwortete Charles. Er streckte ihr den Arm hin. „Ich habe es aufgegeben, dir dein kleines Laster ausreden zu wollen, aber für das, was ich dir zu sagen habe, scheint mir diese Umgebung doch ein wenig unpassend zu sein. Wenn Sie meinen Arm nehmen würden, Mylady? Mein Wagen steht gleich hinter der nächsten Ecke, und wenn der Fahrer nicht mittlerweile eingeschlafen, an Altersschwäche gestorben oder einfach davongerannt ist, dann wird er uns an einen Ort bringen, der mir ein wenig... ähm... angemessener erscheint."

Dilara sah ihn einen Moment lang verstört an, dann aber lachte sie, streckte die Hand aus, um nach seinem Arm zu greifen, und etwas wie eine unsichtbare, eisige Hand berührte ihren Nacken und strich schnell und schneidend wie die Klinge eines Messers aus Eis an ihrem Rückgrat hinab. Die Schatten hinter Charles bewegten sich erneut, doch diesmal waren es nicht nur Schatten. Etwas war da. Etwas wie eine Gestalt, groß und schlank, in einen Umhang aus geronnener Schwärze gehüllt und mit Augen, die tief wie bodenlose Abgründe waren, und noch bevor die Erscheinung vollends aus dem Nichts herausgetreten und von einem bloßen Alpdruck zu einer noch viel schlimmeren Wirklichkeit geworden war, hörte sie wieder dieses lautlose Flüstern zwischen ihren Schläfen, eine Stimme, älter als die Welt, die seinen Namen schrie.

Antediluvian.

Alles geschah unglaublich schnell, und in vollkommener Lautlosigkeit. Die Gestalt gerann von einem Schatten zu gräßlicher Wirklichkeit, schlanke, unvorstellbar starke Arme schmiegten sich von hinten um Charles' Brust und Schultern und rissen ihn zurück, und die unsichtbare Klinge drang tiefer und tiefer in Dilaras Leib ein und lähmte sie. Nicht nur ihren Körper, sondern auch ihre Gedanken. Sie konnte nichts tun. Sie konnte nicht schreien. Sie konnte sich nicht bewegen. Sie empfand in diesem Moment nicht einmal wirklich Angst. Sie konnte nur dastehen und fassungslos zusehen, wie Antediluvian Charles in einer einzigen, unvorstellbar kraftvollen Bewegung zurück- und herumriß. Ihr zukünftiger Bräutigam versuchte sich zu wehren, aber es war vollkommen sinnlos. Charles war überaus kräftig, wie sie wußte, aber diese finstere Kreatur der Nacht zwang ihn so spielerisch herum, wie ein starker Mann ein fünfjähriges Kind herumgerissen hätte. Fassungslos und gelähmt sah sie zu, wie sich die Lippen des

Unheimlichen öffneten, den Blick auf zwei Reihen winziger, nadelspitzer Zähne freigaben, nicht die Zähne eines Menschen, sondern die schrecklichen Fänge eines Raubtieres, hörte sie das gräßliche Geräusch splitternder Knochen, als sich Charles noch einmal mit verzweifelter Kraft aufbäumte und Antediluvian seinen Widerstand im wahrsten Sinne des Wortes brach. Dann gruben sich die Zähne des Unheimlichen tief in Charles' Kehle. Blut sprudelte wie aus einem durchschnittenen Weinschlauch und besudelte Charles' Schultern und sein weißes Hemd und das bleiche Gesicht des Unheimlichen. Es war dieser Anblick, der die unsichtbaren Ketten endgültig zerbrach, die Dilara bisher gehalten hatten.

Mit einem gellenden Schrei fuhr sie herum und stürzte in die Dunkelheit...

Die Dunkelheit, die das Zimmer mittlerweile nahezu vollkommen ausfüllte. Das Gewitter hatte noch einmal an Kraft und Wildheit zugenommen und tobte nun wie eine Meute mythischer Schattenwölfe rings um das Haus, und draußen zuckten in immer schnellerer Folge Blitze auf, die das Zimmer in schattenlose, grelle Schlaglichter tauchten, die sich mit Momenten vollkommener Finsternis abwechselten, denn die Kerzen waren mittlerweile vollends heruntergebrannt und erloschen, und auch das Feuer im Kamin war zu einem Häufchen dunkelrot glimmender Glut geworden, die kaum noch Licht und überhaupt keine Wärme mehr verbreitete. Dilaras Herz hämmerte unmittelbar in ihrem Hals, und auf ihrer Zunge war plötzlich ein bitterer Kupfergeschmack, den sie erst nach einigen weiteren Atemzügen als den ihres eigenen Blutes erkannte. Sie hatte sich auf die Zunge gebissen. Der Schmerz war irrelevant, auch wenn er es vermutlich gewesen war, der sie zurück in die Wirklichkeit gerissen hatte, und dem sie es möglicherweise verdankte, nicht endgültig in jene düstere Welt jenseits der

Grenzen des Wahnsinns gestürzt zu sein, in die sie dieses unheimliche Buch locken wollte.

Mühsam richtete sich Dilara wieder auf. Dem Toben und Brüllen des Gewitters draußen vor den Fenstern zum Trotz drang ein blaßgrauer Schein durch die hohen Scheiben ihres Schlafzimmers herein; längst nicht genug, um die Dunkelheit aus dem Zimmer zu vertreiben, aber er sagte ihr trotzdem, daß es nicht mehr allzu lange bis zum Einbruch der Dämmerung war. Was nichts anderes bedeutete, als daß sie die ganze Nacht hier gesessen und mit diesem sonderbaren Buch auf dem Schoß... ja – was eigentlich?

Geschlafen hatte?

Allein bei der Vorstellung lief Dilara ein neuerlicher, eisiger Schauer über den Rücken, ein Gefühl wie die Berührung tausender winziger, kalter Spinnenbeine, das sie mit einer Mischung aus Furcht und Ekel erfüllte. Irgend etwas sagte ihr, daß die unheimlichen Bilder, deren bitteren Nachgeschmack sie noch immer auf der Zunge hatte, eben nicht nur ein Alptraum gewesen waren.

Aber wenn nicht das, was dann?

Die einzige Antwort, die ihr auf diese Frage einfiel, war einfach zu absurd, als daß sie den Gedanken auch nur gestattet hätte, wirklich Gestalt hinter ihrer Stirn anzunehmen.

Jetzt, nachdem das Kaminfeuer erloschen war, hatte die herbstliche Kälte das Zimmer erobert, und Dilara zitterte in ihrem dünnen, seidenen Nachthemd und unter der nahezu ebenso dünnen Decke. Sie zitterte längst nicht nur vor Kälte. Das Hämmern ihres Pulsschlages und das irrsinnige Aufblitzen von Bildern, Schreckensvisionen und scheinbar zusammenhanglosen Eindrücken und Erinnerungsfetzen hinter ihrer Stirn hatten einen anderen Grund, und der bittere Geschmack nach Kupfer auf ihrer Zunge lag nicht nur an ihrem eigenen Blut, das ihren Mund langsam, aber beständig füllte, so daß sie immer rascher schlucken mußte, um überhaupt noch atmen zu können.

Es war dieses Buch.

Antediluvian.

Wieder glaubte sie eine lautlose, uralte Stimme zu hören, die diesen Namen flüsterte, und wieder erfüllte er sie mit derselben Mischung aus abgrundtiefem Entsetzen und einer unheimlichen, verlockenden Faszination, die sie sich nicht erklären konnte, die aber dennoch mit jedem Moment stärker zu werden schien, als reiche der Klang dieses unheimlichen, uralten Wortes allein schon aus, um eine noch viel ältere, längst verschüttet geglaubte Erinnerung in ihr zu wecken.

Das war absurd. Dilara wußte genau, daß sie diesen Namen niemals zuvor gehört hatte, daß es nichts gab, was sie mit diesem Geschöpf verband, und zugleich... war da etwas wie eine Verwandtschaft. Die Erinnerungen an etwas, was sie niemals erlebt hatte. Das Wissen um Dinge, die sie niemals erfahren hatte.

Fröstelnd zog Dilara die dünne Bettdecke weiter hoch (mit nur einer Hand. Die andere hielt immer noch das vergilbte Papier des Buches umklammert, und so sehr sie es auch wollte, so sehr sie es auch versuchte, es war ihr nicht möglich, sich davon zu lösen) und warf einen kurzen, sehnsüchtigen Blick zu dem nahezu erloschenen Kaminfeuer hin. Es war mittlerweile so bitterkalt im Zimmer geworden, daß sie buchstäblich mit den Zähnen klapperte, und es wäre ein Leichtes gewesen, zum Kamin zu gehen, um ein paar Scheite aus dem Korb daneben zu nehmen und das Feuer neu zu entfachen.

Aber das hätte bedeutet, aufzustehen. Das Zimmer war von Dunkelheit erfüllt, Dunkelheit, von der sie nun wußte, daß sich Dinge darin verbargen, daß sie nicht mehr einfach nur die Abwesenheit von Licht bedeutete, so wie sie es niemals bedeutet hatte. Zeit ihres Lebens hatte Dilara die Dunkelheit geliebt. In ihren endlosen einsamen Spaziergängen hatte sie sie als Freund und Vertrauten kennengelernt, als Zuflucht vor einer Welt, die ihr stets viel zu laut, viel zu bunt, viel zu hektisch und viel zu feindselig erschienen war, doch nun wurde ihr klar, wie grausam sie sich getäuscht hatte. Es war gestern abend gewesen, während ihrer verzweifelten Flucht durch die menschenleeren Straßen, durch die sie rannte und rannte und rannte und sich dabei vorkam wie in einem jener schrecklichen Alpträume, in dem man laufen kann, so schnell es nur geht, ohne wirklich von der Stelle zu kommen, und genau weiß, von einem namenlosen Schrecken verfolgt zu werden, der einen unweigerlich einholen mußte, sobald man den Fehler beging, sich umzusehen; mit der gleichen Sicherheit nicht viel später aber auch, wenn man sich nicht zu ihm herumdreht.

Sie war gerannt. Sie konnte nicht sagen, in welche Richtung, wie weit, wie lange und wohin. Sie wollte nur fort, weg von diesem schrecklichen Ort, weg von diesem... Ding, das Charles getötet hatte und zweifellos auch sie töten würde, weg aus diesem Alptraum, der zu einer schlimmeren Realität geworden war, als jeder Traum es sein konnte. Sie erinnerte sich nicht an die Straßen, durch die sie gestürmt war, die dunkel daliegenden Häuser mit den leeren Fensterhöhlen, die sie wie grausame Augen angestarrt hatten, das verzerrte Echo ihrer Schritte an den feuchten Backsteinmauern, das höhnischem Gelächter gleich in ihren Ohren widerhallte, oder an den Nebel, der wie nasse Spinnweben über ihr Gesicht strich, wenn sie hindurchstürmte. Sie war gerannt und gerannt und gerannt, Stunden, wie es ihr vorkam, und irgendwann waren ihre Kräfte einfach erschöpft gewesen, so daß sie langsamer wurde und nach einigen wenigen letzten Schritten kraftlos gegen eine Mauer taumelte, wo sie mühsam um Atem ringend stehenblieb und all ihren Willen aufbringen mußte, um nicht in die Knie zu brechen.

Charles war tot.

Das war der erste, halbwegs klare Gedanke, den sie fassen konnte.

Charles war tot, und ihr Leben hatte eine völlig unerwartete, grausame Wendung genommen, eine Wendung hin in eine Richtung, die sie vor wenigen Augenblicken noch nicht einmal für möglich gehalten hätte. Charles war tot, ermordet von einem... Ding, das so schrecklich und absurd zugleich war, daß sich etwas in ihr selbst jetzt noch schlichtweg weigerte, auch nur die bloße Möglichkeit seiner Existenz anzuerkennen.

Aber er war tot.

Schritte näherten sich. Dilara hob mit einem Ruck den Kopf und starrte aus weit aufgerissenen, starren Augen in den Nebel hinein, doch alles, was sie sah, waren Dunkelheit und die Trugbilder, die der Nebel ebenso schnell in der Nacht erschuf, wie er das Interesse an seinem Werk verlor und es wieder zerstörte. War da ein Schatten? War das Geräusch, das sie zu hören glaubte, wirklich das von Schritten? Ihr Herz hämmerte immer lauter. Panik griff für einen Moment nach ihren Gedanken und verschwand ebenso rasch wieder, ließ aber nichts als Chaos zurück. Sie war unfähig, einen klaren Gedanken zu fassen. Alles, woran sie denken konnte, alles wofür Platz in ihrem Bewußtsein war, war der allerletzte Blick, den sie in Charles' Gesicht geworfen hatte, das maßlose, durch und durch ungläubige Entsetzen in seinen Augen, als er begriff, daß es nun zu Ende war und er nicht einmal mehr erfahren sollte, warum oder durch wen. Nie zuvor hatte sie eine solch vollkommene Angst in den Augen eines Menschen gelesen, und nie zuvor hatte sie ein solches Entsetzen verspürt wie in dem Moment, in dem die Zähne der Bestie seine Kehle aufrissen, so daß sein roter, warmer Lebenssaft hervorsprudelte.

Wieder glaubte sie das Geräusch von Schritten zu hören, und jetzt verging auch tatsächlich nur noch ein Moment, bis sich die Schatten hinter den wogenden Nebelschleiern zu einer Gestalt zusammenballten. Im ersten Augenblick blieb er ein bloßer Schatten; ein Umriß ohne Tiefe oder Substanz, der noch einmal näherkam und dann stehen blieb, genau an der Grenze, jenseits derer sie eben nicht völlig sicher sein konnte, ob sie die Gestalt wirklich sah, oder sie nicht vielleicht doch nur eine Ausgeburt ihrer eigenen Furcht war. Erst nach einer kleinen Ewigkeit, wie es ihr schien, ging die Gestalt weiter, und Dilara spürte, wie ein Schrei in ihrer Kehle emporsteigen wollte und dann erstarb, bevor er ihre Lippen reichte.

Antediluvian.

Es war Antediluvian.

Diesmal hätte es der lautlos flüsternden Stimme hinter ihrer Stirn nicht einmal mehr bedurft, um sie wissen zu lassen, wem sie gegenüberstand.

Sie hatte sein Gesicht noch nie gesehen. Selbst vorhin, in jenen schrecklichen Momenten, in denen sie dazu verdammt gewesen war, hilflos dazustehen und zuzusehen, wie er den Mann tötete, dem ihr Herz gehörte und mit dem sie den Rest ihres Lebens hatte verbringen wollen, hatte sie sein Gesicht nicht wirklich erkannt.

Seine Züge wirkten... exotisch. Auf eine schwer in Worte zu kleidende Art interessant, wenn auch gewiß nicht attraktiv; zumindest nicht auf die Art, auf die man dieses Wort normalerweise benutzen würde. Sein Gesicht war breit und markant, war dunkelhäutig, und hatte wulstige Lippen, die sinnlich gewirkt hätten, hätten sie einer Frau gehört. Er hatte eine breite, markante Nase und schwarzes Haar, das zu einer exo-

tischen, aus dicken schwarzen Zöpfen bestehenden Frisur streng nach hinten gebunden war. Dilara konnte sich nicht erinnern, jemals einen Menschen wie ihn gesehen zu haben – und sie war auch nicht sicher, daß es sich bei ihrem Gegenüber wirklich um einen Menschen handelte.

Aber es war seltsam. Noch vor einem Moment hatte sie ernsthaft befürchtet, vor Angst den Verstand verlieren zu müssen. Nun war die Furcht fort. Einfach erloschen.

„Du mußt nicht von mir davonlaufen", sagte er. Etwas wie ein Lächeln – vielleicht auch das genaue Gegenteil, das konnte sie nicht entscheiden – spielte um seine Lippen. Langsam kam er näher, blieb aber sofort wieder stehen, als Dilara zusammenfuhr und eine Bewegung machte, wie um abermals davonzustürzen. Sie hätte nicht die Kraft gehabt, noch weiter zu rennen, und sie spürte auch, daß er das wußte. Dennoch machte er keine Anstalten, näher zu kommen, sondern streckte nun die Hand in ihre Richtung aus und ließ den Arm danach einen Moment und sichtlich enttäuscht wieder sinken, als sie nicht danach griff.

„Du hast Angst vor mir", sagte er, in plötzlich verständnisvollem, gleichermaßen aber auch bedauerndem Ton. „Das kann ich verstehen. Aber du mußt mich nicht fürchten. Ich bin nicht dein Feind."

Dilara versuchte vergeblich, seinem Blick standzuhalten. Die Augen, die sie anstarrten, waren nicht die eines Menschen, sondern seelenlose, schwarze Abgründe, in denen etwas unendlich Böses und Uraltes lauerte... und zugleich etwas wie eine Wärme, die sie stets herbeigesehnt hatte, ohne es überhaupt zu wissen. Sein Blick war so kalt wie der scharf geschliffene Stahl eines Seziermessers, und zugleich wiederum der warme, gütige Blick eines Vaters, der endlich, nach einer langen, mühevollen Suche, sein verlorenes Kind wiedergefunden hatte.

„Wer ... wer sind Sie?" stammelte Dilara. „Was wollen Sie von mir?"

Antediluvian brachte sie mit einer gleichzeitig gebieterischen wie sanften Geste zum Verstummen.

„Warum fürchtest du mich?" fragte er.

Die Frage kam ihr so absurd vor, daß sie schrill aufgelacht hätte, hätte sie Kraft dafür gehabt. So konnte sie ihn nur anstarren. „Sie... Sie haben Charles umgebracht", stammelte sie. „Sie... Sie haben ihn getötet."

„Das ist wahr", sagte Antediluvian. Er klang bedauernd, auch wenn sie das Gefühl hatte, daß dieses Bedauern viel eher ihr galt als dem Mann, den er vor wenigen Augenblicken getötet hatte und dessen Blut noch immer seine Lippen und den Kragen seines Hemdes besudelte. „Aber so ist nun einmal unsere Art. Wir haben keine Wahl, Dilara."

„Dilara?" wiederholte sie verstört. Sie versuchte erneut und auch jetzt vergeblich, dem Blick dieser schrecklichen, grundlosen Augen standzuhalten, fuhr aber dennoch mit leiser, zitternder Stimme fort: „Woher... woher kennen Sie meinen Namen?"

„Weißt du das wirklich nicht?" fragte Antediluvian. Er hob abwehrend die Hand, als sie antworten wollte. „Hast du dich denn gar nicht gefragt, woher du meinen Namen weißt?"

Dilara schwieg. Sie starrte ihn nur an.

„Du hast Angst", fuhr Antediluvian fort. Er schüttelte sacht den Kopf. „Aber du wirst mich verstehen. Bald. Wir werden uns wiedersehen...

... und das Verwirrende war, diesmal war es genau anders herum: Diese unheimliche Erinnerung an etwas, was sie niemals erlebt hatte, schien Ewigkeiten gedauert zu haben, doch in Wahrheit konnten nur wenige Minuten vergangen sein. Graues Zwielicht erfüllte das Zimmer. Es war noch immer bitterkalt, und das Gewitter war weitergezogen und tobte sich nun über einem anderen Teil Londons aus. Dennoch konnte die furchtbare Vision diesmal nur wenige Augenblicke gewährt haben, denn das sonderbar dunstige Licht, das durch die Fenster hereinströmte und das Zimmer wie faseriger Nebel erfüllte, war immer noch das der Dämmerung, und von der zwei Stockwerke tiefer gelegenen Straße drangen die Geräusche der allmählich erwachenden Stadt herauf. Das Klappern beschlagener Pferdehufe, das Knarren von Wagen und undeutliche Rufe, weit entfernt der schrille Alarmruf einer Trillerpfeife, müde, schlurfende Schritte. Stimmen.

Dilara lauschte dieser für sie ungewohnten Geräuschkulisse eine ganze Weile. Normalerweise war dies nicht die Zeit, zu der sie aufstand. Wenn sie – außer ihrer Vorliebe für nächtliche Spaziergänge durch verrufene Gegenden – überhaupt noch ein weiteres Laster hatte, dann bestand es darin, daß sie selten vor neun aus den Federn kroch, meistens deutlich eher in Richtung zehn. Bis dahin waren es noch Stunden, und obwohl sich ihre Augenlider schwer wie Blei anfühlten und sie Mattigkeit wie eine körperliche Last auf ihren Gliedern spüren konnte, wußte sie doch zugleich auch, daß sie jetzt keinen Schlaf mehr finden würde. Wahrscheinlich, dachte sie, ist das auch besser so. Was immer der wirkliche Grund für diese verrückten Träume war, die sie die ganze Nacht über geplagt hatten, sie legte keinen Wert auf eine Fortsetzung.

Während es rings um sie herum ganz langsam heller wurde und Dilara darauf wartete, richtig wach zu werden, strichen ihrer Finger fast liebkosend über das uralte, geprägte Leder, in das das Buch eingebunden war. Es war ein sonderbares Gefühl. Eigentlich fühlte es sich unangenehm an, hart wie Stein geworden im Laufe der Jahrhunderte, mit einer Oberfläche, die an narbig verbrannte Haut erinnerte. Und es war, als ob irgend etwas Lebendiges in diesem Buch gefangen sei, etwas Uraltes und durch und durch Böses, zugleich aber auch Verlockendes, das ihr mit unhörbarer Stimme düstere Geschichten zuflüsterte, Geschichten, die sie nicht hören wollte und deren Verlockung sie sich doch immer weniger zu erwehren vermochte.

Trotz der Kälte, die noch immer in ihrem Schlafzimmer herrschte und sich wie eisiges Glas auf ihre Haut schmiegte, schlug Dilara die Bettdecke zur Seite, setzte sich auf und blieb eine Weile reglos auf der Bettkante sitzen, wobei sie das schwere Buch weiter mit beiden Händen umklammerte, wie einen Schatz, den sie nie wieder hergeben und, wenn es sein mußte, mit ihrem Leben verteidigen würde.

Was waren das für verrückte Gedanken?

Dilara schloß für einen Moment die Augen, konzentrierte sich, und es gelang ihr tatsächlich, die unheimlichen Bilder, die sofort wieder aus ihrer Erinnerung herausspringen wollten, zu verjagen. Vielleicht sollte sie damit anfangen, dachte sie, die Worte in ihrem Kopf zu sortieren. Es waren keine Erinnerungen, natürlich nicht. Das, woran sie sich zu erinnern glaubte, war nichts als ein gräßlicher, noch dazu ziemlich dummer Alptraum gewesen. Sie hatte sich tatsächlich vergangene Nacht mit Charles getroffen, aber sie waren dabei nicht auf einen Vampir gestoßen, und Charles war auch ganz gewiß nicht tot, sondern...

Ja, was eigentlich?

Für einen Moment drohte Dilara noch einmal in Panik zu geraten, als sie angestrengt in ihrer Erinnerung kramte und da nichts war. Sie hatte Charles vor dem ROSE INN getroffen, und er hatte ihr von der Überraschung erzählt, die er für sie vorbereitet hatte, und den Wagen, der abfahrbereit hinter der nächsten Ecke auf sie wartete, und dann?

Es war verrückt. Sie konnte sich anstrengen, so sehr sie wollte, sie erinnerte sich nicht, was danach geschehen war. Charles hatte vorgehabt, sie zu einem romantischen Abendessen zu entführen, in dessen Verlauf er ganz offiziell um ihre Hand anhalten wollte, und ganz zweifellos hatte er das auch getan, denn Charles tat stets, was er sich vornahm, aber danach... sie erinnerte sich weder an die Fahrt zu seinem Club, noch an das Essen selbst oder gar den Antrag, den er ihr gemacht hatte, aber da war irgend etwas. Etwas war passiert, gestern abend, etwas zugleich Furchtbares wie unglaublich Berauschendes, doch so sehr sie sich auch bemühte, sie konnte sich nicht erinnern. *Antediluvian.* Dieser sonderbare Name ging ihr einfach nicht aus dem Kopf, so wenig, wie sie das Bild seines zu gleichen Teilen erschreckenden wie faszinierend fremdartigen Gesichtes aus ihren Gedanken verjagen konnte. Er war... ihr gefolgt?

Nein. Wie konnte ihr jemand folgen, den es gar nicht gab?

Nein, dachte Dilara noch einmal und mit Nachdruck, während sie den Blick auf das uralte Buch auf ihrem Schoß senkte und dann all ihre Willenskraft aufbot, um die Hände von dem flüsternden Leder seines Einbandes zu lösen, es lag an diesem sonderbaren Buch. Aus einem Grund, an den sie sich selbst nicht erinnern konnte, hatte sie in der vergangenen Nacht nach ihrer Rückkehr darin zu lesen begonnen, und so kindisch und absurd die Geschichten auch waren, die dieses Buch erzählte, mußten sie doch irgend etwas in ihr so nachhaltig berührt haben, daß sie sie bis hinein in ihre Träume verfolgten. Vampire. Das war lächerlich. Es gab keine Vampire, so wenig, wie es Hexen, Geister und andere Spukgestalten gab.

Dilara zwang ein Lächeln auf ihr Gesicht, das ihr ebenso wenig half, den Schrecken aus ihren Gedanken zu vertreiben wie alles andere, was sie zuvor versucht hatte, schob das Buch mit einer Anstrengung, die nicht allein an seinem enormen Gewicht lag, von ihrem Schoß herunter und legte es neben sich und setzte dazu an, aufzustehen, führte die Bewegung aber dann doch nicht zu Ende. Stattdessen sah sie noch einmal und sehr konzentriert auf das Buch hinab, runzelte angestrengt die Stirn – und stellte sich dann die Frage, die sie sich gleich und in der allerersten Sekunde hätte stellen sollen, noch bevor sie dieses verfluchte Ding auch nur angerührt hatte.

Nämlich die, woher es überhaupt kam.

Auch daran erinnerte sie sich nicht. Dilara liebte Bücher. Schon als kleines Kind hatte sie es kaum abwarten können, endlich das Lesen zu lernen, und in all den Jahren, seit sie es konnte, hatte sich an ihrer Begeisterung nichts geändert. Neben ihren endlosen Spaziergängen (und der Zeit, die sie mit Charles verbrachte, natürlich) waren Bücher ihre große Leidenschaft, und so war es kein Wunder, daß ihre Wohnung von kostbaren Bänden geradezu überquoll. Mittlerweile mußten es hunderte sein, die sich auf Regalböden, in Schränken und Schubladen und Vitrinen angesammelt hatten, und etliche davon hatten auch ihren Weg hier hinein in ihr Schlafzimmer gefunden, und Dilara hatte längst den Überblick über ihre unaufhörlich wachsende Sammlung von gedrucktem Papier verloren.

Dennoch wunderte sie sich nun, woher dieses ganz spezielle Buch kam. Sie konnte sich nicht erinnern, es gekauft, geschenkt bekommen oder auf irgendeinem anderen Wege erstanden zu haben, und so viele Bücher sie auch besaß, ein Exemplar wie dieses wäre ihr aufgefallen. Es war geradezu unheimlich: Je länger sie darüber nachdachte, desto sicherer war sie eigentlich, ein solches Buch nicht zu besitzen.

Nicht nur ohne, sondern ganz ausgesprochen gegen ihren Willen streckte sie abermals die Hand aus und fuhr mit den Fingerspitzen über das vernarbte Leder. Es war keine Einbildung. Das Flüstern war da, eine lautlose, verlockende Stimme, die uralte verbotene Geschichten aus einer Zeit erzählte, bevor es Menschen gab, die ihr Dinge zuflüsterte, die sie weder hören wollte noch verstand, und gegen die sie sich trotzdem nicht wehren konnte; und es eigentlich auch nicht wollte. Geschichten von Dingen, die gewesen waren, von Dingen, die waren, und von Dingen, die noch kommen würden und ihren Schatten voraus warfen. Geschichten von den Tyburn Gallows, den berüchtigten Galgenbäumen, die wie die apokalyptische Vision eines höllischen Waldes im Herzen von London in die Höhe wuchsen, stark und zahlreich genug, um nahezu zwei Dutzend Delinquenten gleichzeitig daran exekutieren zu können. Die nahezu täglich stattfindenden Hinrichtungen zogen enorme Menschenmassen an, Männer und Frauen und Kinder, die die morbide Faszination genossen, dem gerechten Tod der Schuldigen – aber auch dem ungerechten der Unschuldigen – zuzusehen.

So auch an diesem Tag.

So grauenerregend auch war, was hier geschah, hatten die, die dieses gräßliche Schauspiel organisierten, es doch längst zur lang eingeübten Routine gemacht; eine Maschinerie des Todes, die perfekt funktionierte. Die Verurteilten wurden – teilweise schon mit der Schlinge um den Hals – auf Karren vom Gefängnis hier herausgefahren, und man gewährte ihnen noch ein letztes, kostenloses Getränk in den Bierhäusern und Pubs entlang des Weges, bevor sie an den todbringenden Baum geknüpft wurden. Dann zogen sie die Karren einfach weg.

Dilara schloß die Augen und versuchte mit aller Macht, die Panik niederzukämpfen, doch es gelang ihr nicht. Bis zum letzten Moment hatte sie geglaubt, zumindest stolz erhobenen Hauptes zum Galgen schreiten zu können, und wenn sie schon unschuldig, dann doch wenigstens nicht entwürdigend schrei-

end und um sich schlagend sterben mußte, doch nun, während sich der vergitterte Karren schaukelnd und ächzend dem Galgen näherte, begriff sie, daß ihr auch diese allerletzte Gnade verwehrt bleiben würde. Während der ganzen Zeit, der endlosen Tage und Wochen, die der Prozeß gedauert und ihre Ankläger ebenso beharrlich einen Zeugen und einen Beweis für ihre vermeintliche Schuld nach dem anderen präsentierten, wie sie ihre verzweifelten Unschuldsbeteuerungen ignorierten, war es ihr stets irgendwie gelungen, die Fassung zu bewahren, selbst gegen Ende, als mehr und mehr klar wurde, wie das Urteil lauten mußte. Sie war unschuldig. Sie hatte Charles nicht getötet, und sie hatte sich bis zuletzt eingeredet, daß allein das zählte. Daß es gleich war, was die Ankläger, die Richter, die Massen der Zuschauer, ihre Feinde und Freunde dachten, solange sie selbst von ihrer Unschuld überzeugt war.

Aber es stimmte nicht.

Jetzt, angesichts des Galgens, der ihrem Leben in wenigen Augenblicken ein Ende bereiten würde, begriff sie mit erschütternder Wucht, wie sehr sie sich belogen hatte. Es spielte keine Rolle, ob sie schuldig war oder nicht, und man ihr glaubte oder nicht, und was die Menschen nach ihrem Tod von ihr denken und über sie reden mochten.

Sie würde sterben, hier und jetzt, und das allein zählte.

Ihr Herz begann immer heftiger in ihrer Brust zu hämmern, während sich der Wagen, langsamer werdend, aber so unaufhaltsam wie eine heranrollende Springflut, dem Galgenbaum näherte.

„Hexe!“

Dilara straffte trotzig die Schultern, drehte sich auf dem schwankenden Wagen herum und ließ ihren Blick über die Menge der Gaffer schweifen, die zusammengekommen war, um dem schrecklichen Schauspiel beizuwohnen. Der Ruf wieder-

holte sich nicht, aber nach einem Moment schrie eine Frauenstimme aus der anderen Richtung: „Tötet sie!“

„Hängt sie auf!“ fiel eine andere Stimme ein, dann schrie wieder ein anderer noch einmal: „Hexe!“, und schließlich nahm die gesamte Menge den Ruf auf, bis der ganze Platz vom Schreien der aufgepeitschten Menge widerhallte, die ihren Tod forderte; derselben Menschen, die schon während des Prozesses im Gericht gesessen und gierig jede noch so kleine, grausame Einzelheit verfolgt hatten, Menschen, die ihr Schicksal auf den Straßen und in den Pubs diskutiert hatten, die sich in Zeitungen und Gazetten geäußert hatten, von denen nicht wenige sie kannten und einige ihrer Freunde gewesen waren.

Jetzt schrien sie nach ihrem Blut.

Dilara gab einen trotzigen Laut von sich. Ihr Herz hämmerte, ihr war schwindelig und schlecht vor Angst, und sie flehte Gott insgeheim an, ein Wunder geschehen zu lassen und sie im allerletzten Moment doch noch zu retten. Sie war unschuldig. Und dennoch: keiner von all diesen Gaffern und Neugierigen hier sollte sehen, wie sie zusammenbrach und winselnd um Gnade flehte.

Dann hatte der Wagen sein Ziel erreicht und hielt an. Einer der Henkersknechte, die mit ihr gefahren waren, ergriff das Ende des Seils, das bereits in perfektem Henkersknoten geknüpft um Dilaras Hals lag, und warf es mit einer geschickten Bewegung nach oben, wo bereits ein anderer wartete und es mit der Routine einer Tätigkeit auffing, die er schon jahrelang ausübte. Dilara verspürte einen leichten Ruck, als das Seil gestrafft und sein anderes Ende an den Querbalken gebunden wurde, dann sprang der Henkersknecht ohne ein weiteres Wort und fast gelangweilt vom Wagen und griff nach den Zaumzeug des altersschwachen Maultieres, das ihn zog...

Dilara fuhr mit einem Schrei hoch und griff mit beiden

Händen nach ihrem Hals. Ihre Kehle schmerzte. Für einen kurzen, schrecklichen Moment hatte sie das Gefühl, nicht mehr atmen zu können, dann streifte sie den Alptraum endgültig ab, prallte zurück und sprang mit einer so heftigen Bewegung vom Bett auf, daß das Buch zu Boden fiel.

Ihr Herz jagte. Obwohl sie wußte, daß es nichts als ein weiterer, noch viel absurderer Traum gewesen war, hatte sie doch immer noch das furchtbare Gefühl, die tödliche Schlinge um den Hals zu spüren, diese schreckliche, schwarze Leere hinter ihren Gedanken zu fühlen, das Johlen der Menge zu hören, die begeistert Beifall klatschte, während sie ihrem qualvollen Sterben zusah. Es war nur ein Traum gewesen, nichts als ein weiterer verrückter, sinnloser und vollkommen absurder Traum, und doch verspürte sie zugleich eine Eindringlichkeit, der sie nichts entgegenzusetzen hatte. Was sie fühlte, das war nicht die Erinnerung an einen Traum, nicht die Furcht vor einer Vision, das war Gewißheit.

Verwirrt fuhr sich Dilara mit der Hand über das Gesicht. Trotz der Kälte, die hier drinnen herrschte, fühlte sie eingetrockneten Schweiß auf ihrer Haut, eine klebrige Feuchtigkeit, die sie so sehr an etwas aus ihrem Traum erinnerte, daß sie es nicht wagte, den Blick zu senken und auf ihre Hände hinabzusehen. Das war verrückt. Die Erinnerung an die vermeintliche Begegnung gestern abend allein war schon grotesk genug, auch, wenn ihr ganz und gar nicht zum Lachen zumute war, aber das war schlicht und einfach...

Nein, ihr fiel keine passende Bezeichnung ein. Sie war mittlerweile nicht einmal mehr sicher, ob sie nicht tatsächlich auch jetzt noch träumte, und ob diese Szene nichts als ein weiterer Traum in einem Traum war; nur ein Schritt weiter hinein in dieses irrsinnige Spiegelkabinett, in dem sich ihre Gedanken verirrt hatten.

Das einzige, wovon sie mittlerweile felsenfest überzeugt war, war die Tatsache, daß alles irgendwie mit diesem Buch zusammenhing. Und es spielte dabei nicht einmal eine Rolle, ob es nun wirklich existierte oder vielleicht ebenfalls nur ein Teil dieses Traumes war. Sie wußte jedenfalls, was sie zu tun hatte.

Sie wollte sich herumdrehen, um das Buch aufzuheben und zuzuklappen, um es endgültig wegzustellen und ihm damit die Macht über ihre Gedanken zu nehmen, führte die Bewegung aber nicht einmal halb zu Ende, denn ihr Blick streifte den großen Spiegel, der über der Frisierkommode neben ihrem Bett an der Wand hing, und was sie darin sah, das ließ sie mitten in der Bewegung erstarren.

Es war ihr eigenes Gesicht, und doch bezweifelte sie es im allerersten Moment beinahe.

Sie wirkte um Jahre gealtert, wenn nicht Jahrzehnte. Ihre Wangen waren eingefallen und hatten einen ungesunden, grauen Schimmer, von dem sie sich zwar einzureden versuchte, daß es nur an dem immer noch blassen Licht lag, das hier drinnen herrschte, zugleich aber auch sehr wohl wußte, daß dem nicht so war. Tiefe, fast schwarze Ringe lagen unter ihren Augen, und ihr Haar war aufgelöst und strähnig. Das schlimmste überhaupt aber war der Anblick, den ihre Lippen boten. Der Geschmack nach Blut war noch immer in ihrem Mund, und sie mußte sich wohl weit heftiger auf die Zunge gebissen haben, als ihr bis jetzt klar gewesen war, denn nicht nur ihre Unterlippe war dick mit eingetrocknetem Blut verkrustet, zwei dünne, rote Spuren waren tatsächlich aus ihren Mundwinkeln heraus und am Kinn hinab und weiter an ihrem Hals hinuntergelaufen, wo sie im Ausschnitt ihres Negligés verschwanden und den ehemals blütenweißen Seidenstoff besudelten.

Zitternd und mit klopfendem Herzen trat Dilara näher an den Spiegel heran, hob die Hand, um mit spitzen Fingern über ihre

Lippen zu tasten und streckte sich schließlich selbst die Zunge heraus.

Sie war unversehrt. So sehr sie sich auch bemühte, so konnte sie doch nicht die kleinste Verletzung entdecken, und jetzt, als sie in sich hineinlauschte, spürte sie auch keinen Schmerz, und das, obwohl die Wunde so stark geblutet hatte. Das war seltsam. Seltsam, beunruhigend und unheimlich zugleich. Aber wenn sie sich nicht auf die Zunge gebissen hatte, woher kam dann das Blut, daß ihre weißen Bettlaken besudelte und noch immer von Antediluvians Fängen tropfte...

Er war ihr jetzt so nahe, daß sie ihn nicht nur sehen und anfassen, sondern auch seinen Geruch wahrnehmen konnte: Einen fremdartigen, gleichermaßen abstoßenden wie faszinierenden Geruch, den Geruch eines Raubtieres, aber auch noch mehr. Wie das unheimliche Lodern tief in seinen Augen brachte auch dieser Geruch etwas mit sich, etwas wie eine Erinnerung, ein Versprechen und eine Drohung zugleich.

„Wie... wie kommen Sie... hierhier?" stammelte sie.

Er konnte nicht hier sein. Sie war in ihrem Schlafzimmer im zweiten Stock des prachtvollen Hauses, das sie seit dem Tode ihrer Eltern allein bewohnte. Sie erinnerte sich nicht, was zwischen diesen schrecklichen Momenten in der einsamen Gasse und jetzt geschehen war, wie sie hierhergekommen war und vor allem, wie Antediluvian hierhergekommen war. Sie war gerannt. Gerannt, gerannt und gerannt, und sie besann sich ganz schwach darauf, daß ihr vor lauter Panik der schwere Schlüsselbund heruntergefallen war und sie endlose Sekunden lang verzweifelt im Dunkeln herumgetastet hatte, bis sie ihn wiederfand, und dann noch schrecklichere, noch endlosere Sekunden brauchte, den schweren Schlüssel ins Schloß zu schieben und die Tür zu entriegeln. Aber sie erinnerte sich sehr genau, sie hinter sich zugeworfen zu haben, und es war eine äußerst massive Tür, schwer genug, um auch einem wirklich starken Mann Widerstand zu leisten. Und die Fenster in den beiden unteren Stockwerken ihres Hauses waren vergittert. Er konnte gar nicht hier hereingekommen sein!

Aber er war es.

„Wie... wie kommen Sie hierher?“ murmelte Dilara noch einmal. Antediluvian schwieg auch jetzt und starrte sie nur weiter aus seinen unheimlichen leeren Augen an, und Dilara wich einen halben Schritt vor ihm zurück, prallte gegen die Kommode neben ihrem Bett. Der große Spiegel darüber klirrte so laut, als wolle er zerbrechen. Dilaras Gedanken überschlugen sich. Sie war allein im Haus. Die Dienerschaft war schon seit Stunden fort, und zwischen ihrem und dem benachbarten Gelände lagen gute dreißig Meter. Niemand würde sie schreien hören. Sie mußte die Nerven behalten, wollte sie nicht Gefahr laufen, Charles‘ furchtbares Schicksal zu teilen.

Dilara raffte all ihren Mut zusammen und sah Antediluvian so fest in die Augen, wie sie nur konnte. „Was wollen Sie von mir?“ fragte sie. „Wollen Sie mich umbringen, genau wie Charles?“ Ihr Blick ließ die unheimlichen leeren Augen ihres Gegenübers kein Sekunde lang los, aber ihre linke Hand tastete verstohlen über die Kommode in ihrem Rücken. Irgendwo hier lag eine Schere, ein Kamm mit einem langen, spitzen Stiel... ganz gleich, nur irgend etwas, das sie als Waffe benutzen konnte. Ihre Hand tastete immer hektischer über den Tisch, glitt über Tiegel und Töpfe mit Schalen und Tinkturen, stießen eine Schale um und suchten weiter – und schlossen sich um den glatten Perlmuttgriff der Schere!

Ohne auch nur einen Sekundenbruchteil nachzudenken, riß sie ihre improvisierte Waffe in die Höhe und stieß zu.

Die Bewegung, mit der Antediluvian den Arm hob und ihr Handgelenk umklammerte, wirkte fast beiläufig; dennoch war sie zugleich so schnell, daß Dilara sie nicht einmal wirklich sah. Sein Griff war hart wie Stahl. Dilara schrie vor Schmerz und ließ die Schere fallen, warf sich aber gleichzeitig auch in einer verzweifelten Bewegung herum und schlug mit der anderen Hand nach seinem Gesicht. Obwohl sie wußte, wie mühelos er den Hieb hätte abwehren oder ihm ausweichen können, reagierte er nicht einmal, sondern nahm die Bewegung, mit der ihre Fingernägel über seine Haut schrammten und sie zerkratzten, ohne mit der Wimper zu zucken hin.

„Warum fürchtest du mich, Dilara?“ fragte er beinahe sanft. „Ich würde dir niemals ein Leid antun, weißt du das denn nicht?“

Dilara hörte die Worte nicht einmal wirklich. Sie schrie jetzt, obwohl sie wußte, wie sinnlos es war, warf sich mit aller verzweifelter Kraft herum und versuchte sich loszureißen, und Antediluvian drehte nur einmal rasch den Kopf zur Seite, als ihre Fingernägel seinen Augen gefährlich nahe kamen, griff auch nach ihrem anderen Arm und hielt ihn mit der gleichen, unbarmherzigen Kraft, zugleich auch fast sanft, fest.

Und irgendwann waren ihre Kräfte erschöpft. Mit einem wimmernden Keuchen sank sie in die Knie und wäre gestürzt, hätte Antediluvian sie nicht weiter eisern festgehalten, und dann versiegte auch ihr Schluchzen. Irgend etwas in ihr schien zu zerbrechen, und sie ergab sich in ihr Schicksal.

„Du brauchst mich nicht zu fürchten“, sagte Antediluvian noch einmal. Plötzlich war seine Stimme sanft, fast einschmeichelnd. „Ich bin nicht gekommen, um dir ein Leid anzutun, sondern um dir ein Geschenk zu bringen.“

Sie hörte nicht hin. Sie wollte nicht hören, was er ihr zu sagen hatte. Ihr war klar, daß seine Worte nur Teil des grausamen Spieles waren, das er mit ihr spielte. Er hatte Charles getötet und ihr damit alles genommen, was ihrem Leben einen Sinn gegeben hatte, und nun war er hier, um sie endgültig zu vernichten. Sie würde ihm nicht die Genugtuung geben, ihn sehen zu lassen, wie sehr er sie quälte.

Dann, so plötzlich, daß sie den Halt verlor und überrascht auf die Knie hinabsank, ließ er sie los und trat zurück. „Erkennst du mich denn nicht?“ fragte er.

„Erkennen?“ Dilara hob fast gegen ihren Willen den Kopf und sah zu ihm empor. Da war etwas Vertrautes in ihm, etwas, das die ganze Zeit über da gewesen war, aber sie weigerte sich auch jetzt noch, es zur Kenntnis zu nehmen. „Wenn du mich umbringen willst, dann tu es“, sagte sie bitter, zugleich aber auch noch immer von einem trotzigen Stolz erfüllt, der ihr gegen jede Erwartung die Kraft gab, die Tränen zurückzuhalten.

„Du erinnerst dich nicht“, sagte Antediluvian. Er klang jetzt beinahe traurig, wenn auch auf eine Art, als hätte er nichts anderes erwartet. „Aber du wirst dich erinnern, Dilara. Du wirst dich entscheiden müssen, mein Kind“, sagte Antediluvian. „Bald.“

„Entscheiden?“ wiederholte Dilara.

„Sie werden bald kommen, um dich zu holen“, antwortete Antediluvian. „Es ist deine Entscheidung, ob du stirbst oder lebst.“

Dilara sah ihn nur verständnislos an. War das wieder eine neue Grausamkeit, die er sich ausgedacht hatte, um sie noch weiter zu quälen, oder nur etwas, was sie in diesem Moment einfach nicht verstand?

„Ich kann dir kein ewiges Leben versprechen“, fuhr Antediluvian fort, „wohl aber lange, sehr lange Zeit, selbst für unsere Begriffe.“ Er sah sie einen Moment lang erwartungsvoll an und wirkte noch ein bißchen trauriger, als er begriff, daß sie nicht antworten würde. „Du verstehst nichts, was ich da sagen will“, seufzte er. „Nun ja... vielleicht verlange ich auch zu viel von dir. Ich werde jetzt gehen, aber ich lasse dir ein Geschenk hier. Du wirst wissen, was du damit zu tun hast.“ Und damit verschwand er. Er ging nicht etwa, sondern löste sich einfach auf, wie ein Trugbild, das der Nebel erschaffen hatte, und Dilara stand eine geraume Weile einfach nur da und starrte mit klopfendem Herzen und aus aufgerissenen Augen auf die Stelle, an der er gestanden hatte. Erst nach langer, unendlich langer Zeit, wie es ihr schien, erwachte sie aus ihrer Erstarrung, kämpfte sich wieder in die Höhe und machte einen einzelnen, schwerfälligen Schritt. Ihr Fuß stieß gegen etwas Hartes, und als sie den Blick senkte, erkannte sie ein riesiges, schweres Buch, das so aufgeschlagen vor ihr auf dem Boden lag, daß sie die kunstvolle Illustration auf der ersten Seite erkennen konnte. Das Bild zeigte nicht irgend eines der anderen, bizarren Fabelwesen, von denen der Inhalt des Buches erzählte und die sie bis in ihrer schlimmsten Träume verfolgt hatten, keinen Vampir, keinen Wiedergänger oder Ghoul, keinen Werwolf oder Gestaltwandler. Es zeigte eine junge, dunkelhaarige Frau von schlankem Wuchs, die Dilaras Gesicht hatte.

Bestimmt eine Minute, wenn nicht länger, stand sie reglos und wie erstarrt da und blickte aus aufgerissenen Augen auf die kunstvolle Illustration. Sie konnte nicht atmen. Ihr Herz schien nicht zu schlagen. Sie konnte nicht denken. Alles, was sie konnte, war dieses Bild anzustarren, ein Bild, das vollkommen und absolut unmöglich war. Die Frau auf diesem Bild war – sie selbst. Ihre Frisur war anders, ihr Haar dunkler und länger, und sie trug Kleidung von sonderbar altmodisch anmutender Art, doch das Gesicht war genau dasselbe, das Dilara jeden Morgen sah, wenn sie in den Spiegel blickte.

Endlich überwand sie ihre Lähmung und ließ sich zitternd vor dem aufgeschlagenen Buch auf die Knie sinken. So wenig, wie es ihr vorhin möglich gewesen war, sich seiner Berührung zu entziehen, so wenig wagte sie es jetzt anzufassen. Immer und immer wieder tastete der Blick ihrer ungläubig aufgerissenen Augen über das Bild und blieb schließlich an dem mit verschnörkelten, kalligraphischen Buchstaben geschriebenen Namen darunter hängen.

Es war ihr Name!

Plötzlich ergriff sie Zorn. Nicht zum ersten Mal, aber nun mit unerschütterlicher Gewißheit begriff sie, daß es einzig und allein dieses Buch war, dieses verfluchte Etwas, das sich in ihre Träume stahl und ihre Gedanken vergiftete. Und mit diesem Begreifen wurde ihr auch klar, was sie zu tun hatte.

Entsetzen und Furcht wüteten noch immer in ihr, nun aber gesellte sich auch Trotz hinzu, und ein allmählich aufkeimender, aber immer stärker werdender Zorn auf sich selbst, auf ihre Dummheit, sich von diesem lächerlichen Buch so ängstigen zu lassen, und ihren Leichtsinn, sich überhaupt auf die Lektüre eines so gefährlichen Schriftstückes eingelassen zu haben.

Aber nun wußte sie auch, was sie zu tun hatte. Obwohl es immer noch Unbehagen bereitete, dieses schreckliche Ding auch nur zu berühren, klappte sie es mit einer entschlossenen Bewegung zu, hob es hoch – was fast ihre gesamte Kraft beanspruchte – und trug es mit entschlossenen Schritten zum Kamin. Sie wollte gar nicht mehr wissen, wo dieses unheimliche Ding hergekommen war. Sie würde es zerstören und ihm damit seine Macht über ihre Gedanken und Träume ein für allemal nehmen.

Das Feuer im Kamin war nahezu erloschen. Sie legte das Buch abermals auf den Boden, ging in die Hocke und hielt mit der linken Hand ihr Haar zurück, als sie sich vorbeugte und in die dunkelrote glimmende Glut blies. Es dauerte nur wenige Augenblicke, bis ein winziges, einzelnes Flämmchen aufzüngelte. Rasch nahm sie einen schmalen Holzscheit aus dem Korb, der zu diesem Zweck neben dem Kamin bereitstand, legte ihn mit spitzen Fingern in die Glut und beugte sich noch einmal und weiter vor, um das ersterbende Feuer abermals mit ihrem eigenen Atem anzufachen. Ein dünner, grauer Faden aus Rauch kräuselte sich empor, dann begann eine Ecke des Holzscheites zu glimmen, und Dilara griff nach einem zweiten und größeren Scheit.

Während sie darauf wartete, daß das Feuer wieder hell genug loderte, um das Buch hineinzulegen und es seiner verzehrenden Kraft zu übergeben, hörte sie gedämpfte Geräusche aus dem Haus unter sich. Es wurde hell, und die Dienerschaft traf nach und nach ein. Sie glaubte ein Lachen zu hören, das Klappern von Türen und schnelle, fröhliche Schritte, und mit jedem Laut, der an ihr Ohr drang, mit jedem hörbaren Zeichen des Lebens, das allmählich in das Haus zurückkehrte, wich die Düsternis ein wenig weiter aus ihren Gedanken. Antediluvian. Vampire. Ein Clan uralter Kreaturen, die jenseits der Zeit lebten und sich von Menschenblut ernährten. Eine jahrhundertealte Frau, die ihren Namen und ihr Gesicht trug. Was für ein grotesker Unsinn. Es war ein Traum gewesen, sicherlich der schlimmste Traum, an den sie sich erinnerte, dennoch aber nicht mehr als ein Traum, und nun war sie wach, das Licht des beginnenden Tages drängte mit Macht durch die Fensterscheiben herein, und die Schrecken ihrer eigenen Phantasie verloren mehr und mehr ihre Macht über sie. Selbst der Blutgeschmack, der noch immer in ihrem Mund war, kam ihr mit einem Male nicht mehr so schlimm vor; ganz im Gegenteil erschien er ihr auf eine verruchte Art beinahe süß.

Es dauerte eine geraume Weile, aber schließlich prasselte das Feuer im Kamin vor ihr wieder so hoch, daß sie die Hitze kaum noch ertragen konnte; auf jeden Fall aber hoch genug, um das Buch binnen weniger Augenblicke zu verzehren. Dilara legte vorsichtshalber noch zwei weitere Scheite nach und wollte gerade nach dem Buch greifen, als ein schriller Pfiff von der Straße zu ihr heraufdrang. Unmittelbar darauf hörte sie das Klappern eines Fuhrwerks, Hufschlag und aufgeregte Stimmen und Schritte, die sich dem Haus zu nähern schienen. Verwirrt erhob sie sich, trat ans Fenster und zog die Gardine beiseite, doch der erstaunte Ausdruck auf ihrem Gesicht nahm nur noch zu, als sie den Grund dieser morgendlichen Aufregung gewahrte.

Gleich drei Droschken hatten auf der Straße unmittelbar vor ihrem Haus angehalten, aber es waren nicht irgendwelche Droschken. Dilaras Erstaunen wuchs fast ins Unermeßliche, als die Türen der Fuhrwerke aufflogen und sicherlich ein halbes Dutzend Männer in den schwarzen Uniformen und Pelerinen der Londoner Polizei heraussprangen. Irgend etwas Außergewöhnliches mußte geschehen sein; ein schreckliches Unglück oder gar ein Verbrechen. Für eine so vornehme Gegend wie die, in der Dilara wohnte, war das ungewöhnlich genug, und so war es nicht erstaunlich, daß sich rings um die drei Fuhrwerke bereits eine kleine Menge Neugieriger gebildet hatte, die es den Männern fast schwer machten, ihre Fahrzeuge zu verlassen. Noch erstaunlicher war, daß die Beamten direkt den Gehweg vor ihrem Haus hinaufeilten. Sie waren aus ihrem Blickwinkel verschwunden, bevor Dilara erkennen konnte, ob sie sich nach rechts oder links gewandt hatten, aber sie nahm sich fest vor, sich sogleich anzukleiden und hinunterzugehen, um sich unauffällig bei ihrer Dienerschaft zu erkundigen, was der Grund dieser frühmorgendlichen Aufregung war.

Sobald sie dieses verdammte Buch verbrannt hatte, hieß das.

Sie sah dem aufgeregten Treiben unten auf der Straße noch einen Moment lang zu, dann trat sie vom Fenster zurück und wieder an den Kamin heran. Entschlossen ließ sie sich in die Hocke sinken und griff mit beiden Händen nach dem Buch. Es war schwer. Viel schwerer, als sie sich erinnerte, und so absurd ihr der Gedanke auch selbst vorkommen mochte, sie hatte das sichere Gefühl, daß es sich auf eine unerklärliche Weise dagegen zu wehren versuchte, den Flammen übergeben zu werden. Ein weiterer, verrückter Gedanke, der sie nur in ihrem Entschluß bestärkte, dieses unheimliche Ding zu vernichten.

Doch gerade, als sie es tun wollte, polterten Schritte draußen auf der Treppe, dann wurde die Tür aufgerissen, ohne daß sich jemand die Mühe gemacht hätte, vorher anzuklopfen, und Betty, ihre Zugehfrau, stürmte herein.

„Mylady!“ sprudelte sie los. „Mylady, unten sind zwei Polizeibeamte, die Sie zu...“

Sie verstummte mitten im Wort. Ihre Augen wurden groß, und Dilara konnte sehen, wie jede Farbe aus ihrem Gesicht wich. Für die Dauer eines einzelnen, schweren Herzschlags stand sie einfach so da, dann stieß Betty einen spitzen Schrei aus, schlug die Hand vor den Mund und taumelte so heftig, als hätte sie plötzlich ein Schlag getroffen. Ihre Augen weiteten sich noch mehr.

Dilara sah die ältere Frau etliche Sekunden lang einfach verständnislos an, bevor sie sich – ohne das Buch loszulassen – wieder aus der Hocke erhob, um sich herumzudrehen und in dieselbe Richtung zu blicken wie ihre Dienerin.

Dilaras Bett war zerwühlt. Die Laken aus feiner, weißer Seide waren zerrissen, mit Schmutz und Unrat besudelt und blutgetränkt, und Charles lag mit ausgebreiteten Armen, weit aufgerissenen, starren Augen und zerfetzter Kehle auf dem mit dunklem Rot getränkten Kissen. Trotz allem war der Ausdruck auf seinem Gesicht beinahe friedlich, ja, fast schon etwas wie ein Lächeln, als hätte er ihre Umarmung noch im Tode willkommen geheißen, und als wäre ihm dieser eine, allererste Kuß den furchtbaren Preis wert gewesen, den er dafür bezahlen mußte...

Barbara Büchner

Die Nahrung der Toten

Die Toten verlangen nach Nahrung, aber sie erhalten sie nicht. Nur selten findet sich jemand, der das monströse Ritual vollzieht, das ihnen Essen gibt. Gibt, wonach sie am meisten verlangen: das Leben einer jungen Frau.

Es war ein altes Grab mit einer mächtigen Platte, von schwarzen gußeisernen Schnörkeln umfriedet, durch die sich Efeu und Blumen ihren Weg gesucht hatten. Zwei lange Ketten spannten sich zu Häupten und zu Füßen der Grabplatte; silbern schimmernd hoben sie sich – ganz neu – von der schwarzen Marmorplatte mit der tief ausgehauenen goldenen Schrift ab. Auf dieser Platte lag eine junge Frau, nackt, mit geschorenem Schoß, die Augen mit einer schwarzen Seidenbinde verbunden, denn der Anblick dessen, was nachts aus den Gräbern aufsteigt, ist unerträglich. Sie war freiwillig hier, bereit, das Opfer für den Geliebten zu bringen, der seit Tagen unter der schwarzmarmornen Platte lag. Im Leben hatte er ihren Hunger gestillt. Nun war sie bereit, auch den seinen zu stillen.

Sie war voll Leben. Die Glieder prall und weiß, mit runden Armen und Schenkeln und Brüsten, die selbst noch in ihrer gestreckten Haltung füllig erschienen. Es war kalt auf der Marmorplatte, aber sie fror nicht. Das Leben in ihr pulste und wärmte sie. Sie war bereit, ihm von diesem Leben zu geben, genug, um sein schwindendes Sein aufzuhalten. Aber sie wußte nicht, daß die Toten die Lebenden nur noch als Fleisch betrachten, nicht als Quelle des Lebens, sondern nur als Nahrung, die sie mit den Zähnen zerreißen und in großen Brocken verschlingen. Das Fleisch der Lebenden stillt ihren Hunger, aber es hält ihr Verschwinden nicht auf. Sie sind satt und doch werden sie immer weniger, werden unaufhaltsam zu Staub. Es lohnt nicht, ihnen Essen geben.

Davon wußte die junge Frau auf der Grabplatte nichts. Sie hatte Träume, in denen ihr Geliebter ins Leben zurückkehrte, wie er gewesen war, in denen ihre Kraft ihn wieder lebendig machte oder ihm wenigstens einen Anschein des Lebens gab, so daß sie ihn noch einmal fühlen konnte. Wie hatte sie seine Nähe genossen! Wie hatte er sie mit Kraft und Leben erfüllt, wenn er seine Essenz in ihren weit geöffneten Schoß ergoß! Dann war es gewesen, als pulste er als ein Ganzes in sie hinein und verdoppelte ihre Existenz mit der seinen. Es war gewesen, als verschlinge sie ihn und nehme ihn in sich auf. Oft hatte sie sich nach diesem Empfinden gewundert, daß er immer noch da war, ein von ihr getrenntes Ganzes, das sein Leben weiterlebte.

Nun war sie bereit, sich in ihn zu ergießen. Sie lag still und erwartungsvoll und sehnte die Mitternachtsstunde herbei, die langsam durch die schwere, stickige Wärme der Nacht heranschlich.

Allmählich regte es sich in den schwarzen Bäumen und Büschen. Wind kam auf, als hauchten Atemzüge aus den zahllosen Gräbern hervor. Da und dort wurde ein heiseres Rascheln laut. Es schien, als ächzten die marmornen Platten, als regten sich die Grabsteine in ihren Verankerungen, während unholdes Leben unter ihnen zu kriechen und zu wimmeln begann, wie Tausendfüßler in einem finsteren Loch. Die Frau spürte eine Bewegung, ein Dasein, das langsam in die schwüle Nacht sickerte, eine Gegenwart, die immer mehr wurde. Dinge, die still liegen sollten, begannen sich zu bewegen. Längst Erstarrtes krümmte sich in ächzenden Bewegungen. Dürres Fleisch faserte und zerfiel, als sich halb vermoderte Körper aufbäumten. Die Aussicht auf Nahrung hatte alle geweckt, die nahe genug lagen, um sie riechen zu können – und eine schaudernde Ahnung erfüllte sie, daß der Geliebte nicht der einzige sein würde, der seinen Hunger an ihr zu stillen versuchte. Sie machte eine ruckartige Bewegung und hörte das Klirren der

Ketten, die sie erbarmungslos festhielten. Nun, wo sie den Pakt geschlossen und das Ritual begonnen hatte, mußte sie es auch durchstehen; es gab keinen Ausweg.

Sie lag still und hörte, wie es sich durch die blinde Finsternis bewegte, kriechende Dinge, die sich über den rauhen Boden heranwälzten und Fetzen ihres Daseins hinter sich herschleppten. Halb Knöchernes holperte über den Kies und die Steine, halb Zerfallenes bot seine Kräfte auf, um sich noch einmal zu sammeln. Manche dieser Dinge verloren Teile ihrer selbst, während sie sich heranschoben, und mußten zurückkehren, um das Verlorene aufzusammeln. Andere zerbrachen, als sie sich aufrichteten, und krochen in Stücken weiter, ohne zu wissen, was noch zusammengehörte. Die Frau hörte ihr Knistern und Wispern, das Nachschleifen spröder Lumpen, das Krabbeln und Kriechen, als Dinge, die keine Gestalt mehr hatten, sich zu Gestalten zu sammeln versuchten. Manche waren nur noch Zähne zum Beißen und Hände zum Greifen, manche entrollten sich in langen Spiralen gelblich vertrockneter Bänder, die durch das wirre nachtschwarze Gras schleiften. Aber allen gemeinsam war der wütende Hunger nach Leben.

Die Frau spürte, wie es sich trocken und staubig an sie heranschob. Gekrümmte Finger, aus ihrem Zusammenhang losgelöste Teile, die sich arm- und beinlos bemühten, die Marmorplatte zu erklimmen. Rollende Schädel, die wie Kugeln hinaufsprangen. Eine wogende Masse von menschlichem Unrat umgab sie, der halb belebt hüpfte und hopste, eine konfuse gierige Masse, die durch tausende Poren das Leben aus ihrem Leib zu saugen versuchte.

Sie starb vor Entsetzen.

Marc-Alastor E.-E.

Lang lebe die Königin!

Mir geht es nicht gut. Es geht mir sogar ausgesprochen schlecht. Aber es geziemt einer Königin nicht, offen zu klagen oder für die eigenen Beschwerden andere leiden zu lassen, wenn sie sich so redlich und selbstlos um mich bemühen. Ich bin Tag und Nacht von Priestern umgeben, seit mich meine seltsame Krankheit vor zwei Tagen befiel. Ihren verhohlenen Gesprächen untereinander ist zu entnehmen, daß sie sich nicht erklären können, was mich niederstreckt. Mich sprechen sie nicht an, wohl um die Genesung nicht zu stören, doch auch, da mich die Lähmung um die Möglichkeit auf eine Antwort beschneidet.

Traun, ich bin gelähmt, nicht länger Herrscherin über ein stolzes Reich und ein ehrsinniges Volk, denn ich beherrsche nicht einmal mehr meinen eigenen Körper. Er macht mir angst, da er so regungslos ist. Zuweilen habe ich die Möglichkeit, in ihn hineinzuhorchen, immer dann, wenn die Priesterschaft für Augenblicke den Raum meiner abgedunkelten Bettstatt verläßt und es still wird. Doch nichts ist da, was ich wahrzunehmen imstande wäre. Kein Rauschen von Blut, kein Herzschlag, oh, nicht einmal den Klang meines Atems vermag ich zu vernehmen, was zweifelsohne daran liegt, daß all meine Körperfunktionen mir unendlich langsam und schwer erscheinen. Hingegen spüre ich ein Gefühl der starken Beklemmung, die meinen Brustkorb beengend umklammert, einen schweren Druck und keimenden Brand in meinem Bauch, sowie einen Schwindel im Kopfe, der hin und wieder zwar kurzweilig hinaustritt, nur um kurz danach darin zurückzukehren.

Es ist ein Übel, hier zu liegen! Es ist ein Übel, in sich selbst gefangen zu sein, wenn nur die Gedanken in der Lage sind, sich frei zu bewegen, und noch dazu mit dem ungezügelten Antrieb, die ungenutzten Körperkräfte geistig einsetzen zu können. Wären sie einer bestimmten Ausrichtung unterlegen, wäre ich imstande, mich einer Sache zu widmen! Doch meine Gedanken sind flatterig wie ein aufgebrachter Vogel. In meiner gegenwärtigen Situation kann ich mich nicht recht konzentrieren und auch keine rechte Ruhe finden. Dabei herrscht dennoch stets ein Gedanke vor, wie ein dunkler, schweigsamer Führer steht er abseits all der wirren, unvollendeten Überlegungen. Ist es ein Fluch, der mich heimsucht? Finden deshalb die Priester keinen Grund für meine Erkrankung?

Einerseits zetert in mir die ungestüme, skeptische, unbedachte Hoffnung, alles könne sich gütlich tun, die Lähmung könne weichen wie ein Sandsturm. Anubis möchte sich noch zureden lassen. Es möchte mir ein ungesegnetes Ende in der Jugend meiner Jahre erspart bleiben. Er nahm meinen Gatten und ein neugeborenes Kind. Schickt er itzt nach mir? Kann mein Herz nicht länger schwelgen in all dem Leben, welches hier reich und heiß und liebenswert ist? War ich nicht trotz Krummstab und Geißel auch der göttliche Mensch, ein kindliches und vergängliches Wesen mit dem Anrecht auf ein wenig Glück, auf einen Strahl Sonne, auf ein Auge von Zyan und Weiß? Nein, eingedenk des Schoßes meines Landes, der fruchtbar ist wie der meine, will ich bleiben und diesem weltlichen Reich Söhne schenken, sie an meinen vollen Brüsten nähren und sie lehren, den großen Horus anzurufen: *Heil dir, Horus! Heil dir, Horus-Harmachis, welcher jenen Ort am Horizont in sein Auge faßt, wo in gleißender Helle sein himmlischer Doppelgänger, die Sonne, aufgehen muß, rot im rötlichen Sand, so wie jede Geburt rot ist!*

Ich habe Angst. Nicht vor dem Tod, auf den wir erfüllt hinleben, weil er nicht schreckliches Ende ist, sondern eine in die Zeit hineinreichende und die Zeit überdauernde Obliegenheit unseres Schöpfers. Nein, ich fürchte um mein Leben, das mir mit einem Male um ein Vielfaches kostbarer erscheint als noch vor Tagen, da ich die Tempel besuchte, um die Orakel zu befragen. Unbedarft. Unbedacht.

Ich entsinne mich an das Spiel meiner Beinmuskeln, als ich die Promenade beschritt, an das Schwingen der eingeflochtenen Troddeln in meinem Haar und an die wogende Bewegung meiner Brüste. Nun vermag ich nur noch die Augenlider zu öffnen und zu schließen, flach zu atmen und im Geiste zu wandern, wohin zuvor stolzer Schritt mich lenkte. Und wenn ich mich alleine wähne, lasse ich das Weinen an meiner Kehle würgen, denn weinen darf ich nicht.

Jedoch kommen immer öfter die Priester, um meinen Körper zu drehen, zu salben und zu massieren. Eben erst schlossen sie mit ihren warmen Händen meine Augen und reiben mich nun wohltuend mit Öl ein. Dann aber, wie ein göttlicher Blitz aus verhangenem Firmament, schlägt etwas auf mich nieder – ein kurzer Stoß nur auf die Nase, dem ein bewußtseinraubender Schmerz folgt. *Wenn es nur hilft*, denke ich, *wenn es nur Krankheit und Tod vertreibt*. Mir schwindelt, bevor die beruhigende sammetschwarze Dunkelheit kommt, aus der ich nur kurz noch erwache, als ich einen Stich in meinem Kopf spüre, ein Schaben und Kratzen und eine ziehende, reißende Umklammerung des Geistes. Meine begrenzte Sicht wird weit und gütiger. Die Wände aus flackerndem Licht und glattem, beschriftetem Fels weichen von mir, und vor mir liegt die Weite des Himmels, an dem Sperber reisen, und das gleißend weiße Licht der Sonne strahlt mit einer Grabeskälte.

Als ich erwache, mutet es mir an, als gehe es mir wohler. Zumindest spüre ich keinen Schmerz mehr. Etwas scheint in meiner Nase zu stecken und meinen Kopf mit einer wohligen Hitze zu füllen, die mich schlaftrunken und dennoch stark macht. Wieder salbt man mich mit Ölen, die – so mutmaße ich – nach Kassia und Myrrhe duften. Ich komme mir hier geborgen vor, gekräftigt und nahezu unverwüstlich. Zwar vermag ich mich noch immer nicht zu bewegen, aber die Hingabe der Priesterschaft läßt mich jedwede Zweifel an meiner Genesung vergessen. Wenn diese Götterschergen nicht üblen Pfusch an mir verrichten, wird es mir bald gegeben sein, an meinen angestammten Platz zurückzukehren.

Man entfernt nun endlich das Instrument aus meiner Nase und nutzt meinen Moment der Unachtsamkeit, um an meiner linken Seite einen Streich unterschwelligen Reißens zu führen. Und urplötzlich spüre ich Leben in mir, es bewegt sich etwas in meinem Inneren wie der heiße, große Phallus des ewigen Gatten Min, dem man sich öffnet und hingibt. *Oh belebender Kamutef!*

Ich bin angefüllt vom Wogen und Wanken, vom Ziehen und Schieben, daß ich glaube, meine Knie vor Erregung zittern zu spüren, meinen Odem in einer nie gekannten Hast flattern zu fühlen, als wäre er eins mit den schnellen, harten Schlägen meines Herzens. Und nach einer erfüllenden Ewigkeit kehrt eine nie gekannte, wohltuende Ruhe ein, die von nichts mehr unterbrochen wird. Ich bin still wie ein stehendes Gewässer. Als hätte ich mich auf dieser wunderbaren Reise von der Krankheit zurück ins Leben zu einer kurzen Rast hinreißen lassen, deren Beschaulichkeit mir für den letzten und zugleich ersten Schritt Kraft zu geben vermag, so ist sie dennoch schwer zu ertragen. Furchtbar ist die Einsamkeit und Leere, die mich fruchtbar bemannt. Das Sterben ist nun unausdenkbare Weite und das Hierbleiben der letzte Moment voller Nähe einer steinerner Kraft.

Es muß etwas geschehen. Sogleich. Ich befürchte, sonst versteinert die Welt vor meinem Angesicht. Ich fühle ein Geschehnis in meiner unendlichen Ruhe schwanger gehen. Es dräut.

Die Priester decken mich eben zu, mit kleinen Säckchen aus bleichem Leinen, unzählig viele, und lassen mich dann zurück in jener kosmischen Leere, die sich mit all meinem Leben auszufüllen trachtet.

Die Zeit leidet keinen Mangel, insbesondere nicht an Augenblicken. Wenn ich nur denke, wie viel ich von jenen hinter mich gebracht, erahne ich, wie viele noch vor mir liegen mögen. Und es gibt niemanden, der kommt und der Ewigkeit die Grenzen setzt. Sie stellte sich stets erweiternd, nimmt Abstand, wenn ich ihr zu nahe kam. Ich bezwinge mich, denn ein dunkler Zorn erwächst in mir. Keiner meiner haarlosen Priesterfreunde kommt nun mehr, um mir diesen beklemmenden Aufenthalt zu versüßen.

Ich liege unter einem sengenden Zudeck aus schneidendem Feuer und mir deucht, seine Hitze gibt der meines Zornes weder in Kraft noch Beständigkeit etwas nach.

Ich habe elenden Durst und träume seit Äonen – wie mir scheint – von Bädern aus Milch und schmachte nach Kelchen mit klarem, frischen Naß. Ja, meine Gier lechzt unablässig nach jeder Form von Feuchte, wenn sie nur feil gewesen wäre. Was ich so leichthin hier berichte, das ist wahrlich mehr als nur ein großen Grauen, denn auch wenn ich zuletzt nicht mehr zu sagen vermag, ob vierzig Tage, siebzig oder gar hundert vergangen sein mögen, so ist es letztendlich mehr als nur ein Maß der Zeit. Ohne Bewegung und ohne Erfüllung, ohne einen

Funken, der dich beschäftigt, streckt sich die Stunde wie die Wüste gen Horizont, entfleucht dir und quält dich, bist du doch ihr Eigentum. Du bist allein. Du bist dir hilflos ausgeliefert.

Als ich aber schon vermeine, die sinnentleerten Stunden trinken zu können, um mein unseliges Schmachten zu stillen, da kommen die Priester und nehmen mein brennendes Zudeck mit einer schier unverschämten Muße von mir, nur um mich erneut zu salben und zu ölen. Am liebsten würde ich toben und mich erzürnen, wie man es wagen kann, mich derart lang zu quälen, mich verdursten zu lassen, obschon der Tod selbst mich zu haben nicht bereit ist, sonst hätte er mich nicht über all die lange Zeit verschmäht. Doch ich bezwinge mich mit dem Willen einer Königin, still zu sein und den rechten Moment abzuwarten. Denn ich bin – und dies gewahre ich ganz deutlich – wieder matt und leer, obschon ich meine Kräfte vernehmlich in mir spüre, fern wie ein Muskelkrampf oder eine Erhärtung, die jede Sehne in Spannung reißt.

Die Priester beginnen mich mit kühlen, schmalen Leinenbinden zu umwickeln. Ein jeder Teil meines Körpers wird umsorgt, man wickelt kunstreich Amulette an meinen Leib und bedient sich wundersamer, kunstvoller Formen des Bindens. Anubis selbst wohnt der Zeremonie bei, als giere er bereits nach meinem Leben, das ich ihm zu geben nicht willens bin. Er bestreicht die verbundenen Körperteile mit einem honigfarbenen Harz und spricht Zauberformeln über mich.

Ich aber lache. Still und innerlich lache ich über diese Narren, da sie glauben, meine Heilung und Genesung könne die Qualen und die Folter aufwiegen, die sie mir zufügten. Sterben würden sie alle, wenn mein Zorn endlich wieder entfesselt werden könnte. Mich dürstet. Der Durst in mir ist ein Weltenbrand. Ihr Blut würde ich trinken.

Als sie schließlich mein Gesicht mit einer sorgsamen Längs- und Querwicklung verhüllen, schließen sie mich endgültig in mich selbst ein. Doch alles was ich brauche, ist in mir, und wenn ich mich versuche, werde ich stärker und inniger. Der Weg in mir wird gangbar, über mir das Zyan und das Gold, offen, hoch und gleißend in durchglühter Sonnenluft.

Jetzt ist die Kraft wie eine wandernde Düne auf ihrer Höhe. Jetzt entreißt sie mir Herz und Willen, bricht lautlos auseinander, und ich bin frei und voll von hohler Kraft. Ich erhebe mich von meiner Bettstatt und höre den Schrecken und das Grauen meiner Nachrichter, in deren Obhut ich mich sicher wähnte, bis daß ich begriff, welch schändliche Schmach sie mir auferlegten. Mit dem Auge des Horus sehe ich trotz verbundenem Haupt und bin imstande, ihre Kehlen zu finden und zu würgen, ihre Gliedmaßen wie trockenes Holz zu brechen und ihr Blut auf den heiligen Brüsten der Mutter zu vergießen.

Ich lebe...

Wie wohl ist es zu leben.

Michael Borlik

Engel der Nacht

Sie war die eine, die mir alles bedeutete.

Im diffusen Licht der Straßenlaternen erhaschte ich erstmalig einen Blick auf ihre Gestalt. Damals trug sie eine Krinoline, ein glockengleiches Kleid, das sich um die Taille zu einer Vielzahl von Stofflagen aufbauschte, den Oberkörper jedoch eng umschlang. Jede Kurve übermäßig betonend. Ein Anblick voller Reize, der selbst mein unsterbliches Herz höher schlagen ließ. Und erst dieses Gesicht! Engelsgleich, von vornehmer Blässe. Die Lippen hingegen strotzten vor Sinnlichkeit. Rot wie das Blut, das durch ihre Adern strömte.

Ich verzerrte mich nach ihrem Anblick, der allein ausreichte, mich in Ekstase zu versetzen. Dieses Verlangen! Ich war kaum fähig, mich zu bändigen. Wie ein Tier fühlte ich mich. Einzig und allein durch triebhafte Instinkte gelenkt. Seit Wochen folgte ich diesem Engel der Nacht. Denn nur zu dieser Stunde trat sie hinaus auf die Straße. Dabei war sie nicht einmal eine der unseren.

Oh, Kathlyn!

Ihr Name klang in meinen Ohren wie eine liebliche Symphonie. Eine Frau mit Charakter. Jung, dennoch ohne Angst. Ohne Scheu. Hätte sie es sonst gewagt, jede Nacht zur gottverlassenen Stunde durch die Straßen Londons zu wandeln? Ich mußte sie haben. Aber wer verbarg sich wirklich hinter ihr? Warum kannte sie keine Furcht, wo doch in jedem Schatten Diebe oder Mörder lauern konnten. Oder gar Schlimmeres.

In den nächsten Wochen folgte ich Kathlyn bei jedem ihrer mitternächtlichen Spaziergänge. Und einmal bewahrte ich sie vor dem Tod. Ein räudiger Mörder, der ihr nachschlich. Sie zu berauben, sich an ihr zu vergehen. Weiß der Teufel! Wie aus dem Nichts erstanden, trat ich hinter ihn. Meine Hand verschloß seine Lippen, während sich meine Zähne in seinen Hals gruben. Er roch nach Mensch, Salz und Schweiß. Das warme

Blut rann mir die Kehle herab. Mein Lebenselixier. Der Nektar der Götter. Oh, welche Gaumenfreude bereitete mir dieses Mahl. Immer wieder aufs Neue.

In meinem Verzücken nahm ich nur am Rande wahr, wie sich mein Opfer zu wehren versuchte. In seiner Hand sah ich ein Messer aufblitzen, ergriff sie und fühlte, wie seine Knochen unter meiner Umklammerung zersplitterten. Wildes Schmerzgeheul entrang sich seiner Kehle, das selbst meine Hand nicht zu unterdrücken vermochte. Da riß ich mich los. Ein kurzer Ruck nur genügte, und sein Genick brach. Ein Geräusch, so unendlich laut in der Nacht. Ungern hatte ich diese Mahlzeit vorzeitig beendet. Aber es mußte sein. Sein Schrei hätte früher oder später Neugierige angelockt.

Fünf Tage waren seitdem vergangen. In der Zwischenzeit hatte ich mich an anderen Opfern gelabt. Vornehmlich Frauen, denen ich eine gewisse Ähnlichkeit mit meiner angebeteten Kathlyn abgewinnen konnte. Während ich sie aussaugte und fühlte, wie das Leben langsam aus ihren zierlichen Körpern entschlüpfte, wie ihre Herzen immer langsamer schlugen und schließlich ganz verklangen, da dachte ich immer nur an sie. Die eine, der all meine Gedanken gehörten.

Wie in jener Nacht, seit ich sie erblickt hatte, folgte ich ihr auch in dieser. Eine einsame Frauengestalt, die an den Ufern der Themse wanderte. Hin und wieder rollte eine Droschke an ihr vorüber, aber Kathlyn hielt sie nicht an. Nichts schien sie nach Hause zu treiben. Meist dauerten ihre Spaziergänge Stunden. Bis hinein in die frühen Morgenstunden, und diese Nacht hatte gerade erst begonnen. Nebel wallte über den Fluß. Er schien ihr keine Schrecken einzujagen, obgleich der vielen Schauergeschichten, die man sich über ihn erzählte. Selbst als er über das Ufer trieb, ließ es sie unbeeindruckt. Ich mußte diese Frau haben!

„Guten Abend, Madame."

Ich trat aus der Dunkelheit, in die ich mich ganz nach Belieben wie in eine Tarnkappe hüllen konnte. Unsichtbar für die Blicke der Sterblichen. Kathlyns Augen, blau wie Saphire, erwiderten meinen Blick mit unbefangener Gleichgültigkeit. Ach, wie wenig Leben spiegelten sie wieder. Und doch war sie ein Mensch. Ein Mysterium. War sie eine gequälte Seele, gefangen in einer sterblichen Hülle? Sie lebte. Zweifelsohne. Ich konnte es riechen. Die sanfte Wärme fühlen, die ihr Körper aussandte. Aber ihre Augen waren die einer Toten.

Noch immer starrte sie mich an. Dann wandte sie sich enttäuscht von mir ab, als ich nichts anderes tat, als sie anzulächeln. Was hatte sie erhofft? Daß ich ihrem Körper raubte, was ihre Seele längst verloren hatte?

„Bitte, Sir, lassen Sie mich in Ruhe. Sie stören mich in meiner Einsamkeit."

So voller Schmerz war ihre Stimme, daß es mir einen wonnigen Schauder durch den untoten Leib jagte. Sie war es. Auf Kathlyn hatte ich all die Jahrhunderte gewartet. Sie fühlte wie ich, als ich noch zu den Sterblichen zählte. Ich las es in ihren Augen, in ihrer Miene, in jeder ihrer Bewegungen. Sie war mein weibliches Pendant. Ich folgte ihr, um diese Konversation fortzusetzen.

„Verzeiht mir, Madame", sagte ich. „Ich sorge mich. Die Nacht ist das Revier des Todes. Der Wahnsinn streift durch die Gassen. Nur der Törichte würde sich zu dieser Stunde hinauswagen und das sichere Heim verlassen."

„Sie irren, mein Herr. Seit Wochen durchstreife ich die Nächte. Aber der Wahnsinn, wie Sie ihn nennen, scheint nur in unserer Phantasie zu existieren." Sie lachte kurz auf. Aber keine Freude lag darin. „Neuerdings scheint der Tod die Lebenden zu schmähen."

„Nur jene, die nach ihm suchen“, erwiderte ich.

Sie warf mir einen kurzen, unbestimmten Blick zu. „Warum sollte er das?“

Ich schmunzelte. „Aus Vergnügungssucht. Was mehr könnte ihn amüsieren? Alle Welt sehnt sich nach Leben. Was könnte für ihn interessanter sein als ein Mensch, der sich ihm freiwillig anbietet?“

„Glauben Sie das wirklich? Oder machen Sie sich über mich lustig?“ Ihre Stimme war voller Kälte. Wie die Nacht, die wir durchstreiften. Oder die Brise, die vom Fluß zu uns herüberwehte.

Ich lächelte. „Glauben?“ fragte ich leicht spöttisch. „Ich weiß es.“

Wieder durchbohrte mich der Blick ihrer blauen Augen. „Das Leben ist eine Plage. Erst sind wir jung und schön, doch dann sucht uns das Alter heim. Wie die Geschwüre einer Seuche entstellt es uns. Macht uns krank und gebrechlich, bis wir ins Grab sinken.“ Ihre Stimme zitterte. Vor Wut und vor Schmerz. „Leere! Wohin ich blicke, sehe ich nur Leere. Ich begreife nicht den Sinn. Gibt es überhaupt einen?“

„Von welchem Sinn sprechen Sie?“ fragte ich.

„Wo sind die Wunder, von denen alle Welt spricht? Wo Gut und Böse? Entspringen diese Vorstellungen allein unserer Phantasie? Denn dann ist diese Welt nicht real.“ Sie wandte den Kopf zur Seite. „Nicht real. Verstehen Sie? Dann verliert alles seine Bedeutung.“

Wie gut ich sie verstand! Und wie sehr sie mich in diesem Augenblick verzauberte.

Tränen funkelten in ihren Augenwinkeln, als sie sich umdrehte und davonhastete. Endlich verstand ich sie. Das Leben konnte sie nicht faszinieren. Daher verlangte es ihr nicht länger danach. Ich würde ihr zeigen, wie sehr sie sich irrte. In dieser Nacht ließ ich Kathlyn gehen, aber schon in der folgenden suchte ich sie erneut auf. Wieder spazierte sie an der Themse. Als sie mich erblickte, war sie nicht einmal überrascht. Ganz so, als hätte sie mich erwartet.

„Komm", sprach ich und reichte ihr die Hand. „Ich will dir etwas zeigen."

Wir entfernten uns von den Ufern des Flusses, von den laternenerleuchteten Hauptstraßen Londons und ich geleitete sie in die heruntergekommenen Wohnviertel. Den Orten, wo die Armen, die Tagediebe und Prostituierten lebten. Menschen, die niemand suchen würde. Niemand vermißte, wenn sie spurlos verschwänden.

Kathlyn stellte keine Fragen. Zögerte nicht, mit mir zu kommen. So etwas wie Neugierde flackerte in ihren Saphiraugen.

An einer Straßenecke gebot ich ihr zu warten und deutete auf eine Frau, die vor dem erleuchteten Eingang einer heruntergekommenen Spelunke stand.

„Folge uns. Sobald sie sich mir anschließt."

Kathlyn nickte. Ein wenig verunsichert. Da streifte ich meinen Handschuh ab und berührte sie an der Wange. Als sie die Kälte und Leblosigkeit meines Körpers gewahr wurde, nickte sie noch einmal. Eifriger. Sie schob mich von sich. Nicht aus Angst oder Ekel. Aus Hoffnung. Ich weiß nicht, was sie in diesem Augenblick in mir sah, aber es gab ihr etwas zurück, was sie längst verloren glaubte.

Ich fühlte ihren Blick in meinem Rücken, als ich mich der blonden Dirne näherte. Ein verderbtes, junges Ding. Sein Wille war so gefügig, daß sie sich mir bedenkenlos anschloß. Sie hegte nicht den geringsten Verdacht an ihr nahen Endes. Selbst nicht, als ich sie in eine verlassene Gasse führte. Die Schatten der Häuser hüllten uns in Dunkelheit. Über uns ragte nur der klare Sternenhimmel auf. Da blieb ich stehen und zog sie an mich. Spürte das Drängen ihres jungen Körpers, als ich die weiche Haut ihres schlanken, weißen Halses küßte. Was für ein Duft von dem zarten Fleisch aufstieg. So verführerisch, daß ich mich kaum beherrschen konnte. Aber ich mußte warten. Warten auf Kathlyn!

„Was ist?“ wollte die Dirne wissen.

Da hörte ich ihre Schritte. Zu leise für ein menschliches Ohr, aber nicht für das meine. Kathlyn näherte sich uns. Allein der Gedanke an sie, und daß sie sah, was ich gleich tun würde, versetzte mich in Ekstase. Meine Hand legte sich um die Kehle der Dirne und ich drückte sanft, aber bestimmt zu. Sie keuchte und strampelte mit den Füßen, als ich sie in die Höhe riß.

„Willkommen im Leben“, knurrte ich. Aber an wen richtete ich die Worte? An die Dirne? Oder Kathlyn, die nur wenige Schritte entfernt in der Dunkelheit stand und zusah.

Ich schleuderte das blonde Mädchen gegen die Häuserfront. Der Schmerz ließ sie aufstöhnen, bevor sie benommen zu Boden sackte. Sofort war ich über ihr. Lechzte wie ein hungriges Tier nach ihrem Blut. Aber das Spiel war längst nicht zu Ende. Ich haßte es, wenn meine Opfer vorzeitig starben. Je länger man den Tod hinauszögert, je größer ihre Angst wird, desto süßer schmeckt das Blut. Ich ergriff die bleiche Hand des Mädchens. Es war unfähig, sich überhaupt zu wehren. Zielsicher spürte ich die Pulsader auf und meine Zähne versenkten sich darin. Ein Schwall des lieblichen Saftes schoß in meinen Mund. Ich saugte. Wollte mehr und riß mich wieder los.

Die Dirne wimmerte leise. Suchte mich kraftlos von sich zu stoßen. Ich lachte nur. „Stärker, mein Kind“, schnurrte ich ihr ins Ohr. „Du willst doch nicht etwa schon aufgeben.“

„Geh zum Teufel“, krächzte sie.

Ich vergrub mich in ihren Hals. Erneut schmeckte ich das frische, süße Blut. Es gab nichts Vergleichbares auf der Welt. Kein Sterblicher würde je verstehen können, was dieser köstliche Trunk für mich und meinesgleichen bedeutete. Die Dirne wehrte sich, strampelte wie unwilliges Vieh auf dem Weg zum Schlachthof. Oh, wie sie mir damit das Vergnügen noch um ein Vielfaches versüßte. Ich vermag nicht in Worte zu fassen, was diese Freude, diese Sinneslust beschreiben könnte.

Erst als ich den toten Körper der Dirne von mir stieß, erinnerte ich mich wieder meiner sterblichen Angebeteten. Ich hörte, wie sich Kathlyn regte. Sie kam näher. Blieb neben mir stehen und blickte auf die Leiche herab. Sekunden. Minuten. Die Zeit schien stillzustehen. Nach einer Weile ging sie in die Knie, um das Gesicht der Toten genauer im schwachen Licht der Sterne betrachten zu können. Die wässrigen, aufgerissenen Augen. Der Ausdruck des Schreckens, der ihr Gesicht gezeichnet hatte, als sie spürte, wie ihr Herz den letzten Schlag tat. All das sog Kathlyn in sich auf. Musterte die Tote, wie eine exotische Blüte, die gerade erst ihre zarten, weichen Blätter entfaltet hatte. Und wundersames Staunen zeichnete sich auf ihren Zügen ab.

„Ihr Leben für das deine“, sagte Kathlyn und sah zu mir auf.

Sie wußte, was ich war.

„Willst du mehr sehen?“

„Oh ja“, antwortete sie und lachte. Wie lieblich und rein dieses Lachen doch war. Und welchem Grauen es entsprang. Dem Tod einer Sterblichen. Das entzückte mich umso mehr. Alsbald fand ich ein weiteres Opfer. Kathlyn hatte es ausgewählt. Einen echten Gentleman. Mehr als nur angetrunken, wie sein schwankender Gang erkennen ließ.

Hinterrücks überfiel ich ihn. Ergriff sein Haar und riß den Kopf gewaltsam zur Seite, um meine Zähne in seine Halsschlagader zu stoßen. Dieses Mal blieb Kathlyn nicht in der Ferne stehen, sondern trat direkt vor mein Opfer. Flehentlich streckte der Mann die Hände nach ihr aus. Stammelte ein unverständliches Wort. Vielleicht die Bitte um Hilfe.

Kathlyn nickte. Lächelte ihm zu, wie um ihn zu beruhigen. Strich sanft über seine Wange. Eine Berührung, wie eine Liebkosung. Sie tat es, während ich ihm das kostbare Lebenselixier entzog. Und als seine Lider zu flackern begannen, sein Atem flacher wurde, da beugte sie sich zu ihm vor und küßte ihn mit dem Verebben seinen letzten Herzschlags.

„Er ist tot“, sagte sie. Es klang enttäuscht. Fast schon vorwurfsvoll.

„Stört dich das?“ fragte ich.

Kathlyn nickte. „Ich wollte, daß es länger dauerte.“

Da lachte ich und schloß sie in die Arme. „Du bist einfach wunderbar!“

„Ich will sein, was du bist“, raunte sie mir zu. „Laß mich an deiner Art zu leben teilhaben. Endlich weiß ich, daß diese Welt real ist. Gut und Böse darin wirklich Bestand haben. Dieses Wissen ist mehr, als ich mir je erträumt hätte.“

„Wenn es dein Wunsch ist“, antwortete ich, „dann sollst du eine der Unseren werden.“

„Das will ich, mehr als alles andere.“

Sie reckte mir ihren langen, weißen Hals entgegen und ich sog ihren lieblichen Geruch in mich auf. Wie wunderbar! Diese Nacht brachte uns beiden die Erfüllung. Ich lächelte in die Dunkelheit. Kathlyn stöhnte leise auf, als ich meine Zähne in ihre samtweiche Haut grub. Und als ich genug von ihr getrunken hatte, bot ich ihr mein Blut dar.

„Das Geschenk des Lebens, ewigen Lebens!“

„Wahren Lebens“, raunte sie. „Die Erfüllung!“

Gierig versenkten sich ihre Lippen in mein Blut. Badeten darin, labten sich an der Unsterblichkeit. Später in der Nacht starb sie in meinen Armen. Aber die Trennung war nur von kurzer Dauer. Denn schon mit dem nächsten Sonnenuntergang stand meine Geliebte mir wieder gegenüber. Meine Kathlyn, mein Engel der Nacht!

Dominik Irtenkauf

Mumienglanz in der Nekrophilharmonie

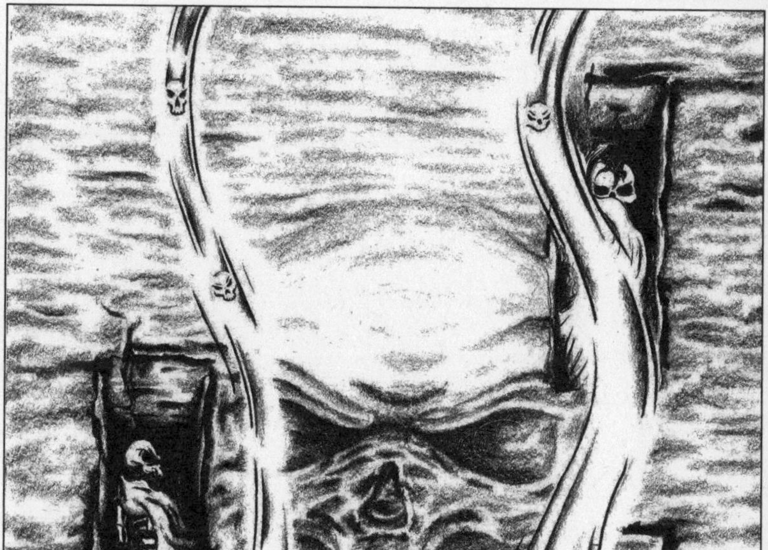

Der Gebäudekomplex war kaum zu überschauen, überall zweigten Gänge ab und verloren sich in undurchsichtigem Dunkel.

Hier inmitten dieser geschäftigen Großstadt kümmerte sich niemand um die alten Stahlverstrebungen, die das brüchige Mauerwerk abstützten. Noch weniger war man an den altertümlichen Funden interessiert, die tief unten in den abgeschirmten Kellergewölben lagerten und auf eine genaue Untersuchung warteten. In ihrer ledernen Haut verbargen sich jahrtausendealte Einkerbungen, die es nur zu entschlüsseln galt. In einer nahezu perfekten Körperkunst wurden die sterblichen Überreste für eine Nachwelt erhalten. Dabei bestand durchaus die Möglichkeit, daß spätere Äonen den Gehalt dieses Körpers gar nicht mehr verstehen konnten. Brachliegend, ein Körper ohne einen Funken Leben, beraubt seiner Ewigkeiten überdauernden Sinnlichkeit. Liegt einfach da auf dem Seziertisch und die Messer gleiten ohne ein tieferes Wissen in sein Innerstes, sein Geheimnis vor. Es wird kaum eine schön duftende Essenz hervortreten, ein interessantes Reagenzium zur näheren Betrachtung, herausgestochert kommt nur eine abgebrochene Skalpellspitze, vertrocknet und bedeckt mit dem geronnenen Blut der Jahrtausende.

Nimmt man den Weg durch die Eingangspforte auf, so gelangt man nach wenigen Metern an ein weiteres Portal, welches kurioserweise völlig aus Diamanten geschlagen war. An der rechten Seite des Tores war eine Schalttafel eingelassen, jedoch erkannte man darauf keine lateinischen Lettern oder arabische Ziffern, welche den Binärcode zur Öffnung in Gang gesetzt hätten. Es waren statt dessen verschlungene Figuren zu erkennen, deren bloße Darstellung einen kühlen Verstand in Entsetzen stürzten.

Erkannte man jedoch in diesen abstrahierten Mustern einen

verborgenen Zusammenhang, dann öffnete sich diese Pforte; und der Blick wurde freigegeben auf eine langgezogene Halle, die an beiden Seiten mit unzähligen Türen gekrönt war. Beging man nun den langen Gang, und wandte sich nach links und rechts, um die Beschriftungen an diesen vielzähligen Türen zu betrachten, da veränderte sich das Licht zeitweilig, denn es war eine Eigenart des Mechanikers im Hause, die Menschen, welche sich auf den Weg zu den modernsten Errungenschaften des Museums begaben, durch allerlei technische Spielereien in Angst und Schrecken zu versetzen. Er selbst saß in einem stillen Kämmerlein, und amüsierte sich köstlich über die wenig erhärteten Besucher. Wenn sie schon in seine heiligsten Gefilde vordrangen, so konnten sie wohl auch seine Streiche verkraften. Er selbst mußte schließlich Nacht für Nacht tief unter der Erde Wache schieben, seinen Schlaf opfern für tote, unbelebte Dinge. Vorschriften beachten, die ihm das Leben sicherlich auch nicht erleichterten: so durfte er zum Beispiel keine eigene Literatur in dieses unterschössige Labyrinth mitnehmen, weil er dadurch nur unnötig von seiner Arbeit abgelenkt werde. Zudem standen im Raum direkt unter seiner Kontrollzentrale – wie er liebevoll das Zimmerchen nannte – hochempfindliche Apparaturen, die geistige Strömungen aufnahmen, und die werten Herren Vorgesetzten glaubten fest daran, daß nach Lektüre von tiefschürfenden Werken auch die Geistestätigkeit höchste Formen annahm, und so die detektorischen Fühler der Maschinen ein Stockwerk tiefer überbeansprucht würden.

Um aber die äußerst triste Zeit totzuschlagen, stöberte er heimlich in den Schubladen der Lagerräume. Schlanke Metallschränke, monochrom glänzend, verhielten sich äußerst diskret, wenn man in ihre Fächer einen kurzen, wenn auch interessierten Blick hineinwarf. Jedes weitere Mal war er aber sichtlich erstaunt, was man in solchen Vorkehrungen alles unterbringen konnte: in Petroleum eingelegte Körperteile waren ebenso dabei wie auch vom Zahn der Zeit zerfressene Folianten. Zuweilen fand er auch Gesteinsproben oder gepreßte Blütenstengel, ganz ähnlich seinen eigenen Exponaten, die er zu Hause noch auf dem Dachboden verstaute. Als kleiner Junge hatte er vielerlei solcher Naturerkundungen betrieben. Nun aber war er hier auf seinen Sessel gebannt, konnte kaum etwas denken, ohne zu fürchten, die Maschinen unter ihm würden einen bedrohlichen Ausschlag erreichen. So verbrachte er einen Großteil der Nächte zurückgezogen in seinem eigenen Körper, versuchte auch, nicht weiter an seine tristen Nachtschichten zu denken. Dies galt als die höchste Freude eines Nachtwächters: sich selbst zu erfahren, in die tiefsten Regionen der eigenen Gedanken zu schauen, dabei in abgedunkeltem Licht sitzen, während draußen Nächte sich niedersenken.

Der Tisch stand vor den fast zufallenden Augen, mühsam verkniff man sich ein kurzes Einnicken. Schloß er sie dann dennoch, und blinzelte dann kurz darauf erneut auf, brannte sich das Licht in sein Hirn ein. Obwohl er nur auf eine altersschwache Lampe niederblickte, hatte sie immer noch genügend Blendkraft, um ihn um den Verstand zu bringen. Zuweilen knipste er sie einfach aus, doch bohrte sich dann eine unangenehme Bedrohung in sein Gemüt. Drängender wurde das Gefühl, den Lampenschein – den güldenen – wieder zu Kräften zu setzen.

Diese monotone Einheit der finsteren Gesellen, die sich so dicht nebeneinander stellen, daß es einen ununterscheidbaren Teppich bildet, einen Dunst, den kaum Sonnenstrahlen brechen können. Und wendet man unversehens diesen Gestalten den Rücken zu, erheben sie sich aus zuvor toten Gesteinen, recken aus die spindeldürren Glieder.

Sollst dich kaum umwenden, sonst zerreißt's dir das Herzmark. Wild um dich blickend, findest du nicht die gebleckten Zähne. Licht strahle auf diese Beißerchen, entblöße sie im neongrellen Licht der Stablampen, hier brennen sie, um wache Augen aufzuhalten. Zu Schlitzen verkleinern sie sich rasant, kleine, klitzekleine werden sie. Unscharf schleichen die Schemen weiter, während der Nachtwächter hier verweilt.

Sie stolzierten in ihren ausgeleierten Fräcken über die Straße. Staub wirbelte dabei nicht unwesentlich auf, doch sie scharrten noch tiefer mit ihren gebogenen Stiefeln in den Sand, und die Kehle schnürte sich fast zu. Sie hatten verdammt noch mal einen Wahnsinnsdurst, und die brennenden Feuer in ihren Kehlen mußten augenblicklich gelöscht werden.

In den rechten Händen trugen sie fein gearbeitete Geigenkoffer, am Rand mit einer Nietenspur versehen. Ob diese angebracht wurden, um der Mode zu entsprechen oder schlicht Einschußlöcher zu bedecken, konnten und wollten sie nicht antworten. Es fiel aber auf, daß sie verdächtig oft über die glatte Lederhaut der Koffer strichen, so als würde in ihnen ein Säugling liegen, ein Liebling, den sie von allen möglichen Gefahren fernhalten mochten. Der Blick ging geradeaus, doch unter breiten Cowboyhüten lugte scharf eingestellte, südländisch geschulte Optik hervor; stets die Ränder im Kopf. Lässig hielten sie in der linken Hand eine verblühte schwarze Rose, deren penetranter Verwesungsgeruch durch die Straßen schwelte. Von Zeit zu Zeit steckte ein neugieriges Weiblein den Kopf aus einem Fensterverschlag; schlug aber zugleich die Hände über dem Kopf zusammen und verkroch sich erneut mit Gekeife in ihre Stube.

Um diese Zeit – es war Sonntagmorgen in aller Frühe – trieben sich nur noch einige Nachtfalter und Bettler in der Kälte herum. Die vier Musikanten aber kannten ihr Ziel, das sie nun mit weit ausholenden Schritten einzuholen versuchten. Hätte man sich auf das Dach des höchsten Gebäudes der Stadt begeben, ein fein gearbeitetes Teleskop zur Hilfe genommen, so sähe man nun, daß sie es eilig hatten. Eine leichte Brise kam auf und blies durch die Fräcke, die Schlitze in ihren Rücken fingen zu flattern an, nahmen dankbar eine Regung in sich auf. Schon lange hatten sie kein Bad mehr genommen, der Dreck sammelte sich derweil unter den Fingernägeln und im Mottenstaub.

Durch viele Siedlungen des Landes waren sie gestreift, hatten einiges zu sehen bekommen, aber es hielt sie nie lange an einem Ort. Entweder verscherzten sie es sich durch Eskapaden in Hotelzimmern, in denen sie logierten, oder aber sie verärgerten den Wirt durch zu eigenwillige Interpretationen des Gastrechts. Für sie wäre es eine Schande gewesen, fänden sie nicht den richtigen Takt. Sie waren schließlich Musiker. Mit den Worten hielten sie es nicht so genau, da flutschte schon mal ein grobes Ungetüm aus dem Munde, was so schnell nicht mehr einzuholen war. Doch wenn dies geschah, da zogen sie einfach wieder ihres Weges, der Sonne entgegen.

Und so stießen sie den Staub mit ihren Stiefeln auf, schritten die Straße entlang und musterten die sorgsam verschlossenen Türen. Konnte man durch sie hindurchschreiten, ohne die Luft selbst in Schwingung zu bringen? Und dem dahinter lauernden Menschen ein Messer in den Magen stoßen?

Verborgenheit war ihr Geschäft. Einerseits hielten sie sich selbst bedeckt (und ihre schwarzen Nadelstreifenanzüge mutierten im Sonnenlicht zu unangenehmen Wärmetanks), auf der anderen Seite der Sonne aber stöberten sie in alten Schränken. Und in diesen lagen einerlei Dinge. Teilweise wirbelte auch mitten in den Gewölben Staub auf; jedoch kein Straßenbelag, sondern der Staub der Zeiten. Diesen bliesen sie hinfort und es schien ihnen eine Sonne aufzugehen. Ohne deren Licht hätten sie auch kaum wieder den Weg herausgefunden. – Es war aber eine andere Art von Licht.

Die Augenbraue hebt sich. Der Kopf nickt nach vorne. Eine schnelle Wendung des Wirbels nach hinten links. Dazu ballt sich die Faust. Leicht in die Höhe gerissen. Der Fuß stampft auf.

Die Augenlider schließen sich. Ein Beben durchzieht die Lunge. Der Nasenrücken beugt sich zum Boden. Die Füße scharren. Die Sohle wischt den Grund, zeichnet einen Halbkreis. Die Augen auf. Der Kopf aufgerichtet. Leichtes Vorwärtssenken des Gesichts. Die Hand weit aufgefächert. Beschreibt einen Bogen, bleibt auf den Schränken liegen. Hände greifen.

Geigen surren höchst melodiös, wenn geübte Finger den Bogen über die Saiten streichen lassen. Doch wehe, wenn sich ein ungeübter Lügenbold an diesen virtuosen Konstruktionen versucht.

Musik versüßt allzu lange Stunden, besonders in trister Umgebung. Und der werte Nachtwächter hatte oftmals in Notenschriften gelesen, die er hier im Archiv gefunden hatte. Dabei versuchte er sich auch stets die Melodieführung in Musik zu übersetzen. Zuweilen entstand so zwischen speckigen Backsteinen und kahlen Wänden eine große Harmonie.

Er fand zu neuem Sinn: hier unten im Gemäuer mit all den toten Dingen eine Symphonie anzustimmen. Eisern und kalt lagen sie hier. Den Ton hatten sie verloren. Bewegung entstand nicht mehr aus ihrem Herzen. Wenn sie sich doch mal bewegen sollten, dann waren es die Assistenten, die ihre Stücke von einem Punkt zum anderen trugen.

„Ich bin durchaus zufrieden. Ich erhalte hier Einblick in viele verborgene Dinge, die den Menschen dort oben nichts mehr geben. Sie wollen noch nicht gestorben sein, sie wollen einfach, daß man ihnen zuhört... Und dies mit Freude. Wenn aber über ihre eingefallenen Lippen ein Ton sich schleicht, weicht dann eure Gesichtsfarbe hin zu bleich? Liegen sie einfach in ihrem Sarg, sagen weder Pieps noch Krächz, dann gefällt es euch. Was tot vor euch liegt, das meint ihr auch tot. Seid nur froh, daß euch jene Unverwesten nicht mehr von ihren Taten und Schrecken erzählen können. Schaut sie euch doch an: die einstige wohlgeformte Gestalt ist zerfallen in eine geschrumpfte Hülle! Da regt sich kein edles Geblüt mehr; da legt sich die Geschichte zum Grund hin. So lasset uns schweigen, in Andacht versinken. Heilig ist das Blut, das uns die Nahrung bietet."

In Stille lieh er sein Ohr den reglos verweilenden Dingen. Leichter Staub rieselte von den zerfurchten Stirnen. Kaum wollte er das Bild verändern, dessen erster Anblick ihn so mitriß. Er versuchte, seine impulsiven Gedanken leise zu unterdrücken. Hier war nicht der Platz für ausschweifendes Leben; die Totenruhe lag in der Luft.

Und die Luft war ja zum Leben da, so dachte er bei sich: ihre Geschichte kenne ich wohl... aus ihren markanten Gesichtern sprechen Steine aus früheren Zeitaltern. Ich selbst speise aus dem Luftzug, der durch diese Kammer weht. Er bringt Nachricht von draußen. Die Sonne scheint und in der Hitze des Mittags flirrt die Luft.

Schaufeln wir lieber im morschen Erdreich... darunter verbergen sich kühle Räume. Aus jenen fördern wir alte Körper, in ihnen steckt noch der alte Lebensfunken. Totengesänge erschallen, Gräber werden ausgehoben und in ihnen spiegelt sich der Menschheit Glanz. In Tempeln spenden Fackeln spärliches Licht und derweil machen sich geschäftige Hände ans Werk. Nur ganz leicht fassen sie die Mumien aus Staub an; vor Ehrfurcht neigen sie die Häupter über die Bündel von verblichener Lebenskraft. Jede zuckt, sobald der Scheinwerfer sie trifft. Ihre Lippen sind noch nicht versiegelt. Sie möchten uns wohl gar noch etwas erzählen... so laßt uns doch unsere Ohren spitzen: „Glanz umfängt uns. Liegen hier für Jahrhunderte. Warten auf neugierige Blicke. Zu entfachen unsere Geschichte."

Der Nachtwächter kommt gerne in die unterirdischen Gewölbe, sie bergen so allerhand Kuriosa, welche vor den neugierigen Blicken der Tageswelt verschwinden müssen.

Hier pocht allein sein Herz, während er eifrig in den alten Funden stöbert. Das Karussell dreht sich hier unten langsamer, die Luft ist stickig vom vielen Staub. Alte Geschichten liegen schon einige Zeit verschlossen, er wischt mit einem feinen Tuch die Utensilien – daraufhin entspinnt sich ein langer Faden. Diesen strickt er geduldig. Liebe zu allem Toten führt ihn stets erneut in Erdlöcher. Dort lagert sich alte Erde aus vergangenen Epochen, in diese stößt er mit dem Spaten; fördert dabei Alteisen und verbrauchte Körper. Da liegen sie nun also und er vernimmt ihre alten Gesänge:

„Schatten zu Schatten, Asche zu Asche, Staub zu Staub."

Die Lippen öffnen sich: auf und ab schnellen die Winkel. Aufmerksam zeichnen die Pupillen den Weg der Lippen nach. Töne stehlen sich aus dem Mund. Die Luft vibriert. Sie zerren die Winkel in alle Richtungen. Dazu reißen sie die Augen auf, drehen den Apfel mal nach links, dann nach rechts. Mit den Händen beschreiben sie lässig Kreise – in die Luft. Der Staub wirbelt auf. Schnalzen in die Finger. Der Fuß schwenkt mal nach links, mal nach rechts. Danach beschreibt er eine halbe Drehung nach hinten, wieder nach vorne. Die Schultern zucken leicht beschwipst im Takt der klappenden Hände.

Die Schlitze verengen sich. Die Stirn legt sich in Falten, bis sich leicht der Tränensack über dem linken Auge hebt. Unten verbreitert sich der Mund, zieht die linke Hälfte der Oberlippe halb hoch, während sich im rechten Mundwinkel eine Mulde bildet. Diese Kerbe birgt all die Skepsis. Es hebt sich im Gähnen der Mund, sofort verschwinden die Kerben. Ein großes Tor öffnet sich. Die Zähne blitzen spitz, ziehen am Fleisch, wollen gar ausbrechen.

Kaum Licht war vorhanden. Die Untersuchung konnten und wollten sie aber nicht aufschieben. So schichteten sie schon seit einiger Weile verblichenes Material von einer Ecke in die andere. Vor ihnen war der gesamte Boden bedeckt von ausgemusterten Schubladen, Schränken und Truhen. In diesen stocherten sie, wollten alten Staub sichten, ihn wegkehren und mit ihrem eigenen vermengen. Lebloser Unrat lagerte in diesen Kisten. Fast hätten sie noch zusätzliches Licht eingeschaltet, weil ihre eigenen Augen nachließen. Lange Jahrhunderte jagten sie den Memorabilia nach: in unzähligen Gewölben verdingten sie sich, gruben ihre zarten und bleichen Hände ständig in Verdorbenes, beluden ihre Gedanken mit Erinnerungen.

Und all dies ist schon so lange vergangen. Über die Jahre des Forschens hinweg haben sie allerhand Krankheiten mitgeschleppt: Lungenentzündungen aufgrund der feuchten Kälte, Narben und Rißwunden durch das intensive Schürfen, Infektionen durch den Kontakt mit Ungeziefer – die Liste war endlos. Wären da nicht ab und zu auch herausragende Funde, hätten sie keinerlei Entschädigungen für die Suche, die nie enden wollte. Und so griffen sie beherzt nach den Stücken, rochen aufgeregt mit der Nase daran – und all dies geschah, wenn die Nacht sich schon längst über die tiefen Kammern gesenkt hatte. So weit unten wagte keine Sterbensseele, die Ruhe zu stören.

Man hörte hier keineswegs Musik, die von den hell beleuchteten Straßen herüberwehen könnte. Kein Radio war auf Empfang geschaltet. Die Schwärze trug das einzige Geräusch.

Sie selbst bewegten nicht die Lungen, ächzten nicht in die Stille. Sie schoben lediglich ihre kalten Hände in die Holzschachteln. Mit stechendem Blick musterten sie jeden Zipfel Papier, jedes alte Stück Fleisch, jedes Scherflein Ton. Als wären auf den Fragmenten eines vorherigen Lebens Spuren zu lesen. Und ob sie lesen konnten! Einst erlernten sie es im klammen Kerzenschein, von Leuchtern umringt konzentriert auf Dokumente starrend. Sie lernten jedoch mehr, als nur die Zeichen zu entziffern; gierig sogen sie die Papiere in ihre Köpfe. Wirbelten von neuem die Räume durch, bewegten schnell die Beine. Dabei flatterten flott die Hosenbeine, schwarzer Frack mit weißen Steppschuhen. Die Finger schnalzten erneut, so flink wiederholten sich die Bewegungen, daß ein rotierender Lichtkegel entstand. Licht wie von einem Ventilator in heißer Nacht zerstreut in alle Ecken des Zimmers, im Rechteck spiegelten sich die Reflexe ständig fort – aus ihnen schien ein neuer Raum im Entstehen. Und dabei schnippten sie mit der linken Hand, mit der rechten durchkämmten sie die Archivboxen. Sie spielten jedoch im Takt, kein Schnalzen stockte im Dunkeln.

Sie kamen voran. In Schwarz gekleidet, stumm und... lässig.

Irritiert schaute er von den Schachteln empor. Drehte seinen Kopf um die Hälfte nach hinten, die Wirbelsäule gab den Bewegungen nach. Sah keinen Schatten, da war nichts. Er gab also wieder einen Schubs nach vorne, gelangte erneut in seinem Wirbel an. Schwach ertönte jedoch – ein Klang zunächst. Ja, er schlich sich heran. Musik – ja, es wob sich etwas zusammen. Es tönte sacht und leise, es zischte am Ohr vorbei. Nur ein Hauch, wie von Luft, die nach langer Zeit durch Ritzen sich zwängte. Nein!, es schrie in seinen Gedanken. Oh wie laut! So laut durfte doch kein Geist sein! Nein, die Mumien – sie zerfallen doch zu Staub, zu Erden werden sie, wenn nur ein leiser Hauch über sie hinwegschwebt. Das darf nicht geschehen. Er – er, der die Verantwortung trug. Ihre Geschichten verwischen zu Gesichtern, Schichten von Geröll räumen alles weg.

Ich verschließe die Türen, ich riegele sie ab. Hier kann nichts mehr entweichen, geweiht sind die Stätten. Macht zu die Tür, die Herzen macht weit.

Krank vor Furcht hastete er auf den Haupteingang zu – hier war das Gemäuer zu einem Baum mit zu vielen Ästen verkommen – dort fand er den eisernen Verschluß. Rüttelte wild daran, doch derselbe war fest verriegelt.

Verschlossen, dachte er bei sich, wegschließen die garstige Musik. Sie macht hier alles zugrunde, sie richtet die Geschichten. Mit ihrem Lärm übertönt sie ihre Stimmen, sie stopft jedes Loch mit ihrem Leim zu. So verschwindet der Lehm aus älterer Zeit, sie ist so ruchlos und bildhaft häßlich. Sie machen alles zunichte... sie kennen keine Scham. Sie pfeifen vergnügt auf ihre eigene Melodie, sie überdauern den Lidschlag von Äonen.

Sie liegen da, starr vor Zeit, strotzen die Finger in die Höhe, weisen auf geheime Schrift. Sind vergoldet, umkränzt mit Schmuck aus ihrem Leben. Retten sich über den Zerfall der Steine hinweg, wenn Ruinen schon längst vom Sand eingedrückt werden, liegen sie noch immer dort. Für Ewigkeiten gebaut, eingeschmiert mit dem Balsam des Lebens.

Er kann sich nicht mehr halten... Tränen brechen über ihn herein. Er läßt ihnen freien Lauf, fügt sich in die dunkle Nische dieser Kammer. Dort verharrt er, wartet, bis sie mit ihrem bösen Brodem vorübergezogen sind. Es ist noch Nacht und er hält dort immer noch – Wacht. Ein verstohlenes Lächeln schleicht sich über seine Wangen. In stiller Andacht ließ er den Blick wandern über die reglos verweilenden Mumien, mit Glanz in den Augen ordnete er ihre Zungen zu einem Alphabet.

Er wollte sie sprechen lassen; schließlich hatten sie sich lange genug vom Blut der Ahnen genährt.

Schnell zischt die Zunge über die blanken Spitzzähne. Das getrocknete Blut fügt sich dem feuchten Fleisch. Die Augenlider schließen sich sanft, ein breites Grinsen stiehlt sich über die Mundwinkel. Die spitzen Ohren richten sich auf, es zuckt jeder einzelne Muskel, so lange, bis sie zu ihrer vollen Größe aufgerichtet sind. Stechende Blicke, sie stieren aufmerksam. Zeitgleich heben sie die Finger und gebieten herrisch zur Ruhe. Stellen den Rücken hoch und gerade, vornüber gebeugt, rasant wirbeln die Glieder in unzählige Richtungen. Ein Krampf durchfährt die Sehnen, in spastischen Bewegungen krümmen sie sich auf dem staubigen, kühlen Boden. Da reißt einer von ihnen den Zeigefinger in die Waagerechte. Alle folgen seiner Zerrung. Die Nüstern weiten sich und stülpen sich leicht nach oben. Die Köpfe senken sich leicht von der Rechten zur Linken, auf der linken Schulter kommen sie zum Liegen.

„Wer weckt uns aus dem Totenschlaf? Wer besitzt die Tollheit, unser Jahrtausende überdauerndes Schweigen zu brechen?

Bürgen wir nicht für die Gewißheit der Sterblichkeit; was unter Staub und Erden begraben, soll nimmermehr sehen das Licht der Welt!

So sprachen wir einst von Tänzen, Tempeln und Schriften. Wir können keine Reden mehr führen, unsere Schritte haben wir längst verlernt. Was aber bist du – du, der du schnüffelst am Grabesgestank, der du dich ergötzest am wuchernden Gras über den zerfallenen Ruinen, der du unsere Geheimnisse studierst – für welche du zu unseren Lebzeiten getötet worden wärest.

Du betrachtest in aller Seelenruhe, aus so einiger Entfernung all unsere Schicksale, Geschichten, die das Leben schrieb. Da aus uns aber schon der Atem gewichen ist, erfreust du dich am toten Fleisch und am gebannten Leben.

Nun schau! was wir meinen: Betrachtest unsere kahlen Gebeine, umhüllt mit allem, was uns heilig für das Leben nach dem Tode... was hat es uns gebracht? Menschen in Äonen nach uns försteln an uns herum, doktoren, was uns einst das Genick gebrochen, was uns erfreut und zu welchen Menschen wir witzelnd in welcher Sprache gesprochen. So belebt man uns erneut: unsere Kultur spinnt in den Köpfen vieler Menschen weiter, auch wenn das Wort schon längst verschwunden. Ihr lest in unserer Schrift. Habt ihr je gefragt, ob euch dieses jähe Einbrechen in unsere Mysterien vorbehalten ist? So sind wir letzten Endes doch nichts weiter als totes Knochengerüst."

Der Lukubrant verlor stets mehr von seinem Augenlicht, um so tiefer er in ihre toten Körper vordrang. Auf Schatten oder Licht achtete er schon lange nicht mehr. Wichtig war allein, daß er die Zeichen im Lampenschein entziffern konnte. Stellenweise behalf er sich mit den gegerbten Fingern, strich Erhebung für Erhebung ab – und lächelte gedrückt, sollte er die Bedeutung nicht finden.

Es war in der Tat eine mühselige Arbeit: in einigen Nächten schob er sich um jeden Buchstaben, jede Chiffre vor, fügte einen unvollendeten Strich zu einer Vertikalen – zusammen ergaben sie eine neue Sicht der Dinge.

Schon lange fand er in dieser Arbeit Trost; wenn doch nur diese Musik nicht erklänge. Sanft wie ein feiner Windhauch, kaum faßbar, so schüchtern angetippt, daß die Instrumente verstohlen ein Ächz und Zisch entließen. Er war sich indes sicher, keiner Täuschung aufzuliegen. Ab und zu argwöhnte er, Nachtwesen seien die Urheber dieser Klänge. Ihnen gestand er aber – entgegen anderen Meinungen – eine Harmonie zu. Ein Blitzen der Augen, ein Krachen der Glieder und ein Donnerhall der Zungen. Sie sprachen, sie hörten, sie lauschten, sie summten. Er war sich ganz gewiß: Sie besaßen nach wie vor Macht über ihr Organ. Sie huschten mit ihren Spindeln über das Brett, wobei dieses heftig ausschlug... so paarten sich zu den Tönen die Höhen und Tiefen. Dieses setzte sich fort. Zum Ende seiner Nachtwache hin brach ein schallendes Gelächter aus.

Er hob sich eisern am Tisch, zur Hälfte war er schon vom Stuhl gesackt. War er noch allein?

Irrig lachte er, verlor dabei jede Haltung und fiel knochenschwer auf den Boden. Langsam fuhr er seine Nase durch den Staub, unweigerlich mußte er daraufhin niesen. Dieser Schub half ihm schnell auf, benommen sah er vor sich Beine stehen, gekleidet in noblem Frack.

Das Bein schiebt sich langsam nach vorne, stößt auf einen weichen Widerstand. Dasselbe zögert, fährt nach hinten und bricht mit Ungestüm in das Hindernis ein. Der Oberkörper senkt sich, die Hand hält einen Lappen und wischt Blut vom Schuh. Der Unterschenkel wird zur Seite hin gebogen, so daß der Schuh vom Fuß gezogen werden kann. Der Schuh fällt nieder.

Knochen kamen zum Vorschein. Im Hintergrund musizierte eine Gruppe, doch die Töne stahlen sich nur gedämpft in diese Kammer. Es schien gerade, als ob die Luft selbst Kadenzen trug. Draußen dämmerte es bereits, die ersten Morgenstrahlen schlüpften durch die Löcher in der Wolkendecke. Und seltsam glimmerten die Schränke und Schachteln.

Wir haben erneut die Nacht durchwacht. Laßt uns jetzt schnell schlafen gehen.

Seid aber ja still, auf daß sie nicht erwachen mögen – im ewigen Lied, das vibriert stets und stets im Glanz der Zeiten.

Boris Koch

Heiligabend bei Manfred

für Christian von Aster und seine „Cocktails“

Weihnachten feiern kam ihm immer so absurd vor. Die Geburtsstunde des Mannes, der letztlich das Kreuz auf die Erde gebracht hatte. Die Jungs, die ihn noch gekannt hatten, sagten zwar, Jesus sei ganz in Ordnung gewesen, und immerhin habe er das Bluttrinken auch unter den Menschen etabliert, aber er hat eben gegeben anstatt zu nehmen. Ein Lamm und kein Wolf. Die Priester in seinem Namen waren nicht immer Lämmer gewesen, aber immer auf der anderen Seite, wenn man so wollte. Weihnachten war ihr Fest, das sollte uns nicht kümmern, dachte Manfred. Sie feierten ja auch nicht die Auferstehung des ersten Vampirs.

Und er kratzte sich unter der albernen Nikolausmütze, die vom Sargliegen den Tag über noch ganz zerknautscht war. Er war froh, daß er kein Spiegelbild hatte und nicht sehen konnte, wie wenig sie mit dem schweren Ledermantel harmonierte, die Vorstellung allein war schon schlimm genug.

Vielleicht, überlegte er weiter, feierten die meisten Vampire nur aus Nostalgie unter dem Weihnachtsbaum. Glückliche Erinnerungen an eine verklärte Kindheit, an ein verklärtes Leben als Mensch überhaupt. So wie er seinen Namen als Erinnerung behalten hatte.

Manfred.

Manfred hieß kein ordentlicher Vampir. Wenigstens den Titel eines Grafen hätte er sich irgendwo kaufen sollen. Doch er behielt seinen einfachen Vornamen unter all den Kindern der Nacht, die sich mit antiquierten und betont nach adeligem Balkan oder ausschweifendem Leben klingenden Namen den Hauch des Besonderen geben wollten. Und von vielen belächelt, war Manfred im Endeffekt doch der Exot unter den vampirischen Namen.

„Aber Weihnachten ist kein ursprünglich christliches Fest“, hatte ihm sein Freund Giacomo Gregorovich – Geburtsname

Gregor Gabelsberger – entgegengehalten. „Denk doch an die heidnischen Ursprünge."

Na prima. Wintersonnenwende. Die Nächte wurden kürzer, die Tage länger und jeder Vampir mußte früher in den Sarg. Nein, das half ihm nicht weiter, er mußte einfach die ganze symbolische Bedeutung des Festes vergessen.

Er warf zwei getrocknete Nelken in seine Tasse und lächelte.

Die Symbolik vergessen und der grandiosen vampirischen Chemikerin Claudia du Sangnoir danken, die das mit der Blutgerinnung so hinbekommen hatte. Er hob die dampfende Tasse und prostete dem Portrait der Wissenschaftlerin auf der Weihnachtsbaumspitze enthusiastisch zu. Dieses Glühblut war einfach zu lecker, um die ganze Weihnachtsstimmung den Christen zu überlassen.

Linda Budinger

Schattentrinker

Lord Witherspoon galt als Experte für ägyptische Mythologie, weshalb er zu jeder Mumien-Auswickel-Party geladen wurde. Niemand schätzte seine langweilige Konversation oder seine meckernde Stimme. Aber Witherspoons profundes Wissen um die grausigen Details der Mumifizierung boten Anreiz genug, ihm eine Einladung zukommen zu lassen.

Und der Gelehrte sagte zu. Immer.

Auch an diesem Abend stand er zwischen den Damen und war nach Kräften bemüht, ihnen die Mysterien der ägyptischen Götterwelt nahezubringen. Die anderen Herren saßen größtenteils im Rauchsalon und sprachen über Politik. Aber Witherspoon vertrat die Ansicht, Rauch eigne sich höchstens zur inwendigen Konservierung nach dem leiblichen Tode. Er hingegen zog es vor, noch länger lebendig zu bleiben.

Gerade schwelgte er in seinem Element.

„Die alten Texte verraten uns, daß Isis nicht alleine die Mutter des göttlichen Falken Horus ist, sondern sich vor allem als Zauberin hervortat."

Lady Bernett bekam große Augen. Witherspoon bemerkte es wohl und nahm das zum Anlaß, tiefer in die Materie einzudringen. Er liebte es, die Ladies zu erschrecken. Selbst wenn ohnehin nur die beherzten Damen an den Wickelparties teilnahmen, waren ihre ängstlichen Ausrufe und das leise Zittern ihrer Stimmen Balsam für die Seele des gelehrten Lords, der die Jugend schon längst hinter sich gelassen hatte.

„Es stimmt! Ich möchte nur an die Erweckung des Osiris erinnern", betonte er und stockte dann höflich, als der Gastgeber hinzukam.

„Erzählt ruhig weiter!" Mit einem Glas in der Hand trat Lord Carnem zu der kleinen Schar Bewunderinnen, die Witherspoon um sich versammelt hatte. Ein spöttisches Lächeln teilte die Lippen des Gentleman. Er veranstaltete diese Party mehr aus Verpflichtung denn aus wirklicher Faszination für das Altertum. Doch da es in Mode gekommen war, den Grabstätten der Ägypter einen Besuch abzustatten und von dort eine Mumie mitzubringen, hatte sich Carnem dieser Marotte nicht verschlossen.

„Wir sind schon alle sehr gespannt auf die Geschichte!"

Die Damen nickten, und so begann der Lord zu erzählen. Wie immer bei der Beschäftigung mit seinem Steckenpferd verschwand der verkniffene Zug um Witherspoons Mund, und er wirkte gleich um Jahre verjüngt.

„Obwohl die Ägypter keine guten Christen wie wir waren, besaßen sie auch so etwas wie eine heilige Familie. Sie bestand aus dem Vater Osiris, der Mutter Isis und dem heilbringenden Sohn Horus, auch der göttliche Falke genannt. So ist ein Abglanz der biblischen Wahrheit auch in dieses alte Reich am Nil gelangt."

„Bemerkenswert", staunte Lady Emma Bernett und lächelte entschuldigend wegen der Unterbrechung. Immer noch leuchteten die dunklen Augen in ihrem vornehmen, hellhäutigen Gesicht. Las er darin etwa Schalk?

„Sehen Sie dieses Symbol?" Witherspoon zog ein Reisemitbringsel aus seiner Tasche und hielt den Gegenstand in Augenhöhe der verwitweten Dame. „Das Henkelkreuz oder Ankh wird der Isis zugeordnet und gilt als Symbol des ewigen Lebens. Nachdem ihr Gatte Osiris eines Tages heimtückisch von seinem dunklen Bruder Seth ermordet und zerstückelt worden war, machte sich die getreue Gattin Isis auf die Suche durch die Gaue des Landes. Und sie fand schließlich den Geliebten, bis auf ein einziges Teil."

Witherspoon lief dunkel an. Es war der Phallus ihres Gatten, den die Göttin nicht gefunden hatte, aber er wollte in Anwesenheit der Damen nicht genauer in die pikanten Einzelheiten gehen und lenkte rasch vom Thema ab. „Unterwegs nahm sich Isis des vaterlosen Anubis an, des Totengottes, der sie in die Geheimnisse der Unterwelt einweihte. So gelang es der Göttin schließlich, den Leichnam ihres Gatten zusammenzusetzen und ins Leben zurückzurufen. Mittels der Zauberkraft des Artefaktes, mit dem man sie hinfort darstellte. Deswegen heißt das Henkelkreuz auch das Kreuz der Isis."

Witherspoon hätte weiter doziert, doch ein Gong ertönte, und der Gastgeber lud sie in den präparierten Raum, wo der Höhepunkt der Festivität stattfinden sollte. Neugierige Damen und Herren strömten schwatzend in das Zimmer. Witherspoon kam als letzter, ihn interessierte an dieser Belustigung nur ein einziges Detail – und das würde er erst entdecken, wenn er die ausgewickelte Mumie in Augenschein nahm.

Der in das unstete Licht von Feuerschalen getauchte Raum war ohne Fingerspitzengefühl oder Sachkenntnis mit einigen Altertümern dekoriert worden. Witherspoon verdrehte die Augen beim Anblick der Pallas-Athene-Statue und der gußeisernen Kandelaber, die nicht die geringste ägyptische Stimmung verbreiteten. Der Hausherr hatte historische Epochen bunt durcheinandergewürfelt und sich die Dekoration vermutlich aus einem Theaterfundus oder Kostümverleih besorgt. Immerhin war Lord Carnem Witherspoons Rat gefolgt und so brannte ein starkes Räuchermittel, das den Geruch der balsamierten Leiche überdecken würde.

Die Mumie lag bereits auf einem schmalen Tisch am Ende des Raumes. Der Gastgeber posierte davor. Er schwang, dem Anlaß entsprechend, ein metallisches Zepter, mit dem Moses die ganzen ägyptischen Heerscharen hätte erschlagen können. Nicht ohne Sinn für Dramatik hielt Lord Carnem eine kleine Ansprache.

„Geehrte Damen, hohe Herren, darf ich Sie zu der Enthüllung der Mumie begrüßen? Ich selber habe diese Kostbarkeit auf dem Basar in Kairo erworben, und mein Mittelsmann konnte mir glaubhaft versichern, daß wir hier einen toten Pharao vor uns haben. Stellen Sie sich den Reichtum und die Pracht vor, mit der sein Grab ausgestattet war, ehe es von den Einheimischen geplündert wurde. Doch sehen wir selbst, was seine Untertanen ihrem Herrscher an Kostbarkeiten mit in den Sarkophag gegeben haben."

Zwei Hausdiener in pseudorömischer Kleidung begaben sich zum Ehrengast des Festes: der Mumie. Auf ein Zeichen Carnems hin schnitten sie an den Füßen des Körpers die Leinenbinden durch und begannen mit der Arbeit.

Begleitet von Ohs und Ahs der Anwesenden wurde die Leiche gedreht, während die Diener die Leinenstreifen immer weiter abwickelten und durchtrennten. Gelegentlich hielten die beiden Männer in ihrem Werk inne und zogen aus dem Stoff kleinere Gegenstände hervor, die sie auf einem Tablett ausbreiteten, nachdem sie die Artefakte notdürftig abgewischt hatten.

Die Umstehenden ergingen sich in gewisperter Bewunderung. Witherspoon hingegen schnaubte verächtlich. Nur darauf kam es an: wie viele goldene Amulette, wie viele Skarabäen und Gemmen würden als Ausbeute übrigbleiben, wenn die Leiche ausgewickelt war.

Diese Herrschaften waren wie die Kinder auf dem Jahrmarkt mit etwas Glitzerkram zufriedenzustellen. Ein Pharao – welch lächerlich anmaßende Behauptung! Als würde ein Laie wie Carnem jemals an eine solche hochgeborene Mumie gelangen! Das blieb anderen vorbehalten. Doch andererseits konnte auch ein Ignorant einmal einen Glückstreffer landen.

Wider Erwarten wurde nun auch Witherspoon neugierig und

trat näher heran, um die Kleinodien auf dem Tablett genauer zu betrachten. Ein schöner Skarabäus, der die Mitte einer Sonnenscheibe zierte, fiel ihm sogleich auf. Solcher Schmuck war ungewöhnlich, vielleicht hatte Carnem doch zufällig einen Priester oder höher gestellten Schreiber erwischt.

Die Dienstboten enthüllten das erste Stück vertrockneter Haut. Die Anwesenden rückten enger zusammen, in der Hoffnung, einen besseren Blick zu gewinnen. Fürsorglich hielten einige Herren die Hände ihrer Ladies; bereit, Ohnmächtige aufzufangen. Emma Bernett hielt sich hervorragend, wie Witherspoon mit seltsamem Stolz bemerkte.

Von der Mumie wurde immer mehr braunes, ledriges Fleisch sichtbar. Viel konnte eigentlich nicht mehr unter der Leinenhülle stecken, doch zum Erstaunen aller wickelten die Männer eine goldene Brustplatte aus, auf der das Götterpaar Isis und Osiris abgebildet war. Osiris war beinahe doppelt so groß wie die Lebensspenderin dargestellt, eine ungewöhnliche Dimension des Mannes gegenüber seiner listenreichen Gemahlin.

Witherspoon verzog das Gesicht. Tatsächliche Körpermaße waren auf ägyptischen Bildwerken unbedeutend, unproportionale Darstellungen zeigten nur die Bedeutung des Dargestellten gegenüber den anderen Figuren. Aber eigentlich war Isis wesentlich wichtiger für den Mythos. Der Gelehrte staunte und wurde immer aufgeregter. Der Panzer lief um den ganzen Leib herum und konnte mittels eines Scharniers geöffnet werden. Vorsichtig zogen die Bediensteten den Dorn des Verschlusses heraus, doch weiter wagten sie sich nicht heran. Nun blieb noch die Totenmaske abzuheben, ehe man der Leiche ins Antlitz schauen konnte.

Die Diener lösten behutsam die Kopfbedeckung. Darunter erblickte Witherspoon ein derart gut erhaltenes Mumiengesicht, wie er selten eines gesehen hatte. Haut spannte über den

Jochbögen und der Stirn, das ausgeprägte Kinn vollendete das Oval des edel geschnittenen Gesichtes. Die Augenlider waren geschlossen und betonten den Eindruck eines schlafenden Menschen. Eines Menschen, so mager, daß kein Fleisch mehr auf seinen Knochen zu sehen war.

Carnem winkte den Experten heran, damit dieser die Brustplatte begutachten konnte. Mit Begeisterung trat Witherspoon hinzu. Er studierte den Schmuckpanzer, dann glitt sein Blick tiefer, und es traf ihn wie ein Schlag. Er wankte und wäre gestürzt, wenn ihm die beiden Diener nicht zur Hilfe geeilt wären.

„Danke, es geht schon wieder", stammelte er und schob den Schwächeanfall auf die stickige Luft. Nur mit Mühe konnte Witherspoon einen klaren Gedanken fassen. Nach so vielen Jahren sah er endlich ein Licht am Horizont.

Man ließ den angeschlagenen Gelehrten auf einem Stuhl Platz nehmen, während die letzten Geheimnisse der Mumie enthüllt wurden. Begleitet von einem Geräusch, als reibe Pergament über Stein, hoben die Dienstboten die Brustplatte ab, und die Mumie lag, abgesehen von einem Schamtuch, nackt und bloß vor den Anwesenden. „Der wird einen Ehrenplatz an meinem Kamin erhalten", meinte Carnem nach einem eingehenden Blick auf den goldenen Schmuckpanzer und drohte Witherspoon scherzhaft. „Sie müssen mir darüber noch so einiges erzählen, wenn es Ihnen besser geht!" Witherspoon wurde klar, daß man ihn, den verarmten Lord, nicht umsonst eingeladen hatte.

Aus den Augenwinkeln sah er, wie Emma Bernett der Mumie einen Blick zuwarf, ehe sie mit den anderen Partygästen in den Nebenraum verschwand.

Vor dem Hintergrund der aufgeräumt plappernden Gesellschaft, die sich zerstreute, nachdem die Attraktion vorbei war, antwortete Witherspoon so zuvorkommend, wie es seine Aufregung zuließ. „Wenn es Sie nicht über Gebühr belastet, bleibe ich gerne länger und erkläre die Symbole genauer.“ Bei dieser Gelegenheit konnte er in Ruhe auch sein eigenes Anliegen vorbringen.

Dunst schwebte um die Gaslaternen der nächtlichen Straße wie ein ruheloser Geist. Tausende kleine Tröpfchen fingen das Licht und bildeten eine geheimnisvolle Aura um den Wagen, der eine längliche Kiste auf der Ladefläche transportierte. Gegen die feuchte Witterung trug der Kutscher die Mütze tief ins Gesicht gezogen.

Witherspoon hatte den Wagen auf dem Pflaster anhalten hören und war sogleich hinausgeeilt. Verstohlen winkte er den Fuhrmann herbei, der das erwartete Paket gebracht hatte. Von Trägern gab es keine Spur, so mußte der Gelehrte selbst Hand anlegen und die Kiste mit dem Kutscher zusammen in den Arbeitsraum schaffen. Nach getaner Arbeit schnaufte er. Obwohl Witherspoon sie kaum entbehren konnte, drückte er dem Kutscher einige Münzen in die Hand. Er wollte vermeiden, daß der Mann überall herumerzählte, wie knausrig der Alte in Whitechapel mit dem Raum voller Kuriositäten gewesen war, dem er nachts einen Sarg geliefert hatte. Übertriebene Großzügigkeit wäre jedoch ebenso auffällig gewesen und hätte vielleicht sogar Diebe angelockt.

Der Kutscher steckte das Geld ohne Reaktion fort. „Das war es dann, Meister. ‘Ne gute Nacht wünsch ich!“ Er rieb sich die Hände, ehe er wieder auf den Wagen stieg. Er nahm die Zügel auf. Mit tiefem Seufzen trabte das Pferd an. Bald bog der Wagen außer Sicht um die Ecke.

Witherspoon schob eilig das grob gefügte Tor zu. Hinter einem engen Korridor, der von einer festen Türe mit einem gewaltigen Schloß versperrt werden konnte, begann das Reich seiner Forschungen und Leidenschaft. Immer noch klopfte sein Herz heftiger als sonst. Ob von der Anstrengung des Kistentragens oder aus Aufregung über seine Entdeckung, vermochte er nicht zu sagen.

Seit Jahrzehnten war der Lord dem Geheimnis der Unsterblichkeit auf der Spur. Bereits als junger Mann trat er dem *Order of the Golden Light* bei, hatte Geld und Jugend mit ominösen Experimenten verschwendet, unter Künstlern und Okkultisten gelebt. Mit schwindender Gesundheit sah er nur noch ein Ziel, das die Mühe lohnte: ihn dürstete nach dem ewigen Leben!

Witherspoon trat aus der Gemeinschaft aus, im ehrgeizigen Streben, das Wissen nunmehr alleine zu erlangen und zu nutzen. Er studierte einige Semester Medizin, in der Hoffnung, den Verfall des Fleisches aufzuhalten. Die Forschung verriet ihm das Zusammenspiel des menschlichen Körpers und schenkte ihm die Erkenntnis, daß es auf diesem Weg keine Rettung vor den Würmern gab. Um eine Illusion ärmer, wandte er sich wieder den Mysterien zu.

Bei der Suche nach der Unsterblichkeit kam er schließlich zu den Meistern des Lebens nach dem Tode: den alten Ägyptern. Er reiste in das Land am Nil und forschte weiterhin, ehe ihm zur materiellen Existenz nur noch die schmale Zuwendung eines entfernten Onkels blieb. Auch nach dem Tode seines Gönners, der ihm den Adelstitel bescherte, erhielt Witherspoon aus dem Erbe weiterhin genug zum bescheidenen Lebensunterhalt.

Reisen ins Ausland unterblieben. Dennoch hatte er sich den Ruf eines Experten erarbeitet, und sein Titel ebnete ihm den

Weg in die Salons der feinen Gesellschaft. Mit der aufkommenden ägyptischen Mode war er ein gefragter Gast auf den Auswickelparties. Nachdem die Mumie ausgepackt war und die neugierigen Gäste die Beigaben bestaunt hatten, wurde der Leichnam oft genug einfach fortgeworfen. Witherspoon sicherte sich so manche Mumie für seine Forschungen. Doch nie zuvor war er beim Anblick einer Leiche derart angespannt und erwartungsvoll wie an diesem Abend.

Die Jahre hatten Witherspoon nicht beugen können, und so trat er an die Kiste heran. Sie stand am Rande des großen Arbeitstisches. Mit einer Brechstange löste er den Deckel, die Seitenwände klappten hinunter, und er konnte die Mumie mit einiger Mühe vom Holzboden der Kiste auf die Tischplatte ziehen.

Auch ohne Schmuck war der Leichnam eine imposante Erscheinung. In Gedanken nannte Witherspoon den Toten bereits den *ägyptischen Prinzen.* Einen Augenblick verharrte er, die Hände auf den Tisch gestützt, im Anblick des Toten. Lag das Heilmittel gegen den Tod endlich vor ihm?

Witherspoon entzündete mehr Licht. Hier in seinem abgelegenen Arbeitsraum im East End, abseits seiner kleinen Wohnung, blieb er ungestört, auch wenn es kalt und beengt war. Der Lampenschein huschte über ausgestopfte Tiere, blinkte auf Apparaturen zu alchimistischen Zwecken und hob herausgelöste Stücke antiker Steinreliefs aus der Dunkelheit. Schriften und Notizen bedeckten den Schreibtisch zur Linken. Die Statue einer sumerischen Fruchtbarkeitsgöttin rechts diente Witherspoon als Garderobe und Hutablage. Dort hing auch ein Kittel, den er jetzt überstreifte, ehe er die Leiche in Augenschein nahm.

Auch nach eingehender Untersuchung fand er keinen Schnitt in der Leiche. Die reguläre Mumifizierung gebot die Entfernung der Gedärme und inneren Organe, mit Ausnahme des Herzens. Das mußte im Körper verbleiben, damit Anubis es später wiegen konnte, um die Sünden der Verstorbenen zu ermessen. Die Organe wurden in Kanopen bestattet und der Mumie beigefügt. In den selteneren Fällen bekam Witherspoon eine Mumie mitsamt den Kanopen zu sehen. Den Schnitt, durch den die Eingeweide herausgenommen wurden, wies jedoch bisher jede mumifizierte Leiche auf.

Witherspoons Gedanken wanderten zu den Tagen zurück, als er unter Ägyptens Sonne die Werkstätten der Mumifizierer und die Grabkammern gesucht hatte. Er wußte bereits einiges über das Zeremoniell aus den Aufzeichnungen von Herodot, dem griechischen Historiker. Es gab verschiedene Techniken der Mumifizierung und Ausstopfung der Toten für die Konservierung bis zum nächsten Leben.

In späteren Zeiten konnten die Ägypter, laut Herodot, den Vorgang durch Gebrauch von Zedernöl sogar ohne äußere Verletzung des Leibes durchführen. Aber die Mumien wiesen dann eindeutige Merkmale auf, die hier fehlten. Unter diesem Gesichtspunkt machte der Fund nur in einer Hinsicht Sinn.

Er ähnelte dem toten Nomaden, dessen dürre, ausgemergelte Leiche die Reisegruppe Witherspoons damals zusammengekrümmt im heißen Sand entdeckt hatte. Ein vertrockneter Körper, dem mit den Jahren jegliche Flüssigkeit entzogen wurde. Der *Prinz* war eine Mumie, die überhaupt nicht mumifiziert worden war. Dennoch hatte man ihn mit allen Beigaben bestattet. Und somit konnte Witherspoon hoffen, einen der legendären *Söhne Osiris* gefunden zu haben.

Eine Geheimgesellschaft sollten sie gewesen sein, eine Priesterschaft innerhalb der Priester der hundert Götter Ägyptens. Sie weihten ihr Leben dem Andenken des Osiris und wurden dafür vom auferstandenen Gott mit der Unsterblichkeit belohnt. Wenig verriet die Überlieferung. Lediglich ein Text nahm auf den Kult der *Söhne Osiris* Bezug, und Witherspoon hatte den Papyrus damals nur begrenzte Zeit einsehen können. Aber einmal auf der Fährte der Priester, konnte er ihre Spuren durch die Geschichte des alten und des neuen Reiches verfolgen.

Witherspoon zog mit zitternden Händen das Notizbuch unter seinen anderen Aufzeichnungen hervor. Die abgestoßenen Kanten bogen sich beinahe in die gelblichen Seiten hinein. Der Gelehrte faltete Eselsohren auf und löste verklebte Seiten voneinander, bis er den entsprechenden Abschnitt gefunden hatte.

Die *Söhne Osiris* wirkten im geheimen, strebten nach Macht und danach, ihre eigene Existenz zu sichern. Erst im Zuge des Sturzes des Ketzerkönigs Echnaton wurden ihre Machenschaften offenbar, und ihre Verfolgung begann. Denn sie glaubten an das ewige Leben im ersten Leben und sie errangen es, indem sie andere Menschen töteten. Der Kult wurde von Eiferern beinahe vollständig ausgelöscht, doch niemand wagte, den Priestern ihr übernatürliches Leben, die göttliche Gabe, wieder zu nehmen. So wurden sie denn lebendig mumifiziert und durch die Rituale letztlich doch getötet. Es hieß indes, einige *Söhne Osiris* seien dem Strafgericht durch vorgetäuschten Tod entkommen, in der Hoffnung auf eine Auferstehung.

Wenn es gelang, einen dieser Priester zu entdecken und zu erwecken, konnte Witherspoon der göttlichen Gabe ebenfalls teilhaftig werden. Denn auch Osiris war in die Unterwelt eingegangen und daraus zurückgekehrt!

Diese Erkenntnis hatte ihn beim Anblick der unversehrten Leiche vorhin im Salon Carnems beinahe niedergestreckt. Sollte der Lord seine Trophäen polieren. Witherspoon würde den größeren Schatz heimholen.

Stunden waren vergangen, der Gelehrte strich müde über Stirn und Brauen. Bald kam die Morgendämmerung herangekrochen, aber in dem Arbeitsraum mit den verhängten Fenstern herrschte dennoch Nacht. Die Lampen waren eine nach der anderen aus Mangel an Brennstoff erloschen, übrig blieben nur noch zwei kleine Leuchten, die an Kopf- und Fußende des *Prinzen* aufgestellt waren.

Witherspoon ließ kein Auge von dem Mumifizierten. Wie konnte er ihm das Geheimnis des ewigen Lebens entreißen? Wie ihn erwecken? Die beinahe bis auf das Skelett abgemagerte Leiche bot keine Anhaltspunkte, genauso wenig wie der verzierte Brustpanzer oder die Totenmaske es getan hatten.

Witherspoon schaute entmutigt auf seine müßigen Hände. Wie eine Spinne, die über seinen Armen lauerte, zitterte der Schatten seiner Finger auf dem gekachelten Tisch.

Schon begann auch die vorletzte Lampe zu flackern. Für einen Augenblick schienen sich die Züge des Toten zu regen. Huschte da nicht ein Insekt über seine Wange?

Witherspoon beugte den Kopf vor. Tatsächlich regte sich dort ein Schatten, der im zuckenden Lichterschein eine Bewegung vortäuschte. Es war der Schattenwurf einer vorstehenden Kante. Etwas beulte die Wange des Ägypters aus, so leicht, daß nur die zufälligen Lichtverhältnisse die Wölbung verrieten. Auf der anderen Seite des Gesichtes war die Haut straff gespannt. Sollte der Leib etwa doch ausgestopft sein? Zerstört wären alle Träume. Nur als letzte Möglichkeit würde er die Wange des Ägypters aufschlitzen, um das Geheimnis aufzudecken. Seltsame Scheu beschlich ihn beim Gedanken,

Hand an den unversehrten Leib zu legen. Es mußte einen anderen Weg geben.

Witherspoon wog das Risiko ab, entschied dann, ein Wagnis einzugehen. Zuerst füllte er die Lampen neu und stellte sie im Halbkreis auf. Er selbst trat in die Lücke, damit sein Körper keinen hinderlichen Schatten auf die Arbeitsfläche warf.

Er schob den Griff einer ledernen Reitpeitsche zwischen die trockenen Lippen des Mannes, die sich widerwillig wie ein jahrhundertealtes Zauberbuch öffneten. Zähne schimmerten im Flammenschein. Ungewöhnlich spitze Zähne. Witherspoon knurrte angespannt. Nur mit einer Messerklinge würde er den Kiefer auseinanderbekommen und so wahrscheinlich den porösen Knochen brechen. Er leuchtete zwischen die Zahnreihen. Dahinter schimmerte etwas helles, vermutlich nur ein Fetzen Leinenbinde. Vielleicht aber...

„Nur ein kleines Stück", flüsterte Witherspoon und hebelte mit seinem Taschenmesser sachte die Zahnreihen ein winziges Stück auseinander. Das gefürchtete Knacken blieb aus. Die Zähne stärker auseinander zu zwingen, wagte Witherspoon nicht. Er neigte den Kopf, bis sein Gesicht kurz vor das bernsteinfarbene Antlitz der Mumie kam. Leise Bedenken befielen ihn beim Anblick der Reißzähne, doch er schob sie beiseite. Durch den schmalen Spalt des offenen Mundes erkannte er ein zusammengerolltes Etwas.

Wenn er jetzt bloß eine Pinzette hätte! Aber zu seiner Ausrüstung gehörte lediglich ein lückenhaftes Chirurgenbesteck, und die Pinzette war schon länger verschwunden. Der Gelehrte kramte zwischen den Instrumenten, stieß die Tasche dann verärgert beiseite. Sie kippte um, und ihr Inhalt landete klirrend auf den Kacheln. Witherspoon griff in den blinkenden Haufen. Ein Wundhaken, das war das Richtige! Und dazu eine Krawattennadel, die er von seinem eigenen Kragen zog.

Mit diesen Gegenständen stocherte er in der Mundhöhle des *Prinzen,* bis er die Ecke des Fetzens zwischen den beiden Spitzen gepackt hatte. Witherspoon fluchte, als ihm in seiner Hast das Stück entglitt. Ungeduldig angelte er erneut nach dem weißen Streifen. Endlich hatte er wieder eine Ecke erwischt, und langsam, ganz langsam zog er das Stück heraus und drehte dabei vorsichtig die Hände, um den Halt nicht zu verlieren. Schweiß lief ihm den Rücken herunter, bis ein Daumenbreit Pergament wie eine kleine Flagge zwischen den Raubtierzähnen stak. Witherspoon ließ die Nadel fallen und griff mit spitzen Fingern zu. Knisternd schabte das Pergament an den langen Zähnen vorbei und war geborgen. Witherspoon stieß einen Laut des Triumphes aus. Schon jetzt erblickte er Hieroglyphen auf dem gefalteten Pergament.

Witherspoon lockerte die verkrampften Schultermuskeln und wankte mit seiner Beute auf den Schreibtischstuhl. Er glättete das Schriftstück und machte sich daran, die Worte zu entziffern, die der Ägypter durch die Jahrhunderte bewahrt hatte.

Auf den Straßen des East End wurden die Rufe der Straßenhändler laut, die Sorbet und Sandwiches verkauften, bis Witherspoon die Bedeutung der Bilderschrift enträtselt hatte. Dann zog er die Schuhe aus und sank auf der schmalen Pritsche zur Ruhe. Ein alter Mann wie er brauchte nach getaner Arbeit seinen Schlaf. Die Worte auf dem Pergament folgten ihm in seine Träume, verheißungsvoll wie der Frühling seines Lebens.

„*Tränkt mich mit dem sonnenfarbenen Lebenssaft, denn mich dürstet. Labt mich, denn mich hungert. Und siehe da, ich werde auferstehen und dem Osiris dienen.*“

Als die Mittagssonne schon am Himmel stand, erwachte Witherspoon. Er fühlte sich erfrischt genug, um zu seiner Wohnung zu gehen und dort ausgiebig zu frühstücken. Danach wollte er noch etwas ruhen – aber vor allem überlegen, was die Anweisungen bedeuteten.

Witherspoon steckte die Nase aus der Außentüre des Arbeitsraumes hinaus und schlüpfte auf die Straße. Mit seinen tiefliegenden Augen fiel er hier nicht weiter auf. Übernächtigte Nachtschwärmer waren kein seltener Anblick in diesem Teil Londons. Regelmäßige Polizeipatrouillen sorgten für Sicherheit auf den Straßen. Solange jemand wie ein respektabler Bürger aussah, blieb er unbehelligt. Witherspoon konnte sich also in Vermutungen ergehen, während er mechanisch einen Fuß vor den anderen setzte. Zweifellos war der Ägypter ein Mitglied des geheimen Ordens. Die Hinweise auf Osiris sprachen eine deutliche Sprache. Und er wünschte Blut, das war ebenso eindeutig. Nur diese Flüssigkeit war gehaltvoll genug, um sowohl den Durst zu löschen, wie auch als Speise zu dienen. Auf dem Schwarzen Kontinent gab es ein Volk, das von dem Blute seiner Rinder lebte. Warum also sollten die Söhne Osiris nicht auch darauf zurückgreifen?

Hier im East End wäre es ein Leichtes, Tierblut zu beschaffen. Viele Familien, die in lichtlosen Löchern lebten, hielten Kaninchen oder Hühner. Geschlachtet wurde das Vieh auf offener Straße, und das Blut mischte sich mit Exkrementen und Putzwasser, floß den Rinnstein hinab, bis es im Untergrund versickerte.

Und wenn erst der Ägypter erwachte und sie sich verständigen konnten, begann das wahre Leben.

Witherspoon wich einer Pfütze aus und wehrte die Avancen einer aufgeputzten Hure ab, die am hellichten Tag nach Kunden Ausschau hielt. Er phantasierte weiter.

Vielleicht konnte er gar den Kult des Osiris ins Leben zurückrufen. Seine Position wäre natürlich die eines Hohepriesters. Sorgfältig ausgesuchte Gentlemen von hoher Bildung durften gegen eine Gebühr Mitglieder werden. Somit wären endlich auch seine finanziellen Probleme gelöst. Geneigte Politiker sollten ebenso aufgenommen werden. Witherspoon konnte zukünftig großen Einfluß besitzen, die Frauen würden ihn umgarnen. Das faltige Gelehrtengesicht wurde weich beim Gedanken an die zarten Arme von Lady Bernett. Wie es wohl wäre, wenn sie sich um seinen Hals schlangen? Er spürte förmlich Emmas weichen Körper an seinen gedrückt, ihre mahagonifarbenen Haare gelöst und um ihr exquisites Gesicht gelockt. Die junge Witwe war eine Augenweide, doch in ihr steckte auch ein wacher Geist, der sie von den seelenlosen Kleiderständern unterschied, die ansonsten oft in der höheren Gesellschaft verkehrten. Und ihr Trauerjahr war seit dem Sommer vorbei.

„Träumen kannst du nachts!“ rief sich Witherspoon zur Ordnung und bog in die Straße zu seiner Wohnung ein. Es blieb noch einiges zu tun.

Mit einem Wagen und Gepäck kehrte er in der Abenddämmerung zurück. Witherspoon ließ die Taschen vom Kutscher in den Vorraum bringen und schickte ihn dann fort. Er war für alles gerüstet, nur für den Fall, daß es notwendig war, im Arbeitsraum zu übernachten: Decken, Lebensmittel, ein Kocher für Tee, ein frischer Anzug. Nicht zu vergessen, die bedeutsamsten Bücher über die ägyptische Kultur und Geschichte. – Damit konnte er einer Belagerung standhalten!

Derart bewaffnet bereitete er die lange Nacht vor. Zuerst ging Witherspoon auf die Suche nach einem Geschöpf, das das geforderte Blut bereitstellen konnte. In einem etwas abgelegenen Straßenzug handelte er einem schmuddeligen Mann ein Kaninchen samt Käfig ab. Traurig sah er wieder einige Münzen in fremder Hand verschwinden. Aber das Opfer würde lohnen, ganz sicher.

Mit hochgeschlagenem Kragen drängte er durch die Scharen heimkehrender Arbeiter und betrat den Lagerraum. Dort stellte er den Käfig auf dem Schreibtisch ab und krempelte die Manschetten seines Hemdes hoch. Der braungefleckte Nager ahnte wohl bereits Übles, denn er hinterließ einen frischen Haufen Kot in dem mit Sägespänen ausgestreuten Käfig. Das possierliche Tier tat Witherspoon leid. Dennoch mußte es sein.

Er öffnete die Lasche des Käfigs und klappte den Weidendeckel hoch. Das Kaninchen verharrte in eine Ecke gedrängt. Die Barthaare zuckten. Schnell faßte Witherspoon zu, griff das Tier im Nacken. Hilflos trat der Nager mit den Hinterläufen und kratzte eine blutige Schramme in den Arm seines Henkers. Witherspoon fluchte.

Auf einem Stuhl, mitten im Raum, wartete schon die Schale, die den Blutstrahl auffangen sollte. Eine zweckentfremdete Waschschüssel, eine profane Porzellanschale, kein Kultgefäß, wie es zu diesem Zweck sicherlich angemessener gewesen wäre. Witherspoon griff nach dem frisch geschärften Messer. Das Kaninchen erschrak vor dem blitzenden Stahl, schrie und zappelte erneut. Beinahe hätte es sich befreit. Es biß zu, und Witherspoon hätte es fast fallengelassen. Die ängstlichen Tieraugen bettelten um Gnade. Doch Witherspoon preßte die Zähne aufeinander und führte das Skalpell mit einem kräftigen Schnitt über die Kehle des Kaninchens. Die Schreckenslaute verstummten. Blut sprudelte aus der Wunde hervor. Unbeachtet fiel das Messer zu Boden. Witherspoon umklammerte die Hinterläufe des Tieres. Er bog den halb abgetrennten Kopf vom Rumpf und hielt den Tierkörper mit beiden Armen über die Schüssel, bis er gänzlich ausgeblutet war. Ohne ihn weiter zu beachten, legte er den Kadaver beiseite.

Blut tränkte Witherspoons Laborkittel, besudelte seine Hände, bedeckte den Boden. Die Waschschüssel mit dem Blumenmuster war zu einem Viertel mit schaumig roter Flüssigkeit gefüllt.

Etwas Besonderes wurde seit jeher mit dem Lebenssaft verbunden, und die scharlachrote Füllung in dem weißen Porzellan wirkte so dickflüssig wie das Mysterium um das Blut selbst. Witherspoon hob die Schale hoch, neigte sie, drehte sie. Beinahe hypnotisch kreiste darin der Saft des Kaninchens – die warme Essenz des Lebens.

Er goß das Blut mit Hilfe eines Trichters in eine Flasche und reinigte dann seine Hände unter der Pumpe. Das kalte Wasser spülte die Haut frei, rote Schlieren tanzten den Ausguß hinab. Witherspoon trocknete die Finger an einem Leinentuch und bemerkte, daß seine Wunden erneut bluteten. Dafür war später noch Zeit. Er mußte sich beeilen, ehe das Blut des Kaninchens gerann.

Unruhig trat er mit der Flasche an den Arbeitstisch heran.

Immer noch standen die Lippen des Ägypters offen. Witherspoon hob den Kopf des Mannes ein Stück an und goß ihm einen feinen Strahl in den Mund. Das Blut rann zwischen die Zähne und fand seinen Weg die Kehle hinab. Witherspoon hielt inne. Geistesabwesend kratzte er an den Striemen herum, die die Krallen des Kaninchens hinterlassen hatten. Die Haut brannte etwas, aber die zweite Wunde an der Hand blutete immer noch. Ein Tropfen seines Blutes lief über die Wölbung des Handrückens, stürzte hinab und schlug auf den Lippen des Ägypters auf.

Witherspoon preßte den Zeigefinger auf die Verletzung. Bis die Blutung zum Stillstand gekommen war, mußte diese Versorgung genügen.

Er wartete. Nichts geschah. Totenstill lag der *Prinz* da. Witherspoon hörte nur sein eigenes Atmen. Selbst die üblichen Straßengeräusche schienen von den Mauern des Raumes geschluckt zu werden.

Weiterhin passierte nichts. Witherspoon war ratlos. War er nur einem Wahn verfallen? Zweifelnd beobachtete er, wie sich der einzelne Blutstropfen verformte, zusammenzog und dann den gleichen Weg nahm wie das Kaninchenblut.

Witherspoon starrte, bis seine Augen tränten. Gerade wollte er sich abwenden, als ein leiser Laut die Stille störte. Der markante Adamsapfel des Ägypters schoß hinab. Er schluckte! Die Lider zuckten und seine Zunge leckte über die Lippen. Weit öffnete sich der Mund. Der Mann, der vorhin noch tot gewesen war, krächzte ein Wort, das Witherspoon nicht verstand. Doch er ahnte, was der Ägypter wünschte.

Witherspoons Hand zitterte, aber er bekam den Flaschenhals in die richtige Position, um mehr Blut nachzugießen. Den Blick immer noch eisern auf das Gesicht des *Prinzen* gerichtet, formulierte er im Geiste bereits Willkommensworte. Er würde die Hieroglyphen aufschreiben müssen, um sich dem Fremden verständlich zu machen. Die Lider im straffen Antlitz bebten, sprangen auf, und zwei braune Augen musterten die Umgebung. Beinahe schien dieser Blick alles Licht aufzusaugen.

Witherspoon war sprachlos. Als er abermals den Flaschenhals an die Lippen des Mannes setzte und goß, neigte der den Kopf und spie ihm einen Blutstrahl entgegen.

Halbblind strauchelte Witherspoon, doch der Ägypter umfing seinen Arm und fing ihn auf. Mit einem Ruck zog er Witherspoon an sich heran und versenkte die Reißzähne in dessen Handgelenk. Die Flasche flog durch den Raum und zerbarst auf dem Boden, grüne Scherben ertranken in gerinnendem Blut.

Chemhabsem wurde gewahr, daß Leben in seinen Körper drang. In dem Totenschlaf, der seinen Geist in sternenlose Nacht gehüllt hatte, hatte es keine Erinnerung gegeben. Aber jetzt entsann er sich, wie er einst in Steinpalästen gelebt hatte. Zwischen parfümiertem Rauch, wehenden Leinengewändern und unbeschwertem Kinderlachen. Doch unvermittelt wurde aus dem süßen Duft des Weihrauches der eklige Gestank von Aas, die zarten Leinenschleier verschmolzen zu weißem Licht, das durch seine geschlossenen Lider drang. Und kein Kind lachte, vielmehr weinten zwei junge Stimmen in der Nähe vor Hunger oder Schmerz.

Sein Mund war mit dem schalen Geschmack von Tierblut gefüllt. Doch wie eine kostbare Essenz aus Punt stach ein beigemischtes Aroma heraus. Menschliches Blut! Unwillkürlich schluckte er. Dieser eine Tropfen nur hatte ihn geweckt, doch er brauchte mehr, viel mehr...

Blut, forderte er und öffnete die Augen. Ein alter Mann in einem blutbefleckten Zeremonialgewand starrte ihn an und eilte, dem Wunsch nachzukommen. Doch es war nur das elende Blut eines Tieres, das er ihm gönnte. Immer noch zu schwach, um seinen Wünschen Nachdruck zu verleihen, raste

Chemhabsem vor Zorn und nahm sich, was er wollte. Erst als sein Opfer entkräftet zu Boden sank, bezähmte er seine unbändige Gier. Es mochte sein, daß dieser Priester noch nützlich war. Immerhin hatte er ihn erweckt.

Nach dem Mahl sank Chemhabsem träge zurück. Er brauchte Ruhe, um die alte Stärke zurückzugewinnen. Seine Augen wanderten durch den seltsamen Raum, in dem er lag. Hier gab es Symbole fremder Götter, die ihm nichts sagten. Augenscheinlich hatte er für längere Zeit im Schutz des Sarkophages geruht. Doch sein Stern würde wieder aufsteigen!

Zwar waren seine übernatürlichen Fähigkeiten noch zu schwach, doch mit seinen feinen Sinnen forschte er durch die Nacht. Dies hier war eine belebte Stadt. Chemhabsem hörte die Menschen streiten, handeln und lachen. Dieser Ort war gut gewählt. Er würde keinen Hunger mehr leiden.

Witherspoon erwachte aus einem Alptraum. Seine Kehle war ausgedörrt, Hitze stieg in seinen Körper wie ein böses Fieber. Beinahe alle Knochen im Leib schmerzten. Kein Wunder, er lag auf dem kalten Boden. Er mußte aus dem Bett gestürzt sein, vor Furcht über die Nachtmahre, die ihn geritten hatten. Schreckliche Schatten sogen an seiner Seele mit einer Kraft wie das Meer, das die Wasser bei Ebbe zurückruft. Er war durstig, doch gleichzeitig wütete eine Übelkeit in seinen Eingeweiden und verdrängte jeglichen Gedanken daran, etwas zu sich zu nehmen. Er staunte nicht schlecht, als er den Arbeitsraum erkannte. Hatte ihn ein Schwächeanfall hier im Labor zu Boden geschickt?

Witherspoon hob die Hände, um sich an der Kante des Arbeitstisches hochzuziehen, als sein Blick auf das linke Handgelenk fiel. Ungläubig betrachtete er die Wunden nahe der Ader und den großen Bluterguß ringsum. Was war bloß geschehen? Wie der Dunst über der Themse im Morgengrauen hoben sich langsam die Schleier über Witherspoons Erinnerung. Dann zuckte er zusammen, schlang die Arme um seinen geschundenen Leib und wiegte den Oberkörper voller Schrecken hin und her. Es war kein Alptraum gewesen – das Ungeheuer, das seine Seele austrank, lag hier im Labor. Ein Wunder, daß er noch lebte, nach diesem Martyrium. Oder hatte schließlich die tödliche Schwäche der vergangenen Jahrtausende den Ägypter übermannt? Er wagte nicht zu hoffen...

Witherspoon nahm alle Kraft zusammen und kroch ein Stück von dem Tisch fort. Immer wieder warf er scheue Blicke zurück, ob nicht eine dunkle Gestalt über ihn käme. Plötzlich rutschte er aus und obwohl er auf allen Vieren kauerte, konnte er sich erst kurz vor dem Boden fangen. Nur eine Handbreit vor seinem Gesicht drohten bloßgelegte Zähne und dunkle Augen. Witherspoon schrie gellend auf, bis er den Kaninchenkadaver erkannte. Der Schrei erstarb in einem Wimmern. Weitere Schmerzen. Er war auf dem Inhalt der zerbrochenen Flasche ausgerutscht und hatte dabei seine Hand verletzt. Helles, rotes Blut quoll durch den frischen Schnitt. Witherspoon stöhnte, und für einen Moment drehte sich der Raum um ihn. Schmerzen und Angst hielten ihn fest im Griff.

Würde diese Monstrosität vom Geruch des Blutes abermals erwachen? Oder war er endgültig tot? Witherspoon zog sein Taschentuch hervor und verband notdürftig die Handfläche, ehe er weiterkroch. Mit Hilfe der sumerischen Göttin kam er auf die Beine. Er fürchtete den Anblick der Kreatur so sehr, daß er den Blick nicht auf den Tisch hob, sondern nur in den Augenwinkeln nach Bewegung suchte. Ihm war eines klar: er mußte hier fort, so schnell wie nur möglich die Sicherheit seiner Wohnung aufsuchen und dann zur Besinnung kommen. Er besaß noch die Geistesgegenwart, seinen blutigen Kittel herunterzureißen und die Ärmelmanschetten über die Wunde zu ziehen, ehe er wie von Dämonen gejagt das Labor verließ.

Wie er schließlich nach Hause gelangt war, vermochte Witherspoon nicht zu sagen. Von einem Fieber geschüttelt, das seinen Körper zu verbrennen drohte, erreichte er im Morgengrauen die Wohnung, schleppte sich hinein und verschloß die Türe. Jeder Riegel, den er vorschob, schenkte ihm mehr Vertrauen, und so gelangte er schließlich genug zur Ruhe, um sich zu säubern und etwas zu trinken. Das Wasser in der Wanne war schon lange klar, aber immer noch fühlte sich Witherspoon beschmutzt. Das kalte Badewasser senkte sein Fieber ausreichend, damit er später in seinem Bett in oberflächlichen Schlaf sinken konnte.

Eine fremde Stimme weckte Witherspoon, und er fuhr hoch. Niemand war im Raum. Er atmete schwer. Immer noch versengte ihn die unnatürliche Hitze inwendig, und der Durst brachte ihn schier um. Dennoch fühlte sich Witherspoon durch den genossenen Schlaf ausgeruht. Kräftig genug, um seine Bücher zu studieren. Er mußte überlegen, wie er die Kreatur – tot oder lebendig – loswerden konnte. Einen anderen Weg sah er nicht.

Mit einer Welle von Dunkelheit brandete der unbekannte Ruf abermals auf ihn ein. Die körperlose Stimme verlangte nach ihm! Jetzt wußte Witherspoon genau, wem sie gehörte, und er verzagte. Grauen beschlich ihn beim Gedanken, abermals sein Labor aufzusuchen und diesem Wesen als Nahrung zu dienen.

„Nein!“ flüsterte er kraftlos. Eine wütende Antwort erklang in seinem Kopf und schickte Tausende Nadeln durch seine Stirne.

„Laß mich in Frieden, Geschöpf der Hölle“, wisperte der Gelehrte, unfähig, die Stimme zu erheben. Er suchte eine Waffe, so als würde der Ägypter jederzeit an seinem Bett erscheinen. Witherspoons Blick fiel auf den Spiegel, und er erschrak. Er sah aus, wie von den Toten auferstanden. Was hatte die Kreatur nur mit ihm angestellt? Schrecken peitschte seinen geschwächten Geist auf, und für Momente konnte er dem Drang noch widerstehen, in sein Labor zu eilen. Panisch suchte er einen Ausweg. Wieder zerrte ein Befehl an seiner Seele, doch zuvor kam die rettende Idee.

Witherspoon sprang auf und rannte zur Türe. Hastig drehte er den Schlüssel im Schloß und hechtete dann zum Fenster, das er vor dem Schlaf aufgerissen hatte, um in seinem erhitzten Zustand Erleichterung zu finden. Der Schlüssel flog in hohem Bogen aus dem Fenster und landete im finsteren Vorgarten. Speichel spritzte aus seinem Mund, als er hysterisch lachte. „Ich komme *nicht*!“

Der Druck hinter seiner Stirne nahm zu, bis sein Kopf beinahe platzte. Witherspoon krallte sich an den Fensterrahmen. Lieber würde er sterben, als sich dem Wesen zu ergeben. Beinahe schien der Schmerz ein Eigenleben zu führen, als fülle ein Leib aus Pein seinen eigenen Körper von innen aus. Es machte ganz den Eindruck, als steckte die Monstrosität bereits in seinem Schädel. Witherspoon konnte nicht verhindern, daß die Bilder des Grauens abermals vor seinem inneren Auge tanzten und seine Furcht verrieten. Eher würde er sich selbst aus dem Fenster stürzen, als noch einmal ausgesogen zu werden, seine Lebenskraft wie einen Wasserfall in den Abgrund fließen zu sehen. Daraufhin ließ die Umklammerung unvermittelt ein wenig nach – und Witherspoon kam Verständnis entgegen.

Ein Rausch von Gefühlen und Gedanken drang auf ihn ein.

Endlich begriff er, was das Wesen wünschte. Der Ägypter wollte Unterricht über die fremde Welt. Er hatte bereits anderweitig gespeist und wartete ungeduldig, daß Witherspoon zurückkehrte und Fragen beantwortete.

Eine neuerliche Attacke von Qualen zog an jeder Faser seines Körpers, als Drohung, was folgen würde, wenn er nicht gehorchte. Dann ließ der Schmerz nach und Witherspoon, die Augen noch voller Tränen, drehte um und machte sich daran, die Türe aufzubrechen und zu seinem Meister zu eilen.

Frühe Dunkelheit hatte sich über die Stadt gesenkt, und Witherspoon huschte kurz heim, um frische Kleidung zu besorgen und etwas Schlaf in einem richtigen Bett zu finden. Gewöhnlich bekam er diese Gelegenheit nur während des Tages, aber heute hatte der Meister ihm einige freie Stunden gewährt. Der treue Hund bekam Ausgang. Er zog gerade den Schlüssel aus der Tasche, als eine zarte Hand seinen Arm festhielt.

„Sie sieht man ja kaum noch, verehrter Witherspoon!"

Er fuhr herum, bog die Schultern und schien in den Ritzen zwischen den Pflastersteinen versinken zu wollen.

„Lady Bernett, welche Freude", meinte er keineswegs erfreut. Nur aus Höflichkeit verharrte er.

„Ich war schon einige Male bei Ihnen zu Hause, aber dort sind Sie wohl gar nicht mehr anzutreffen." Emma Bernett lächelte scheu. „Es sind schon zwei Monate vergangen, seit wir uns bei Carnem trafen. Man bekommt ja beinahe das Gefühl, Sie gingen Ihren Freunden aus dem Weg!"

„Aber wie kommen Sie denn darauf?" wehrte er ab und schlenkerte nervös die Hand mit dem Schlüssel.

„In der letzten Woche gab Zendish eine Mumienparty, und

Sie haben ihn versetzt. Er versicherte mir, Sie eingeladen zu haben."

„Es tut mir leid, ich habe mich nicht wohl gefühlt", log Witherspoon. „Mir geht es nicht besonders in den letzten Tagen. Auch heute..." Krank genug sah er ja aus.

Er mußte Emma schnell wieder loswerden.

Sie schaute ihn befremdet an. Spekulierte sie etwa auf eine Einladung in seine Wohnung? Selbst wenn die in den Kolonien aufgewachsene Lady den gesellschaftlichen Konventionen oft trotzte, war das kein Verhalten für eine Dame von Stand.

Ihm war elend zumute. Früher hätte ihn die Begegnung mit seiner Angebeteten gefreut, aber heute? Der Meister durfte auf keinen Fall davon erfahren. Wenn das Augenmerk des Ägypters auf Emma gelenkt wurde, schwebte sie in größter Gefahr! Die Straßen waren in diesem Herbst nicht sicher... Da hatte er einen glaubwürdigen Grund, sie wegzuschicken.

„Ich hoffe eindringlich, daß Sie nicht ohne Begleitung unterwegs sind. Sie wissen doch, dieser Wahnsinnige, der herumläuft und Frauen umbringt!"

„Meine Kutsche wartet gleich drüben, der Kutscher hat immer einen Knüppel unter dem Sitz. James ist ein kräftiger Bursche, der es diesem Jack schon zeigen würde. Außerdem sind wir hier nicht in Whitechapel."

Witherspoon bewunderte Emmas Kaltblütigkeit angesichts der schrecklichen Morde. Ihm jagten die Zeitungsberichte Angst ein. Er dachte an die Zeichnungen der Opfer: die Kehle hatte er ihnen aufgeschlitzt, der Mann, den sie *Jack the Ripper* nannten. Er kannte ihre Namen auswendig: Mary Anne, Annie, Elisabeth und Cathrine! Der Mörder verging sich nicht an den Frauen, ihm genügte der Akt des blutigen Tötens. Verkrümmt und teilweise ausgeweidet lagen die Frauen auf den kalten Steinen des nächtlichen East End. Blut stand in einer Lache neben den toten Freudenmädchen, schwarz im Schein der Laternen. Vor Witherspoons umflorten Augen flossen die blutigen Pfützen zu einer schattenhaften, geflügelten Gestalt, einem Engel des Todes.

Witherspoon wischte jeden Gedanken an die Morde beiseite, doch für eine Sekunde spürte er wieder den warmen Körper des Kaninchens in seinen Händen, roch das strömende, warme Blut. So ähnlich mußte es sich anfühlen, wenn...

„Sie werden ja ganz bleich, Sie Ärmster. Vermutlich sind Sie wirklich nicht bei bester Gesundheit“, erkannte Lady Bernett. „Ich werde Sie auch nicht mehr lange aufhalten“, versprach sie.

Innerlich seufzte Witherspoon erleichtert.

Emma, wie er sie zärtlich im Geheimen nannte, schob ihm ein Paket in die Hand, das sie unter dem Arm getragen hatte. „Ich habe im Nachlaß meines verstorbenen Mannes dieses alte Buch über ägyptische Mythen gefunden. Das wollte ich Ihnen schon längst gegeben haben. Mit Sicherheit ist es für Sie mehr von Nutzen als für mich Frauenzimmer.“ Sie lächelte wieder, und Witherspoons Herz tat einen Sprung. Aber um ihretwillen mußte er sich von ihr fernhalten.

„Haben Sie vielen Dank! Ich werde das Werk innig studieren und dabei an die edle Spenderin denken.“ Er griff mit der freien Rechten ihre Hand und schüttelte sie. Dank und Abschied gleichermaßen. „Kommen Sie gut und vor allem sicher heim. Sagen Sie James, er soll achtsam sein, jetzt in der Dunkelheit.“

„Das werde ich, seien Sie unbesorgt. Vielleicht hat die Mordserie ja auch ein Ende. Seitdem Jack in einer Nacht zwei Frauen ermordet hat, ist immerhin schon beinahe ein guter Monat ohne Vorfall vergangen. Möglicherweise hat ihn diese Bluttat am heiligen Sonntag endgültig befriedigt. Oder er ist weitergezogen, wie manche Journalisten behaupten." Emma musterte ihr Gegenüber.

Witherspoon zuckte unmerklich zusammen. „Das glaube ich nicht", murmelte er. „Seien Sie lieber vorsichtig."

„Und Sie, Witherspoon, werden mir so schnell als möglich gesund." Die Lady hob scherzend den Zeigefinger wie eine strenge Gouvernante und strebte ihrer Kutsche zu. Ihr Seidenkleid formte bei der Drehung kurz eine zauberhaften Blüte und folgte ihr dann wie ein treuer Wächter in den Wagen hinein. James Peitsche knallte, und das Pferd trabte an.

Witherspoons Anspannung verflog. Emma war unbemerkt geblieben. Er hätte die Anwesenheit des Meisters in seinen Gedanken gespürt. Andererseits enthüllte der Ägypter immer weitere übersinnliche Gaben, je kräftiger er wurde. Inzwischen wußte Witherspoon, was das für ein Wesen war, das Blut trank. Er hatte vor langer Zeit einmal davon gelesen, in seiner Zeit beim *Order of the Golden Light*. Der Ägypter war ein Vampir, ein verfluchtes Geschöpf, das nur bei Nacht wanderte und sein untotes Leben durch die Lebenskraft anderer Menschen ernährte.

Witherspoon mußte nun jeden Gedanken an Emma aus seinem Kopf verbannen. Schlimm genug, daß der Meister seinen Herzenswunsch kannte, die Unsterblichkeit. Er hatte versprochen, Witherspoon der göttlichen Gabe teilhaftig werden zu lassen – wenn er ihm genug gedient hatte. Aber wollte er dieses Geschenk überhaupt noch?

Witherspoon fühlte bereits die Veränderungen in seinem Körper und war doch unfähig, sie aufzuhalten. Er lebte in einem Zwischenstadium, gefangen in einem Zustand, der weder Leben noch Tod war. Dem Meister konnte er sich nicht widersetzen, aber er war noch Herr seiner Gedanken. Doch sein eigener Wille wurde schwächer und schwächer in dem Maße, in dem der Vampir an Stärke gewann. Es gab Zeiten, wo in Witherspoons Erinnerungen gewaltige Lücken klafften. Wenn sich der Meister seiner Sinne bediente, um etwas über die neue Zeit herauszufinden. Doch solange es nur ihn selbst betraf, würde er die Leiden geduldig ertragen. Was hatte er schon für eine Wahl?

Erschöpft bettete er sein Haupt auf das Kissen und döste eine Weile im Licht einer einsamen Lampe. Er trug noch Hemd und Hose, doch das war ihm gleichgültig. Seine Tage verschwammen ineinander. Die Zeit entglitt ihm. Er schlief, aß und lebte nach dem Rhythmus eines anderen.

Erschrocken wurde Witherspoon die Zeitspanne bewußt, die Emma gerade erwähnt hatte. Zwei Monate darbte er bereits im langen Schatten des Ägypters. Der Schock verdrängte jegliche Müdigkeit, und Witherspoon stand auf. Emmas Buch lag noch unberührt im Salon, und dorthin zog es ihn jetzt. Zweifelnd, ob er etwas Bedeutsames darin entdecken würde, blätterte Witherspoon die Seiten um. Die Abbildung eines zerfransten Papyrus füllte eine ganze Seite und ließ ihn stutzen. Übertitelt war das Bild mit *Die Schattentrinker.* Seine Augen sogen die Worte der Übersetzung förmlich auf. Witherspoons Blicke flogen über die Seiten. Es war der Bericht eines Priesters über eine unheimliche Plage, die durch Ägypten schlich. Es wurde vermutet, daß die Seelen der Erkrankten den nächtlichen Schatten zu nahe gekommen waren und nun daran litten. *Nur die, welche im Zeichen der Isis wandeln, bleiben von der Auszehrung verschont.* Mit einer Anrufung der Göttin endete die Übersetzung.

Witherspoon nahm sich die Zeit, den Text selbst zu übertragen, und kam zu einem ähnlichen Ergebnis. Die Merkmale der Seuche waren immer gleich: kleine Wunden am Körper in der Nähe der Adern, nach wenigen Tagen voller Fieber kam es gewöhnlich zum Tod. Doch ein geheimer Kult schien die Leichen jener Gestorbenen zu sammeln, denn die toten Körper verschwanden aus den Werkstätten der Balsamierer und manchmal auch aus den Gräbern. Und verschont blieben nur die Grabstätten, die der Isis gewidmet waren.

Witherspoon schaute auf sein ehemals zerfleischtes Handgelenk. Keine Narbe erinnerte mehr an die Wunde. Noch in der ersten Nacht, in der er ins Labor zurückkehrte, hatte der Ägypter ihn mit einem Tropfen seines Blutes gefüttert, und wie durch ein Wunder war die Verletzung augenblicklich verheilt. Seitdem aber hörte Witherspoon den Vampir häufig in seinen Gedanken. Heute war das Ungeheuer merkwürdig still, als würde es von anderen Dingen in Beschlag genommen. Aber Witherspoon konnte die Präsenz des Wesens immer noch spüren.

Unruhe zerrte an ihm, wie ein Hund an einem Fleischknochen. Das Wissen, daß es einen Schutz vor dem *Schattentrinker* gab, beflügelte ihn. Hatte ihm eine Fügung des Schicksals dieses Buch in die Hände gespielt? Sollte er länger darin lesen, in der Hoffnung, einen Fingerzeig zu entdecken, wie er gegen den Vampir angehen konnte? Oder sollte er zurück ins East End und versuchen, Gewißheit über die Morde zu erlangen und seine dunkle Ahnung zu bestätigen? Es wimmelte dort von Polizisten, und wenn Witherspoon sie auf die rechte Fährte lenken konnte, würden sie ihn vielleicht von diesem Monstrum befreien, das er ins Leben gerufen hatte. Er spürte, wo es zu finden war. Wenn er den Mut aufbrachte, konnte er ihm überallhin folgen.

Witherspoon dachte an Emma und wurde wankend. Sollte er alles riskieren, um eine schnelle Lösung zu finden? Zumindest würde der *Schattentrinker* nicht von ihr erfahren.

Entschlossen zog Witherspoon ein Henkelkreuz aus der Messingkiste mit den Reiseandenken. Ohne sich um seine zerknitterte Kleidung zu kümmern, stapfte er auf die Straße hinaus und hielt die nächstbeste Droschke an. Es war Freitagabend, Mitte November, aber im East End würde wie immer das Leben durch die Gassen toben.

Straßenmädchen standen in Hauseingängen und zeigten ihre Auslagen. „Hey, Mister, wie wäre es mit ein wenig Spaß?" Sobald potentielle Kunden vorüber waren, zogen sie die Schultertücher wieder über dem Ausschnitt zusammen. Es war feuchtkalt, doch mehr noch als vor Kälte fröstelten die Frauen vor Furcht. Wie konnte Jack in seinem kleinen Revier unerkannt morden und entkommen?

An den Tagen nach den Morden lief das Geschäft schleppender als sonst. Die Mädchen, die das Risiko eingingen, verdienten dafür um so besser. Mit jeder Woche ohne neuen Todesfall normalisierten sich die Zustände auf der Straße. Im *Ten Bells*, wo viele der Prostituierten verkehrten, hoffte man, Jack sei endlich satt. Kein Mädchen konnte lange den Gassen fernbleiben. Die Miete mußte weiterhin gezahlt werden. Die Kinder waren hungrig und auch den Gin gab es nicht umsonst. Aber jeder Schatten an der Wand wurde zur Bedrohung. Also hieß es in Sichtweite der anderen Frauen zu bleiben. Doch die schnappten ungeniert die Kundschaft weg... Geschäft blieb eben Geschäft.

„Soll ich dich aufwärmen?" Kokett lachte das geschminkte Mädchen.

Witherspoon schüttelte ihre Hand ab, die sein Revers festhielt und ihn heranziehen wollte. „Heute nicht", beschied er der Bordsteinschwalbe und wich verlegen dem Blick eines Polizisten aus, der den Vorgang argwöhnisch beobachtet hatte.

Witherspoon kannte das Labyrinth der übelriechenden Gassen gut genug, um schnell aus dem Blickfeld des Gesetzeshüters zu verschwinden. Er hoffte, keinen Verdacht erregt zu haben. Viele der Straßen hier in Whitechapel waren die reinsten Todesfallen – schwer einzusehende Durchgänge. Häufig genug endeten sie ohne Vorwarnung in Sackgassen. Es stank nach Unrat und Exkrementen, der feine Abendnebel konnte den Geruch nicht überdecken. Er verschleierte nur das milde Licht der Gaslaternen, so daß die Schatten dichter lagen als sonst.

Doch Witherspoon war nicht auf seine Augen allein angewiesen. Er mußte nur dem inneren Faden folgen, der ihn an seinen Meister band. Irgendwo hier draußen schlich der *Schattentrinker* umher.

Witherspoon beobachtete seine Umgebung: Männer mit hochgestelltem Kragen wechselten die Straßenseite, sobald ihnen ein anderer Mensch entgegenkam. Keiner fühlte sich hier mehr sicher.

Würde der Ägypter auffallen? Seinen kahlen Schädel verbarg er sicher unter einem Hut. Ein Anzug von Witherspoon und ein Mantel würden ihn aussehen lassen wie hunderte Gentlemen auch. Doch der Vampir lief nicht durch das Gewirr der Straßen. Er lag verborgen auf der Lauer. Das spürte Witherspoon.

Irgendwo schrillten Polizeipfeifen. Erregung pulsierte durch Witherspoons Adern, aber er wußte, daß sein Meister nicht in dieser Richtung unterwegs war. Falscher Alarm. Von überall her kamen Leute aus Häusern und Pubs. Plötzlich trug jeder eine behelfsmäßige Waffe, einen Stockdegen oder Knüppel.

Menschen liefen zusammen wie Ratten, gierig nach dem Blut des Mörders. Nur Witherspoon drängte in die andere Ecke des Viertels. Wäre er der Jäger, würde er den Moment der Verwirrung auf den Straßen nutzen, um seine Beute woanders zu schlagen. Er beschleunigte den Schritt, denn nun konnte er den Ursprung der hochgepeitschten Gefühle genauer bestimmen. Übelkeit schlug wie eine Flammenwand über ihm zusammen. Bilder zuckten durch seinen Geist, Einzelheiten, die der Vampir sah. Ein Frauengesicht, voller Schrecken, verkrampfte und gebrochene Finger.

„Nein!“ Stöhnend wehrte Witherspoon die Visionen ab, doch sie brannten immer heller, wie die Lust, die das Monstrum bei der Tat verspürte. Nun gab es kein Zurück mehr. Jetzt rief ihn sein Herr mit aller Kraft herbei. Gequält wollte Witherspoon den schlanken Metallfuß einer Laterne umfangen, sich dort festhalten, aber aller Widerstand wurde mit einem einzigen Willensakt des Meistervampirs fortgewischt.

Durch das geistige Band, das sie aneinander fesselte, konnte Witherspoon die Absichten des Vampirs erahnen. Der Ägypter hatte genug gelernt, um unabhängig zu sein. Er würde nicht wieder in das Labor zurückkehren. Seine Spuren wollte er verwischen, indem er der Polizei einen Schuldigen für die Morde der letzten Monate lieferte. Und niemand würde dem Gerede eines Verrückten lauschen, der über blutsaugende Mumien sprach, um von seiner Schuld abzulenken.

Die Vision nahm kein Ende. Witherspoon kam dem Tatort immer näher. Taumelnd, widerwillig und halb geblendet von den Scheußlichkeiten, die er miterleben mußte.

Nachdem sich der Vampir am Lebensblut des Mädchens gelabt hatte, zückte er ein Skalpell – Witherspoons Skalpell aus der Arzttasche! – und schlitzte die Kehle der jungen Frau von einem Ende zum anderen auf. Die scharfe Schneide durchtrennte die weiße Haut wie Butter und löschte die verräterischen Bißspuren aus. Der Vampir hatte genug Blut in ihr gelassen, damit eine glaubwürdige Lache entstand. Der Karikatur eines geschminkten Frauenmundes ähnlich, klaffte ein *Lächeln* von Ohr zu Ohr, verhöhnte das Opfer noch im Tode.

Verzweifelt bäumte sich Witherspoon auf, doch er konnte den gewaltigen Kräften des übernatürlichen Wesens nichts entgegensetzen. Er ächzte unter Tränen. Die Frau war förmlich abgeschlachtet worden. Beinahe fühlte er am eigenen Leibe, wie sie mit einem letzten Reflex nach Luft rang, ehe die Schwärze über sie kam. Triumphierend schaute der Vampir umher, und sein Sklave konnte vor dem inneren Auge das Straßenschild erkennen: *Miller's Court.*

Das war gleich nebenan! – Nein, er durfte nicht weitergehen, sonst würde man ihn bald mit einem bluttriefenden Messer in der Hand bei der Leiche des Mädchens finden. Ganz nach Plan des Vampirs. Im Schatten verborgen, konnte der Meister ihn ebenso zwingen, in der Gasse stehenzubleiben, wie er ihn jetzt antrieb.

Witherspoon stolperte weiter in sein Verderben. In einem Wirbel von Rot huschte jemand vor ihm auf die Straße. Er hatte die Gestalt nicht kommen sehen, obwohl er gerade unter einer Laterne entlanglief.

Mit ungewöhnlichem Eifer hielt die Prostituierte ihn auf. Lippenrot zog eine grelle Wunde durch ihr Gesicht, Skarabäengold und Nilgrün schimmerte um ihre Augen. Ihr purpurnes Kleid zeigte mehr von ihrer zarten Brust und dem Schwanenhals, als es verbarg.

„Endstation." Witherspoon erkannte Emma erst an der Stimme. Ungläubig riß er die Augen auf.

Was machte sie in diesem Aufzug im berüchtigten Vergnügungsviertel? Er wollte sie packen und in die nächste Kutsche verfrachten, ehe noch ein Unglück geschah! Die Erziehung jedoch siegte, und verblüfft fragte er: „Misses Bernett? Was tun Sie denn hier?“ Ein Teil von ihm drängte vorwärts, gezogen vom Willen eines anderen.

„Augenscheinlich rette ich Sie vor einer Dummheit!“ antwortete die Frau gelassen, als ginge es um ein Glücksspiel.

Woher wußte sie...? Witherspoon zuckte zurück, als in der Nebenstraße der Körper der Toten zu Boden sank. Abermals befahl ihn der Meister herbei. Sein Zeitplan war eng.

„Ich habe keine Wahl“, sagte er bedauernd. „Verschwinden Sie bloß von hier. Ich flehe Sie an!“ Sie spielte wohl Lockvogel für die Polizei, das erklärte alles, auch ihre Kaltblütigkeit. Aber würde eine Dame... Witherspoon stöhnte vor Schmerz und barg die Stirn zwischen den Händen. Der Meister verlangte ungeduldig nach ihm. Witherspoon tat einen Sprung nach vorne und schob die widerstrebende Frau aus dem Weg. „Folgen Sie mir nicht!“ Sie sorgte sich um sein Wohlergehen, wurde ihm mit einem warmen Gefühl klar. Diese Erkenntnis schenkte ihm die Kraft, sein Schicksal anzunehmen. „Es muß eben sein!“ Wenn er eilte, würde der Vampir Emma vielleicht nicht bemerken! Dies Opfer brächte er gerne.

„Das hier muß sein!“ meinte sie und stand wieder vor ihm, ohne daß er eine Bewegung gesehen hatte. Sie stach sich eine Hutnadel in den Mittelfinger und steckte Witherspoon unversehens die blutige Fingerkuppe zwischen die Lippen. So absurd die Situation auch war, die beinahe intime Geste gefiel ihm. Emmas Blut schmeckte süßer als jeder Honig. Doch schon riß die Angebetete den Finger wieder heraus.

„Für Erklärungen bleibt keine Zeit“, sagte sie, trat aus dem Weg und zerrte ihn mit erstaunlicher Kraft vorwärts. „Wir jagen jetzt gemeinsam. Nun bist du dein eigener Herr!“ erklärte Emma.

Während Witherspoon in die Gasse einbog, Emma an seiner Seite, spürte er eine Veränderung in sich. Mit einem Mal verschwand der Nebel, der seit Wochen über seinem Geist gehangen hatte. Er sah das Ende des Fadens, der ihn mit seinem Meister verband. Aber plötzlich war er in der Lage, den Faden selbst aufzunehmen. Immer noch erahnte er die Gedanken des Ägypters. Der hatte inzwischen gemerkt, daß sich das Blatt gewendet hatte.

Im schwachen Abglanz, den die Laternen auf das Pflaster warfen, erkannte Witherspoon am Ende der Gasse zweierlei. Den Leib des gemeuchelten Mädchens und darüber den Ägypter. Wie eine Kobra richtete er sich auf und drohte den Neuankömmlingen.

„Ihr werdet mich nicht aufhalten!“

Witherspoon war unklar, wieso er den Vampir verstand. Bisher hatten sie sich nur telepathisch ausgetauscht. Das schien nun anders geworden zu sein.

„Zu Hilfe! Mord!“ rief eine Stimme, und ein Fenster wurde über ihnen zugeschlagen, ehe man noch sehen konnte, von welchem Haus der Ruf gekommen war. Emma eilte, so schnell es ihre Kleidung zuließ. Nur noch wenige Schritte trennten das ungleiche Paar von dem Mörder.

„Viel Vergnügen mit den Wachen“, gellte der Ägypter. Sein Körper sackte zusammen wie ein Stoffbündel und hinterließ nur eine Nebelwehe. Daraus erhob sich ein schlanker Hund, nein, ein Schakal. Mit eleganten Sprüngen verschwand das Tier in den Schatten.

Jemand hatte den Hilferuf vernommen. Die Meute walzte unversehens auf sie zu. Bald wäre der entfesselte Mob heran.

„Wir müssen fort!“ drängte Emma und zog den wie vor den Kopf geschlagenen Witherspoon einfach mit. Was er gesehen hatte, ging über sein Begriffsvermögen. Der Mord,

Emmas seltsames Verhalten, die Tierverwandlung des Vampirs. Langsam verlor er jeglichen Bezug zur Wirklichkeit. Eine kalte Schwäche griff nach seinem Herzen. Am liebsten hätte er sich in der Dunkelheit seines Zimmers verkrochen.

Er überließ Emma die Führung.

Sie kamen einige Straßen weiter und schlugen einen Bogen um *Miller's Court.* Hier herrschte die gewohnte Betriebsamkeit des Vergnügungsviertels. Untergehakt wie ein Straßenmädchen und sein Freier fielen sie kaum in dem Gedränge auf. „Entschuldigen Sie, haben Sie meinen Hund gesehen?“ fragte Emma unschuldig in der Menge herum. „Es ist ein schlankes, hellbraunes Tier, eine Art Whippet.“

Einige Passanten konnten ihnen weiterhelfen und wiesen in eine Richtung. „Hast doch schon einen strammen Rüden an der Hand“, lachte ein Straßenhändler und wies auf den überforderten Witherspoon.

Endlich bemerkte Emma seinen Zustand. Sie zog ihn in einen Hauseingang.

„Wo ist er hin?“ drängte sie.

Witherspoon schaute sie geistesabwesend an.

„Du mußt ihn immer noch spüren – er hat dich erschaffen!“

Doch Witherspoon schüttelte den Kopf. „Ich kann keinen klaren Gedanken mehr fassen. Ich weiß nicht mehr, was geschieht.“

Emma schaute ihn verständnisvoll an. „Das ist die Verwirrung der Umwandlung. Es wird bald besser werden, aber so lange suchen wir ein sicheres Plätzchen.“

„Erhalte ich dann eine Erklärung?“

Sie nickte.

Mit der Aussicht auf einige ruhige Minuten ging es Witherspoon gleich besser. Er erfuhr im Moment eine extreme Erweiterung aller seiner Sinne. Sein Blick war unnatürlich geschärft. Die Waren der Händler, an denen sie vorbeigingen, vermochte er schon aus der Ferne am Geruch zu bestimmen: Schinkenbrote, heiße Erbsen, Wein, eingedickte Milch und Hustendrops schufen eine Wolke, deren Intensität ihn fast erdrückte. Dazu kamen Stimmen, die auf ihn eindrängten, Rufe und Schreie, denn langsam wanderte die Kunde von einem weiteren Mord durch das Viertel.

„Hier scheint es etwas ruhiger zu sein." Emma drängte ihn in einen Hinterhof, der sogar einen wackeligen Schuppen bot. In der Aufregung um den Mord war der Eingang unbewacht. Sonst wurde jeder Schlafplatz hier argwöhnisch belauert und nur gegen Bargeld vermietet, denn die Polizei achtete strikt auf Einhaltung des Londoner Verbotes, unter freiem Himmel zu nächtigen.

Die Hennen in den Käfigen machten bei ihrem Eintritt einen Heidenlärm, gewöhnten sich dann aber schnell an die beiden Logiergäste.

„Was passiert mit mir?" kam Witherspoon auf den Punkt.

„Du erfährst die große Verwandlung." Emma nahm seine Hand und strich zärtlich darüber. „Du wirst zum Vampir."

„Aber...", begann Witherspoon, doch Emma schnitt ihm das Wort ab.

„Weil der Ägypter von dir getrunken hat, standest du unter seinem Befehl. Er hat dir ein wenig seines Blutes gegeben. Damit wurdest du sein *Schleicher*, ein Wesen zwischen Leben und Tod. Aber das Vampirblut hat dich gleichzeitig gerettet, denn ansonsten wärest du an dem ersten Biß nach einigen Tagen verstorben."

„Und dann kamst du ins Spiel", ergänzte Witherspoon. „Du bist auch eine von..."

„Ich bin eine Tochter der Isis. Nicht alleine die Jünger des Osiris kennen das Geheimnis des ewigen Lebens. Aber damit ein neuer Vampir entstehen kann, bedarf es auch der Lebensgabe der Isis. Die Söhne des Osiris allein vermögen nur *Schleicher* zu erschaffen und ihre Opfer daran zu hindern, am Biß zu sterben. Sie können die göttliche Gabe nicht weitergeben, nur nutzen."

„Warum hast du mir geholfen, Emma?"

Verschämt schlug sie die Augen nieder, die immer noch dunkel im zauberhaften Goldkäferglanz der Schminke schimmerten. „Es gibt nur wenige Töchter der Isis in der ganzen Welt. Wir brauchen nicht häufig zu trinken und konnten die Jahrhunderte überdauern. Gelegentlich helfen wir einem Sterbenden beim Übergang, manchmal nehmen wir Jünger an. Doch um einen neuen Vampir zu schaffen, benötigen wir die Söhne Osiris – und die sind seit Jahrhunderten verloren."

„Aber warum dann mich und nicht *ihn*?" Der Gedanke an die vergangenen Monate verursachte Witherspoon Beklemmung. Erst jetzt, wo sie von ihm genommen war, fühlte er, wie sehr ihn das Joch des *Schattentrinkers* belastet hatte.

„Ich habe dich gebraucht, wie ein Jäger seinen Spürhund", erklärte Emma mit bebender Stimme. „Nachdem du den Ägypter erweckt hast, standest du in seinem Bann. Dieses Band zwischen Jünger und Meister bleibt bestehen, solange ihr existiert. Ich konnte es heute abend fühlen, als ich dich traf. Über dich konnte ich den Fremden schließlich aufstöbern."

„Warum wolltest du ihn finden?"

„Ich muß ihn unschädlich machen."

Witherspoon schaute sie ungläubig an.

Zögernd begann Emma. „Es gab noch mehr – Morde. Verbrechen, die nicht das Licht der Öffentlichkeit fanden. Ich brauchte eine Weile, um herauszufinden, daß einer der Alten zurückgekehrt war. Er bringt durch seinen Blutrausch unsere Art in Gefahr. Vermutlich hat ihn der lange Todesschlaf wahnsinnig gemacht. Er hat seine Spuren nicht verwischt."

Witherspoon dachte an die mit chirurgischer Präzision entnommenen Organe der Opfer. Als sollten die Frauen mumifiziert werden...

Emma nickte, als er ihr seine Gedanken mitteilte, und erklärte: „Die Söhne Osiris in der alten Heimat wurden langsam zu einer Blutsekte, die jegliches Maß vergaß. Sie brachten den Zorn der anderen Priester auf uns alle. Furchtbare Dinge geschahen, und unsere Art wurde beinahe ausgelöscht. Und nun ist einer von ihnen zurückgekehrt, und ich muß ihn aufhalten, ehe das Schreckliche erneut passiert. Ich bin auf dieser Insel die einzige Isistochter, die noch die Zeichen kennt. Wir haben das Geschenk des ewigen Lebens nicht bekommen, um im Blutrausch sinnlos zu töten. Vollstrecker der göttlichen Gnade sollen wir sein, und uns nicht selber zur Blutherrschaft aufschwingen."

„Aber ich fühle ihn nicht mehr! Damit bin ich nutzlos geworden."

„Die Verbindung wird wiederkommen, sobald du den Schock der Umwandlung verkraftet hast. Bis dahin gehe ich alleine auf die Suche. Vor dem Morgengrauen bin ich zurück!"

Emma schob die Türe des Stalls auf und trat in den Schatten der Mauer. Durch eine Lücke zwischen zwei Brettern beobachtete Witherspoon, was sie tat. Wollte sie über die Mauer klettern? Sein erstaunter Ausruf erschreckte kurz die Hennen. Emmas Körper faltete sich zusammen. An Stelle der Frau stand nun ein Wesen mit gewaltigen Schwingen – und mit nur wenigen Flügelschlägen erhob sich der Geier in den Nachthimmel.

Natürlich, die Geierhaube der Isis, dachte Witherspoon, wieder ganz der weltfremde Gelehrte. Im selben Moment fuhr ein Schmerz wie ein Messer durch seinen Leib. Schweiß trat auf seine Stirne. Die Umgebung verschwamm vor Witherspoons

Augen, und er kippte gegen die Wand. Mit einem Mal schien statt Blut Säure durch seine Adern zu fließen. Der ungeheure Hitzeschwall, den der Prozeß verursachte, entlockte Witherspoon ein Keuchen. Sein Herz klopfte verzweifelt, doch es trieb das Gift nur tiefer in seinen Leib hinein.

Elend wand sich Witherspoon zwischen Hühnerfedern und Vogelmist und spürte, wie das Leben seinen Körper verließ. Emma hatte ihn betrogen und alleine zum Sterben zurückgelassen. Schwäche umfing ihn wie eine unsichtbare Geliebte, und mit Emmas Namen auf den Lippen hauchte er seinen letzten Atemzug.

Dann erwachte er, und alles war verändert. Seine Sinne trugen weiter als je zuvor. Doch nun kontrollierte er sie.

Langsam gewann er auch die Kontrolle über seine zuckenden Glieder zurück – und sein Geist klärte sich. Deutlich sah er die Linie, die ihn an den Ägypter band, kürzer und kürzer werden. Die Hühner krakeelten.

„So hat sich der Sklave wohl zum Herrn erhoben", kam es von draußen, und in Witherspoon erwachten die Instinkte eines in die Enge getriebenen Tieres. Er stand auf, so gut es mit seinen immer noch entkräfteten Beinen ging. An der Wand abgestützt, kam er tatsächlich bis vor die Türe.

Dort wartete, in den Schatten der Nacht gehüllt, der Ägypter. Er trug wieder menschliche Kleidung – aber vielleicht war das nur ein Augentrug. Doch wenn Witherspoon nachdachte, hatte er nicht gesehen, daß der Vampir seine Kleidung neben der Leiche gelassen hatte.

„Du bist mein Geschöpf, und ich werde nicht zulassen, daß deine Existenz meine Kräfte dauerhaft schwächt. Nun, wo ich endlich erwacht bin, werde ich über die Kreaturen des Tages herrschen wie Pharao über sein Volk."

Witherspoon verfluchte seine Schwäche. Nun sollte es also

doch zu Ende gehen. Aber nicht ohne Gegenwehr! Neben der Türe lehnte ein Besen, den der neu in den Schatten Geborene ergriff, ehe er in den Hinterhof trat.

„Soll das eine Waffe sein oder eine Krücke?“ höhnte der *Schattentrinker*.

Witherspoon hielt sich weiterhin im Schutz des Stalles. Mit eigenen Augen hatte er gesehen, wie schnell sich Vampire bewegen konnten. Den ungedeckten Rücken mochte er dem Ägypter nicht darbieten. Von allen verlassen, blieb Witherspoon nur die Klinge des Verstandes.

„Bist du noch ein Anhänger des Osiris, oder sollte ich dich vielmehr Seth-Jünger nennen? Seth, der den eigenen Bruder tötete, so wie du mich, deinen Bruder im Blute von Isis und Osiris, ermorden willst.“

„Laß die schwachen Versuche, mich zu übertölpeln. Ich bin Chemhabsem, der Machtvolle. Du siehst, ich fürchte dich nicht halb soviel wie einen Floh, da ich dir meinen wahren Namen verrate. Denn dieses Wissen nutzt dir nichts, da wir ohnehin aneinander gebunden sind. Und es braucht mehr als einen hölzernen Stab, um einen Sohn des Osiris zu töten.“

„Hätte ich dich doch damals als vertrocknetes Stück Fleisch zerstückelt und an die Hunde verfüttert“, spie der Gelehrte und erkaufte ein wenig mehr Zeit. Witherspoon dachte an den nackten Körper auf dem Tisch in Carnems Haus. Der fehlende Schnitt im Leib, der Brustpanzer – irgend etwas mußte dieser besondere Ritus zu bedeuten haben.

„Neben dieser Methode gibt es noch einen anderen Weg, um einen *Schattentrinker* zu vernichten.“ Der Vampir hob die Hand, Stahl blinkte gegen dunklen Hintergrund auf. Zur Abwehr hob Witherspoon den Besen.

„Ganz dem Beispiel von Horus folgend, der die eigene Mutter enthauptete...“, erklärte Chemhabsem weiter.

Isis, das war es, frohlockte Witherspoon, doch ehe er noch das Ankh in seiner Tasche greifen konnte, war der Ägypter bereits über ihm. Lachend schlug Chemhabsem ihm den Besen aus der Hand und stieß das Skalpell in seine Richtung. Die geschliffene Klinge landete ein Stück unterhalb seiner Kehle zwischen den Rippen.

In dieser Sekunde fanden Witherspoons Finger das Henkelkreuz und zogen es heraus. Die Qualen raubten ihm schier den Verstand, doch er konnte den Arm ruckartig emporreißen, ehe Chemhabsem seine Brust vollends zerfleischte.

Ein Stück nur enthüllte Witherspoon das heilige Symbol, da schreckte der Ägypter zurück und riß die Klinge mit. Doch auch Witherspoon schrie auf. Seine Hand, die das Metall berührte, brannte, er mußte die Augen vom Anblick des Ankhs abwenden.

„Wahnsinniger", zischte Chemhabsem zwischen Schrecken und Gelächter, „du bist jetzt selbst ein Sohn des Osiris!"

Verzweifelt schleuderte Witherspoon dem Ägypter das Ankh entgegen und brach in die Knie. Er stieß gegen seinen Gegner, dieser taumelte, und mit den neuen Nachtaugen sah der Gelehrte deutlich Metall zu Boden stürzen. Das Isiskreuz, aber auch Chemhabsems Waffe.

Der Ägypter heulte vor Wut, stieß seine lange Fingernägel in Witherspoons Gesicht. Er verfehlte die Augen. Witherspoon war gänzlich zu Boden gerutscht, als seine Beine versagten. Während er das Skalpell angelte, krallten sich Chemhabsems Finger in seinen Nacken und hinterließen blutige Wunden. Jetzt hob er Witherspoon gar am Hals hoch und schleuderte ihn beiseite.

Witherspoon krachte gegen die Mauer. Knochen knackten, brachen aber nicht. Am Boden angekommen, kroch er auf die Füße. Langsam erwachte mit der Hoffnung eine ungekannte

Stärke in ihm. Er barg seinen Schatz in der hohlen Hand. Folgte einer Eingebung und stürzte seinerseits vor, um die Spitze des Skalpells in die Brust des Ägypters zu rammen.

Bei der Mumifizierung wurden alle Organe mit Ausnahme des Herzens entfernt. Jemand hatte bei der Bestattung des Chemhabsem darüber gewacht, daß niemand seinem Herzen zu nahe kam. Das Organ war sogar durch einen Brustpanzer geschützt worden, damit es auch im nachhinein keinen Schaden nahm. Dafür mußte es einen guten Grund geben!

Witherspoons Linke umklammerte den ehemaligen Meistervampir an der Schulter und stieß ihn rückwärts. Doch der lachte nur und schlug den Arm wie einen Strohhalm beiseite. Der Ägypter hatte sich in den vergangenen Monaten gut erholt. Aber Witherspoon ließ nicht locker. Er würde sich von diesem Dämon befreien. Ein für alle Male. Oder dabei sterben. Eher letzteres.

Vom Dach des Hauses kam ein dunkler Schemen herunter. Halb schlugen Fittiche, halb wirbelte Seide und nahm Form an um die schmale Frauengestalt. Emma faßte die Arme des Ägypters in einen festen Griff hinter seinen Rücken. Sie spie einige Worte, die Witherspoon nicht verstand, aber er erkannte, daß sie ihm half. Mit der Wut vieler Wochen der Sklaverei und seinen neuen Kräften zog Witherspoon die Klinge mit der freien Hand durch das Fleisch, sogar durch den Knochen hindurch und legte den Weg frei zum Herzen.

Chemhabsems Gestalt wechselte abermals zu der des Schakals und schlüpfte aus Emmas Armen. Auch Witherspoon verlor den Halt, als sich das Tier zur Seite drehte und schnappte. Aber da hatte Witherspoons Rechte das Skalpell schon fallen gelassen und das Herz der Bestie hervorgezogen. Leblos und kalt lag es in seiner Hand. Er mußte den Impuls unterdrücken, das Organ wie eine faulige Frucht zu zerquetschen. Statt dessen warf er es nur beiseite, nachdem er die Adern abgerissen hatte. Chemhabsems Tierleib erschlaffte. Wieder verwandelte sich der Ägypter, diesmal zurück in den Menschen, der er gewesen war, ehe er ein Diener des Osiris wurde.

Witherspoon stand schweigend vor den Überresten des Vampirs. Emma legte ihm den Arm um die Schulter. „Wir müssen fort“, drängte sie, „bald geht die Sonne auf.“

Er trotzte der Morgendämmerung und schüttelte ihre Hand ab. „Du hast mich nicht nur als Bluthund, sondern auch als Lockvogel und Henker benutzt.“ Immer noch grollte er, daß sie ihn in seiner schwersten Stunde alleine gelassen hatte und erst zurückfand, als es beinahe zu spät war.

„Niemand besitzt das Recht, einen anderen Vampir zu töten. Außer seinem Schöpfer, Schleicher oder Blutkind. Das ist der Grund, weshalb nur du das bewerkstelligen konntest. Ich blieb in der Nähe, um dir diese Chance zu geben. Aber es mußte dein Wille sein, der ihn zu Fall brachte, so lautet das Gebot der Isis.“

„Und, wirst du nun *mich* töten?“ fragte er mit bitterer Ironie und eingedenk der Lektion.

Emma seufzte. „Du wirst mir verzeihen, irgendwann. Wenn du die Weisheit unserer Gesetze erkennst.“

Das mochte sein. Immerhin hatte er nun eine Ewigkeit Zeit.

Christel Scheja

Der Verfluchte von Tainsborough Manor

Jennifer stand auf den Klippen unterhalb des alten Herrenhauses und blickte auf die stürmische See hinaus. Das Herz schlug ihr bis zum Hals, und sie spürte kalte Schauer über ihren Rücken laufen, während sie die Naturgewalten beobachtete. Starker Wind peitschte die Wellen so hoch, daß ein feiner Nebel aus Salzwasser auf sie niederging und ihr dunkles, schlichtes Cape benetzte.

„Mir ist Ihre Entscheidung unverständlich, Miß Wintersham!" klang die Stimme des Anwalts Mr. Robertson immer noch in den Ohren der jungen Frau. „Tainsborough Manor ist kein Ort für eine junge Frau wie Sie. Ich verstehe nicht, wie Doktor Kennison Ihnen zu dieser Anstellung raten konnte! Natürlich ist die Bezahlung gut, aber wen wundert das? Tainsborough Manor liegt in einer gottverlassenen Gegend an der Küste. Und mit der Anstellung bei Lord Huntingdon hätten Sie die Schulden Ihres Vaters ebenso schnell tilgen können." Er zwirbelte seinen Schnurrbart. „Ich habe vorsichtshalber Erkundigungen eingezogen, und meine Quellen berichteten mir, daß das Manor im letzten Jahrhundert ein berüchtigtes Schmugglernest gewesen sei. Außerdem sollen sich Anfang dieses Jahrhunderts äußerst unmoralische Dinge in dem Haus zugetragen haben, von denen ich Ihnen lieber nichts erzählen möchte."

Doch bisher hatte die junge Frau nichts entdeckt, daß die Warnungen des Anwalts gerechtfertigt hätte. Ganz im Gegenteil: Seine bewegte Geschichte gab dem schlichten Manor eine wildromantische Atmosphäre, und die frische Seeluft bekam ihr so gut, wie es sich Doktor Kennison gewünscht hatte. Nein, um nichts in der Welt hätte sie diese Stellung tauschen mögen! Sie hätte es nicht besser treffen können: Lady Tainsborough war eine warmherzige, verständnisvolle Frau, die Jennifer eher wie eine Freundin denn wie eine Angestellte behandelte, wohl weil sie die gleiche Vorliebe für Literatur und Musik teilten. Nachdem sie ihren Mann während der Aufstände in Indien im Jahr 1857 verloren hatte, hatte sich Sarah Tainsborough auf das Manor zurückgezogen, und sie schien mit ihrem abgeschiedenen Leben zufrieden zu sein. Im Moment ruhte die alte Dame wie üblich, und in dieser Zeit konnte ihre Gesellschafterin tun und lassen, was sie wollte.

Eine heftige Windbö zerzauste Jennifers Haare und spritzte Gischt in ihr Gesicht, so daß sie ein Stück zurückwich. Sie überlegte, ob sie nicht ins Manor zurückkehren sollte, doch das hieße, sich wieder den mißbilligenden Blicken der Haushälterin auszusetzen. Jedesmal, wenn sich Jennifer in der Bibliothek aufhielt und las, störte Miß Crowling sie anscheinend mit Absicht, als könne sie ihre Anwesenheit dort nicht ertragen. Die junge Frau lächelte unwillkürlich. Bestimmt überprüfte die alte Krähe gerade wieder die Regale, um sie später hinter dem Rücken der Lady mit Vorwürfen zu überschütten. Dabei hatte sie die ausdrückliche Erlaubnis, sich Bücher auszuleihen, und nutzte es weidlich aus: die unheimliche, düsterromantische Literatur eines Lord Byron, einer Mary Shelley oder eines Sheridan Le Fanu hatte es ihr angetan, und sie fühlte sich in deren Geschichten und Träume versetzt, seit sie hier lebte. Tainsborough Manor strömte die gleiche Melancholie und Todessehnsucht wie die Romane und Gedichte aus.

Seufzend streichelte die junge Frau über das Buch, das sie unter ihrem Cape an ihren Busen drückte. Die Lektüre half ihr, ihre Sorgen zu vergessen. Da waren die Schulden, die der Vater durch seine Spielsucht hinterlassen hatte.

Jennifer hustete und preßte schnell ein Spitzentaschentuch gegen die Lippen, ehe sie sich von den Klippen abwandte und einen Blick auf das gegen den Himmel düster wirkende Herrenhaus warf. Manchmal war sie versucht, an die Geschichten zu glauben, die man sich in der Gegend über das Manor erzählte. Ein paar Dinge hatte sie bei ihren wenigen Besuchen im Dorf aufschnappen können. Die Besitzer von Tainsborough Manor waren erst im späten siebzehnten Jahrhundert geadelt worden und nie sonderlich bedeutend gewesen, auch wenn sie einige tapfere Offiziere zur See oder in der Kavallerie gestellt hatten. Die Reihe pflichtbewußter Männer hatte mit Lady Tainsboroughs Vater geendet. Ihr älterer Bruder war ein Poet und Bücherwurm gewesen, der das Vermögen der Familie auf langen Reisen und mit unheimlichen Freunden verschwendet hatte. Zudem munkelte man, er hätte sich mit Dingen beschäftigt, die in dem Manor immer noch ihr Unwesen trieben. Der alte Herr Pfarrer hatte ihn sogar einmal während einer Predigt angeklagt, sich einem der satanischen Bünde anverschworen und damit seine Seele verkauft zu haben.

Irgendwann war der junge Lord von einer seiner Expeditionen nach Schwarzafrika nicht mehr zurückgekehrt, und einige Jahre später hatte man ihn für tot erklärt. Die fromme Landbevölkerung fürchtete den Mann jedoch immer noch – denn einer, der an den Pforten der Hölle gerüttelt hatte, war auf ewig verdammt, auf der Erde zu wandeln.

Der Wind rauschte leise in den Bäumen des kleinen Wäldchens, das in der Nähe von Tainsborough Manor lag. Im hellen Licht der Sonne besaß der Hain ganz und gar nichts Unheimliches – ebensowenig wie das von einer Mauer begrenzte Viereck vor ihr. Trotzdem spürte Jennifer ein Kribbeln in ihren Gliedern, als sie ihre Röcke raffte und vorsichtig über den Baumstamm stieg, der den Weg zum alten Tor versperrte. Sie zwängte sich durch den Eingang, das verrostete Gitter knarrte leise in den Angeln, und sie schauderte wohlig. Die Einheimischen mieden diesen alten Ort, und es hieß, daß hier eine weiße Frau oder auch ein dunkler Mann umgehe – aber glaubte das einfältige Landvolk nicht gerne an solche Ammenmärchen? Viele der unheimlichen Geistergeschichten, die ihr ihre Kinderfrau in glücklicheren Tagen erzählt hatte, stammten aus dieser Ecke Cornwalls.

Jennifer lachte leise auf. Selbst wenn die Leute recht hatten, jetzt brauchte sie sich nicht zu fürchten. Das helle Sonnenlicht war nicht dazu angetan, Geister und andere Kreaturen der Nacht hervorzulocken. Der alte Friedhof von Tainsborough war wie das Herrenhaus ein Ort, der Geschichte atmete, und genug Einsamkeit bot, um sich so in ein Buch zu vertiefen, daß sie die Welt um sich herum vergessen konnte.

Vorsichtig stieg sie über die moosbewachsenen Grabsteine hinweg, die allesamt älter als das Jahrhundert waren, und erreichte schließlich einen betenden Engel, dessen Flügel durch die Naturgewalten gestutzt worden waren. Die Schatten verliehen dem zarten, traurigen Gesicht Leben, und wie üblich fühlte sich Jennifer von der Statue beobachtet. Doch die Grabplatte unterhalb des Engels lud besonders gut zum Sitzen ein, und so ließ sie sich zu seinen Füßen nieder.

„Verzeih mir, aber ich werde diesen Ort der Stille nicht entweihen“, murmelte sie mit einem kurzen Blick über die Schulter, dann zog sie ein Buch hervor und schlug die Seiten auf, zwischen die sie das Lesezeichen gesteckt hatte.

Das geschriebene Wort zog sie in ihren Bann, und unbemerkt verstrichen die Stunden des Nachmittags, bis die anbrechende Nacht sie am Weiterlesen hinderte. O weh, der Abend dämmert heran! Ich muß eilen, um meine Herrin nicht zu enttäuschen, zitierte sie in Gedanken die letzten Zeilen des Buches.

Ihre Wangen brannten über das Gelesene, das in ihr Schauer der Furcht und Erregung hervorrief. Wie konnte ich nur über den wundersamen Stunden dieses Tages meine Pflicht vergessen!

Sie schloß das Buch, sah auf – und unterdrückte einen leisen Aufschrei. Die Lektüre rutschte aus ihren Händen und fiel zu Boden. Erschrocken starrte sie den Mann an, der unbemerkt herangekommen war.

Der Unbekannte wich einen Schritt zurück und verneigte sich galant. „Verzeihen Sie, Mylady, es war nicht meine Absicht, Sie zu erschrecken“, sagte er mit dunkler, warm klingender Stimme. „Aber ich sah Sie vom Wege aus und wunderte mich doch sehr, jemanden um diese Zeit an diesem Ort vorzufinden.“

Jennifer musterte den Fremden mit erwachender Neugier. Sie schätzte sein Alter auf etwa dreißig Jahre, sein von dunkelbraunem Haar umrahmtes Gesicht war scharf geschnitten und wurde von grünen Augen über einer Adlernase beherrscht. Sein Anzug war aus gutem, dunklen Stoff und verriet nichts über seinen Stand oder seinen Beruf. Der Mann erwiderte ihren prüfenden Blick gelassen, ehe er sich bückte, um das Buch aufzuheben. Mit einem Lächeln studierte er die Schrift auf dem Einband.

„Ein Wintertagtraum von de Lint – Ich muß sagen, das ist eine ungewöhnliche Lektüre für eine junge Dame. Solche schwermütigen, düsteren Gedanken sind wahrlich nichts für eine zarte Seele“, bemerkte er amüsiert und reichte ihr das Buch zurück. „Aber verzeihen Sie mir meine Unhöflichkeit. Darf ich mich vorstellen: Ich bin Edward Herrington.“

„Jen... Jennifer Wintersham“, stotterte sie wie ein verliebtes junges Mädchen. Verärgert über ihr unsicheres Verhalten packte sie das Buch, und mit fester Stimme fuhr sie fort: „Ich würde mich gerne weiter mit Ihnen unterhalten, aber ich muß nach Hause zurück." Schließlich war es nicht gerade schicklich, auf einem alten Friedhof zu stehen und mit einem Unbekannten zu plaudern.

„Das finde ich wirklich bedauerlich", meinte Herrington mit einem belustigten Lächeln, so als halte er dies alles für ein Spiel. „Aber wenn Sie erlauben, möchte ich Sie gerne ein Stück begleiten." Er bot ihr seinen Arm. Aus Höflichkeit nahm sie seine Geste an, und trittsicher fand er einen Weg um die Grabsteine herum, der Jennifer bisher nicht aufgefallen war. „Das war der Friedhof des Dorfes, bis die neue Kirche unten im Ort erbaut wurde", bemerkte er im Plauderton. „Vielleicht haben Sie einmal die Ruinen der alten Kapelle besichtigt, die vor dreißig, fünfunddreißig Jahren bis zu den Grundmauern niederbrannte."

„Nein, dazu bin ich nicht gekommen. Mir sind die Ruinen zwar aufgefallen, aber ich war bisher erst zweimal für Besorgungen im Dorf und hatte keine Zeit, vom Weg abzuweichen."

„Das ist verständlich."

Während sie den Friedhof verließen und dem Manor entgegenstrebten, erzählte er ihr mehr von der Kapelle, und erstaunt stellte Jennifer fest, daß sich die Beschreibungen mit denen aus dem Roman „Ein Wintertagtraum" von Samiel de Lint deckten, den sie in der Hand hielt. Das konnte kein Zufall sein: der Autor mußte aus dieser Gegend stammen.

„Sie kennen sich sehr gut hier aus, mein Herr", bemerkte sie schließlich, „doch ich habe Sie noch nie hier oder im Dorf gesehen."

Er lächelte entschuldigend. „Das stimmt, ich bin schon lange nicht mehr hier gewesen", entgegnete er. „Ich war auf einer langen Reise, die mich durch Indien und Afrika führte – wohin mich auch immer der Wind trieb."

„Wirklich?“ Jennifer wurde mißtrauisch. Wenn dieser Weltreisende aus dieser Gegend stammte, warum erwähnten weder die Lady noch die Dörfler eine so illustre Persönlichkeit? Sie wußte aus ihrer eigenen Heimatstadt, daß man am meisten über diejenigen tuschelte, die sich den gesellschaftlichen Konventionen am wenigsten anpaßten oder die etwas Außergewöhnliches taten.

Herrington schien ihre Gedanken zu erraten. „Allerdings spricht man hier nicht über mich. Ich mußte diese Gegend vor einigen Jahren verlassen, aus Gründen, die...“, er räusperte sich verlegen, „... sicherlich nichts für die Ohren einer jungen Dame sind“, entschuldigte er sich. „Es gab damals einen Skandal.“

Jennifer nickte. Es lief ihr kalt über den Rücken, doch zugleich wuchs ihre Neugierde. Sie ahnte, daß der Mann ein düsteres Geheimnis hütete, das über einen üblichen Skandal hinausging – wie die Helden der Romane, die sie so sehr schätzte. Ihr Verstand mahnte sie zur Vorsicht, aber der melancholische Schimmer, der seine Augen verdüsterte, berührte ihr Herz. Sie lächelte verlegen. „Sie müssen jetzt nicht denken, daß ich peinlich berührt bin“, entgegnete sie hastig, ehe sie von dem Thema ablenkte: „Sie waren erstaunt über meine Lektüre?“

„Das war ich wirklich. Sie haben Glück, die erste, noch nicht bearbeitete Ausgabe dieses Romans gefunden zu haben“, ging er darauf ein, und schon bald waren sie in eine angeregte Unterhaltung über das Buch und andere Werke des eher unbekannten Schriftstellers de Lint verstrickt.

Viel zu schnell erreichten sie Tainsborough Manor, und unterhalb des Hauses blieb Herrington stehen. Er ergriff Jennifers Hände. „Miß Wintersham, es hat mich wirklich gefreut, Sie kennenzulernen.“ Er sah ihr tief in die Augen. „Ich wäre jedoch noch glücklicher, Sie wiederzusehen. Solch eine geistreiche Unterhaltung führte ich schon lange nicht mehr.“

Jennifer holte tief Luft. Einen Augenblick lang wurde ihr schwindlig, dann fing sie sich wieder. „Mister Herrington", sagte sie verlegen und errötete, „auch mir hat unser Gespräch gefallen. Ich weiß allerdings nicht, ob und wann ich wieder Zeit finde. Meine freien Nachmittage sind gezählt."

„Ich werde warten", raunte er ihr zu, ehe er seine Hände zurückzog. Jennifer nickte und wandte sich ab. Da fiel ihr noch etwas ein, was sie ihn hatte fragen wollen. „Mister Herringt..."

Sie drehte sich nach ihm um, doch er war schon in den Schatten der Dämmerung verschwunden. Sie schloß den Mund wieder und schüttelte den Kopf. Wie will er wissen, wann ich Zeit habe?, dachte sie.

„Was ist mit dir, Liebes?" Lady Sarah Tainsborough blickte Jennifer über den Rand ihrer Brille an. „Du wirkst heute so nachdenklich."

Jennifer seufzte und blickte in die züngelnden Flammen des Kamins, während ihre Finger mit dem Lesezeichen des Buches spielten, aus dem sie der alten Frau vorgelesen hatte. „Ich kann wohl nichts vor Ihnen verbergen, Lady Tainsborough."

„Ich habe deine Stimmung an deiner Stimme bemerkt. Du bist mit deinen Gedanken an einem anderen Ort, sonst würdest du nicht so zerstreut vorlesen! Was ist geschehen?"

„Nichts Besonderes. Auf meinem Spaziergang habe ich einen jungen Mann getroffen."

„Du hast jemanden getroffen?" fragte die alte Dame amüsiert. „Einen jungen Gentleman, nehme ich an. Nun, du bist eine hübsche Frau, und wer will es dir verdenken? Wer ist der junge Mann? Hat er einen guten Ruf?"

„Das weiß ich nicht, Lady Tainsborough", entgegnete Jennifer.

„Er sagte mir, daß er zwar aus der Gegend hier stamme, aber er sei schon lange nicht mehr dagewesen.“

„Wie alt ist er? Vielleicht erinnere ich mich an ihn.“

„Ich schätze, um die dreißig, fünfunddreißig Jahre. Er ist stattlich, groß, hat dunkelbraune Haare und grüne Augen. Er sagte, sein Name sei Edward Herrington.“

Die alte Frau setzte sich auf. „Bei allen Heiligen, mein Kind, du darfst ihn nicht mehr sehen!“

Jennifer horchte auf. Was war plötzlich mit Lady Tainsborough los? Was wußte sie über den Fremden? Vorsichtig erzählte sie weiter: „Er sagte mir, er habe diese Gegend aufgrund eines Skandals verlassen, dessen Einzelheiten er mir ersparen wollte. Können Sie mir nicht erklären, warum ich diese Bekanntschaft nicht weiter vertiefen soll? Ich empfand ihn eigentlich als höflich, geistreich und sehr belesen.“

Die alte Frau schüttelte energisch den Kopf. „Mein Kind, ich bin sehr um dich besorgt“, betonte sie ernst. „Es ist nicht gut, in seiner Nähe zu sein. Halte dich von ihm fern, vor allem, wenn es dunkel ist. Du stammst aus einer Familie mit gutem Ruf, und ich will nicht, daß du Schaden erleidest!“

Jennifer biß sich auf die Lippen. Ihr Ruf? Nachdem ihr Vater nicht nur das Vermögen, sondern auch den Ruf der Familie in den verruchten Vierteln von London verspielt hatte, zählte dieser nicht mehr viel, auch wenn Mr. Robertson etwas anderes behauptet hatte. Sie wollte der alten Frau eine entsprechende Antwort geben, bemerkte aber an ihrem Blick, daß diese nicht weiter über die Angelegenheit sprechen wollte, und gab nach. „Ich werde Ihnen keine Ungelegenheiten machen, Lady Tainsborough.“

Die Dame wirkte erleichtert. „Das ist gut, mein Kind. Glaube mir, eine Fortsetzung dieser Bekanntschaft würde nur Leid und Ungemach bedeuten.“

Jennifer nickte und beugte sich wieder über das Buch, um nach dem Absatz zu suchen, mit dem sie zu lesen aufgehört hatte, doch die alte Frau winkte ab. „Nein, laß es für heute gut sein. Ich bin müde und möchte zu Bett gehen."

In den folgenden Tagen erwähnte Lady Tainsborough das Gespräch nicht mehr, doch Jennifer fiel auf, daß sie nun darauf achtete, ihre Gesellschafterin gerade am späten Nachmittag und in den Abendstunden an das Haus zu binden – und sie ebenfalls aus der Bibliothek fernzuhalten.

So blieb ihr viel Zeit, über diesen Edward Herrington nachzudenken. Wer war er? Warum versuchte Lady Tainsborough, sie von ihm fernzuhalten? Das Verhalten der alten Dame hatte sie nur noch neugieriger auf den Mann gemacht, und sie war entschlossen herauszufinden, was los war.

Je öfter sie über das Gespräch mit Lady Tainsborough nachdachte, desto sicherer hatte sie das Gefühl, daß die alte Dame nicht nur um Jennifers Willen weitere Treffen unterband. War Herrington vielleicht ihr Liebhaber? Mit einem Lächeln verwarf sie diesen Gedanken. Aber vielleicht ein unehelicher Sohn ihres Gemahls? Auch wenn die viktorianische Gesellschaft viel Wert auf Sittsamkeit legte, war so etwas nicht selten. Oder ein entfernter Verwandter niederer Herkunft?

Doch sie fand zunächst keine Antwort auf ihre Fragen, bis sich mehrere Wochen später endlich wieder einmal die Gelegenheit ergab, sich allein in der Bibliothek aufzuhalten. Die alte Crowling war in der Küche beschäftigt, und Lady Tainsborough hatte sich zu ihrem Mittagsschlaf zurückgezogen, ohne ihre Gesellschafterin anzuhalten, das gleiche zu tun.

Eine ganze Weile wanderte Jennifer an den vollen Regalen

entlang und betrachtete Buch um Buch, bis sie einen Roman von Samiel de Lint herauszog und darin blätterte, um die Stelle zu finden, die schon eine ganze Weile durch ihre Erinnerung spukte: „Mit tränenumflorten Blick trat ich in das dunkle Haus, in dem ich Heilung suchte, aber nur Verdammnis finden sollte. Ich schritt über die Schwelle unter dem Doppelbogen und hob mein Antlitz zu dem Licht, das nur noch matt durch die Scheiben aus buntem Glase fiel und den Altar in ein blutiges Licht tauchte. Die Vorväter meiner Vorväter hatten bereits hier gestanden und zu einem Gott gebetet, der sich nun von mir abwandte.

Ich sah die anklagenden Gesichter derer von Tainsborough in den Steinplatten, die ihre Gruft vor mir verschlossen, und vernahm ihre zornigen Stimmen. Auch sie stießen mich aus ihrer Mitte zurück, in den Abgrund der Hölle. Ich, der den Kelch der Verdammnis getrunken hatte, der meine Seele dem Teufel geopfert hatte, um des Menschen größtes Ziel zu erlangen, gehörte nicht mehr zu ihrem Geschlecht. Ihr Zorn umhüllte mich wie die dornigen Wände einer eisernen Jungfrau. So verstummte mein Flehen, und ich erkannte, nicht mehr als die Flucht blieb mir, und ich wußte, daß ich diese Kapelle niemals mehr betreten würde. Nimmermehr!“

Jennifer wollte das alte Buch mit dem knarzenden Einband vorsichtig schließen, da entdeckte sie auf der ersten Seite eine Widmung mit verblaßter Tinte: „Meiner lieben Schwester Sarah, die meine Leidenschaft für das geschriebene Wort teilt, zu ihrem 20. Geburtstag. Samuel Edward Herrington.“

Jennifer ließ sich auf dem nächsten Stuhl nieder und holte tief Luft. Herrington war der Familienname von Lady Tainsborough! Der Mann, dem sie auf den Friedhof begegnet war, war also wirklich ein Verwandter der alten Dame. Ihr Bruder etwa, von dem diese Widmung stammte? Nein, sie konnte einfach nicht den Samuel Edward Herrington getroffen haben! Der mußte heute ein Greis sein, mindestens so alt wie Lady Tainsborough.

Es sei denn...

Ein kalter Schauder lief ihr über den Rücken, während sie das Buch in ihren Händen wog und sich an den Inhalt erinnerte: Ein junger Mann, von Geburt aus mit Titel, Vermögen und einem brillianten, messerscharfen Verstand ausgestattet, war von Unzufriedenheit zerrissen gewesen und hatte den Pakt mit einer dämonischen Macht gesucht. Erst nachdem er ihr verfallen war, hatte er seinen Fehler erkannt und versucht, der Verdammnis zu entkommen. Der Autor hatte nur angedeutet, daß ihm das nicht gelungen war.

Für einen Moment spürte Jennifer Angst in sich aufsteigen, als ihr eine verruchte Idee durch den Kopf ging, doch dann siegte ihr Verstand über die kreatürlichen Gefühle. Viel eher mußte es sich bei Edward Herrington um einen unehelichen Sohn der alten Lady handeln, den sie vermutlich fortgegeben hatte, um einen Skandal zu vermeiden. Jennifer erinnerte sich gehört zu haben, daß Lady Tainsborough ihren Gemahl in den elf Jahren ihrer Ehe kaum gesehen hatte, da dieser seine Pflichten in Indien ernster genommen hatte als seine Familie. Außerdem bestand die Möglichkeit, daß der junge Mr. Herrington einer nicht standesgemäßen Beziehung von Lady Tainsboroughs verschollenem Bruder entstammte, so daß es ihm unmöglich war, den Titel und das Manor als legitimes Erbe zu fordern.

Plötzlich schüttelte Jennifer den Kopf. Es war müßig, über eine so alte Familiengeschichte nachzudenken; sie würde wohl nie die ganze Wahrheit erfahren. Sie entschloß sich, das Buch wieder zurückzustellen und in ihr Zimmer zu gehen, um sich dort von der aufregenden Entdeckung zu erholen, damit die alte Dame nichts merkte. An der Tür blieb sie stehen. Für einen Moment war ihr, als würde sie beobachtet, aber wahrscheinlich spielten ihr ihre überreizten Nerven nur einen Streich.

Jennifer umklammerte den Griff des Korbes fester, während sie durch die Gassen wanderte und die Menschen beobachtete. Und auch sie wurde nicht minder neugierig beäugt. Sie war zu selten im Dorf gewesen, als daß ihr Anblick den Leuten schon vertraut geworden wäre, obwohl sie durch die Lieferanten wußten, daß sie die Gesellschafterin der alten Dame war. Die junge Frau war am späten Nachmittag unversehens ins Dorf geschickt worden, um vom Doktor eine Medizin für Lady Tainsborough zu holen, die einiger Zeit zur Herstellung bedurfte. Zwar schätzte Jennifer den unerwarteten Spaziergang, aber sie konnte ihn nicht richtig genießen. Der Herbst hielt seinen Einzug und machte sich durch Nieselregen und schnell dichter werdenden Nebel bemerkbar. Vielleicht sollte sie zum Manor zurückkehren, ehe es noch dunkler und ungemütlicher wurde. Da schälte sich eine Gestalt aus den milchigen Schwaden vor ihr. Jennifer trat beiseite, um den in einen Umhang gehüllten Mann durchzulassen, doch dieser blieb vor ihr stehen, schlug den Kragen ein Stück herunter und verbeugte sich kurz.

„Miß Wintersham", begrüßte Edward Herrington sie, „ich bin beglückt, Sie wiederzusehen. Aber warum wandern Sie hier draußen in der Nässe und Kälte herum?"

„Ich... ich wollte gerade nach Hause gehen", antwortete sie hastig und spürte, wie kalte und warme Schauer über ihren Rücken liefen. „Lady Tainsborough wartet sicher schon auf ihre Arznei."

„Ja, natürlich. Erlauben Sie mir, daß ich Sie begleiten darf?"

erkundigte er sich höflich. „Der Weg zum Manor ist recht einsam, und in der zunehmenden Dunkelheit ist es für eine junge Dame wie Sie sicherer, in Begleitung zu sein."

Jennifer unterdrückte einen Hustenreiz und biß sich auf die Lippen. Kurz dachte sie an die Mahnungen der alten Dame und ihre Entdeckung in der Bibliothek, dann schlug sie die Warnung in den Wind. „Ja, gerne."

„Bitte, dann erlauben Sie mir auch, Ihren Korb zu tragen", bot er ihr galant an.

Die junge Frau lächelte und händigte ihm diesen aus, während sie der Gasse weiter folgten. Schon bald hatten sie das Dorf verlassen und sprachen angeregt über einige Werke Lord Byrons, die sie dann zu Mary Shelleys „Frankenstein oder der moderne Prometheus" und anderen Romanen der düsterromantischen Literatur führten. An dieser Stelle hielt es Jennifer für angebracht, eine Frage zu stellen, auf die sie immer noch eine Antwort suchte: „Als Sie mir letztens die alte Kapelle beschrieben, erinnerte ich mich an eine Stelle in einem Roman, den ich erst kurz zuvor gelesen hatte. Sagen Sie, Mr. Herrington, kennen Sie vielleicht den Autor Samiel de Lint persönlich? Ich habe das Gefühl, daß er aus dieser Gegend stammt oder vielleicht längere Zeit hier lebte." Der Mann zog eine Augenbraue hoch, doch Jennifer sprach weiter, ehe er etwas entgegnen konnte: „Zudem fand ich in diesem Werk auch eine Widmung. Entschuldigen Sie meine Wißbegier, aber hieß einer Ihrer Vorfahren vielleicht Samuel Edward Herrington?"

„Wie kommen Sie darauf?"

Jennifer horchte bei dem Klang seiner Stimme auf. Zitterte die nicht ein wenig?

„Nun, die Widmung ist vom 13. Oktober 1846. Und Sie sehen nicht so aus, als wären Sie in Lady Tainsboroughs Alter", scherzte sie.

Einen kurzen Moment starrte Edward Herrington sie so durchdringend an, daß ihr ein kalter Schauer über den Rücken lief, dann brach er das Eis mit einem amüsierten Lachen. „Ja, natürlich, mein Vater."

„Oh", meinte Jennifer und erinnerte sich an ihre Überlegungen in der Bibliothek. „Die Lady ist also Ihre Tante?"

„Ja", erwiderte Herrington. „Allerdings sehen wir uns nicht oft, da es einige Unstimmigkeiten zwischen uns gibt."

„Diesen Eindruck hatte ich allerdings nicht", entgegnete Jennifer. Sie beschloß, das Thema weiterzuverfolgen. „Lady Tainsborough sprach eigentlich sehr freundlich von Ihnen."

„So? Was hat sie denn von mir erzählt?" Herrington wirkte beherrscht, aber das Zucken um seine Mundwinkel verriet ihr, das sie ihn ein wenig aus der Fassung gebracht hatte. Nun mußte sie das Spiel mit einer Lüge weiterführen: „Sie sprach sehr wohlwollend von Ihnen, nannte Sie einen geistreichen Gentleman, der sehr viel von seinem Vater geerbt habe, so auch die Reiselust. Nur eines verstehe ich nicht. In den Erzählungen um Ihren Vater war nie die Rede von einer Ehefrau."

„Sie sind sehr wißbegierig, Miß Wintersham!" Herrington räusperte sich. Seine Stimme nahm einen ärgerlichen Klang an. „Mein Vater heiratete aus Liebe, jedoch nicht standesgemäß. Deshalb gab er sein Erbe und seinen Titel an meine Tante weiter, um einen noch größeren Skandal zu vermeiden."

„Jetzt bin ich sehr unhöflich gewesen. Bitte verzeihen Sie meine übergroße Neugier!" bat Jennifer. Sie war durcheinander: zwar paßte alles zusammen, aber trotzdem blieb das Gefühl, daß irgend etwas nicht stimmte, daß mehr hinter allem steckte. Sie drang jedoch nicht tiefer in ihn, weil Edward Herringtons Gesichtsausdruck deutlich machte, wie unangenehm ihm das Thema war.

„Samiel de Lint war ein junger Poet aus dieser Gegend. Er erlangte jedoch keine größere Bedeutung und starb sehr jung, so weit ich weiß“, lenkte er das Gespräch in eine ihm viel angenehmere Richtung, und bei der Literatur blieben sie auch, bis sie das Manor erreicht hatten.

Wer ist er wirklich? Und warum kann ich nicht glauben, was er mir über seine Lebensgeschichte erzählt hat? Diese Fragen bewegten Jennifer in den folgenden Tagen, doch sie bemühte sich, ihre Verwirrtheit gegenüber der alten Dame zu verbergen. Was ist nur mit mir los? Seit ich diese Entdeckungen gemacht habe, sehe ich in allen Dingen, die mir seltsam erscheinen, nur ein weiteres Geheimnis dieses Hauses. Spielen mir meine Nerven einen Streich? Oder werde ich langsam verrückt?

Kleinigkeiten fielen Jennifer auf, die ihr vorher nicht so bewußt geworden waren. In der Bibliothek standen hin und wieder Bücher an anderen Stellen oder fehlten ganz. Dann waren auch die Stühle in der Leseecke verstellt. Die alte Crowling schien an manchen Abenden zu vergessen, die Tür zum Keller abzuschließen, so daß sie einen Spalt breit offenstand, wenn Jennifer durch das schlafende Haus zur Toilette eilte. Warum fürchtete hier niemand die Anwesenheit von Ratten und Mäusen in den Vorratskammern, obwohl sie in so vielen Häusern eine Plage waren? Warum hatte sie das Gefühl, gelegentlich zwei Stimmen aus dem Zimmer der alten Dame zu hören?

Einige Zeit lang hatte sie erwogen, diesen geheimnisvollen Vorgängen im Haus nachzugehen, dann jedoch beschlossen, sich nicht weiter lächerlich zu machen und das Wohlwollen der alten Dame nicht aufs Spiel zu setzen. Das alles waren sicher nur eingebildete Geschehnisse und Einzelheiten, die ihr ihre überreizten Nerven vorgaukelten, verstärkt durch die unheimliche Atmosphäre des Hauses. Genauso wie die Träume, in denen Samuel Edward Herrington eine immer größere Rolle spielte.

Sie stand in einer dunklen Höhle, die keiner glich, die sie je mit ihrem Vater besichtigt hatte. Ein warmer Hauch umspielte ihre Haut, und Geräusche drangen an ihr Ohr, die sie noch nie gehört hatte. Herrington, gekleidet wie ein Gentleman, der durch die Tropen reiste, befand sich in ihrer Nähe, aber er schien sie nicht zu bemerken. Statt dessen hielt er einen Degen in der Hand und beobachtete die im Dunkel nur schwer zu erkennenden Schatten. Obwohl er zitterte und Schweiß von seiner Stirn perlte, blieben seine Augen ruhig und kalt. „Ich bin hier, Jomban B'zo. Der weiße Mann hat euch wie versprochen vor den Soldaten seines Heimatlandes beschützt. Nun gib mir das, was ich verlange!"

Eine dunkelhäutige Gestalt löste sich aus den Schatten. Der gebeugte, verhutzelte Greis trug neben einer sinnverwirrenden Spiralbemalung nur ein schmales Tuch um die Lenden. Sein Grinsen verzerrte das faltige Gesicht noch mehr. Ein Wilder?

„Sei nicht so ungeduldig, weißer Mann! Du wirst bald eine Ewigkeit Zeit haben!" keckerte er. „Ja, es ist wahr, du hast die weißen Soldaten fort von unserem Versteck und in die Sümpfe geführt, aber wird dein Lohn wirklich ein Lohn sein? Warum nimmst du nicht das Gold, was wir dir boten?"

Herringtons Augen blitzten wütend. „Weil ich mich an Gold nur eine kurze Weile erfreuen kann, und ich gesehen habe, wie leicht es in den Händen eines Mannes zu nichts zerfließt. Nein, ich habe schon immer anderen Besitz mehr geschätzt, sonst wäre ich wohl kaum bereitgewesen, euch, die Bestien von L'Cumba, zu schützen! Eigentlich hätte ich den Soldaten euer Versteck verraten müssen."

„Du hast unser Geheimnis wohl entschlüsselt, aber seinen Sinn nicht verstanden! Wir sind die letzten eines großen Volkes, das einst über die Savannen und Dschungel des Schwarzen Landes herrschte. S'zet, die große Schlange, verfluchte uns, auf immer ruhelos über die Erde zu wandeln, nachdem wir ihn bitter enttäuschten, aber wir lernten zu überleben und uns ein neues Reich zu erschaffen." Der Greis lachte trocken. „Du weißt ja nicht, was du da auf dich nimmst. Unsterblich wirst du sein, doch dem Fluch unterworfen, ein Ausgestoßener zu sein und alles um dich herum zu Staub zerfallen zu sehen. Aber gut, ich will dich nicht daran hindern, diesen Weg zu gehen, Narr. Und so soll es sein."

Samuel Edward Herrington ließ den Degen sinken, während der Greis näher trat. Dann – mit einer Bewegung, die man ihm nicht zugetraut hätte – sprang er den um mindestens einen Kopf größeren Europäer an und bohrte seine Zähne, scharf wie die eines Raubtiers, in den Hals Herringtons.

Jennifer fuhr mit einem erschreckten Schrei hoch. Sie zuckte zusammen, als die Läden des Fensters heftig klapperten, denn ein wütender Sturm tobte um das Manor. Fröstelnd schlang sie die Arme um sich. Trotz des dicken Federbettes spürte sie einen steten Luftzug und erwog nachzusehen, ob die Läden auch richtig geschlossen waren. Vielleicht kam sie dabei auf andere Gedanken, denn die letzten Bilder des Traumes standen noch lebhaft vor ihren Augen. Der verhutzelte schwarze Mann, der

Herringtons Lebenssaft trank als wäre es Rotwein, das Blut, das aus den Wunden über seinen Hals in das Hemd geströmt war.

War das ein Vampyr?

Eine jener Kreaturen, die ihre unsterbliche Seele gegen ein nicht endenwollendes Leben eingetauscht hatten? Wie Carmilla, die sich vom Blute derer nährte, die sich in sie verliebten oder ihr verfielen?

Jennifer sah sich ängstlich um. Die Nacht war dazu angetan, einen Menschen an die phantastischen Geschichten und alten Volksmärchen glauben zu lassen. Während draußen die unheimlichen Sturmfeen tobten und schrien, von der ihr die Kinderfrau erzählt hatte, war es ihr plötzlich, als befände sie sich nicht allein im Zimmer. Genug! Ich bin kein kleines Kind mehr, das vor Angst nach seinem Vater oder der Mutter schreit! ermahnte sich Jennifer schließlich und wühlte sich unter dem dicken Federbett hervor. Glücklicherweise hatte sie gerade heute vergessen, die Lampe auf dem Nachttisch auszulöschen, so daß der Docht noch immer ein schwaches Licht verbreitete. Ehe sie in die Pantoffeln schlüpfen konnte, spürte sie plötzlich ein heftiges Ziehen und Pochen im Hals. Die Krämpfe zwangen sie, sich zurückfallen zu lassen. Doch das machte alles noch schlimmer. Quälend lange Augenblicke war ihre Kehle wie betäubt, und sie glaubte zu ersticken. Erst im letzten Augenblick, als die bunten Schleier vor ihren Augen dunkler wurden, konnte sie wieder atmen. Keuchend und hustend rang Jennifer nach Luft. Fast ein halbes Jahr war sie nun beschwerdefrei gewesen und hatte nicht mehr damit gerechnet, daß die Anfälle zurückkehren würden. Doktor Kennison hatte ihr doch Linderung versprochen, wenn sie am Meer leben würde. Oder war es nur, weil er sie in Sicherheit hatte wiegen wollen, um ihr noch ein paar Monate Glück zu schenken? Sie drehte sich zur Seite und preßte die Hände vors Gesicht. Nein, sie wollte nicht so sterben wie ihre Mutter, die an der gleichen seltenen Nervenkrankheit gelitten hatte.

Als es ihr besser ging, setzte sich Jennifer wieder auf und schob die Haare aus dem Gesicht. Wenn die Anfälle öfter kamen, würde sie die alte Dame einweihen müssen, die sie bestimmt fortschicken würde.

„Aaaaaiieeee!“ Die junge Frau schrie erschreckt auf, als jemand in ihr Blickfeld trat. Sie hatte sich doch nicht getäuscht! Mit großen Augen starrte sie Edward Herrington an, der an ihrem Bett stand. „Wie können Sie es wagen!“

„Ich weiß“, unterbrach er ihren schwachen Protest. „Es geziemt sich nicht für einen Gentleman, in das Zimmer einer Dame einzudringen. Ich entschuldige mich vielmals dafür, aber ich hatte das Gefühl, Sie bräuchten meine Hilfe.“

„Ich habe nicht gehört, wie die Tür geöffnet und geschlossen wurde“, gab Jennifer zurück. „Sie waren schon vorher in diesem Raum!“

Ihr Brustkorb schmerzte noch immer so stark, daß ihr die Tränen in die Augen stiegen, aber sie musterte Herrington genauer. Er wirkte so wie bei ihrem ersten Treffen auf dem Friedhof. Nein, nicht ganz. Die Augen schienen in einem fahlen, grünlichen Licht, das nicht von der Lampe stammte, zu leuchten. Das Kribbeln, das ihren Körper durcheilte, ließ sie erbeben. Es war eine süße Furcht, Entsetzen und Faszination zugleich. Die Zweifel ihres Verstandes – es konnte und durfte solche Kreaturen nicht geben! – wurden mit einem Mal hinweggewischt. „Warum tun Sie das? Wer sind Sie wirklich?“ flüsterte sie. „Sind Sie tatsächlich ein Vampyr?“

Die Miene des Mannes blieb ungerührt. „Doktor Kennison hat Sie belogen. Ihre Krankheit ist so unheilbar wie eh und je. Sie werden den nächsten Sommer nicht mehr erleben.“

Wie kam er jetzt darauf? Diese unerwartete Feststellung brachte Jennifer aus dem Konzept. Ihr blieb der Mund offenstehen. „Wieso?“

Herrington zog einen Stuhl heran und setzte sich Jennifer gegenüber. „Ich weiß, mein seltsames Verhalten verlangt eine Erklärung. Und auch Ihre Anwesenheit hier auf Tainsborough Manor.“ Er machte eine kurze Pause und sah sie nachdenklich an. „Doktor Kennison stammt aus dieser Gegend. Wir waren Studienfreunde, wenngleich ihn seine finanziellen Verhältnisse zwangen, einen Beruf zu ergreifen. Auch mit meiner Schwester, Lady Sarah, ist er in Freundschaft verbunden.“

„Was hat das nun alles mit mir zu tun?“

„Kennison bat meine Schwester, Sie als Gesellschafterin aufzunehmen und Ihnen einige schöne Monate zu schenken. Wie ich jetzt erkenne, hat er Ihnen Ihren wahren Gesundheitszustand verschwiegen. Habe ich recht?“

Jennifer nickte müde. „Er hat mir erklärt, daß hier die Chancen einer Heilung bestünden, aber in den Tiefen meines Herzens habe ich gewußt, daß dem nicht so sein würde.“ Sie verzog das Gesicht. „Warum mischen Sie sich in diese Angelegenheiten ein? Sie haben meine Fragen noch nicht beantwortet, bis auf die Tatsache, daß Sie tatsächlich der Bruder der Lady sind!“

Samuel Edward Herrington lächelte traurig. „Sie sind so feinfühlig und klug, wie mir meine Schwester berichtete. Ich wollte mir selber ein Bild von Ihnen machen, deshalb suchte ich Ihre Bekanntschaft. – Und ja, ich bin das, was Sie sagten: ein Vampyr.“

Das letzte Wort löste ein langes Schweigen zwischen ihnen aus. Jennifers Furcht und die gleichzeitige Faszination rangen miteinander. „Sie sind ein lebender Toter? Einer, der das Blut der Lebenden benötigt, um sein Dasein zu fristen? Sie haben Menschen getötet?“

„Nur wenige. Ein paar flüchtige Verbrecher und Landstreicher. Niemanden, den man vermissen würde, aber die meiste Zeit habe ich mich von Tieren ernährt. Man gewöhnt sich schnell an daran“, entgegnete Herrington ruhig und entlockte der jungen Frau trotz der Situation ein Schmunzeln.

Er erwiderte es mit einem Lächeln. „Sie verabscheuen mich jetzt nicht? Ich sehe es an Ihrem Blick. Ich war einmal ein stolzer und abenteuerlustiger junger Mann, der nicht über die Konsequenzen seines Handelns nachdachte. Als ich auf einer Reise in das Herz Afrikas von den Bestien L'Cumbas hörte, war meine Neugier geweckt, und ich lauschte den Erzählungen der Eingeborenen, um herauszufinden, was an den Legenden wahr war. Als ich feststellte, daß alle Berichte stimmten, beschloß ich, dieses Volk vor einer britischen Strafexpedition zu schützen, nachdem sie so dumm gewesen waren, einen Erkundungstrupp zu töten. Dafür beschloß ich einen besonderen Lohn zu verlangen – denn damals hing ich sehr an meinem Leben.“

„Und deshalb wurden Sie zu einem von ihnen?“ wisperte Jennifer. „Warum erzählen Sie mir das jetzt alles?“

„Weil Sie mich verstehen, genau wie Sarah es tat, als ich viele Jahre später heimkehrte und Vergebung suchte. Durch meine Schuld ist damals die alte Kapelle abgebrannt – der Zorn des Allmächtigen äußerte sich in einem Blitz, der in das Dach der kleinen Kirche einschlug und sie in Brand setzte. Vielleicht war alles nur ein dummer Zufall, aber daran glaube ich nicht; seit ich selber eine bin, spüre ich die Anwesenheit über- oder widernatürlicher Wesenheiten“, erklärte er. „Jennifer Wintersham. Sie sind mit den Erzählungen anderer düsterer Träumer, die in die Welt des Jenseitigen blickten, vertraut. Und ich sehe, daß das Unheimliche Sie mehr fasziniert als abstößt. Durch die Gewißheit, daß Ihr Ende nahe ist, sind Sie vielleicht der Schlüssel zu unser beider Rettung.“

„Wie meinen Sie das?“ Jennifer schluckte und hob die Hände zum Hals. „Gefällt es Ihnen nicht, ewig leben zu können?“

„Man kann es nicht Leben nennen, ein Schattendasein fristen zu müssen. Seit meiner Heimkehr bin ich ein Fremder in diesem Haus, und allein meine Schwester darf mich sehen. Ich habe all das verloren, was ich liebte. Heilige Orte und das Licht der Sonne fügen mir große Schmerzen zu, wenn sie mich auch nicht töten. Und man würde mich jagen, wüßte man um meine Existenz. Die Unsterblichkeit ist ein Fluch, wenn man sie nicht mit jemandem teilen kann.“

„Und das erhoffen Sie sich nun von mir?“ fragte Jennifer zurück. „Was ist, wenn ich ein solches Leben nicht führen möchte? Ich habe nie davon geträumt, unsterblich zu sein! Und ein Leben an der Seite eines Fremden zu führen, eines Mannes, den ich kaum kenne, ist nicht das, wonach ich mich sehne.“

„Auf der anderen Seite erwarten Sie in einigen Wochen qualvolle Anfälle, an denen Sie jedesmal fast ersticken werden.“ Er sah sie eindringlich an. „Jennifer, ich biete Ihnen eine Chance, dem qualvollen Leiden zu entgehen. Bitte, hören Sie mich wenigstens an!“

Die junge Frau nickte zögernd, auch wenn ihr nicht wohl bei dem Gedanken war.

Herrington sprach weiter: „Eine blinde Wahrsagerin, der ich Jahre nach meiner Verwandlung begegnete, weissagte mir, daß ich meine Erlösung nur in dem Blut eines todgeweihten Wesens, verwandt in Seele, aber nicht im Körper, finden könne. Eines Menschen, der mich auch jetzt noch lieben könne.“

„Was bedeutet das?“ Kalte und warme Schauer liefen über Jennifers Rücken, denn sie fühlte sich ertappt. Sie vermochte nicht zu leugnen, daß sie etwas für Samuel Edward Herrington empfand, seit sie ihn das erste Mal getroffen hatte. Er war geistreich, belesen und so anders als viele Gentlemen seiner und ihrer Zeit – jemand, an dessen Seite sie sich ein Leben hätte vorstellen können.

„Ich weiß es nicht", gestand Edward Herrington. „Es ist ein Weg ins Ungewisse, der zu mehreren Toren führen mag. Vielleicht werden wir beide von unserem Fluch befreit und in Gottes Reich aufgenommen, vielleicht erwachen wir danach als Wesen der Schatten. Oder wir bekommen noch einmal die Chance eines neuen Lebens. Welche Tür das Schicksal für uns öffnet, weiß ich nicht."

Diese Worte rührten Jennifer auf eine seltsame Art und Weise. War es nicht besser, den Versuch zu wagen, anstatt tatenlos auf den Tod zu warten, auf das Ende, das sich auf leisen Sohlen heranschlich?

„Das mag sein. Dennoch kann ich mich nicht so schnell entscheiden, wenn Sie verstehen. Ich muß erst noch darüber nachdenken!"

„Auch ich würde so denken, wenn es um mein Leben ginge." Herrington lächelte zögernd. „Nehmen Sie sich die Zeit", antwortete er geduldig, wenn auch ein wenig enttäuscht.

„Ich danke Ihnen für Ihr Verständnis", antwortete sie und legte im nächsten Moment eine Hand an den Hals. Rasch griff sie nach einem Tuch, aber der erwartete Hustenanfall blieb aus. Statt dessen wurde das Gefühl, als ob sich ihre Kehle zusammenschnüren würde, immer schlimmer. Jennifers Augen weiteten sich erschreckt. Folgte bereits der nächste Anfall?

„Es ist besser, wenn ich noch einige Nächte darüber schlafe und..."

Herrington hielt sie fest, als sie vornüber sank, und barg die junge Frau in seinen Armen. „Sind Sie sich da so sicher? Ich sehe den Schmerz in Ihren Augen und die Angst vor dem, was kommen wird. Entscheiden Sie sich jetzt... nicht später!"

Jennifer sah ihn verzweifelt und wütend zugleich an. War er vielleicht dafür verantwortlich? Besaß er als übernatürliches Wesen nicht sogar besondere Kräfte? Aber in seinen Augen stand kein Triumph, sondern nur ein Flehen. Für einen kurzen Moment zögerte Jennifer noch, dann nickte sie und krächzte: „Ja!“

Herrington hatte recht in seinem Drängen, denn der Schmerz wurde unerträglich, als er sich über sie beugte und stützte. Diesmal war ihre Atemnot mit einem heftigen Brennen in der Lunge verbunden, so daß sie den Schmerz kaum spürte, der das Eindringen seiner spitzen Zähne in ihren Hals begleitete. Für einen Moment fühlte sie schreckliche Angst, als ihr Verstand noch einmal gegen das Unmögliche aufbegehrte, dann jedoch nahm sie ruhig hin, daß er ihr Blut trank. War es jetzt noch wichtig, ob er sie getäuscht hatte oder nicht? Nein, denn ihre Qualen gingen in eine süße, prickelnde Pein über, wie sie noch nie eine empfunden hatte. Das wohlige Gefühl löschte den Schmerz aus, und Jennifer hatte das Gefühl zu schweben. Müde suchte sie seinen Blick, und Herrington hielt einen Moment inne, um sie anzusehen. In seinen Augen stand Dankbarkeit und Freude, während ihr Blut von seinen Lippen tropfte. Mit diesem Bild vor Augen ließ sich Jennifer in die Dunkelheit hinübergleiten. Was sie auch erwarten mochte, sie sah ihm mit Gelassenheit und Neugier entgegen, denn es erlöste sie von der Pein ihres derzeitigen irdischen Daseins.

In den Morgenstunden öffnete sich leise die Tür zu Jennifers Gemach, und eine schmale Gestalt trat in den stillen Raum, der von den ersten Lichtstrahlen erhellt wurde. Lady Sarah lächelte, als sie die beiden ineinander verschlungenen Gestalten auf dem Bett vorfand. Sie wirkten wie zwei Liebende, die von Morpheus Zauber überrascht worden waren. Sanft streichelte die alte Dame die kühle, blasse Wange ihres noch jung wirkenden Bruders, den sie von Kindheit an geliebt hatte und um seinen Witz, seine Begabung mit dem Wort, seine Klugheit und Neugier beneidet hatte! Sie allein hatte seinen Wunsch, einen anderen Weg als die Militärlaufbahn einzuschlagen, verstanden und auch später zu ihm gehalten, als sich der Rest der Familie von ihm abgewandt hatte. Sie hatte sein Vermächtnis, die vielen Kunstwerke aus fremden Ländern, die kostbaren Bücher und alten Schriften, aufbewahrt, obwohl man sie bedrängt hatte, diese Dinge zu verkaufen. Selbst als Edward – Jahre, nachdem man ihn für tot erklärt hatte – so verändert heimgekehrt war, beschützte sie ihn. Seit damals wußte sie um die Verzweiflung über das Schattenleben, zu dem er verdammt war, denn zwischen Bruder und Schwester hatte es niemals Geheimnisse gegeben. Nach dem Tod ihres Mannes hatte sie begonnen, heimlich nach einer Möglichkeit der Erlösung für ihn zu suchen, doch alles war vergebens gewesen, bis ihr gemeinsamer Jugendfreund Doktor Kennison ihr von einer ganz besonderen Patientin erzählte, deren Tage aufgrund einer schweren Erbkrankheit gezählt waren.

Jennifer Wintersham, die verwaiste Tochter eines verarmten Lebemannes von üblem Ruf, aber mit der Feinfühligkeit, hinter das Augenscheinliche zu sehen. Und der Faszination am geschriebenen Wort, die weit über die Lektüre romantischer Liebesromane oder religiöser Werke und dem Studium der Bibel hinausging. Ja, sie hatte die junge Frau gerne als Gesellschafterin aufgenommen, weil sie sich in ihr wiedererkannt hatte.

Sarah schob der Schlafenden ein paar Strähnen aus dem Gesicht und lächelte. Ihr Plan, in Jennifer Edwards Erlösung zu suchen, war aufgegangen. Sie entfernte sich vom Bett und nahm einen Schlüssel aus den Täschchen an ihrer Schürze. Sie hielt es für ratsamer, daß weder Miß Crowling noch eines der Stubenmädchen den Raum betrat, und so wollte sie das Zimmer lieber verschließen. Bevor sie jedoch ging, warf sie noch einen Blick auf die reglosen Gestalten auf dem Bett, die wie erschöpfte Liebende wirkten. Für einen Moment war es ihr, als höre sie ein leises Geräusch und bemerke eine schwache Bewegung in einem der Glieder – aber dieser Eindruck wurde durch das Keifern ihrer Haushälterin verwischt. Enttäuscht darüber, daß die Crowling sie aus dem besinnlichen Augenblick gerissen hatte, zog die alte Dame die Tür zu und schloß ab, ehe sie die große Treppe hinunterstieg, um nach dem Rechten zu sehen.

So entging Lady Sarah, daß es keine Sinnestäuschung gewesen war: einer der beiden Körper regte sich, der Brustkorb füllte sich mit lebensspendendem Odem und dem Pochen eines wiedererwachten Herzens, und Augen öffneten sich, um mit schrecklicher Gewißheit zu erkennen, daß die Erlösung von dem Leid den höchsten Preis von allen gekostet hatte.

Markus K. Korb

Die Brut

Sicher, Herr Doktor! Nervös war ich und bin es noch, doch kann man mich deshalb verrückt nennen? Ich werde Ihnen beweisen, daß ich es nicht bin. Hören Sie mir nur zu, wie ruhig, wie gelassen ich meine Lebensgeschichte erzählen werde. Es ist alles wahr – nichts ist erlogen, glauben Sie mir!

Auch auf die Gefahr hin, daß Sie mich für wahnsinnig halten, so muß ich doch der Welt eine Warnung davor hinterlassen, was für ein unheiliges Leben sich da in den Tiefen der Erde in endloser Agonie und Grauen windet.

Hören Sie gut zu, Herr Doktor. Jaja, so ist's gut – schreiben Sie sich alles auf. Ich kann sehen, wie Ihr Bleistift wilde stenographische Schnörksel auf dem Papier hinterläßt. Haben Sie gewußt, daß diese neuartige Schrift mit einem Kult auf den Inseln vor Rhode Island zusammenhängt? Nein? Es ist ein Code, der... aber ich schweife ab. Tut mir leid. Ich erzähle lieber davon, was mir widerfahren ist und warum ich dieses grauenhafte Zittern der Hände nicht mehr loswerde:

Mein Freund Dennis Krämer bewohnte das kleine Haus neben dem Friedhof, der seine Arbeitsstätte war. Jedesmal, wenn der gräßliche Schnitter einen aus unseren Reihen zu sich geholt hatte, war es Dennis' Aufgabe, für eine humane Beerdigung zu sorgen. Nachdem die Leichenwäscherin ihre oftmals blutige Arbeit getan hatte, bestattete Dennis den Dahingegangenen in dem nach Maß gezimmerten Sarg und hob die Grube aus.

So war es auch an diesem nebelverhangenen 12. Oktober, als ein reicher, alter Mann – Richard Brückner – gestorben war. Am Tag nach der Bestattung eilte Dennis zu mir, und allein sein Aussehen rief in mir das blanke Entsetzen wach. Seine Hautfarbe hatte ein leichenhaftes Grau angenommen, und die Augen schienen wie von einem Schatten belegt zu sein. Das Haar hing wirr auf dem Kopf, und die Hände führten ein Eigenleben.

Dermaßen aufgelöst erschien er bei mir und berichtete von der letzten Nacht: Er war wie gewöhnlich um zehn Uhr zu Bett gegangen und war gerade beim Löschen seiner Petroleumlampe gewesen, als er das Geräusch vernommen hatte. Erst hatte er gedacht, es würde aus dem Haus kommen, doch bei intensiverem Horchen bemerkte er, daß es von draußen gekommen war.

Mein Freund hatte sich angekleidet, die Lampe genommen und war hinausgeeilt. Er hatte jedoch den Erzeuger der seltsamen Laute nicht ausmachen können. So war er den Geräuschen durch den Nebel gefolgt, die immer leiser geworden und schließlich verstummt waren.

Dennis war langsam geschritten, so als habe er die Schlafenden nicht stören wollen, an deren Gruftplatten er vorbeikam, doch da hatte er plötzlich von rechts erneut das Geräusch vernommen. Er hatte sich niedergekauert und die Lampe auf den Boden gestellt. Vor ihm hatten zwei Platten aus Marmor gelegen und dahinter der Grabstein, dessen untere Hälfte vom Lichtkreis der Lampe berührt worden war.

Krämer erzählte, wie er das Ohr auf die feuchtkalte Marmorplatte legte und dann die Laute darunter deutlich hörte. Er beschrieb es als ein unheiliges, zügelloses Schmatzen und Schlürfen, und es sei direkt aus dem Inneren der Gruft gekommen. Und noch bevor er davonlief, hatte er die Inschrift auf dem Grabstein erkannt. Es war der Name RICHARD BRÜCKNER...!

Ich versicherte Dennis, daß er bis auf weiteres in meinem Hause wohnen könne, und gab meinen Dienern Anweisung, ein Gästezimmer herzurichten.

Die Wandlung meines Freundes erstaunte mich. Sonst war er eher ein nüchterner Geist, wie man ihn meist bei Vertretern seines Berufsstandes findet, doch an diesem Tage glich er einem Bild der Verwirrung und – bei dem Gedanken fröstelte ich – des Wahnsinns.

Doch sollte das alles noch harmlos sein im Gegensatz zu dem, was ich erleben sollte! Die Heiligen mögen mir gnädig sein und mir dieses Schicksal ersparen, das noch schlimmer ist als der Tod!

Meine Neugierde war geweckt. Wohl vertraut mit den Sagen und Geschichten meiner Heimatstadt, am Kaminfeuer von den Großeltern an ihre gespannt lauschenden Enkel weitergegeben, jedoch fest in der Gegenwart verwurzelt, konnte ich es nicht ertragen, einen derart üblen Scherz mit meinem besten Freund getrieben zu sehen. Zwar ging auch ich etwas leichtfertig mit den Relikten der menschlichen Existenz um, doch war dies im Interesse der Wissenschaft legitim, was jedoch nicht für den Schabernack irgendwelcher Landstreicher galt, die anscheinend in der Gruft eine Bleibe gefunden hatten, in welcher sie ihre erbettelten Essensreste in Ruhe verzehren konnten, wie ich vermutete. Diese Schurken waren dann auch noch so abgefeimt, derart laut zu schwelgen, daß mein guter Freund, mit dem ich schon so viele Unternehmungen für die ärztliche Wissenschaft unternommen hatte, vor Schreck fast außer Sinnen geraten war. Überlegend, wie man das Übel an der Wurzel packen könne, verbrachte ich den Nachmittag im Salon. Als der Abend des nächsten Tages hereinbrach, versicherte ich mich noch einmal, daß mein Bekannter gut untergebracht war, dann verließ ich gegen elf Uhr das Haus. Gut versorgt mit Werkzeug und Lampe machte ich mich auf den Weg zum Friedhof.

Mein Haus liegt etwas außerhalb der Stadt. Oft hatte ich

schon die Lage wegen des weiten täglichen Wegs in die Arztpraxis im Stadtzentrum beklagt. Doch die Entfernung des Hauses von der Stadt war meinen unorthodoxen Forschungen sehr dienlich, da sich kaum einsame Wanderer in seine Nähe verliefen. Ich beschäftigte mich mit der Anatomie. Das Beschaffen von geeigneten Körpern durch die Universität war immer schwerer geworden, so daß ich auf die Unterstützung von Freunden wie Dennis angewiesen war. Schon oft hatte ich ihn auf seinen Exkursionen begleitet, hatte die Glasscherben auf der Friedhofsmauer unter den Stiefeln gespürt und die kalte Grabesluft geatmet, die durchsetzt war mit dem Geschmack von Verwesung und Tod.

Ich benötigte über eine Stunde für den Weg zum Friedhof.

Es war eine helle Nacht. Der Mond war fast voll. Er wurde nur ab und zu durch riesige Wolkenfinger daran gehindert, auf das Geschehen unter ihm zu blicken.

Ein geisterhafter Dunst stieg von den Sümpfen auf und trieb in Richtung Stadt. Die Armee aus Nebelgeistern hatte bereits den Friedhof eingenommen und kroch durch die rostigen Gitterstäbe. Als würde ich durch ein milchiges Glas schauen.

Der stechende Geruch von Friedhofserde biß sich in meiner Nase fest, und der kühle Nachtwind trug mir den Duft von Grablilien entgegen. Doch die ganze Szenerie berührte mich nicht. Ich wußte ja, daß dies nur eine Art Müllplatz war, ein Abstellgleis für verbrauchte Kreaturen. Nichts und niemand würde sie mehr in Bewegung bringen, niemand würde die abgefallenen Sehnen wieder anbringen und das verweste Fleisch ersetzen. Was einmal hier war, das kam aus eigener Kraft nicht mehr ans Tageslicht.

Ich kannte den Weg, den ich zu gehen hatte. Ich durchwanderte auf meiner grauenhaften Reise Friedhofsbezirke, in denen die Ärmsten billig unter die Erde gebracht wurden – oftmals nur in einen Scheinsarg mit aufklappbarer Unterseite gebettet, der kurz nach dem Abzug der Trauergäste von seinem schon schwach riechenden Inhalt befreit wurde, indem die Scharniere geöffnet wurden und sie den Körper mit einem schweren Klatschen dem Schlamm der Grube überantworteten – kam dann zu der Mittelschicht und abschließend zu den Reichen. In diesem Teil des Friedhofes waren hauptsächlich Gruften angelegt, in denen die Särge von Generationen mit ihrem gräßlichen Inhalt verwesten. Ich kam an zahlreichen stummen Zeugen unzählbarer Tragödien vorbei, unwissend, daß meine eigene längst geschrieben war.

Endlich blieb ich vor einer Gruft stehen – Richard Brückner.

Ich faßte meine Aufgabe ins Auge und den Spaten in die Hand. Die Gruft wurde von zwei massiven Grabplatten verschlossen. Ich setzte den Spaten im Spalt zwischen der Grabplatte und der Marmorumrandung an. Ein gezielter Tritt, und der Spaten saß eingekeilt dazwischen fest. Doch die Platte war nicht so einfach herauszuhebeln, wie ich es erwartet hatte. Doch schließlich überwog meine Routine.

Mit einem Knirschen sprang die Steinplatte auf die Umrandung, und ich konnte sie mit geübten Griffen auf das Gras ziehen. Ein leichter Wind kam vom Meer auf.

Ein Übelkeit erregender Gestank schwappte mir wie eine Woge aus dem geöffneten Grab entgegen. Es roch nach übereinander gestapelten Leichen – der typische Geruch einer jahrhundertealten Familiengruft. Nach kurzer Zeit war die Luft wieder erträglich geworden, und ich nahm die Lampe und einen kurzen Stab auf, der an einem Ende in einen Knauf, am anderen in einen Haken zulief. Ich hatte ihn speziell für das Herumtasten in Gräbern anfertigen lassen. Ich wußte aus Erfahrung, daß diese Tätigkeit nicht immer angenehm war. Solchermaßen „bewaffnet“ stieg ich die nebelfeuchten Stufen zur Grabkammer hinab, vorsichtig am salpeterüberzogenen Mauerwerk Halt suchend. Die Treppe vollzog einen rechten Winkel, und dann war ich da.

Vor mir öffnete sich eine künstliche Höhle, deren gemauerte Wände sich im Zentrum, in schiefen Winkeln aufeinander zuneigend, in einer meisterhaft gefertigten Konstruktion von Rundbögen als Kreuzgewölbe trafen. Die Stuckarbeiten an der Decke gaben einen vortrefflichen Brutplatz für die Spinnen ab, die hier ihre verstaubten Netze in Gebilden herunterhängen ließen, die an die langen grauen Bärte im Stein eingeschlossener Könige erinnerten, welche ein vom Luftzug bewegtes Meer bildeten. Auf dem Boden flitzten Dutzende von Kellerasseln umher, vom Lichtschein meiner Lampe aus ihren Winkeln aufgescheucht, immer bestrebt, die rettende Dunkelheit zu erreichen.

Der Lichtkegel meiner Lampe streifte ein halbes Dutzend Särge, die in Nischen in der Wand wie Weinflaschen lagerten, und er beleuchtete einen halboffenen Sarkophag in der Mitte der Kammer. In ihm war ein frischer Sarg eingebettet.

Nichts war von den Bettlern zu sehen. Waren sie am Ende sogar so dreist, daß sie sich, vom Knirschen der Steinplatte gewarnt, in die Schlafstätten der Toten zurückgezogen hatten?

Ich untersuchte den halboffenen Sarg, der die Initialien R.B. trug.

Und hier fand ich die Beweise für meine Landstreicher-Theorie. Im purpurnen Samt lagen die Überreste einer Mahlzeit – sorgfältig abgenagte Knochen, sogar noch Fleisch und Gedärme. Außerdem hatten sich dunkle Flecke auf dem Samt breitgemacht.

Vor dem Sarg machte ich jedoch eine seltsame Entdeckung: es befand sich eine zähe, klebrige Flüssigkeit oder Masse auf dem Boden und triefte vom Sargrand in langen Fäden.

Als ich sie näher beleuchtete, bemerkte ich den eigenartigen Umstand, daß sie auf der staubigen Erde einen Streifen von etwa einem halben Meter bildete, der sich in die Dunkelheit der Krypta hinein fortsetzte. Der Schleim schien schnell zu trocknen, so daß er mich an Ektoplasma erinnerte. Ich hatte in einem alten Manuskript der Universitätsbibliothek eine Beschreibung des Phänomens gelesen, und doch war es hier anders. Die Sache erforderte höchste Konzentration.

Ich verfolgte den Streifen, der an einem Loch endete, das vom Durchmesser her kaum größer als die Spur selbst war. Also dahin waren sie geflohen.

Das Loch befand sich in einer kaum zugänglichen Ecke unter einer Sargnische, direkt über dem Steinboden. Es war zweifellos mit primitiven Werkzeugen gegraben worden, aber es sah eher so aus, als ob es von außen herein gegraben worden wäre. Dem pflichtete der Umstand bei, daß keine größere Ansammlung Erde neben dem Loch zu finden war, wie man es sonst erwarten würde. Demnach müßten die Bettler ihr Unternehmen schon sehr weit im voraus geplant haben, denn es war nicht anzunehmen, daß dies ein Einfall war, der von einem Tag auf den anderen ausgeführt werden konnte.

Ich entschloß mich, dem Weg zu folgen, den die Landstreicher gegraben hatten, um so zu ihrem Versteck zu gelangen – möglicherweise hing der ganze Fall ja mit einer Reihe von Einbrüchen zusammen, die sich in der nächstgelegenen Stadt vor ein paar Tagen abgespielt hatten! Ich würde bald das Gesprächsthema für die Bewohner der Stadt abgeben, und die Zeitung würde schreiben: Arzt hebt im Alleingang Diebeslager aus.

So kroch ich also auf Knien, die Lampe vor mich haltend, in den Gang hinein, dessen runde Wände fast völlig von Schleim bedeckt waren. Nach einer mir unendlich lang erscheinenden Zeitspanne kam ich an eine Biegung und schließlich an eine Weggabelung.

Ich entschied mich für links. Als ich abgebogen war, bemerkte ich, daß der Schleim an der Wand nicht mehr so glänzend und feucht war, und der Geruch, der mich während meiner Odyssee unter dem Friedhof ständig begleitet hatte, schwächer geworden war.

Ich kam an einer Kreuzung an und entschied mich für geradeaus. Urplötzlich kam ich an ein Ende – Sackgasse. Doch an der Stirnseite des Blindganges entdeckte ich, daß dort ein unförmiges gezacktes Loch in eine Art Höhlung führte. Ich kroch heran und leuchtete sie von außen aus, denn die Decke darin war zu niedrig und das Loch, das zu ihr führte, war zu klein, als daß ich mich hätte hineinzwängen können.

Mit Erstaunen stellte ich fest, daß das Gangende nicht aus Erde, sondern aus Holz bestand. Dieses war mit feuchter Erde beschmiert und befand sich in einem fortgeschrittenen Stadium des Verfalls. Es mischte seinen morschen Geruch mit dem Gestank des Ganges. Auch der ganze Hohlraum hinter dem Gangende bestand aus Holz. Durch das Loch konnte ich sehen, daß die Höhlung sich weit nach rechts erstreckte, aber links nach wenigen Handbreiten endete, so daß ich die Ausmaße auf ca. zwei Meter schätzen konnte.

Das Verblüffendste war aber nicht der große Schleimfleck am Boden der künstlichen Höhle, sondern der purpurne Samt, auf dem er lag.

Aber das Schrecklichste habe ich noch gar nicht erwähnt, Herr Doktor! In diesem flachen, aus Holz bestehenden Hohlraum lag ein menschliches Skelett – zum Teil besaß es noch Sehnen und Muskeln, die schlaff von den Knochen herabhingen. Aus dem halbverwesten Brustkorb, in dessen Seite ein ausgefranstes Loch klaffte, hingen Schleimfäden.

Und plötzlich schimmerte in diesem Brustkorb etwas Weißes im Licht der Lampe auf! Durch die dünne Haut, die sich über der Brust spannte, konnte ich nur erkennen, daß es sehr klein war und sich wie ein Wurm wand, während es leise schmatzte. Alles in allem erinnerte es mich an ein groteskes Zerrbild eines menschlichen Fötusses. Von Panik erfüllt drehte ich um und kroch so schnell es ging davon.

Schon nach wenigen Minuten hatte ich die Orientierung verloren.

Da ging der zähe Schleim, auf dem man noch ohne Mühe hatte kriechen können, plötzlich in einen klebrigen über, der sich breiig durch die Zwischenräume der Finger quetschte.

Der Geruch wurde noch stärker als zuvor, und ich ahnte, daß mir eine furchtbare Entdeckung bevorstand. Doch daß sie ein Ausmaß erreichen sollte, die mein Weltbild für immer zerstören würde, vermutete ich nicht – konnte ich nicht vermuten!

Noch eine Biegung, dann befand sich das personifizierte Grauen vor mir. Knapp zwei Meter entfernt, hockte da ein weißer Schleimberg im Gang. Sein Ende lief in einen Schwanz aus, der in mehrere Ringe untergliedert war und spasmisch zuckte.

„Es“ war über ein am Boden liegendes Ding gebeugt, und schien sich genüßlich daran zu erfreuen, denn es schmatzte so laut, daß ich dachte, meine inzwischen an die Stille der unterirdischen Gänge gewöhnten Ohren müßten aufschreien vor Schmerz.

Doch plötzlich kam Bewegung in den Hügel. Langsam wendete sich das Geschöpf um, und an der Seite konnte ich einen kahlen, vor Feuchtigkeit glänzenden Schädel erkennen.

Das Gesicht zerfließend, wie aus warmen Gummi bestehend. Das eine Auge, das wie ein weißer, irisloser Ball in der

Augenhöhle klebte, war zu einem Schlitz verengt. Aus seinem Maul, das es zu einem wolfsähnlichen Grinsen verzerrt hatte, floß schwarzes Blut über die spitzen, gelben Zähne, an denen noch zahlreiche verwesende Fleischfetzen hingen. Es formte kleine Pfützen auf dem Boden und besprenkelte bei heftigen Kopfbewegungen der Kreatur die Wände mit einem exquisiten Regen aus menschlichem Extrakt.

In dem Moment, als ich sah, was vor der Kreatur im Schleim lag, schrie ich auf und kroch in die Gegenrichtung davon, durch ein heftiges Keuchen und Schleifen des hinter mir nachhetzenden Monsters verfolgt.

Ich stieß in einer Panikreaktion das Hakenende meines Stockes nach hinten. Ich fühlte, wie es durch den dickflüssigen Schleim drang und schließlich steckenblieb, ehe der Stock an einem Widerstand abrutschte. Ich wollte ihn herausziehen und drückte nach oben und unten, doch da waren zwei Querverbindungen, die das verhinderten – ich sah mich kurz in der Bewegung um: Ich hatte das Ding genau zwischen die Rippen getroffen und bis an die Wirbelsäule durchbohrt!

So ließ ich den Stock und warf mühsam die Petroleumlampe nach hinten, eine Aktion, welche das Ding für eine Weile aufhielt, doch schon hörte ich wieder die tapsigen Schritte und den peitschenden Schwanz des Wesens hinter mir – die Lampe war ausgegangen, bevor sie größeren Schaden hatte anrichten können.

An Weggabelungen und Kreuzungen schlug ich Haken, so daß es bald mehr und mehr meine Spur verlor, wie ich damals glaubte, und trotzdem vermeinte ich, noch immer ein Keuchen zu hören. Vielleicht konnte es meine Angst riechen – die ererbte Angst des Menschen – nachts von den Urahnen in ihren Höhlen erlebt, während das haarlose Tier Mensch zitternd in Rotten zusammengekauert den Lauten der jagenden und reißenden Bestien der Nacht lauschte – ein Wissen, das tief in mir geschlummert hatte und nun durch die Ereignisse an die Oberfläche getreten war?

Es ist mir ein Geheimnis geblieben, wie ich wieder in die Gruft gekommen bin, auch der Weg nach Hause ist ein ungelöstes Mysterium.

Die Dienstboten berichteten mir später, sie hätten mich schreiend auf der Türschwelle gefunden, mit blutigen Fingern um Einlaß kratzend und schließlich in einen Weinkrampf ausbrechend. Sie brachten mich hierher zu Ihnen, Herr Doktor.

Die Leute im Dorf erzählen sich, ich sei im Morgengrauen wild schreiend durch die Straßen gerannt, folgende Worte in die Welt sprühend: „Ich weiß, von welch schrecklicher Nahrung ihr lebt, und wie ihr eure unheiligen Kinder gebärt, und wo diese, sich selbst ernährend, aufwachsen!“

Und ja, es ist wahr, ich weiß nun alles über diejenigen, die nur andeutungsweise in verbotenen Folianten als „die unsaubere Brut“ beschrieben werden. Jene Dinge, die das Laufen gelernt hatten, die ehedem kriechen sollten...

Aber vielleicht haben mir meine Sinne in der Gruft einen üblen Streich gespielt, und ich war nie in einem Gangsystem, war nie einem blasphemischen Ding gegenübergestanden, das meine innersten Ängste freigelegt hat, habe nie die mit purpurnem Samt ausgekleidete Kiste mit ihrem schrecklichen Inhalt gesehen, der sich wurmartig hin und her wand.

Vielleicht bin ich dem Wahnsinn schon näher als ich glaube. Eine Antwort würde nur ein neuerlicher Besuch der Gruft bringen, doch ein zweites Mal wage ich es um meiner geistigen und seelischen Gesundheit willen nicht, sie zu betreten. Nicht noch einmal könnte ich die zum Erbrechen reizende Luft atmen, die Totenkisten sehen, und das entsetzliche Keuchen und Schmatzen hören.

Noch während ich jetzt den Strick zurechtmachte, habe ich die furchtbaren Bilder vor Augen, wie sich das „Es" im Gang umdreht und den Blick auf ein am Boden liegendes Gesicht freigibt. Ein Gesicht, blutüberströmt und puzzelartig zerfetzt, aufgedunsen und dennoch als *das Gesicht meines Freundes Dennis Krämer erkennbar...*

Still! Höre ich nicht ein Keuchen? Draußen – im vom Mondlicht durchglänzten Garten?

Horchen Sie! Knacken und brechen da nicht schon die Efeuranken unter dem Fenster meines Mansardenzimmers? Schnell, Herr Doktor! Den Strick... Begreifen Sie endlich – das Ding vom Friedhof benutzte die Gesichtshaut meines Freundes als Maske. Vielleicht hat es nun einc andere aufgesetzt und schreitet unerkannt unter uns...?

Herr Doktor, was ist mit Ihrem Gesicht? Oh, mein Gott...!"

Christel Scheja

Geschöpfe der Nacht und ihre Ursprünge im Volksglauben

Geschöpfe der Nacht und ihre Ursprünge im Volksglauben

Vor allem die Vampire und Werwölfe sind in das Interesse einer breiten Öffentlichkeit zurückgekehrt. Spätestens seit den Romanen von Anne Rice und der Neuverfilmung von Bram Stokers „Dracula“. Die blutsaugenden Untoten sind noch tragischer, noch erotischer geworden.

Doch nicht die moderne, durch die Literatur geprägte Vorstellung solcher Wesen soll hier das Thema sein, sondern deren Ursprünge im Volksglauben des alten Europa. Die mittelalterliche Landbevölkerung hatte ihre eigene Vorstellungen, die sich später in den Werken der Phantastik niederschlugen.

Hexerei, die Macht des Bösen und die Fähigkeit, sich in ein Tier zu verwandeln, nimmt in der Volkstradition einen großen Raum ein, und in vielen Teilen Europas findet man noch heute diesen Aberglauben, der sich länger als die Verehrung guter Geister erhalten hat. Sich solche Wesen zu erschaffen, bedeutet einen Sündenbock, eine Erklärung für persönliches Unglück, Krankheit, Mißernten, Unwetter und ähnliches zu finden – ein Ventil für die ohnmächtige Wut, die sonst keinen Ausweg findet. Gestaltwandler, Werwölfe und Werwesen kann man bestrafen.

Kindern, die an besonderen Feiertagen wie dem Johannistag, Mädchen, die als siebte Kinder geboren oder von einem Priester gezeugt worden waren, konnten leicht zu Werwesen werden. Verdächtig konnte es auch sein, wenn die Mutter eine ungewöhnlich schmerzlose Geburt hatte oder nicht lange stillen mußte. Äußerliche Zeichen des Fluchs, der durch diese Umstände auf den Kindern lag, waren Hasenscharten und Wolfsrachen. Weitere Auswirkungen beschreibt ein schwedischer Bericht aus dem Jahr 1915: „... Das geschah Menschen, deren Mütter die Häutchen neugeborener Fohlen genommen, diese auf Stangen befestigt hatten und während der Schwangerschaft dreimal nackt darunter herumgelaufen waren. Damit wollten sie eine problemlose Schwangerschaft und eine schmerzlose Geburt heraufbeschwören. Aber es hatte auch eine Auswirkung auf die Neugeborenen. Ein Mädchen würde zu einem Inkubus, einem Nachtmahr werden und ein Junge zu einem Werwolf. Der Inkubus ist für gewöhnlich ein unsichtbares kleines Etwas, das durch Schlüssellöcher schlüpfen und den Mund von schlafenden Menschen zuhalten kann...“ <*>

Erklärungen für die unfreiwillige Verwandlung in einen Werwolf waren, daß der Betroffene unbewußt eine bestimmte Pflanze gegessen, aus einer bestimmten Quelle getrunken oder sich versehentlich auf einen Gürtel aus Wolfspelz gelegt hatte. Auch konnten die Verwünschungen übel gesonnener Zauberer oder Hexen daran schuld sein.

Wie sehr man vor den Werwölfen Angst hatte, hing von den jeweiligen Umständen ab. In mittelalterlichen Romanzen galten die Werwölfe eher als tragische Geschöpfe, denen Mitleid entgegengebracht wurde, weil sie an ihrer Lage unschuldig waren. Im 16. Jh., vor allem in Frankreich, richtete man solche Männer hin, weil sie angeblich einen Pakt mit dem Teufel geschlossen und unschuldige Kinder getötet und gefressen hätten.

In Skandinavien wurde der Werwolf als gefährlich für schwangere Frauen erachtet, denn es lag einfach in deren Natur, deren Bauch auf- und die Ungeborenen herauszureißen. Durch einfaches „Erkennen“ waren sie zu bannen, wie eine norwegische Geschichte erzählt: „In den alten Tagen gab es einen eigenartigen Glauben, daß einige Menschen sich zu gewissen Zeiten in eine Bärenhaut hüllten. Irgend etwas an ihnen war unter einem Zauber. In Sogyn im Fäarland gab es einmal einen solchen Bärenmenschen. Als seine Frau eines Tages schwanger war, sagte er zu ihr: Ich muß dich für eine Weile verlassen. Wenn während meiner Abwesenheit ein Bär zu dir kommt, wirf die Schürze über das Tier und lauf weg! Einige Zeit später kam tatsächlich ein Bär zu ihr und griff sie an; sie tat, was ihr Mann ihr geheißen und blieb unverletzt. Als der Mann heimkam und sich zu Tisch setzte, begann er Gewebefasern zwischen seinen Zähnen herauszuziehen, und die Frau sah, daß diese Fäden von ihrer Schürze stammten. Und als sie das entdeckt hatte, war er von dem Zauber befreit und war kein Bärenmensch mehr.“ <*>

Die Tinkturen, die Hexen und Werwölfe halfen, sich zu verwandeln, enthielten halluzinogene Stoffe, die aus Kräutern wie Eisenhut, Belladonna, Mohn und Schierling gewonnen wurden, so daß manch einer der Angeklagten, die sich für schuldig hielten, wohl im Bann solcher Wahnvorstellungen gewesen war.

Ein Werwolf mußte nicht unbedingt vollständige Werwolfsgestalt annehmen, er konnte auch in Menschengestalt bleiben, wie ein Kupferstich aus dem 18. Jh. verrät. Zu erkennen waren solche Männer an ihren zusammengewachsenen Augenbrauen.

Die oben erwähnten Nachtmahre (oder Incubi) glichen den Werwölfen nur darin, daß sie tagsüber Menschen waren und ihre Gestalt in der Nacht wandelten. In Skandinavien und Deutschland waren diese Nachtgeschöpfe unsichtbar und schlichen sich in die Häuser, um den Schläfern die Luft auszupressen oder das Vieh zuschanden zu reiten. Die Menschen selber waren sich dessen nicht bewußt und erinnerten sich nur in wirren Träumen daran. Nachtmahre gehörten zu den geflügelten Nachtdämonen, mit denen sich schon frühmittelalterliche Gebote ausgiebig beschäftigten. In einem Fragenkatalog des Bischofs Burchard von Worms (1008-1012) für Priester und ihre Angehörigen heißt es etwa:

„Hast du geglaubt, daß in der Stunde der Nacht, wenn du zu Bette liegst... du fähig bist, durch geschlossene Türen zu gehen und mit anderen, in der selben Lage befindlichen Wesen, durch die Welt zu streifen; glaubst du, daß du ohne sichtbare Waffen Menschen töten kannst... und ihr gemeinsam das Fleisch kochen und verzehren könnt; und das du dort nach dem Verzehr dieser Menschen, sie wieder zum Leben bringen und ihnen noch eine kurze Lebensspanne gewähren kannst? Wenn du das geglaubt hast, mußt du Buße tun und fünfzig Tage von Brot und Wasser leben und es die nächsten sieben Jahre wiederholen." <*>

Leicht läßt sich von diesen Nachtdämonen zu den Vampiren überleiten. In der Mythologie alter Völker waren blutsaugende Geschöpfe dieser Art zumeist weiblich.

Die jüdische Dämonologie, die später die christliche Lehre prägte, kannte Lillith. Sie war die erste Frau des Adam, die wie dieser von Jehova geschaffen worden war, sich aber nicht der männlichen Macht unterwerfen wollte. Gott vertrieb sie aus dem Paradies und Lillith wurde zur Dämonin, ihre anderen Namen Lili oder Lilu bedeuteten „Ungeheuer der Nacht". Lillith ist von großer, aber unheilbringender Schönheit. Später wurde sie auch als Ur-Vampirin betrachtet, die den Keim des Bösen an Sterbliche weitergab. Sie erdrosselte Neugeborene, saugte ihnen das Blut und Mark aus und brachte die Frauen in Gefahr. Zudem verführte sie schlafende Männer dazu, mit ihr Geschlechtsverkehr zu haben, damit sie diese schwächen konnte.

Die Römer kannten die STRIX: „Die Strix (Zwergohreule) war ein gefräßiger eulenartiger Vogel, oder vielmehr eine Frau in Gestalt eines Vogels, die entweder die Bäuche von Kleinkindern aufriß, um deren Eingeweide zu fressen, oder die Kinder damit tötete, daß sie ihnen ihre eigene, giftige Brust zum Säugen reichte; sie pflegte auch auf magische Art die Kraft und Männlichkeit aus Männern auszusaugen." <*>

Sie fanden ihre Entsprechung in den griechischen LAMIEN – geisterhaften weiblichen Schreckgespenstern, die in verschiedener Gestalt auftreten können und die junge Männer und Kinder anlocken, um ihr Blut zu trinken und sie dann zu verspeisen. Lamia, die Urmutter dieser Wesen, war einst eine Favoritin des Zeus, die die eifersüchtige Hera mit Wahnsinn schlug, so daß sie ihre eigenen Kinder umbrachte... und ihre Taten als alte, hässliche Frau vollbrachte.

Wenn man den Begriff weit genug faßt, so gibt es Vampire nicht nur in der abendländischen Mythologie. Auch in den Sagen, Legenden und Überlieferungen fast aller anderen Völker (Ägypter, Chinesen, Inder etc.) existieren Wiedergänger- oder Untotenvorstellungen, die mit Blut einhergehen. Einige Beispiele seien hervorgehoben.

Die Azeman ist eine südamerikanische Vampirin, die sich in der Nacht in eine Vampirfledermaus verwandelt und dann über andere Menschen herfällt. Infiziert werden können immer nur weibliche Wesen. Sie reißt einem Menschen, dessen Füße nicht zugedeckt sind, ein Stückchen Fleisch aus dem Zeh und trinkt dann das ausfließende Blut. Tagsüber ist sie eine ganz normale Frau.

Die Vetalas sind eine indische Vampirrasse, die in Leichen hausen. Diese verfallen so lange nicht, wie das blutgierige Wesen in ihnen haust. Wenn die Vampire auf Beutesuche gehen, verlassen sie als Geister die Leichenhüllen und lassen sie zurück.

In Indien sind ebenfalls die Gandharven zu finden, blutgierige Geister oder Halbgötter, die Frauen im Schlaf mißbrauchten und die Psiachas, die sie aussaugen.

Auf Borneo kannte man die Buaus, blutsaugende Dämonen, die aus den Geistern getöteter Feinde entstanden.

„Doch der „klassische Vampir“ – „Der Tote, der sich aus

seinem Grab erhebt, um Lebenden Blut auszusaugen" – so die übliche Definition – ist ursprünglich wohl in Bulgarien und dem Gebiet des heutigen Rumänien beheimatet, der Glaube an ihn seit Jahrhunderten verbreitet. So grub man dort vor 200 Jahren die Leichen von Kindern nach drei, die junger Leute nach fünf und alle anderen nach sieben Jahren wieder aus, um zu sehen, ob sie sich in Vampire verwandelt hatten. Waren die Leichen nicht vollständig verwest, wurden sie einem der zahlreichen „Reinigungsverfahren" unterzogen: Der Nabel wurde mit einem Pfahl durchstoßen oder das Herz herausgeschnitten und verbrannt, manchmal auch die ganze Leiche. Die Asche mit Wasser vermischt galt als hervorragendes Heilmittel, zum Trinken oder als Salbe. Noch 1920 soll es in der Bukowina zu zahlreichen Leichenausgrabungen gekommen sein, ... und eine rumänische Totenwäscherin holte sich 1985 die Gelbsucht – beim Reinigen einer Leiche, die ausgegraben worden, um zu schauen, ob sie sich in einen Vampir verwandelt habe..." (<*>)

Auch traf man andere Abwehrmaßnahmen, um Menschen erst gar nicht zum Vampir werden zu lassen, oder ihn fernzuhalten: so etwa Grabbeigaben, die den Toten beschäftigen sollen, wenn er wieder erwacht; oft wurde der Sarg mit dem Kopfende zuerst aus dem Haus getragen, damit der Verstorbene nicht zurückfinden konnte, die Türschwelle wurde entfernt, oder ein Messer über die Tür gehängt. Auch der Glaube, daß ein Vampir ein Haus nur betreten könne, wenn er eingeladen würde, stammt hierher. Stark widerwärtig oder scharf riechende Pflanzen wie der altbekannte Knoblauch, Weißdorn oder wilde Rosen gehören auch zu den Abwehrmitteln.

Wie aber konnte ein Mensch zum Vampir werden? Zum einen konnte er von einem anderen gebissen werden, oder aber er wurde als ein solcher wiedergeboren, sei es als Strafe für besonders schlechte und grausame Taten, oder um Rache zu verüben an denen, die ihm schweres Unrecht taten.

„Der Begriff und seine Definition selber sind für den polnischen und russischen Sprachraum erst seit 1700 sicher belegt, in anderen Balkanländern nennt man den Vampir auch vudkodlak (serbisch) oder brukolak (griechisch), was aber eigentlich auch den Werwolf mit einschließt.

Oft ist der Mythos des Vampirs mit dem des Gestaltwandlers verbunden, wie schon bei den Lamien deutlich wurde. In Osteuropa gibt es die Legende, daß ein Werwolf, wenn er in tierischer Gestalt getötet wird, als Vampir wiederkehrt."(<*>)

In unserer Zeit hat der Begriff des „Vampirs" nicht nur in den normalen Sprachgebrauch Einzug gefunden, sondern auch in der Psychologie: Als „Lebende Vampire" werden die Menschen bezeichnet, für die sexuelle Erregung mit Blut verknüpft ist. Bei der „Hämatophilie" beschränkt sich der Blutfetischismus auf Träume und Vorstellungen, bei der „Hämatodipsie" muß der Betroffene Blut sehen, hören oder schmecken, um erregt zu werden. „Lebende Vampire" sind fast immer Männer.

Und man weiß mittlerweile auch, daß es ganz natürliche Ursachen für den Vampirmythos gibt, die die Menschen der Vergangenheit noch nicht wissen konnten. Wurde ein Mensch von einer Vampirfledermaus gebissen, so gab sie dabei auch Krankheiten weiter, vor allem die Tollwut. Erkrankte der Betroffene daran, wurde er extrem licht- und geruchsempfindlich und wasserscheu. Später tobte er und nahm auch ein unangenehmes Aussehen an. Da zudem auch noch historische Quellen belegen, daß bis ins 18. Jahrhundert hinein Tollwut vor allem in Osteuropa eine der weitverbreitetsten Krankheiten war, schließt sich der Kreis zum Aberglauben.

Schließlich gibt es noch eine Erbkrankheit, die diese Vorstellungen ebenfalls hervorgerufen haben könnte: „Die kongenitale erytropoetische Porphyrie mit ihren klinischen Symptomen dürfte für die Gruselgestalt des Vampirs und des Werwolfs Paten gestanden haben, denn für Vampire ist das Schlafen bei Tage (Photosensibilität), blutige Zähne und Blutmahlzeit (Erythrodontie) und Totenblässe (hämolytische Anämie) typisch, während zum Werwolf eine Behaarung von Gesicht und Armen (Hypertrichose), blutige Zähne (Erythrodontie), sowie fingerlose Tatzen und nasenloses Gesicht (Mutilationen) gehören.“ (<*>)

Kinder, die darunter litten, waren häßlich anzuschauen und wurden von ihren Familien aus Scham und Furcht bis zu ihrem frühen Tod versteckt gehalten – so daß, wenn eines dieser armen Geschöpfe einmal freikam und von anderen entdeckt wurde, der Schrecken größer war, und zu den bekannten Mythen führte.

Damit soll mein Bericht enden. Diese Übersicht sollte einfach vor Augen führen, von was sich die Autoren der vergangenen Jahrhunderte und Jahrzehnte inspirieren ließen, und was sie nicht in ihre Geschichten einfließen ließen. Vampire und Werwölfe sind Ausdruck des Glaubens unserer Vorfahren – und vielleicht ist deren Überlieferung manchmal interessanter als das, was unser Bild in den letzten Jahren geprägt hat.

Quellen:

Michael Page/ Robert Ingpen: „Faszinierende Welt der Phantasie“, Weltbild Verlag
<*> = Zitate aus Jaqueline Simpson: „Mythen und Legenden des alten Europa“, Neuer Kaiser Verlag
(<*>) = Zitate aus dem Essay „Die Vampire sind unter uns“

von Friedhelm Schneidewind aus dem Buch „Carmilla... und es gibt sie doch!“ von Friedhelm und Ulrike Schneidewind; LOGOS VERLAG, 1994

(Das Buch ist sehr interessant, es enthält neben dem Essay die Dramatisierung der Erzählung „Carmilla“ von Sheridan Le Fanu, Auszüge der Originalgeschichte in Englisch und eine sehr ausführliche Literaturliste.)

Christel Scheja

Wolfsgedanken

Wir heutige Menschen können uns gar nicht mehr richtig vorstellen, was Wölfe für die Menschen vergangener Zeiten bedeuteten, und warum so ein negatives, zwiespältiges Bild dieser Raubtiere überliefert wurde. Freilebende Wölfe gibt es in weiten Teilen von Europa und Nordamerika heute so gut wie gar nicht mehr – genausowenig wie die einsamen Waldgebiete, die die Rudel als Jagdrevier bevorzugten. Wölfe sind eigentlich sehr scheu und wagen sich nur aus Hunger in menschliche Siedlungen. Und wer will den Raubtieren das verübeln? Menschen in der gleichen Situation würden auch nicht anders handeln – es liegt in der Natur, überleben zu wollen.

In der Mythologie hat sich jedoch ein überwiegend negatives Bild des Wolfs durchgesetzt: „Die Erde; das Böse, das alles Verschlingende; Wildheit, Wölfe und Raben sind oft Begleiter von Totengöttern in Naturreligionen..."

In Ägypten wurde der Gott Upuaut als aufrecht gehender Wolf oder Mann mit Wolfskopf dargestellt. Ursprünglich der Stadtgott von Asyut (= Lykopolis) in Mittelägypten und Kriegsgott, Anführer der königlichen Vorhut, wurde er später zum Rächer von Osiris und „Öffner der Wege". Auch als Khontamenti geleitet er die Seelen der Toten in das jenseitige Reich. Oft wird er am Bug einer Barke dargestellt.

Den Griechen und Römern war der Wolf Ares/Mars als Gott der Wildheit geweiht, aber auch dem Apollo und Silvanus heilig. Jeder kennt wohl die Legende von Romulus und Remus, die von einer Wölfin gesäugt wurden und mit der Wolfsmilch Tapferkeit und Mut aufnahmen. Für die Juden stand der Wolf (Moses 49,17) für Blutdurst, Grausamkeit und den verfolgenden Rachegeist. Auch in asiatischen Mythen blieb der Wolf die reißende Bestie. Kurios am Rande: Für die Azteken war der heulende Wolf der Gott des Tanzes.

Die Germanen standen den Wölfen zwiespältig gegenüber. Einerseits schätzten sie deren Tapferkeit, Mut und Ausdauer und gaben ihren Kindern entsprechende Namen, damit sich diese Eigenschaften auf sie übertrugen. Der Wolf war ein Sinnbild des Kriegers, was auch die Eigennamen ausdrücken: Wolfdietrich (Dietrich = Herrscher des Volkes), Wolfgang (ganc = Gang, Waffengang), Wolfger (ger = Speer), Wolfgund (gund = Kampf), Wolfhard, Wolfhelm, Wolfhild, Wolfram (wolf und hraban = Rabe), Wolftraut.

Andererseits verfolgten die Bauern die Raubtiere erbarmungslos, wenn diese sich an ihrem Vieh vergriffen – wie viele andere Völker.

Fenrir oder Fenrisúlfr hieß der Wolf, den Loki mit der Riesin Angrboda zeugte. Trotz der Falschheit seines Vaters erlaubte Odin dem Wolf aber, in Asgard zu leben, in der Hoffnung, man könne seine Wildheit zähmen. Das war allerdings ein Trugschluß. Fenrir wuchs zu riesiger Größe heran und wurde noch unbezähmbarer. Den Göttern blieb schließlich nichts anderes mehr übrig, als Fenrir mit der Kette Gleipnir (die aus Teilen bestand, die es eigentlich nicht geben dürfte: dem Bart einer Frau, dem Atem eines Fisches, der Spucke eines Vogels...) zu binden und unter die Erde zu verbannen. Weil er da so erbärmlich brüllte, stießen sie ihm ein Schwert ins Maul, das seine Kiefer spreizte. Bis Ragnarök soll er dort, unter der Erde, verweilen. Der Wolf als reißende Bestie, der u. a. dem Gott Tyr die Hand abbeißt und auch sonst nicht zu bändigen ist, geisterte fortan durch viele Legenden und Sagen, später auch Märchen. „Isegrimm, Grimmwolf, Grimmzahn“, diese Bezeichnungen kommen nicht von ungefähr... immer wieder ist der Wolf der

Verschlinger, die blutgierige Kreatur, die ihren Hunger um jeden Preis stillen muß.

Die Kelten schilderten den Wolf als lebenserhaltend und zerstörend: der Sagenheld Cormac mac Art wurde gleich nach der Geburt von einer Wölfin verschleppt und von ihr großgezogen. Als er König wird, zieht seine wölfische Familie mit nach Tara, und er beschützt sie und ihre Nachkommen fortan. Der gerechte König Conaire Mor regelt sogar sein Verhältnis zu den Wölfen vertraglich: sieben halten sich als Bürgen an seinem Hof auf, so daß keiner ihrer freien Brüder mehr als ein Stierkalb pro Jahr reißen darf. Nach einem heftigen Kampf liegt Mac Cuille verwundet auf dem Schlachtfeld, bis eine Frau des Weges kommt und einen „mähnigen Wolf" aus seiner Schulter zieht und ihm so das Leben rettet.

Der Wolf ist für die Kelten aber auch wieder der Zerstörer, der Verschlinger der Sonne, das reißende Raubtier. Sie erkannten auch die nahe Verwandtschaft zum Hund an: „cullaidh" (altirisch „Wildhund"), „faolchu" (mod. Gälisch) enthalten beide die Silbe Cu (= Hund). Nicht wegzudenken aus der inselkeltischen Sagenwelt waren die Verwandlungen der Helden in Tiere. Auch Wolfsgestalt wurde da gewählt: Gwydion und Gilvanethy müssen ihre Strafe in Wolfsform abbüßen, die Morrigu attackiert Chuchulainn unter anderem als Wölfin, der Seher Mongan verwandelt sich in einen Wolf...

Die Christen übernahmen viele dieser Vorstellungen und verquickten sie mit ihrer eigenen Glaubenslehre. So wurde der Wolf zu einer Verkörperung des Teufels, des Bösen, zum Verderber der Herde (der gläubigen Menschen mit dem Priester als Hirten), dem Sinnbild von Grausamkeit, falschen Propheten und Ketzerei. Da man lange annahm, daß der Wolf den Hals nicht drehen könne, stand er sprichwörtlich für die halsstarrigen Menschen, die ihre Meinungen, Ansichten und den Glauben nicht ändern wollten. Die Wildheit des Raubtieres wurde auch hier durch die Sanftmut des heiligen Franziskus von Assisi besiegt, der den Wolf zähmte.

Zusammen mit den keltischen Verwandlungsmythen und der rauhen nordischen Darstellung entstanden die Werwolfsmythen, wie wir sie heute kennen...

Schon die Römer kannten solche Geschöpfe. Vergils „Achte Ekloge“ beschreibt einen Zauberer, der sich mit Hilfe einer giftigen Pflanze in einen Wolf verwandelte, und Petronius' „Satyricon“ enthält eine Anekdote über einen Gestaltwandler, der in seiner Wolfsgestalt verletzt wurde und in Menschengestalt eine identische Wunde aufwies. Allerdings erachteten die Römer solcherlei eher als Sklavenmärchen, deren Wahrheitsgehalt geringgeschätzt wurde.

Anders im Mittelalter: selbst gelehrte Männer waren geneigt, an Werwesen und ähnliche Geschöpfe zu glauben, und diskutierten, auf welche Art und Weise sich Menschen in Werwölfe verwandeln konnten. Einige nahmen an, daß dies mit Hilfe des Teufels durch eine körperliche Transformation geschähe. Andere waren der Ansicht, daß nur der Geist eines Mannes in den Körper eines echten Wolfes fahren, und er somit dessen Körper kontrollieren würde. Nachgewiesen ist diese Ansicht durch Prozeßakten aus dem 16. Jahrhundert, in dem mehrere Männer dieses Verbrechens angeklagt waren.

Der Werwolf wurde im Volksglauben allerdings mehr als unfreiwilliges oder unwissentliches Opfer eines Fluchs, eines Unglücks oder Zaubers betrachtet. Gerne wurden auch sexuelle Sünden der Eltern dafür angeführt. Sie wurden etwa dafür bestraft, weil sie das Kind an einem hohen, christlichen Feiertag gezeugt hatten. In der Gegend von Perigord in Frankreich nahm man an, daß die Bastarde von Priestern zu Werwölfen wurden.

Ausschweifung, Zügellosigkeit, das alles wurde den Wölfen in die Schuhe geschoben. Das Märchen vom Rotkäppchen, das seine Großmutter im Wald besuchen will und dabei dem Wolf begegnet, wird psychologisch auch als Gier des zügellosen Mannes nach der jungen Unschuld, und die Faszination dieser Begegnung gedeutet. Männer mit zusammengewachsenen Augenbrauen und/oder starker Behaarung sollen etwas von einem Wolf in sich haben – sie lassen der Bestie angeblich eher freien Lauf.

Als Reittiere von Dämonen (heidnischen Göttern) und Hexen oder Zauberern taten sie ein übriges, um verdammungswürdig zu sein. In der Alchemie stand der Wolf mit dem Hund zusammen als Symbol für die Doppeldeutigkeit des Merkur (Quecksilbers).

Die Phantastik des ausgehenden 19. Jahrhunderts entdeckte den Werwolf schließlich neben dem Vampir und anderen mythologischen Geschöpfen für sich: Da gab es den düsteren Schloßherrn, der in den einsamen Wäldern Osteuropas oder in den zerklüfteten Bergtälern lebte und sein noch dunkleres Geheimnis zu verbergen suchte. Den Angehörigen eines alten Adelsgeschlechtes, den der Fluch seiner Familie zu jeder Vollmondnacht trifft und der nur selten befreit werden kann. Das Biest, das ein schönes Mädchen in sein Schloß entführt, weil ihn nur die Liebe befreien kann, ist auch zu großen Teilen ein Wolf. Die Romane und Filme enden meistens traurig, weil der Betroffene die „Bestie in sich" nicht bezähmen kann und unschuldiges Blut vergießt. Selbst Stevensons „Mr. Hyde" hat etwas sehr Wölfisches an sich. Zu töten ist ein Werwolf in den neuen Mythen nur durch (geweihtes) Silber (ironischerweise das Metall des Mondes, des Gestirns, unter dem der Mensch zum Werwolf wird), in seinem Tun nur aufzuhalten durch Sanftheit und Liebe – der Kreis zur Vergangenheit schließt sich also wieder.

Positive Darstellungen von Wölfen gibt es allerdings auch, obwohl nur wenige: Naturkinder werden wie Kiplings Mogli aus dem „Dschungelbuch" meist durch Wölfe aufgezogen, die ihnen den Mut und die Tapferkeit mitgeben, ihre grausamen Feinde aus dem Menschen- und Tierreich (etwa Shir Khan, den Tiger) zu besiegen.

In der Fantasy finden wir den Wolf zunächst auf der Seite der Bösen. Bei Tolkien reiten die Orks teilweise auf Wölfen. Viele barbarische Helden müssen sich im Kampf mit Wölfen erstmals bewähren: angefangen mit Conan und Kull. Wolfskrallen und -felle werden von ihnen als Beweis ihres Mutes und ihrer Tapferkeit getragen. Finstere Zauberer oder Hexen verwandeln sich meistens in wolfsähnliche Bestien oder senden diese aus, um den/die Helden abzuschlachten. Ein weitaufgerissenes Gebiß aus dem der Geifer tropft, rotglühende, blutunterlaufene Augen, zum Sprung ansetzend oder über ihrem Opfer kauernd – so werden Wölfe gerne auf den Illustrationen dargestellt. Wolfsgeheul kündet meistens Unheil an, und schon für die erste Rollenspielergeneration gehörte der Wolf zu den Standardmonstern.

Je weniger die Wölfe zur Bedrohung des täglichen Lebens sind, desto mehr sind sie Kultgeschöpfe. Seit den späten siebziger Jahren ist im phantastischen Genre ein Wandel eingetreten: in den Urzeitromanen wird die Domestizierung des Wolfes zum Hund, dem „treuesten Freund des Menschen", gerne geschildert, und in die schamanistische Magie fließen nun mit Vorliebe die positiven mythologischen Überlieferungen der Naturvölker mit ein.

In dem Comic „Abenteuer in der Elfenwelt" (Elfquest) gehen die Elfen eine Blutsverwandtschaft mit Wölfen ein, um auf der harschen Welt, auf der sie strandeten, zu überleben. Ein Stamm, die „Wolfsreiter“, sind dadurch sterblich geworden und die Brüder und Schwestern ihrer Reittiere. Das Rudel als – zwar hierarchische, aber doch zusammenhaltende und einander beschützende Gemeinschaft – ist zu einer nachahmenswerten Tugend geworden. Wie zuvor schon Vögel oder Pferde gibt es auch Wölfe, die mit Menschen telepathische Gemeinschaften eingehen, um diese zu unterstützen und zu beschützen. Manchmal sind sie auch intelligente Zaubergeschöpfe wie Mercedes Lackeys Kyree in den Geschichten um Tarma und Kethry (in den „...schwestern“-Bänden von Marion Zimmer-Bradley). In David Eddings Romanen findet Belgarath der Zauberer in der Wölfin Poledra eine treue Gefährtin, die ihm zwei starke Töchter schenkt.

Manchmal scheint es jedenfalls so, als habe der Wolf als exotische Variante des Hundes (der zu langweilig und gewöhnlich geworden ist), den Platz an der Seite des Menschen eingenommen. Oder man möchte, um des Thrills willen, die Zähmung des Wolfes, der an vielen Orten von der Welt verschwunden ist, aufs Neue vornehmen...

Quellen:

J. C. Cooper: „Illustriertes Lexikon der traditionellen Symbole“
Jaqueline Simon: „Götter und Mythen des alten Europa“
Rudolf Simek: „Lexikon der Germanischen Mythologie“
Sylvia und Paul F. Botheroyd: „Lexikon der keltischen Mythologie“
John Grant: „Die Mythologie der Wikinger“
S. Fischer-Fabian: „Die ersten Deutschen – Der Bericht über das rätselhafte Volk der Germanen“

Christel Scheja

Von den Toten, die unzerfallen ruh'n

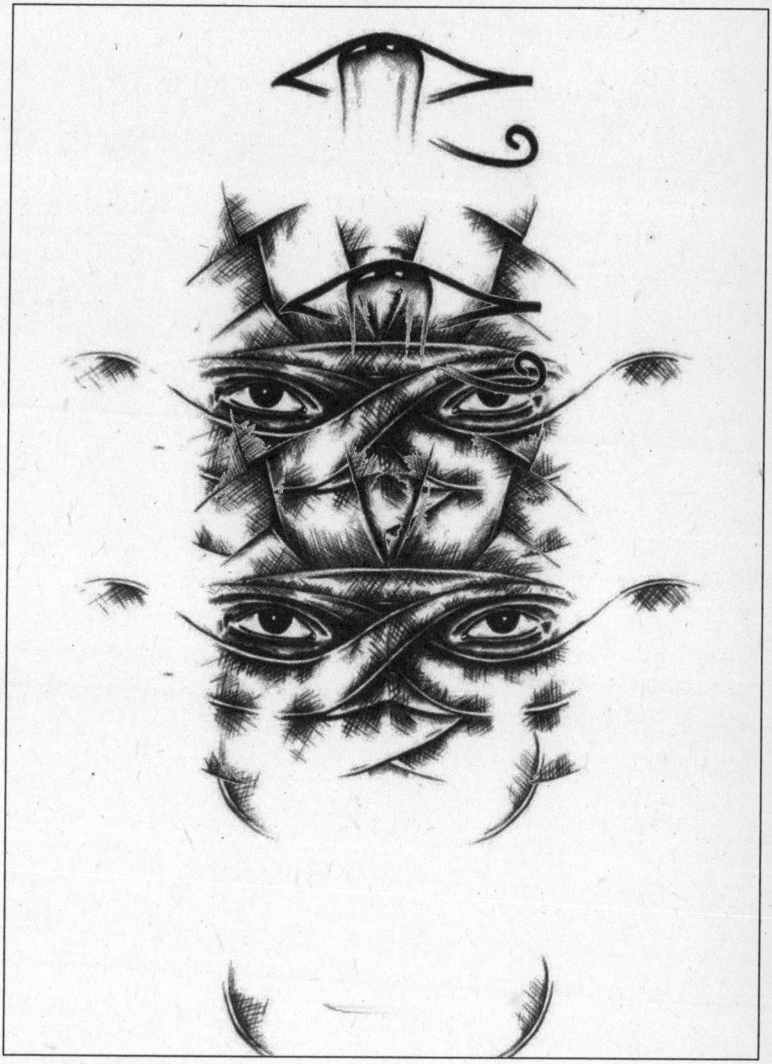

Mumien

Mumien sind wie Vampire, Zombies und Skelette klassische Untote der phantastischen Genres, die später auch mit Begeisterung in das Rollenspiel übernommen wurden. Wer ist nicht schon einmal einem dieser bandagierten Gesellen in Filmen, Romanen und schließlich auch im Spiel begegnet?

Doch wer hat sich schon einmal Gedanken darüber gemacht, warum Völker der Vergangenheit ihre Toten so zu konservieren versuchten? Oder vor allem auf welche Art und Weise? Und wie die Natur selbst Verstorbene über Jahrhunderte bewahrte und hin und wieder der Neugier des Menschen preisgibt? Mit diesem Artikel will ich einige der Fragen beantworten.

Künstliche Mumien

Wenn man von Mumien hört, kommen den meisten Menschen gleich die Ägypter in den Sinn. Kein anderes Volk der Geschichte hat zum einen so viele Mumien geschaffen, und zum anderen die Einbalsamierung so perfektioniert.

Der Grund dafür liegt in der tiefen Religiosität des Volkes vom Nil, das für die und mit den Göttern lebte. Das diesseitige Leben galt nur als wichtige Zwischenstation für das spätere ewige Leben im Schatten der Götter. Aber für die Ägypter waren Körper und Geist untrennbar miteinander verbunden, blieb der Leib doch die Heimat und der Ankerpunkt des Unsterblichen in einem Menschen. Die Ägypter ordneten einem Menschen mehrere Seelen zu: Die Ka-Seele als Abbild des

Äußerlichen, des Körpers und der Lebenskraft, die auch noch irdischer Nahrung und der Aufmerksamkeit der Nachfahren bedurfte; die Ba-Seele als Trägerin der unverwechselbaren Charaktereigenschaften einer Person. Verging der Leib oder wurde er zerstört, verirrten sich die Seelen und verloschen. Der Mensch verlor das Leben in der Nachwelt.

Deshalb war es für die Ägypter so wichtig, die Leichname zu konservieren und für immer zu bewahren. Je reicher und wohlhabender ein Mensch war, desto mehr Aufwand wurde bei der Einbalsamierung, der Grabstätte und dem Totenkult betrieben.

In der Frühzeit der ägyptischen Geschichte mumifizierte man Verstorbene überhaupt noch nicht, man rieb sie allenfalls mit Essenzen ein und umwickelte sie mit Binden. Tote aus dieser Zeit sind allenfalls durch Zufall erhalten geblieben (Trockenmumien). Erst im Alten Reich begann man die Eingeweide der Toten zu entfernen, als findige Köpfe erkannten, daß die Leichen so länger erhalten blieben, und im Mittleren Reich entdeckte man die Wirkung von Natron. Zu Beginn des Neuen Reiches vervollkommnete man die Kunst der Mumifizierung: die Eingeweide wurden bis auf das Herz entnommen (in der 21. Dynastie auch das Gehirn) und separat mumifiziert, um in vier Eingeweidekrügen, den sogenannten Kanopen, getrennt aufbewahrt zu werden (zeitweise wurden die Eingeweide auch verpackt in die Leibeshöhle zurückgelegt).

Die Leiche wurde mit Palmwein und Wasser gründlich gereinigt und dann entwässert, indem man den Körper mit trockenem Natron bedeckte und ihn mehrere Wochen lang so stehenließ. Danach ließ man den Leichnam in der Sonne trocknen, oder man hängte ihn in einem Gestell über ein Feuer. Damit war die eigentliche Mumifizierung abgeschlossen. Dann wurden alle Hohlräume mit Sand, Lehm, trockenen Flechten,

Wachs oder harzgetränkten Binden gefüllt, um den Toten möglichst lebensecht wirken zu lassen. Die Leiche wurde noch in Binden gewickelt und dann mit einer Schutzschicht aus Gips, Wachs, Harz oder Lehm überzogen und die klassische Mumie war entstanden.

Aber auch in anderen Ländern bemühten sich die Menschen ihre Toten zu bewahren – so etwa im alten Peru. Ob den Verstorbenen die Eingeweide entnommen wurden, ist nicht bekannt, aber man hat die meisten Leichen mit verschiedenen Harzen oder einer Art Asphalt bestrichen und über offenem Feuer getrocknet, ehe man sie in kostbare Tücher wickelte und in Körbe setzte – oder, wie die Inka, soweit herrichtete, daß sie immer noch wie Lebende umhergetragen und verehrt werden konnten.

Von Alexander dem Großen ist bekannt, daß seine Leiche in Honig konserviert und in einem Glassarg beigesetzt wurde, der von jedem besichtigt werden konnte. In luftdichten Glassärgen wurden auch Heilige beigesetzt, und wann immer ein hoher Würdenträger in fernem Land gestorben war, mumifizierte man dessen Leib, so daß er zumindest die Reise überstand, um in der Heimat beigesetzt zu werden. Auch die Skythen weideten ihre verstorbenen Könige aus und präparierten sie für eine Weile, damit sie im Land herumgefahren werden konnten, ehe man sie begrub.

In China schließlich hat man Mumien entdeckt, die durch ein ganz anderes Verfahren konserviert wurden: „In allen Fällen fand man die Körper gänzlich unversehrt. Die Toten ruhten auf der Sohle von Grabschächten, die bis zu 20 m tief waren, in Sets aus mehreren, ineinander verschachtelten Särgen, die ihrerseits von einer Schicht Holzkohle und einem dicken Mantel aus weißem Lehm umgeben waren. An den Leichnamen konnten die Ausgräber keine sichtbaren Zeichen des Verfalls entdecken, ihre Haut war elastisch, Körper und Gliedmaßen beweglich, Gehirn und innere Organe kaum geschrumpft. Das Geheimnis dieser Mumifizierung liegt in einer dunkel-braunroten, stark quecksilberhaltigen Flüssigkeit, mit der die inneren Särge gefüllt waren. Ihre genaue Zusammensetzung und ihre Wirkungsweise konnten bisher nicht vollständig aufgeklärt werden." (Tarnowski)

Moorleichen, Glasmumien und Tote im Salz

Die im Moorwasser reichlich vorhandenen Gerbstoffe vermochten ebenfalls, Leichen über Jahrhunderte zu konservieren und deren Haut in Leder zu verwandeln. Waren Huminsäuren in ausreichender Menge vorhanden, konnten sie sogar Organe und Skelett zersetzen, so daß man nur noch die Haut fand. Selten blieb ein ganzer Körper erhalten.

Moorleichen wurden ziemlich häufig gefunden, vor allem aber in Norddeutschland, Dänemark und Südengland. Sie stammen zumeist aus den Jahrhunderten um die Zeitenwende und dem frühen Mittelalter.

Nur etwa 20% der Moorleichen stammen von Unglücklichen, die sich im Moor verirrten und jämmerlich ertranken. 30% hingegen von Verstorbenen, die hier bestattet wurden. Knapp die Hälfte der Toten wurde umgebracht – Opfer, die von ihren Mördern versenkt wurden, um das Verbrechen zu vertuschen oder aber hingerichtete Missetäter: Feiglinge, Deserteure oder Ehebrecher.

Dann waren Moore bei den Kelten und Germanen auch Kultstätten, an denen den Göttern nicht nur kostbare Stoffe, Schmuck, Schiffe, Waffen und Wagen, sondern manchmal auch Menschen geopfert wurden.

Weniger appetitlich sind die sogenannten „Glasmumien“, die in den letzten Jahren häufiger auf Friedhöfen gefunden wurden, die an Orten mit schwerer feuchter Erde angelegt worden waren. Der wassergetränkte Lehm hatte die Verstorbenen so eingehüllt, daß zwar ihre Särge und ihre Haut zerfiel, aber der mangelnde Sauerstoff verlangsamte den Zersetzungsprozeß. Glasmumien sind schwammige, hautlose Gebilde, deren Körperformen vollständig erhalten blieben. Die Totengräber wußten übrigens nichts besseres zu tun, als die Leichen mitsamt der Abraumerde auf die Schutthalden schaffen zu lassen, weil man nicht wußte, was man damit anfangen sollte.

Auch Salz konserviert ausgezeichnet, wie Arbeiter vieler Salzbergwerke feststellen mußten. Hin und wieder fand man gelblich verfärbte Tote, die vor Jahrzehnten bei Unglücken ums Leben gekommen waren...

Unzerfallene Tote

Rätselhaft wird es, wenn Tote nicht verwesen, obgleich keine äußeren Umstände dafür sprechen. Bernadette Soubrius ist ein solcher Fall. Die junge Frau hatte als 14jährige Marienerscheinungen gehabt, die ihren Heimatort Lourdes später zum größten Marien-Wallfahrtsort in Europa machen sollten, und starb 1879 35jährig an Knochenkrebs. Als man 1909 ihren Sarg öffnete, fand man die Tote völlig unzerfallen vor, nicht einmal

Verwesungsgeruch stieg auf. Verwirrt begrub man sie erneut in einem Zinksarg. 1919 und 1925 wurde Bernadette ein zweites und drittes Mal untersucht. Nur die Haut der Verstorbenen hatte sich nach der ersten Untersuchung dunkel verfärbt, ansonsten veränderte sich nichts... Ein Zustand übrigens, der ihrer Heiligsprechung sehr entgegenkam, da im katholischen Glauben unzerfallene Tote als auserwählt gelten.

Der Ritter Christian Friedrich von Karlbutz starb 1702, also vor gut 300 Jahren. Als man Anfang der neunziger Jahre die Gruft seiner Familie in der kleinen Gemeinde Kampehl in Brandenburg aufgrund eines Besitzerwechsels öffnete, fand man in den Särgen bis zur Unkenntlichkeit verweste oder zerfallene Tote – nur der Ritter war als lederartige Mumie erhalten geblieben. Die Legende, die man sich seit Generationen im Ort erzählte, fand damit neue Nahrung: 1692 nämlich vergewaltigte der Junker von Karlbutz Maria Lepin. Als deren Verlobter, der Schäfer Lippert ihr zur Hilfe eilen wurde, erschlug der Ritter den Mann.

Maria Lepin ging mit einer Klage vor Gericht, aber der Junker wurde freigesprochen, weil er einen Meineid schwor: „Wenn ich die Unwahrheit sage, soll mein Leib nicht verwesen, und ich als Geist wandeln bis in alle Ewigkeit!“

Tatsächlich soll Karlbutz später immer wieder Einwohnern von Kampehl als Geist erschienen sein. Auch die Untersuchung der Mumie brachte keinerlei Ergebnisse, außer daß niemand die Leiche irgendwie behandelt hätte...

Manchmal finden sich auch mumifizierte Körperteile: „Bizarr ist auch die ‚Schwarze Hand von Bödefeld‘. Im Turm der örtlichen Pfarrkirche ruht seit über 250 Jahren hinter einem Gitter eine abgeschnittene rechte Hand, schwarz zwar, aber dennoch nicht verwest. Sie wurde 1722 beim Neubau der Kirche zu Bödefeld in einem Sarg gefunden. Schnell bildeten sich

Legenden: Ein junges Mädchen habe die eigene Mutter geschlagen. Kurz darauf sei sie gestorben; am nächsten Morgen habe die rechte Hand der Leiche aus dem Grabe geschaut. Eine zweite Version spricht von einem Femegericht und eine dritte besagt, die Hand eines Mordopfers wurde abgeschnitten, um zu sehen, ob sie bei der Namensnennung des mutmaßlichen Mörders blutete." Ähnlich wilde Gerüchte gibt es auch um die mumifizierte Hand, die ein Diener Anfang des Jahrhunderts in einem Archivschrank des Rathauses von Münster beim Aufräumen fand...

Mumien gibt es also in vielen verschiedenen Formen und nicht nur in alten Gräbern – sie können unverhofft an Orten für Schrecken sorgen, an denen man sie nicht unbedingt erwartet hat.

Nicht immer weiß die Wissenschaft eine Erklärung für die Existenz einer Mumie zu finden – und vielleicht kommt da unsere Phantasie ins Spiel...

Quellen

Tarnowski, Prof. W.: „Mumien" (Was ist Was, Band 84)
Irmscher, Johannes: „Lexikon der Antike"
Kölner Stadtanzeiger vom 13.08.1997: „Schwarze Hand v. Bödefeld"
„Mysteries", RTL-Doku-Serie „Sachinfos über Ritter Karlbutz"

Dominik Irtenkauf

An die Ewigkeit verschworen!

Der Vampyr

„1. Wenn ich ein Wahrsager bin und voll jenes wahrsagerischen Geistes, der auf hohem Joche zwischen zwei Meeren wandelt, –

Zwischen Vergangenem und Zukünftigem als schwere Wolke wandelt, – schwülen Niederungen feind und Allem, was müde ist und nicht sterben, noch leben kann: zum Blitze bereit im dunklen Busen und zum erlösenden Lichtstrahle, schwanger von Blitzen, die Ja! sagen, Ja! lachen, zu wahrsagerischen Blitzstrahlen: –

– selig aber ist der also Schwangere! Und wahrlich, lange muß als schweres Wetter am Berge hängen, wer einst das Licht der Zukunft zünden soll! –

– oh wie sollte ich nach der Ewigkeit brünstig sein und nach dem hochzeitlichen Ring der Ringe, – dem Ring der Wiederkunft!

Nie noch fand ich das Weib, von dem ich Kinder mochte, es sei denn dieses Weib, das ich liebe: denn ich liebe dich, oh Ewigkeit!

Denn ich liebe dich, oh Ewigkeit!“ (S. 240)

Der Vampyr grinst mir seit Jahrhunderten entgegen. Sein Gesicht sehe ich stets vor mir, die blanken, angespitzten Eckzähne, die blasse Haut, die länglichen Ohren. Sein Blut ist schon lange nicht mehr frisch. Er krankt an seiner Unsterblichkeit. Anders als noch in einer Zeit, in der harsche Stürme über kahle Landstriche zogen und er genügend Zuflucht in verfallenen Gemäuern fand, blendet ihn nunmehr das grelle Laternenlicht. Kinder freuen sich schon das ganze Jahr über auf karnevaleske Maskenspiele. Er scheint in heutiger Zeit verloren zu sein, während er sich über Jahrhunderte an geistigem Blut betrank.

Was seit der Aufklärung und dem Fortschritt der mechanischen Wissenschaften geschah, entblößte seine geistesadlige Abstammung. So schlitterte sein Bild in einen nichtssagenden Trivialismus ab. Er hätte sich in einem Fragmentarismus fangen können, das heißt die ständige, chamäleonhafte Wandlung vollziehen und entsprechend hätte er seine Lebensenergie von jeweils anderen Quellen beziehen können.

Die Aufspaltung in mehrere Persönlichkeiten zieht jedoch eine Uneindeutigkeit mit sich und so verwahrten sich gängige Literaten gegen ein Aufweichen der prägnanten vampyrischen Physiognomie. Er mußte seine erschreckende Gestalt behalten. Das ‚Vampirprinzip' tritt uns in einer Abhandlung entgegen:

„Der Vampir scheint also tief in uns zu stecken und als eine Urvorstellung in unserem Blute zu ruhen. Er ist ein Archetyp, der in unserem kollektiven Unbewußten schwimmt, aber, wie wir am Säugling aufgezeigt haben, auch aktiv von uns durchlebt wird. Mythos, Sage, Kunst und Literatur belegen, daß die Gestalt des Vampirs allen Menschen vertraut ist. Alles irdische Leben ist im Grunde einem Vampirprinzip untergeordnet: um sich am Leben zu erhalten, muß man etwas einsaugen, sich anderes Leben einverleiben. Und im Regelfall beruht das vampiristische Gedeihen des einen Lebens auf dem Nichtgedeihen des einverleibten Lebens. [...]

Wenn wir davon ausgehen, daß der Vampirismus sowohl in uns selbst ist, als auch den Lebens- und Todeskreislauf der Natur bestimmt, verwundert es kaum, daß die Gestalt des Vampirs eine beachtliche Suggestionskraft ausübt. Gerade die für sie heute typische Mischung aus Realem und Irrealem, aus schicksalhafter Naturgefangenheit und nietzscheanischem Übermenschentum läßt die Figur des Vampirs zu einer Projektion eigener Triebe und Sehnsüchte werden. Die Verkörperung von ewigem Leben, außergewöhnlichen Gaben, Reich-

tum und Eleganz bei einer gleichzeitig vollkommen unzensierten Befriedigung der elementaren Triebe, wirkt auf viele Menschen nicht nur ausgesprochen verführerisch, sondern hat bei einigen Mitbürgern sogar den Wahn aufkommen lassen, sich tatsächlich für so etwas Ähnliches wie Graf Dracula zu halten."[1]

Wenn uns nun also das Vampyreske auf Schritt und Tritt folgt, wie können wir uns davor bewahren? Knoblauchzehen, Kreuze und sonstiger heiliger Kitsch sind obsolet geworden; der Tod eine verdrängte Größe in spaßigen Zeiten. Man übersieht aber leicht, daß hier ein Schaffender tobt. Ein Schaffender übersteigt die Grenzen der Zeit, aber muß auch – sollte er formen und auf kommende Jahrhunderte seine Hände drücken wollen (nach Nietzsche) – vom üblichen Leben scheiden.

Aus einem animalischen, mit Haaren überwucherten Wolf wurde ein Nobler, der sich feinen Umgang aneignen konnte; bloß aus dem Grunde natürlich, um sich besser an seine Opfer anschleichen zu können. Der Vampyr erlernte aufgrund seiner einstigen Zugehörigkeit zum Menschengeschlecht die Raffinessen, die in ihm den Überlebenswillen stärkten. Nebenbei nimmt der Vampyr in der schwarzen Romantik einige Umgangsformen des Endzeitdichters an. Warum Endzeit? Der Dichter begnügt sich nicht mehr mit der Welt, wie er sie vorfindet. Er ist bestrebt, den Verfall zu beschleunigen: indem er eine in sich zerbrochene Sprache benutzt, die Brüchigkeit der Welt erkennt und an geschickten Stellen seinen Hammer ansetzt, dabei so laut pocht, daß viele Häuser zerfallen. Kein Spukschloß mehr, keine in Mondlicht geflutete Friedhöfe und Schluchten, statt dessen Ruinen. Ruinierte

[1] Borrmann: Vampirismus, S. 11 bzw. 12.

Charaktere. Figuren, die in Geschichten nicht mehr glänzen können, die gespaltene Persönlichkeiten darstellen. Endzeit ermöglicht unter gewissen Umständen einen Neubeginn, nachdem das Unwesen erstmal in Flammen aufgegangen sein wird.

Der Vampyr aber existiert noch lange. Er ist nur eine Erscheinung des Unwesens.

Was man jedoch sowohl bei dem aus der Tradition bekannten Vampyr als auch beim modernen Vampyr finden kann, ist der Wille zur Energieabsorption. Die Aufnahme wertvoller Vitalkräfte, für die im Gegenzug keine entsprechende Qualität gegeben wird, laugt den Vampyr nach und nach aus. Obwohl es den Anschein hat, daß er für kurze Zeit wieder ‚aufgetankt' ist, hilft ihm diese Energie nicht weiter.

„Das Auffällige am Vampirismus, Warnsignal erster Ordnung, an dem man den Vampir erkennen kann, liegt in dem, was der Vampir mit der Energie macht, die er oder sie ansammelt.

Vampire können charakteristischerweise Kraft nur benutzen, um mehr von der gleichen Art Kraft zu erlangen, obschon die Qualität stetig abnimmt.

Ihre richtungslose Aufgeblähtheit absorbiert Impulse, wie sie manche psychisch schwarzen Löcher haben, und so sind sie unfähig, die Schubkraft zu entwickeln, die für wirkliche Kreativität gebraucht wird.

Das ganze Vorhaben, ob es nun Nationen oder nur einen kleinen Freundeskreis betrifft, verliert unweigerlich an Charakter und meistenteils auch seine Anziehungskraft.

Wenn in diesem Stadium ein mögliches Opfer in der Lage ist, die fadenscheinige Fassade zu durchschauen, dann wird er oder sie genug wissen, um umzudrehen und zu verschwinden. Der Köder ist verfault und zieht nur Ungeziefer an."[2]

[2] Mace: Tugendhaft, S. 11-12.

Man mag diese Unfähigkeit der ‚natürlichen Konstitution' des Vampyrs zurechnen, da er weder lebend noch tot ist. Das Problem in seiner dürftigen Lebensweise liegt wohl darin begründet, daß er nicht mehr imstande ist, sein Leben ohne den Rückgriff auf fremdes Leben zu bemeistern. Er geistert auf unserer Welt herum, damit sein Durst gestillt werden möge.

Verführerisch tritt er aber vor uns, wenn in ihm Rausch aufsteigt. Statt Blut wird er dann den Wein der Kunst kosten. Und uns ist es in diesem kurzen Versuch über das vampyrische Wesen wichtig, den Vampyr nicht zu rechtfertigen, ihn mit Bedacht aber aus den niederen Sümpfen der Materialität zu heben. Seine Eigenschaften zu untersuchen, seine Seelenanatomie zu beleuchten, um aus seinem Wirken für das eigene Erleben zu lernen. Der Vampyr als seelisches und gedankliches Muster, das Aufschluß über mißachtete Facetten unserer eigenen Persönlichkeit gibt.

„Gerade weil die Gestalt des Vampirs so tief ehrlich in ihren Trieben und Leidenschaften ist, und in ihrem Handeln unabhängig von gesellschaftlichen Tabus bleibt, konnte er zur globalen Mythe aufsteigen. Mythen sind Symbole elementarer Vorgänge, die sich in ihnen sichtbar entäußern. Die Mythen offenbaren die Strukturen der Wirklichkeit und die vielfältigen Seinsweisen in der Welt. ‚Darum', so schreibt Mircea Eliade, ‚sind sie das vorbildliche Modell menschlichen Verhaltens: sie offenbaren wahre *Geschichten, beziehen sich auf* Wirklichkeiten.' *Der Mythos wendet sich dabei an den* ganzen *Menschen, sowohl an seinen Verstand und Geist, als auch an seine Gefühle und Phantasie. Das macht seine Wirkmächtigkeit aus.“*[3]

[3] Borrmann: Vampirismus, S. 321.

I. Vom Rausche saufen wir!

Das Dionysische begleitet den schaffenstrunkenen Künstler stets. Läßt er nicht vollste Kraft in seine Arbeit fließen, wird der aufmerksame Betrachter merken, daß es nur ein Hingeschmotztes ist. Eine halbgare Sache, die nicht das Blut im Gegenüber brodeln läßt. Man muß mit Blut schreiben, um die Kritzeleien mit Lebendigkeit zu füllen. Auch unser Gewährsmann Nietzsche schreibt davon, daß ihm die Dichter am liebsten sind, wenn sie mit Blut schreiben, denn:

„Von allem Geschriebenen liebe ich nur Das, was Einer mit seinem Blute schreibt. Schreibe mit Blut: und du wirst erfahren, daß Blut Geist ist.

Es ist nicht leicht möglich, fremdes Blut zu verstehen: ich hasse die lesenden Müssiggänger.

Wer den Leser kennt, der thut Nichts mehr für den Leser. Noch ein Jahrhundert Leser – und der Geist selber wird stinken.

Daß Jedermann lesen lernen darf, verdirbt auf die Dauer nicht allein das Schreiben, sondern auch das Denken.

Einst war der Geist Gott, dann wurde er zum Menschen und jetzt wird er gar noch Pöbel.

Wer in Blut und Sprüchen schreibt, der will nicht gelesen, sondern auswendig gelernt werden." (S. 39)

Der Schaffende kann nur Einzelgänger sein, vom sonstigen Verkehr zwischen den Menschen ausgestoßen. In dieser Abgeschiedenheit findet sich auch der Vampyr als Unwesen der Nacht wieder. Er jedoch saugt den so kostbaren Lebenssaft aus, der Künstler aber kanalisiert beziehungsweise injiziert das Elixier in sein Werk. Auf diese Weise umgeht er ein Ausbluten seiner Kreativität und schafft zudem eine Distanz zwischen seiner Woll-Lust und seinem ‚Opfer'. Opfer scheint hier nicht der passende Ausdruck zu sein: Vielmehr nähert sich der

Betrachter freien Willens dem Objekt und sobald er seinen unruhigen Blick über dasselbe streifen läßt, muß es in seinem Innern zucken oder nicht. Es gibt kein Entweder-Oder, es muß funken – oder eben nicht.

Gewinnt der Rausch aber eine zu große Macht über das Leben, verfällt der Berauschte in einen Strudel, das heißt er wird schwächer und ihm geht der Willen zum Formen abhanden. In einer trägen Beliebigkeit wartet er nur noch auf den nächsten Kick, der ihn wieder auf einen Gipfel bringt. Von dieser Höhe wird er bald schon wieder in die Tiefe gestoßen, wenn die Wirkung der Stimulanzien nachläßt.

Es wäre also von Vorteil, er könnte ein gewisses Gleichgewicht erreichen und zwischen seinen Trieben unterscheiden lernen. Gewisse Vorteile haben wir uns durch die Umwege geschaffen: Erstens müssen wir uns nicht mehr über den Hals Unschuldiger beugen, zweitens verschütten wir unser Blut in von uns unabhängige Objekte, sobald sie aus unseren Händen gelangen, und zu guter Letzt speisen wir von der Lebenskraft, die durch unsere Werke vermittelt werden. Konkret: Indem wir mit Blut schreiben, schlecken wir zuvor an anderen Linien entlang, bis in unserem Kopf Rot allüberher sprüht. Entgegen gängiger Vorstellungen (die den Künstler als einen Schmarotzer und den Vampyr als einen Nimmersatt begreifen), die unseres Erachtens nur als umnachtet gelten können, verschafft sich der Blutende (also auch der mit Leib und Seele Lebende) Gehör und Gelese, zuweilen auch Geklatsche, was ihn erneut mit Energie versorgt.

„*4.*

Wenn ich vollen Zuges trank aus jenem schäumenden Würz- und Mischkruge, in dem alle Dinge gut gemischt sind: Wenn meine Hand je Fernstes zum Nächsten goß und Feuer zu Geist und Lust zu Leid und Schlimmstes zu Gütigsten: Wenn ich sel-

ber ein Korn bin von jenem erlösenden Salze, welches macht, daß alle Dinge im Mischkruge gut sich mischen: – denn es giebt ein Salz, das Gutes mit Bösem bindet; und auch das Böseste ist zum Würzen würdig und zum letzten Überschäumen: –

Oh wie sollte ich nach der Ewigkeit brünstig sein...“ (S. 242)

II. Ein zwischenweltliches Wesen ist der Vampyr!

„Es giebt einen alten Wahn, der heißt Gut und Böse.“

(Nietzsche)

Wer Äonen überdauert, dem kann das allzu Menschliche nicht länger als Maßstab für seine eigenen Handlungen gelten. Ein Unsterblicher kostet jede Nacht von neuem die Ewigkeit. Was den Vampyr jedoch unterscheidet vom künstlerisch Kreativen, ist der Umstand, daß der Künstler mit Seele arbeitet. Im christlichen Abendlande wird der Seele ewiges Leben zugesprochen. Dem Leib aber, dem wird nach dem physischen Tod die Rückkehr zu niederen Sphären vorausgesagt, zur modrigen Erde. Der Vampyr nun stellt sich diesem entgegen. Er kehrt zurück – im anderen Sinne, in neuer und doch wiedererkennbarer Gestalt (da er ja menschenähnlich ist, wenn auch ins Grausige gezogen). Um sich in diesem Weder-Noch zu halten, beißt er sich in den Puls der vergänglichen Zeit – also in die Adern der uns bekannten Menschen, von der Straße.

Wie nun aber ein für allemal Ruhe erreichen? Man führt die unbändige Lust nach dem Höhepunkt individuellen Erlebens in eine Form über, die nicht leicht vom Zahn der Zeit befallen werden kann. Indem nämlich im buchstäblichen Gewebe ein Funken Seele gesehen wird, erübrigt sich ein wie auch immer geartetes Nachzehren. Schwache Geister kauen stets auf demselben Stück rohen Fleisches herum, käuen ein einstmal Lebendiges wieder. Kein Wunder, daß dem Sensiblen da zuweilen die Geduld abhanden geht. Vampyr muß das inkarnierte Böse oder zumindest das inkarnierte Untote sein, schlichtweg ins Fleisch gesetzt. Zuweilen stolpert man auch über literarisierte Vampyre, die sich anderer Materialisation bedienen (Man lese hierzu die sehr empfehlenswerte Novelle *Le Horla* aus Guy de Maupassants Feder.), doch mag man den künstlerisch Schreibenden als Ewigen bezeichnen. In diesen Kreislauf integriert er sich jedoch allein dadurch, daß er von seinen Werken Abstand nimmt. Einen Pflock dazwischen treibt. Zwar treibt ihn die Gier noch um, aber nur solange, bis er sein Blut über das unbefleckte Papier versprüht hat. Sein ganzes Leid ausgeschüttet hat. Schwarze Tinte, rotes Blut und weißes Papier.[4] Die heilige Dreifaltigkeit, die verlorenging, die Triade, an dessen Wurzel der Über-Zeitliche ruhte. Zwischendurch auch mal eine Pause einlegen – nicht ständig der Zeit hinterher hecheln.

„Bei dieser endgültig säkularisierten Arbeit, die nichts weiter als reine Arbeit, aufgeteilt in Stunden und verausgabte Energiemengen ist, bei einer solchen Arbeit erfährt und empfindet der Mensch am unerbittlichsten die Dauer der Zeit, ihre Langsamkeit und Schwere. Kurz gesagt, man kann wohl behaupten, daß der moderne Mensch im wahrsten Sinne des Wortes die Aufgabe der Zeit übernommen hat, daß er sich darin erschöpft, an Stelle der Zeit zu arbeiten, und daß er zu einem ausschließlich zeitlichen Wesen geworden ist. Da die Unaufhaltsamkeit und Leere der Zeit für die ganze moderne Welt (genauer gesagt: für alle, die sich nicht mehr mit der

4 Vgl. hierzu Borrmann: Vampirismus, S. 198-201. Borrmann ergeht sich hier in einer Farbenzuordnung, die gängige Klischees der Horrorliteratur willig aufgreift.

jüdisch-christlichen Ideologie solidarisch fühlen) zum Dogma geworden ist, äußert sich die vom Menschen in Besitz genommene und erfahrene Zeitlichkeit auf dem Gebiete der Philosophie als das tragische Bewußtsein von der Vergeblichkeit aller menschlichen Existenz. Zum Glück sind die Leidenschaften, die Bilder, die Mythen, die Spiele, die Zerstreuungen und Träume noch vorhanden – nicht zu reden von der Religion, die nicht zum eigentlichen geistigen Horizont des modernen Menschen gehört – um dieses tragische Bewußtsein daran zu hindern, auch von anderen Gebieten als dem der Philosophie Besitz zu ergreifen."[5]

Vampyre scheinen keiner geregelten Arbeit nachzugehen. Statt dessen frönen sie ohne Einschränkungen ihrer Lust. Fast ausschließlich wird diese Lust mit Blut und Gewalt in Verbindung gebracht. Der alteingesessene Aberglaube tut sein übriges dazu. Der Vampyr scheint also dazu verdammt zu sein, seinen unentschiedenen Zustand bis ins Ungewisse fortzusetzen. Er selbst muß den Ewigen mimen, ohne aus einer gewissen Distanz die Ewigkeit betrachten zu können.

Kreative legen ihren Teil der Ewigkeit in einzelne Stücke, hoffen dabei, daß sie nicht im Verlauf der Zeit begraben werden. Der untote Vampyr muß stets selbst erscheinen, um zu zeigen, daß er unstillbar ist. Seine Abhängigkeit von Opfern schwächt ihn. Doch anders gefragt: können wir das Bild des Vampyrs anders denken, als eng mit seinen Opfern? Wohl nicht, so gestehe ich ein. Nichtsdestoweniger können wir mit dem uralten Sauger immer noch neue Blicke auf den Menschen werfen. Auch dies nicht sonderlich neu: Der Vampyr als Spiegel des Menschen. Insofern er aber gar kein Spiegelbild besitzt, birgt diese ‚Funktion' des Archaeus eine iro-

[5] Eliade: Alchemisten, S. 195.

nische Seite. Kein Spiegel heißt auch keine Seele. Nimmt er diese mit dem Blut seiner Opfer auf, die noch Seele genug besitzen? An welchen Individuen vergreift er sich? Anscheinend nur an den schwachen, die sich ihm schon einladend zuwenden.

Uns erschreckt etwas an der noblen Kontur des Draculas, wie er in die Populärkultur wie kein zweiter einging.

„Sein Gesicht war ziemlich – eigentlich sogar sehr – raubvogelartig; ein schmaler, scharf gebogener Nasenrücken und auffallend geformte Nüstern. [...] Der allgemeine Eindruck war der einer außerordentlichen Blässe.“[6]

Mehr noch erschreckt uns das kaltschnäuzige Übergehen typischer menschlicher Eigenschaften wie Barmherzigkeit, Nachsicht und Milde, die besonders in der christlichen Tradition hochgehalten wurden. Im vergangenen Jahrhundert gewann der Vampyr erneute Beachtung als Wesen, das sich alle erdenklichen Freiheiten nimmt, dabei Genüssen alles andere als abhold ist und letztlich unter der Zeitlichkeit zu leiden hat.[7]

Vampyr zu sein, zieht gewisse Wahrnehmungsprozesse nach sich, und ich möchte in dieser Hinsicht das Dazwischen besonders stark machen. Die Menschen schreckt der Vampyr, gerade weil er umherwandert. Wäre es ihm nicht genug, allem Tode zu spotten, so vergeht er sich auch an den noch Lebenden.

Mir zeigt er ein Bild der ewigen Wiederkehr, der großen Gefahr der steten Wiederholung. Und endet diese nie, so übermannt mich leicht die Langeweile.

„5.

Wenn ich dem Meere hold bin und Allem, was Meeres-Art

[6] Stoker: Dracula, S. 26. Zitiert bei Borrmann: Vampirismus, S. 279.
[7] Vgl. hierzu Pütz: Opfer, S. 163ff.

ist, und am holdesten noch, wenn es mir zornig widerspricht: Wenn jene suchende Lust in mir ist, die nach Unentdecktem die Segel treibt, wenn eine Seefahrer-Lust in meiner Lust ist: Wenn je mein Frohlocken rief: ‚die Küste schwand, – nun fiel mir die letzte Kette ab –

– das Grenzenlose braust um mich, weit hinaus glänzt mir Raum und Zeit, wohlan! wohlauf! altes Herz!‘ –

Oh wie sollte ich nach der Ewigkeit brünstig sein...“ (S. 242)

III. Vom Schaffensdrang angesteckt!

Wenn schon das Grenzenlose durch Wände sickert und der Vampyr sich erneut im Taumel verliert, so mag er wohl sein unerbittliches Jägerauge auf die Kunst richten. An die Kunst geschmiedet für die Ewigkeit, welcher er sich verschworen hatte. Auf solche Weise könnten wir den Vampyr, käme er in unsere Behandlung, kurieren: Schau‘ her, gütigster Untoter, du mußt nicht länger unter Ungleichen wandeln, die dich sowieso nicht verstehen. Nimm Pinsel oder Stift, von mir aus auch die nostalgische Feder – und mach‘ etwas aus deinem verpfuschten Leben. Ach so, du meinst, die Gründe deines jetzigen Zwischen-‚Lebens‘ wären nicht mehr rückgängig zu machen. Nun gut, dann müssen wir uns natürlich etwas anderes überlegen...

Wie wäre es denn mit einer Garantie für Weiterleben? Der Vampyr überdauert in unserem Kopf noch lange Zeit. Also, du kannst weiterhin als eine verdichtete Gestalt in einer Zwischenwelt hausen.

Den Schaffensdrang aber, den übernimmt der Dichter.

Zur näheren Erklärung konsultieren wir einen Slawisten, der in einer fremden Sprache zu uns spricht (Trotzdem verstehen wir seine Absichten.):

„The general vampire is divided into a quarternary subset: the folkloric vampire, the psychotic vampire, the psychic vampire, *and* the literary vampire.

The folkloric vampire *is* a being with imputed supernatural characteristics. *It functions within the belief structure of a given people and varies from culture to culture. [...]*

The psychotic vampire *is* someone suffering from mental illness who criminally attacks his victims, usually in a pattern derived from Stoker's literary vampire, Count Dracula. *The pattern usually consists of murder and hematophagy. He is a social deviant who transgresses his society's behavorial norms and is subsequently punished. [...]*

Psychic vampires *are* those who feed on others emotionally. *Their sustenance is psychic energy. Though psychic vampires are viewed, especially devotees of the occult, as supernatural, they are easily explained in psychological terms. Psychic vampires are otherwise normal human beings who feed on their victims emotionally through the clever use of guilt and fear. [...]*

While the first three types are ‚real' vampires, the literary vampire *is* a fictional character, *the product of an author's imagination. In order to qualify as a vampire his characteristics must include the essential elements from at least one of the other three types.“*[8]

Der Künstler oder ein kreativer Mensch von grundauf, folgt nicht dem Unwesen (eines) Vampyr(s), sondern betrachtet es als ein Muster, das sich besonders für eine psychische Auseinandersetzung mit den eigenen Schatten eignet. C.G. Jung wies in diesem Zusammenhang auf die anima hin, die verborgene Schattenseite jedes Individuums. Natürlich kann man

[8] Perkowski: Darkling, S. 54-57.

an der florierenden Horrorliteratur absehen, daß der Vampyr noch lange seine ‚Lebenskraft‘ unter Beweis stellen wird. Literarisch scheint aber keine grundlegende Neuerung mehr möglich zu sein, da der berühmt-berüchtigte Graf Dracula alles künstlerische Blut in sich aufsog und die nachfolgenden Generationen stets unter seinem Schatten stehen.

Mythen haben es aber an sich, immer wieder von neuem aktualisiert zu werden und uns nie zu verlassen. Das Gewicht kann über Ewigkeiten anwachsen. Schließlich weiß man nicht mehr, wo oben und wo unten ist. Man schließt lieber, mit einem feurigen Blick in den Augen.

Ja, ich haste nach dir, werter Leser, dich zu treffen, im Innersten zu verwunden. Aus deinen Augen die Leidenschaft zu saugen. Du bist es, dessen Nerven ich strecken möchte. Mit deiner Unschuld möchte ich spielen, dich in die Wirren von Lust und Tod ziehen. Und ich selbst? Ha, ha, ha. Ich selbst verabschiede mich endgültig von der Schwere dieser Erde. Mich zieht's in höhere Sphären. Mein Blut wird zu Äther, meine blasse Haut zu purer Energie. Ein Wolf im Pelz von Nerven. Zuckt der Strom durch meine Adern, grinse ich hämischer noch als sonst.

„7.

Wenn ich je stille Himmel über mir ausspannte und mit eignen Flügeln in eigne Himmel flog: Wenn ich spielend in tiefen Licht-Fernen schwamm, und meiner Freiheit Vogel-Weisheit kam: –

– so aber spricht Vogel-Weisheit: ‚Siehe, es giebt kein Oben, kein Unten! Wirf dich umher, hinaus, zurück, du Leichter! Singe! sprich nicht mehr!

– ‚sind alle Worte nicht für die Schweren gemacht? Lügen dem Leichten nicht alle Worte? Singe! sprich nicht mehr!‘ –“ (S. 243-244)

[Sum-sum-sum. Hmha-hmha-hmha. La-la-la. Schi-schi-schi. Scha-scha-scha. Wa-wa-wa... wa-wa-wa. Har!]

IV. Quellen des Blutes

Nietzsche, Friedrich: „Also sprach Zarathustra“, Stuttgart 1994: Reclam. (Die Seitenzahlen in runden Klammern beziehen sich auf diese Ausgabe.)

Borrmann, Norbert: „Vampirismus oder die Sehnsucht nach Unsterblichkeit“, Kreuzlingen 1999: Hugendubel. = Borrmann: „Vampirismus“.
Eliade, Mircea: „Schmiede und Alchemisten“, Stuttgart [2] 1980: Klett-Cotta. = Eliade: „Alchemisten“.
Mace, Stephen: „Vom tugendhaften Zauberer. Eine Analyse zur Ethik in der okkulten Arbeit“. In: „Der Golem 5“ (2001), S. 6-18. ISSN 1439-0639. = Mace: „Tugendhaft“.
Meurer, Hans: „Der dunkle Mythos. Blut, Sex und Tod: Die Faszination des Volksglaubens an Vampyre“, Schliengen 1996: Edition Argus.
Perkowski, Jan L.: „The Darkling. A Treatise on Slavic Vampirism“, Columbus (Ohio) 1989: Slavica Publishers. = Perkowksi: „Darkling“.
Preußer, Ulrike: „Blut – Blässe – Blasphemie. Der Wandel des Vampirmotivs im 19. und 20. Jahrhundert.“ In: Quarber Merkur 95/96 (2002), S. 53-74.
Pütz, Susanne: „Vampire und ihre Opfer. Der Blutsauger als literarische Figur“, Bielefeld 1992: Aisthesis Verlag. = Pütz: „Opfer“.

Alisha Bionda

Alisha Bionda wurde in Düsseldorf geboren und lebt zur Zeit auf Mallorca.

Sie absolvierte u.a. das Studium der Literaturgeschichte, Stilkunde, Romantechnik, Romanformen, Dramaturgie des Theaters, des Films, des Hörspiels und des Fernsehspiels, lyrische Ausdrucksformen, Sachprosa, Journalismus...

Sie ist die Herausgeberin der Literaturzeitschrift „HEADLINE“, ab 2005 als Online-Magazin beim Schreiblust-Verlag Andreas Schröter geplant, ebenso die Herausgeberin/Mitherausgeberin einiger Anthologien.

Alisha Bionda hält im BLITZ-Verlag die Leitung des TTT (Lektorat), Mitarbeit innerhalb der PR, die Redaktion und Titelplanung der Serien & Reihen: Jolina - Gespielin der Nacht, Sherlock Holmes Criminal Bibliothek, Larry Brent, Macabros, Wolfgang Hohlbeins Schattenchronik, Edition Nachtlicht inne.

Einzeltitel im Ueberreuter-Verlag in der von Wolfgang Hohlbein herausgegebenen Edition Märchenmond:

„Die Welt der Finsternis“, Fantasy

„Das Reich der Katzen“, Fantasy – beide als Hardcover.

Im BLITZ-Verlag erscheint Ende 2005 ihr Fantasyroman „Regenbogen-Welt“.

Zahlreiche Veröffentlichungen in Literaturzeitschriften und Anthologien im In- und Ausland

Die Autorin schreibt künftig unter dem Pseudonym „DOMINO“ Kinderbücher.

Website: www.alisha-bionda.de

Michael Borlik

Michael Borlik wurde 1975 in der Nähe von Köln geboren. 1995 machte er sein Abitur und ging anschließend in eine kaufmännische Ausbildung, die er 1998 erfolgreich abschloß. 2001 veröffentlichte er seinen ersten Roman beim Ueberreuter-Verlag. Weitere Bücher und Kurzgeschichten sind gefolgt. Im Januar 2005 erschien sein neuer Roman „Unsichtbare Augen" im Thienemann-Verlag. Wer mehr Informationen über Michael Borlik und seine Bücher sucht, kann dies auf seiner Homepage tun.

Veröffentlichungen (Auswahl):
„Unsichtbare Augen" (Thienemann, 2005, Labyrinthe Krimis)
„Das Geheimnis des Drachenamuletts" (Ueberreuter, 2001, Edition Märchenmond)

Website: www.borlik.de

Wolfgang Hohlbein

wurde 1953 in Weimar geboren und ist der meistgelesene und erfolgreichste deutschsprachige Fantasy-Autor mit einer Gesamtauflage von weit über 20 Millionen Büchern.
Der Durchbruch gelang ihm 1982 mit „Märchenmond", das seinen Siegeszug in zahlreichen Ausgaben von den USA bis in den Fernen Osten bis heute ungebrochen fortsetzt. Seine mittlerweile über einhundert Bestseller decken die ganze Palette der Unterhaltungsliteratur ab – von Kinder- und Jugendbüchern über Romane und Drehbücher zu Filmen, von Fantasy über Science Fiction bis hin zum Horror.
Der passionierte Motorradfahrer und Zinnfigurensammler lebt zusammen mit seiner Frau und Co-Autorin Heike, seinen Kindern und zahlreichen Hunden und Katzen am Niederrhein.

Website: www.hohlbein.de, www.hohlbein.net

Pat(rick) Hachfeld

Pat(rick) Hachfeld wurde am 05.06.1969 in Wolfsburg geboren.
Der Künstler hört Rammstein, Böhse Onkelz, Slipknot, System of a Down...
Er liebt den Winter in seiner kältesten Form, mit viel Schnee und Eis, und würde sehr gern mal Urlaub in Island machen.
Pat(rick) Hachfeld fährt im Dezember immer auf eine Nordsee-Insel und genießt die Ruhe und die klare Luft, lädt in dieser Zeit wieder seine „Akkus“ auf.
Er zeichnet seit seinem 10. Lebensjahr, wobei er vor ca. 5 Jahren, inspiriert durch H.R.Giger, seinen ganz eigenen Stil entwickelt hat. In seinen Bildern vereint er „dunkle“-, „okkulte“-, „biomechanic“- und „fantasy“-Elemente. Er versucht, so „düster“ die Bilder auch sind, immer einen Hauch Ästhetik mit einfließen zu lassen.
Der Künstler holt sich bei langen Spaziergängen neue Ideen für seine Illustrationen, oder, seine zweite große Leidenschaft, das Entwerfen neuer Tattoomotive (Stift und Papier sind immer dabei).
Für die Kunst des Tattoowierens interessiert er sich seit ca. 20 Jahren und ist inzwischen stolzer Besitzer von 7 Tattoo`s (und bereut NIX) und hat eine Ausbildung zum Tattoowierer begonnen, die er aber leider aus Zeitmangel abbrechen mußte.
Pat(rick) Hachfeld illustriert die Dan-Shocker-Serien „Larry Brent“ und „Macabros“ und „Larry Brent – Neue Fälle“.

Website: www.dunkelkunst.de
Kontakt: p.hachfeld@wolfsburg.de

Eddie M. Angerhuber

„Eddie“ M(onika) Angerhuber wurde 1965 in München geboren und lebt seit 1981 in Berlin. Arbeit in allen möglichen Berufen von der Lagerarbeiterin in einer Glühbirnenfabrik über Floristikhelferin bis zur Verwaltungsangestellten, zuletzt Webdesignerin
Sie veröffentlichte weit über neunzig Erzählungen. Ihre Texte und Coproduktionen mit Thomas Wagner und anderen Autoren wurden in deutschen und englischen Literaturmagazinen und Anthologien wie „Asimovs Science Fiction“, „Abendgrauen“, „Fleurie“, „Kopfgeburten“, „daedalos“, „Der Agnostische Saal“, „Pandaimonion“, „Jenseits des Hauses Usher“, „The Dream Zone“ u.v.a. abgedruckt.
Bislang erschienen 7 Kollektionen ihrer Erzählungen, 1 Novelle und 1 Roman sowie 2 Hörbuch-CDs. Außerdem betätigte sie sich aus Liebhaberei als deutsche Übersetzerin diverser angloamerikanischer Autoren wie Ramsey Campbell, Thomas Ligotti, Robert Bloch, Terry Lamsley, Mark Samuels.
Ihre erste englischsprachige Erzählsammlung „Nocturnal Products“ (Rainfall Books, 2002) wurde von ihr selbst ins Englische übertragen.
Ferner betreibt sie die autorisierten deutschen Websites der Autoren Ady Henry Kiss und Thomas Ligotti.

Preise und Nominierungen:
1998 Nominierung der Story „House of Horror“ für den Kurd Laßwitz-Preis
2002 Deutscher Phantastik-Preis, Kategorie ‚Beste Übersetzung‘: Erster Platz mit der Übersetzung von Thomas Ligottis „In einer fremden Stadt, in einem fremden Land“
2002 Vierter Platz beim britischen Internet-Storywettbewerb „Supreme TerrorScribe“ mit einer Story in eigener Übersetzung

Website: www.eddiemangerhuber.de.vu

Linda Budinger

Linda Budinger, geb. 1968, lebt in Leichlingen. Seit mehr als 20 Jahren schreibt sie Fantasy und Phantastik. Märchen, Mythen und Legenden aus aller Welt übten von Kindheit an eine unglaubliche Faszination auf sie aus. Diese literarischen Vorlieben haben ihre eigenen Werke stark geprägt.
Nach dem Abitur studierte sie einige Semester Ur- und Frühgeschichte, Germanistik und Völkerkunde an der Universität zu Köln. Inzwischen ist sie als freie Autorin und Übersetzerin für die Lübbe Verlagsgruppe tätig. Neben Veröffentlichungen für das Rollenspiel „Das schwarze Auge" (Roman: „Der Geisterwolf" und Kurzgeschichten) arbeitet sie auch an Lektoraten mit. Rezensionen von ihr erschienen bspw. im „Penthouse Magazin".
Aktuell schreibt sie als Mitautorin bei der Bastei-Reihe „Schattenreich pulp magazine".

Barbara Büchner

Schriftstellerin, Übersetzerin, Ghostwriterin
Geb.: Wien, 1.2.1950
Sie ist geschieden, hat keine Kinder, aber eine Familie von einem Hund, zwei Katzen und derzeit elf Ratten.
Ausbildungen: 1968 legte Barbara Büchner die Matura ab und absolvierte 1985 eine Ausbildung zur Dokumentarin
Laufbahn: Wollte schon, bevor sie selbst lesen konnte, Schriftstellerin werden, ab 1972 arbeitet sie als freie Journalistin und Schriftstellerin und übersetzt aus dem Englischen. Unter anderem war sie für die „Arbeiter-

Zeitung", „die Presse", „solidarität", „hallo", „die frau" (später „neue frau"), „wien aktuall magazin", „Extrablatt" und „Elternblatt" tätig. Neben journalistischen Beiträgen veröffentlichte sie auch Kurzgeschichten in Zeitungen und Zeitschriften. Längere Zeit verbrachte sie in England und Irland und war als Übersetzerin und Ghostwriterin tätig. Büchner betätigt sich auch als Grafikerin und Illustratorin und bietet Workshops für Kinder an. 1990 begann sie hauptberuflich Bücher zu schreiben. Der Erotik-Band „Blut und Rosen" wurde ein Verkaufserfolg, mit dem Horror-Märchen „Blaubarts Schloß" gelang ihr der Durchbruch im Bereich der unheimlichen Phantastik. Horror-Romane vor allem im Heyne-Verlag folgten, später bei Rowohlt das Sachbuch „Morde unterm Mikroskop".

Auszeichnungen, Mitgliedschaften, Kooperationen: 1977 Österreichischer Staatspreis des Bundesministeriums für Unterricht und Kunst für journalistische Leistungen im Interesse der Jugend, 1995 Steirischer Leseeule-Kinderbuchpreis der Handelskammer Steiermark.

Marc-Alastor E.-E.

Marc-Alastor E.-E wurde 1971 geboren und begann mit 12 Jahren Horror und Fantasy zu schreiben. Dabei entstand das, gerne als sein Lebenswerk bezeichnete Okkultepos „Die Offenbarungen eines Dämons", für das er auf fundiertes, okkultes Wissen einer hermetischen Loge zurückgreifen konnte.

1988 und 1989 veröffentlichte er zwei Kurzgeschichten beim BASTEI-Verlag. Ansonsten konzentrierte er sich auf seine Studien des okkulten Materials, seine schulische und berufliche Laufbahn und seine literarische Entwicklung.

1999 begann er die Erzählungen um den Geisterdrachen M'Zaarox und die Urgöttin Medoreigtulb im Internet zu veröffentlichen und zum Ende

des Folgejahres für eine Sammlung phantastischer Novellen einen Verlag zu suchen.
2001 veröffentlichte der Schattenwelt-Verlag den 1. Teil des „De Joco Suae Moechae“-Zyklus: KRIECHER.
2003 wurde durch den BLITZ-Verlag KRIECHER in der 2., komplett überarbeiteten Auflage wiederveröffentlicht, gefolgt vom 2. Teil ADULATOR, und schließlich ging das gesamte Epos unter dem Label GEISTERDRACHE in Serie.
Für 2005 sind zudem der 3. Teil, der den Namen „TETELESTAI!“ tragen wird, und eine Anthologie zum 20. Jubiläum geplant und im Verlag Lindenstruth erscheint eine Märchensammlung für Erwachsene, die „Maliziösen Märchen“ in einem aufwendigen, bibliophilen Sonderband.
Für die Reihe „Wolfgang Hohlbeins Schattenchronik“ verfaßt Marc-Alastor E.-E. den Band „Die Kinder der fünften Sonne“.
Nach einigen Lebensjahren in Berlin und Hannover wohnt der Autor heute zurückgezogen am Teutoburger Wald.

Website: www.Marc-Alastor.de

Mark Freier

Am 21. Oktober 1967 in München geboren.
Durch den Einfluß seines Vaters entdeckte er bereits in frühester Kindheit das Interesse an phantastischen Geschichten. Er begann sehr früh mit dem Zeichnen von horrablen Comics und schrieb seine eigenen Gruselgeschichten.
Die große Liebe zu alten phantastischen Horrorfilmen und den klassischen Autoren wie Poe und Lovecraft ist ihm bis heute geblieben.
Der gelernte Mediengestalter arbeitet freiberuflich als Art-Work-Künstler

u.a. für die Verlage BLITZ, Eldur, Atlantis und Basilisk. Zudem ist er als Art-Director bei einem kleinen Münchner Kunst- und Kulturverlag tätig. Der gescheiterte Rockmusiker lebt heute mit seiner Muse und ehemaligen Bandkollegen in einem alten Haus am Münchner Stadtrand.
Mit der Cover-Graphik zu Peter Schmidts „Endzeit" nominiert für die beste Graphik zu einem SF-Text des Jahres 2004 (Kurd-Laßwitz-Preis).

Website: www.freierstein.de
Kontakt: mail@freierstein.de

Frank W. Haubold

Frank W. Haubold wurde 1955 in Frankenberg (Sachsen) geboren.
Er studierte in Dresden und Berlin und lebt seit 1985 im sächsischen Meerane. Seit 1989 schreibt und veröffentlicht er Erzählungen und Kurzgeschichten unterschiedlicher Genres (Science Fiction, Fantasy, Gegenwart).
Nach Einzelbeiträgen in verschiedenen Anthologien wurde 1997 sein erstes Buch, der Episodenroman „Am Ufer der Nacht", veröffentlicht.
1999 erschien in Zusammenarbeit mit der Berliner Autorin Eddie M. Angerhuber die Erzählungssammlung „Der Tag des silbernen Tieres". Im Herbst 2001 wurde ein weiterer Erzählungsband „Das Tor der Träume" veröffentlicht. Mehrere Geschichten aus diesen Sammelbänden wurden für den Deutschen Science Fiction Preis (DSFP) und den Deutschen Phantastik Preis nominiert.
Zahlreiche Veröffentlichungen in Zeitschriften und Anthologien (u. a. bei Heyne, Lübbe, Blitz, Maya-Media). Im Januar 2004 erschien sein neuer Erzählungsband „Das Geschenk der Nacht".

Markus Heitz

Geboren 1971 im schönen Einöd (Saarland), nach Abitur Germanistik und Geschichte studiert, zehn Jahre lang nebenbei als freier Journalist für die Saarbrücker Zeitung gearbeitet und Bücher geschrieben.
Seit 2004 hauptberuflicher Autor und nebenberuflicher Besitzer eines Irish Pub in Zweibrücken (Rheinland-Pfalz). Bislang: Ulldart - Die Dunkle Zeit (6 Bände), 5 Shadowrun-Romane, „Die Zwerge“, „Der Krieg der Zwerge“.
Things to come in 2005: Ulldart - Zeit des Neuen; Trügerischer Friede; Ritus (Horror-Roman)

Javier Hurtado

1978 in Mexiko-Stadt geboren.
Von 1984 bis 1999 die deutsche Alexander von Humboldt-Schule in Mexiko-Stadt besucht.
1999 dort das deutsche Abitur absolviert.
1999-2001 Studium der Romanistik, Komparatistik und Philosophie an der Wilhelms-Universität Münster - abgebrochen.
Seit 2001 Studium der Medientechnik an der Fachhochschule Mittweida. Während dieser Zeit Mitarbeit bei der Künstler-Stiftung „Batuz Foundation“ als Übersetzer und Autor.
2003 Praktikum beim Onlinemagazin „Berliner Literaturkritik“ als Redakteur und bis zum heutigen Tage als Rezensent.

Dominik Irtenkauf

geb. 1979, schließt bald sein geisteswissenschaftliches Studium in Münster (Westfalen) ab. Seit 1992 schreibt er an Zeitschriften mit, zunächst noch im sehr kleinen Kreis. 2004 wagt er sich in größere Auflagen und professionellere Gefilde vor. Nachdem er in den Jahren zuvor einzelne Gedichtbände in Selbstregie veröffentlicht hat, sah er 2003-2004 drei selbständige Veröffentlichungen zu den Themen Subkultur, Alchemie/Magie und Journalismus. 2005 wird er seinen ersten Roman für den BLITZ-Verlag in Angriff nehmen. Er schreibt einerseits in der klassischen Erzählertradition, andererseits legt er Wert auf einen experimentellen Zugang. Prosa und Essay sind seine Stärken.
Irtenkauf steht hinter der Gleichung, daß Literatur für das Leben geschrieben wird und das Leben für die Literatur gelebt wird. Vielschichtigkeit versucht der Autor in allen seinen Arbeiten zu gewährleisten.
Ziel seiner künstlerischen und journalistischen Arbeiten ist ein Mythos der Lautstärke: wer Qualität bietet, wird nicht überhört werden.

Kontakt über: geistbarde@t-online.de

Boris Koch

Boris Koch, Jahrgang 1973, wuchs auf dem Land südlich von Augsburg auf. Nach einiger Zeit und Studium in München lebt er jetzt als freier Autor in Berlin. Zudem ist er das Gehirn des kleinen, auf dunkle Phantastik spezialisierten Verlags „Medusenblut“ (www.medusenblut.de), Redakteur des Magazins „Mephisto“ (www.dunklewelten.de), passionierter Kinogänger, Fußballfan und Hobby-Kicker. Seine letzten Veröffentlichungen waren *Dionysos tanzt,* ein Band mit phantastischen Erzählungen, und *Der Mann ohne Gesicht*, eine Sammlung von 100 modernen Sagen der reißerischen Sorte.

Website: www.boriskoch.de

Markus K. Korb

Markus K. Korb wurde 1971 in Werneck (Unterfranken/Bayern) geboren.
Er veröffentlichte bislang in deutschen und englischen Literaturmagazinen und Anthologien wie „Jenseits des Hauses Usher“ (BLITZ-Verlag), „Screem“, „Fantasia“, „Arcana“ „Fliegende Blätter“, (Lindenstruth-Verlag), „Düstere Visionen“, „Pandamonion“ Bd. 1-3 (alles: Storyolympiade-Verlag), und „m@usetot. Furchtbar fiese Webgeschichten“, „Die Alptraum-Fabrik“ (beide: Verlag Robert Richter).
Ferner betätigt er sich als Redakteur der Buchreihe „Edgar Allan Poes Phantastische Bibliothek“ (BLITZ-Verlag).
Die neueste Veröffentlichung ist die Konzeptanthologie „GRAUSAME STAEDTE“, welche im BLITZ-Verlag erschienen ist. In zwei Zyklen vereinen sich Kurzgeschichten zu einem Gewebe aus unheimlichen Städtebildern (Venedig und Berlin), welche durch die Jahrhunderte bis in archaische Zeiten hinabreichen.
Für die Erzählung „Der Schlafgänger“ (aus „GRAUSAME STAEDTE“) erhielt er den DEUTSCHEN PHANTASTIK PREIS 2004 in der Kategorie „Beste Kurzgeschichte“.

Website: www.markus-k-korb.de

Armin Rößler

Jahrgang 1972, Journalist, lebt in der Nähe von Heidelberg. Sein Fantasy-Roman „Das vergessene Portal“ (ISBN 3-938065-02-8) ist 2004 im Wurdack-Verlag erschienen.
Herausgeber der Science Fiction-Anthologien „Walfred Goreng“ (ISBN 3-938065-04-4) und „Deus Ex Machina“ (gemeinsam mit Dieter Schmitt). Außerdem hat er Kurzgeschichten in zahlreichen Anthologien veröffentlicht.

Website: www.arminroessler.de.vu.

Christel Scheja

Christel Scheja wurde 1965 in Solingen geboren und arbeitet heute als kaufmännische Angestellte in einer kleinen Importfirma in Düsseldorf.
Seit 1978 ist sie nicht nur von den phantastischen Genres Fantasy, Science Fiction und Horror fasziniert, sondern beschäftigt sich auch kreativ damit. Im Laufe der Zeit entstanden viele Romane, Novellen und Kurzgeschichten, sowie Gedichte, Essays und Artikel, nicht zuletzt auch Illustrationen und Bilder mit phantastischen Motiven.
Ein großer Teil davon wurde zunächst in nichtprofessionellen Magazinen wie etwa „Fantasia“, später aber auch bei den verschiedensten Verlagen veröffentlicht. Und nicht nur das: Seit 1990 gibt sie ihre eigene Magazinreihe, die „Legendensänger-Edition“, heraus, die bereits über 150 Ausgaben zählt.

Ihre Romane „Katzenspuren“ und „Das magische Erbe“ erschienen 1995 bzw. 1998 beim Heyne-Verlag, weitere Veröffentlichungen von phantastischen Kurzgeschichten bei Heyne und anderen Verlagen folgten, zuletzt in „Wellensang“, herausgegeben von Alisha Bionda & Michael Borlik im Schreiblust-Verlag Andreas Schröter, und „Herrenreiter“, herausgegeben von Wolfram Alster im Dead Soft Verlag. Anders als das Schreiben sieht sie das Zeichnen vor allem als Entspannung.

Bibliographie (Auszug):

Einzeltitel:
„Katzenspuren“, 1995, Heyne-Verlag. ISBN 3-453-08682-1
„Das magische Erbe“, 1999, Heyne-Verlag, ISBN 3-453-14944-0

Kurzgeschichten in diversen Anthologien.

ROMANTRUHE BUCHVERSAND
Röntgenstr. 79 • D-50169 Kerpen-Türnich •Tel. 02237/9249-6 • Fax 02237/924970
www.romantruhe.de Info@romantruhe.de
VAMPIR GOTHIC
Die große Dark Fantasy-Buchreihe
von Martin Kay
VAMPIR GOTHIC
Martin Kay
Kreatur der Dunkelheit
Band 1, ISBN 3-937435-00-X, € 13,95
VAMPIR GOTHIC
Martin Kay
Vampirkuss
Band 2, ISBN 3-937435-50-6, € 13,95
Überall im Buchhandel erhältlich,
oder bestellen Sie
portofrei direkt bei:
Romantruhe-Buchversand
Tel.: 0 22 37 / 9 24 96
online: www.Romantruhe.de
Mehr Infos auch unter: www.vampir-gothic.de